I0818194

LE AVVENTURE MAGICHE DI MERLINO

LA TRILOGIA COMPLETA

MOLLY FITZ

Editor: Megan Harris
Traduttrice: Barbara Parutto
Revisori: Annalisa Guerrini-Körner
Copertina: TM Franklin

PO Box 873543
Wasilla, AK 99687

TRAMA

Merlino è solo un normalissimo Maine Coon.
Se non fosse per il fatto che è un mago.
Con un famiglio umano.

Nella pigra cittadina di Elderberry Heights, Georgia, il pericolo si annida dietro ogni angolo, ma lo stesso fanno le risate. Unitevi a Merlino e alla sua assistente Gracy nella lotta contro ex fidanzate crudeli, fantasmi agguerriti e un'orda di scoiattoli zombi.

Se apprezzate una buona dose di umorismo eccentrico e folli avventure magiche, non potete assolutamente perdervi questa nuova, fantastica serie di un'autrice bestseller di USA Today. Ed eccola qui! Questa è l'occasione giusta per accaparrarsi l'intera trilogia — Merlino sceglie un famiglio, Merlino sconfigge un fantasma e L'ultima battaglia di Merlino — in questa speciale edizione da collezione… Buon divertimento!

NOTA DELL'AUTORE

Ciao e grazie per aver scelto questo libro! Anche a te piacciono i cozy mystery con una buona dose di umorismo? Allora saremo ottimi amici!

Cosa ne dici, intanto, di tenerci in contatto sulla mia pagina Facebook? L'ho creata appositamente per i miei fantastici lettori italiani. Vieni a trovarmi su www.facebook.com/raccontimiciosi

Insieme ci divertiremo tantissimo. Gira pagina… e inizia l'avventura!

Ti aspetto nel magico mondo dei gatti.

MOLLY

VOLUME UNO

MERLINO SCEGLIE UN FAMIGLIO

Mi chiamo Gracy Springs e non ho poteri magici... ma il mio gatto invece sì. Ho avuto i primi sospetti quando l'ho visto rimanere in aria un po' troppo a lungo mentre inseguiva un pettirosso in giardino e ne ho avuto la certezza quando mi ha chiamata per nome!

Qual è stata la prima cosa che mi ha detto? Che non gli piaceva il nome che gli avevo dato, Morbidone, anche se gli calzava alla perfezione, come un maglione caldo il giorno di Natale. Ora lo chiamo Merlino, nome che a suo dire fa riferimento alle sue nobili e antiche ascendenze.

Dopo aver chiarito la questione del nome mi ha detto che non dovrò mai svelare il suo segreto o rischierò di trascorrere il resto della vita in una prigione magica. Ho accettato, senza sapere che coprire le sue tracce e tirarci fuori dai guai sarebbe diventato un lavoro a tempo pieno.

Quando il mio capo alla caffetteria è morto, la situazione è passata da difficile a praticamente impossibile... soprattutto perché i miei colleghi sembrano credere che sia io la responsabile.

Non mi resta che sperare che il mio gatto usi i suoi poteri per tirarmi fuori da questo pasticcio, perché ora come ora sembra che verrò maledetta se rivelerò il suo segreto a qualcuno e accusata di omicidio se non lo farò. Che guaio!

1

Mi chiamo Gracy Springs e sono sempre stata una ragazza come tante altre. Lavoro come barista e studio sociologia. Ho superato tutti gli esami, ma non ho ancora trovato un buon argomento per la tesi, e non potrò laurearmi finché non lo troverò.

Oops.

Vivo a Elderberry Heights, una piccola città nel sud della Georgia, e questo nome le calza a pennello, considerando che la maggior parte dei miei vicini ha superato la settantina[1]. La casa in cui abito apparteneva a mia nonna Grace,[1] che ha deciso di trasferirsi a sud, in una lussuosa residenza per pensionati nelle Florida Keys.

La nonna mi ha lasciato la casa in cui ha cresciuto mio padre e i miei zii; mi ha detto che si trattava di un anticipo sull'eredità e che, comunque, sono sempre stata la sua nipote preferita, e non soltanto perché abbiamo lo stesso nome.

Ha lasciato qui anche i mobili e tutto il resto, il che significa che ho almeno una trentina di centrini fatti all'uncinetto, e che il salotto è arredato con divani marroni a fiori e tavolini in rovere color miele. E io non ho il coraggio—né i soldi—per apportare dei cambiamenti.

Nonna Grace mi ha lasciato anche il gatto randagio che si è presentato alla sua porta solo pochi giorni prima che lei si trasferisse e subentrassi io. Il veterinario ha detto che è un Maine Coon. Io dico che è più grande di quanto un gatto dovrebbe mai essere, soprattutto considerando la voluminosa pelliccia striata e gonfia che lo fa sembrare una vera e propria palla di pelo.

Suppongo che sia per questo che l'ho chiamato Morbidone.

Occuparmi di un gatto che non volevo è un prezzo davvero piccolo da pagare per una casa gratis, e con il tempo ho iniziato ad affezionarmici. Non è esattamente un coccolone. In realtà, ogni volta che ho provato a prenderlo in braccio ha cercato di graffiarmi a sangue. E ci è riuscito due volte.

Ho smesso di provarci, ma se sto seduta, immobile, e fingo di non interessarmi a lui, a volte mi si accovaccia in grembo. Una volta si è perfino messo a fare le fusa.

Morbidone ama mangiare e spesso assaggia quello che mi preparo per cena. Gli piace anche correre avanti e indietro lungo i corridoi nel cuore della notte come se fosse posseduto.

Non avevo intenzione di lasciarlo uscire di casa e andare a zonzo a suo piacimento, ma è talmente bravo a scappare che, alla fine, mi sono convinta a installare una gattaiola in modo da non doverci più pensare.

E questo mi porta dritto a ciò che è accaduto questa mattina...

Ero in ritardo per il lavoro: i consigli della mia youtuber di make-up preferita su come truccarsi erano più facili a vedersi che a farsi. Alla fine mi sono lavata la faccia e ho optato per ombretto scuro e lucidalabbra. Così imparo a fare questo genere di esperimenti a ridosso dell'orario di lavoro, soprattutto considerando che quello spilorcio del mio capo approfitta di qualsiasi scusa per ridurmi lo stipendio. È ancora furioso perché una nota catena di caffetterie ha aperto un nuovo punto vendita a un paio di isolati di distanza, riducendo drasticamente i profitti del suo locale. Ma è anche troppo testardo per ammettere la sconfitta, motivo per cui non ha licenziato nessuno, ma ha ridotto l'orario a tutti e ora cerca ogni genere di scusa per pagarci meno del dovuto.

Proprio un bel tipo, il mio capo!

In ogni caso, non avevo più visto Morbidone dal momento della colazione e volevo accertarmi che fosse tutto a posto prima di uscire.

«Morbidone! Morbidone! Vieni qui, micino!» chiamai schioccando la lingua. Ma lui non arrivò di corsa. Non lo faceva mai. Stava sempre a me trovarlo.

Guardai sotto il letto, dietro il divano e fuori dalla finestra.

Infine lo vidi, il sedere in aria e il muso a terra nella classica posizione che precede un balzo. Dall'altro lato del cortile, un ignaro pettirosso tentava di farsi il bagno nella vasca per uccelli in pietra fatta installare dalla nonna, con le poche gocce non ancora evaporate a causa dell'intenso sole estivo.

Il posteriore di Morbidone ondeggiava.

Spiccò il salto, ma il pettirosso lo vide arrivare e volò via.

Morbidone lo inseguì.

Ma non con un normale balzo da gatto: sembrava un minuscolo atleta felino in procinto di fare una schiacciata a canestro con il pallone da basket. Su, e ancora su, all'inseguimento del volatile spaventato. Doveva essere arrivato a due metri d'altezza e continuava a salire ancora e ancora, sempre più in alto.

Proprio allora girò la testa nella mia direzione e mi vide. I suoi occhi verde smeraldo si fissarono dritti nei miei e, per un istante, rimase bloccato a metà del balzo, sospeso nell'aria.

Poi si voltò di nuovo e quel movimento improvviso ruppe l'incantesimo. Morbidone cadde di schianto a terra e sparì alla vista, lasciandomi lì a chiedermi: *Ma che diavolo è successo?*

* * *

Attribuii l'episodio del gatto che sconfiggeva la forza di gravità alla carenza di sonno e alla mia fervida immaginazione, e mi affrettai a raggiungere l'Harold's House of Coffee.

Pur ignorando i limiti di velocità e gli stop, arrivai con tre minuti di ritardo. Il capo in persona, il signor Harold, mi aspettava sulla porta del locale.

Si batté il polso con un dito, anche se non l'avevo mai visto indossare un orologio, e sbraitò: «Quando imparerai? Tre minuti fanno tre dollari, e dato che questa settimana è già la seconda volta che arrivi in ritardo, la detrazione è raddoppiata.»

Sbuffai e lo oltrepassai per andare a timbrare il cartellino.

«Gracy! Mi stai ascoltando?» domandò arrancando dietro di me come un anatroccolo impazzito.

«Sì. Mi sta scalando sei dollari per tre minuti di ritardo, anche se il locale è deserto e lei ci dà solo lo stipendio minimo. E solo perché è obbligato a farlo per legge. Tra non molto sarò io a pagare lei per il piacere di starmene qui a far niente mentre i clienti se ne vanno a spassarsela al *Mermaid's Brew* in fondo alla strada. Le sembra un riepilogo corretto della situazione?»

Il viso di Harold si fece paonazzo: «Che razza di insolente!» gridò. «Se formare un nuovo dipendente non costasse così tanto, ti ritroveresti senza lavoro all'istante. Per te è una vera fortuna che io—»

Fece un passo indietro, scosse la testa e ci riprovò: «Stammi a sentire, Gracy. Sei fortunata che—»

Non riuscì a dire altro: si accasciò a terra con un rantolo. Da rosso di rabbia a bianco come un cadavere nel giro di pochi secondi.

«Harold, Harold!» gridai, inginocchiandomi per controllare se respirasse ancora.

Ma non respirava.

Gli afferrai il polso per controllare il battito.

Niente.

Accidenti!

---

1. *Elderberry* è la bacca di sambuco, ma *elder* significa anche più anziano, maggiore di età.

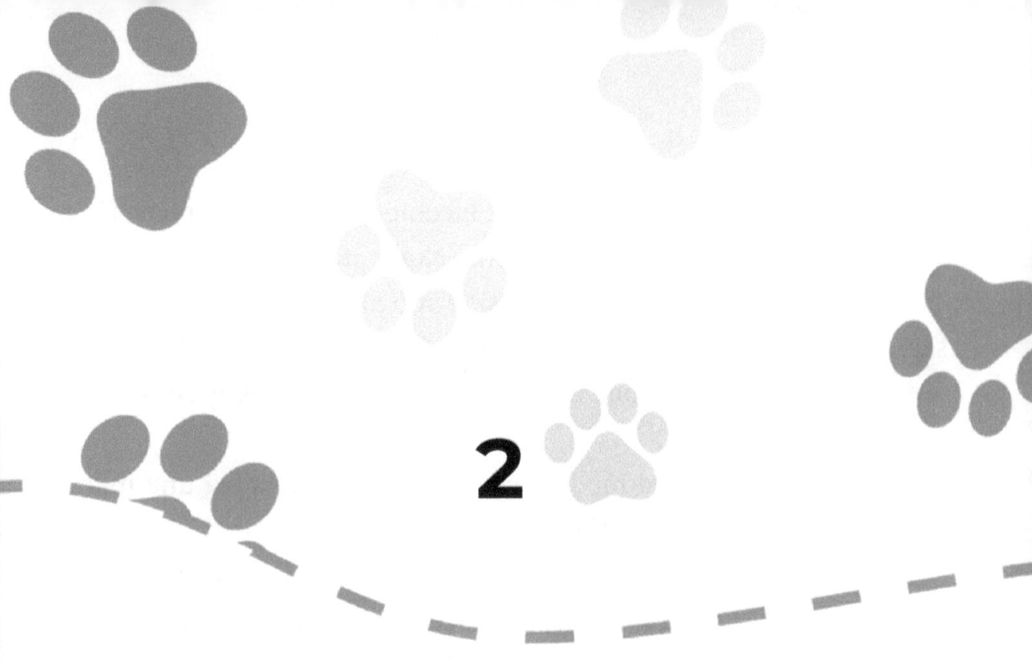

2

Il mio capo era appena caduto a terra stecchito davanti a tutti—o meglio, davanti a un paio di colleghi e una cliente seduta in un angolo, intenta a sorseggiare un caffè freddo. Anche se non c'era battito, provai ugualmente a rianimarlo. Ma Harold era già morto.

«Chiamo l'ambulanza» gridò Kelley, l'ultima barista assunta, da dietro al registratore di cassa.

Drake, il responsabile dei turni, si precipitò alla porta, girò l'insegna su CHIUSO e abbassò le tapparelle.

«Sono spiacente, signora» dissi all'unica cliente. «Dobbiamo chiederle di andare via subito. Se ha la carta fedeltà, posso darle un paio di punti in omaggio per scusarci per il disturbo.»

Se Harold fosse stato ancora vivo mi avrebbe licenziata, considerata la sua propensione a spillare ogni centesimo sia al personale che ai clienti. Ma suppongo che, ormai, la cosa non avesse più importanza.

La donna bevve un lungo sorso di caffè freddo fissandomi con i suoi grandi occhi verdi, poi buttò il bicchiere nel cestino, raccattò le sue cose e se la squagliò in tutta fretta. Non potevo biasimarla.

Kelley mi raggiunse di corsa e si fermò al mio fianco, senza dare segno di volersi scollare da me: «L'ambulanza sta arrivando.»

«Poco importa, l'idiota ha già tirato le cuoia» disse Drake con una smorfia.

«Non parlare a quel modo!» strillò Kelley portandosi una mano al petto. «È appena morta una persona!»

«Probabilmente ha avuto un attacco di cuore» dissi stringendomi nelle spalle. «È una cosa triste, ma succede di continuo. Harold non era propriamente in ottima forma, tra l'altro.»

«Già» commentò Drake con una risatina sarcastica, incrociando le braccia e appoggiandosi con la schiena al bancone. «Avrà fatto una bella fatica a tirare avanti con quel cuore di pietra che si ritrovava.»

Strinsi le labbra in una linea dura. Anche se concordavo con la valutazione di Drake, era stato terribile assistere alla morte di Harold. Se ci aggiungiamo l'incertezza sul mio futuro lavorativo, quella giornata si era rivelata pessima su tutti i fronti.

Qualche ficcanaso già guardava dentro dai bordi delle finestre dove le tapparelle, un po' troppo corte, lasciavano uno spiraglio per sbirciare all'interno. A un certo punto, nonostante l'insegna indicasse chiaramente che il locale era chiuso, qualcuno bussò. Drake batté i pugni sulla porta, gridando minacce al potenziale cliente.

Decisi di concentrarmi sul lavoro, anche se non c'era nessuno a cui preparare il caffè. Pulii i tavoli e il bancone, pregando che l'ambulanza arrivasse al più presto. C'era qualcosa di inquietante nel trovarsi chiusi lì dentro con un cadavere.

Immaginavo che anche Drake si sentisse allo stesso modo, perché continuava a camminare avanti e indietro mormorando qualcosa fra sé.

Quando finalmente arrivarono i soccorritori, Kelley si era seduta su una delle morbide sedie del locale e singhiozzava sommessamente con le ginocchia strette al petto.

Poiché gli altri non sembravano in grado di farlo, fui io ad accogliere i paramedici e la poliziotta, richiudendo a chiave la porta alle loro spalle dopo che furono entrati.

«È laggiù» annunciai accompagnandoli sul retro, dove si trovavano il piccolo ufficio di Harold e la stanzetta in cui il personale appendeva i cappotti e timbrava il cartellino.

Il povero Harold giaceva disteso sulla schiena, con la testa abbandonata contro il muro e il collo piegato in una posizione anomala. Una delle mani era appoggiata sul petto, mentre l'altra penzolava al suo fianco. Il volto aveva già iniziato a perdere colore, conferendogli quell'aspetto cereo che nessuna quantità di trucco postmortem sarebbe riuscita a nascondere.

I paramedici si chinarono per esaminare il corpo. La poliziotta invece restò al mio fianco: «C'è un posto tranquillo in cui possiamo parlare?» chiese. La sua espressione non lasciava trapelare nulla.

«Certamente.» Le feci strada fino a un separé in un angolo della caffetteria, una reliquia risalente a quando, tempo prima, il negozio preparava e vendeva frittelle.

«Desidera un caffè o qualcos'altro?»

Lei scosse il capo e indicò la targhetta sull'uniforme: «Sono l'agente Dash. Lei è?»

«Mi chiamo Gracy. Gracy Springs.»

Estrasse un taccuino dalla tasca, si leccò il dito e lo sfogliò fino a trovare una pagina bianca; poi estrasse una piccola penna dalla rilegatura e la appoggiò sul foglio. «E lavorava per il deceduto?»

«Sì. Da qualche mese.»

L'agente Dash prese nota, accigliata.

«Perché dovrebbe essere rilevante?» chiesi tamburellando con le dita sul tavolo.

«Mi annoto i fatti nel caso abbia bisogno di revisionarli più tardi.»

«E questo cosa significherebbe?»

Lei mi fissò con un sopracciglio sollevato: «Ha mai sentito dire 'innocente fino a prova contraria'?»

Annuii.

«Beh, in questo caso partiamo dal presupposto che quel poveraccio sia stato assassinato, finché non verrà dimostrata la morte per cause naturali. Non possiamo dare per scontato che non si sia trattato di un omicidio perché, se aspettiamo il resoconto del medico legale, ci perdiamo la possibilità di indagare sulla scena del crimine.»

La mia mente vorticava. Non era assolutamente possibile che Harold fosse stato assassinato. Tuttavia…

«Aspetti» borbottai, folgorata da un pensiero terrificante. «Non penserà che io abbia qualcosa a che fare con l'accaduto, vero?»

L'agente Dash fece una smorfia: «Da quello che ci è stato detto, era in corso una lite piuttosto accesa fra lei e il deceduto subito prima della morte.»

«Sì, ma non può certo—»

«E queste liti erano frequenti?»

«Sì, ma io non—»

«Ok, Gracy Springs. Farà bene a sperare che Harold sia morto per un attacco di cuore, un aneurisma o un qualche altro tipo di tragica causa naturale. In caso contrario si troverà in cima alla lista dei sospettati.»

3

Tornai a casa fisicamente esausta e psicologicamente devastata. Era successo tutto così in fretta dopo che Harold si era accasciato a terra! La gravità delle implicazioni delle parole dell'agente Dash non mi fu davvero chiara finché non riuscii finalmente ad andarmene dalla caffetteria e mettermi al volante per tornare a casa. Ora che avevo tempo per riflettere, la mia mente era affollata di domande. Perché l'agente Dash era così sicura che si trattasse di omicidio? E, cosa ancora più sconcertante, perché pensava che fossi stata io?

È vero, Harold non piaceva a molti, ma nessuno aveva motivo di ucciderlo, men che meno io. Perché mai avrei dovuto ammazzarlo, quando avrei potuto semplicemente licenziarmi e non rivederlo mai più?

L'intera faccenda mi dava la nausea... e mi terrorizzava. L'unica cosa che desideravo era svegliarmi da quell'incubo orribile e tornare alla mia (seppur un po' piatta) vita.

Indossai il mio pigiama di flanella preferito—anche se era pomeriggio e fuori c'erano ventisette gradi. A volte mi mancava la cittadina del Michigan in cui ero nata, dove le giornate fredde erano ben più frequenti di quelle calde; in quelle occasioni, lì in Georgia, il pigiama—con l'aiuto di un ventilatore da tavolo perennemente surriscaldato—mi aiutava a placare l'ondata di nostalgia di casa.

In quel momento volevo mia madre. Non importava che fossi una ragazza indipendente che aveva ormai superato i vent'anni. Mi sentivo ferita e avevo paura. E il fatto di essere adulta non significava che non potessi rivolgermi a mia madre in caso di bisogno...

Tuttavia, il fatto che non rispondesse al telefono quando provai a chiamarla significava esattamente quello. Riattaccai anziché lasciare un messaggio in segreteria, poi le scrissi chiedendole di richiamarmi appena possibile.

Morbidone miagolò e saltò sul divano accanto a me. Gli fremevano le vibrisse mentre cercava di capire se avessi a portata di mano qualcosa di buono da mangiare. Non trovando cibo, affondò i denti nel bordo della manica del pigiama ed emise un verso sommesso.

«Buona idea» dissi. «Oggi ci serve proprio del gelato.»

Misi un po' di gelato alla vaniglia, il nostro gusto preferito, in una delle scodelle che usavo meno di frequente, poi presi un cucchiaio e la vaschetta e tornai sul divano. La scodella era per Morbidone. A me serviva l'intero contenitore!

Mentre mangiavamo, iniziai a raccontargli gli eventi della giornata: «Quella poliziotta è stata così meschina» piagnucolai. «Perché mai dovrebbe dare per scontato che abbia ucciso io il mio capo? È stato terribile. Un'esperienza bruttissima. Vedere gli occhi di quell'uomo spegnersi e diventare privi di vita. Non credo che riuscirò mai a dimenticarmene.»

Morbidone si rizzò a sedere e inclinò la testa. Certe volte, in momenti come quello, avevo la sensazione che capisse ciò che gli dicevo.

«Miao?» chiese il Maine Coon.

«Oh, sì. Suppongo che dovrei raccontarti tutto dall'inizio, vero? Beh, si tratta del mio capo alla caffetteria, Harold. Stamattina è morto.»

«Harold è un nome orribile» disse Morbidone con voce stridula.

«Già. Non ho mai pensato che qualcuno—» Mi bloccai all'improvviso, chiusi la bocca e rimasi a fissare il micio per qualche istante. Ero davvero così sconvolta da avere le allucinazioni?

Risi di me stessa: «Che sciocca!» dissi espirando profondamente. «Ho pensato che mi stessi parlando, Morbidone.»

«Non mi chiamo Morbidone!» disse il gatto. Poi saltò sul tavolino da caffè e, da lì, sul divano di fianco a me. «Quindi non chiamarmi più così.»

«C-che co-cosa?» sbottai strofinandomi gli occhi fino a vedere piccoli puntini luminosi. «Vedo cose che non esistono! Non sta succedendo davvero!»

Morbidone schioccò la linguetta rasposa: «Intendi dire che *senti* cose che non esistono, ma non è così. Ti sto parlando davvero, Gracy.»

Saltai giù dal divano e mi misi a correre per il salotto: «Esci da lì! Esci, chiunque tu sia!» gridai ridendo istericamente, incerta su chi mi sarei trovata davanti. «Lo scherzo finisce qui. Ah ah, mi hai fatto credere che Morbidone mi stesse parlando. Ok, sono pazza. Hai vinto tu. Ora fatti vedere e ammettilo!»

Morbidone fece uno sbadiglio enorme, poi si sedette con le zampe ben sistemate sotto al corpo: «Ti stai comportando come una pazza. E ti ho già detto che non mi chiamo Morbidone, quindi per favore potresti smetterla di chiamarmi a quel modo?»

Sussultai e mi gettai a terra prima di svenire e cadere sul pavimento facendomi male. «Non sta succedendo davvero. Non sta succedendo davvero» mi ripetevo. Mi stavo comportando proprio come Kelley quando si era seduta su quella sedia nella caffetteria, dondolandosi avanti e indietro.

«Che cosa non sta succedendo davvero?» chiese Morbidone saltando giù dal divano e avvicinandosi a me.

«Tu non parli!»

«Io parlo ma, a quanto pare, tu non sei granché come ascoltatrice.»

«Intendi farmi del male?»

«Naturalmente no. Mi dai da mangiare, ho bisogno di te. Voi umani siete proprio degli sciocchi!»

«Cosa vuoi da me?»

«Il summenzionato cibo e che tu la smetta di chiamarmi Morbidone. Preferisco di gran lunga il nome che mi è stato dato dai miei avi, grazie.»

«Ehm... ok. E come dovrei chiamarti?»

«Il mio nome è Merlino e discendo da una lunga e nobile stirpe di maghi risalente niente meno che all'epoca di re Artù.»

«Sei... un mago?» chiesi inspirando bruscamente.

«Ma non mi dire» sbottò il mio gatto. A quel punto svenni sul serio.

4

Quando ripresi conoscenza l'oscurità era ormai calata. Vorrei poter dire di aver sperimentato un momento di beata inconsapevolezza riguardo agli eventi della giornata, ma non fu così.

Aprii un occhio... e mi ricordai che il mio capo era morto proprio davanti ai miei occhi e che ero una potenziale sospettata di omicidio.

E quando aprii l'altro occhio... mi ricordai che il mio gatto parlava e affermava di essere il discendente di una stirpe di maghi.

Accidenti! Volevo solo rimettermi a dormire e svegliarmi quando tutto fosse finito. Era troppo tardi per lasciare l'università e trasferirmi il più lontano possibile?

Beh, ora però ero sveglia e dovevo fare qualcosa. Non avevo idea di come comportarmi con il mio gatto e mi sentivo a disagio a trovarmi da sola con lui nella casa buia, così decisi di recarmi alla caffetteria per vedere se riuscivo a trovare qualcosa che potesse dimostrare la mia innocenza.

Per fortuna avevo una copia della chiave del locale per via delle molte occasioni in cui ero stata costretta a lavorare sia al turno di apertura che a quello di chiusura. Per precauzione parcheggiai sull'altro lato della zona commerciale, poi mi diressi lentamente verso l'Harold's House of Coffee ed entrai.

Un brivido mi attraversò mentre mi facevo strada verso il minuscolo ufficio sul retro con il solo aiuto della torcia del cellulare. Probabilmente non avrei dovuto trovarmi lì, ma di certo non avrei dovuto nemmeno essere accusata di un crimine che non avevo commesso. Forse dai documenti di Harold sarebbero emersi un'amante segreta o un rivale amareggiato. Esaminai i fogli delle presenze, una pila dopo l'altra, ma l'unica cosa che notai fu che, nonostante lavorasse al locale da meno tempo di me, Kelley guadagnava di più.

E quell'idiota di Harold mi aveva detto che il salario minimo era il massimo che poteva darci! Continuai a sfogliare i documenti contabili con le entrate e le uscite senza notare scostamenti rilevanti dai totali nel corso delle ultime settimane. Stavo per abbandonare la scrivania per passare allo schedario, quando un inquietante *clack-clack* risuonò fuori dalla porta dell'ufficio.

Mi immobilizzai e cercai di calmare il cuore che batteva all'impazzata.

«Ti prego, fa' che sia un topo. Fa' che sia un topo!» bisbigliai quando mi accorsi che sarebbe stato impossibile nascondermi alla vista di chiunque fosse entrato. Afferrai l'oggetto più grosso e contundente che riuscii a trovare, una pinzatrice, e sgattaiolai fuori dall'ufficio.

«Sei furtiva quanto un uccello con un'ala sola» disse una voce profonda e vagamente familiare proveniente dalle ombre.

Poi Morbidone—voglio dire, Merlino—fece un passo avanti, gli occhi verde chiaro che emanavano un inquietante bagliore sovrannaturale.

«Che cosa ci fai qui?» strillai con un filo di voce.

«So che sei uscita di casa per stare lontana da me» disse, la coda che ondeggiava in ampi movimenti alle sue spalle.

«Cosa?» dissi. «Non è... No, niente affatto. E comunque come sei arrivato fin qui?»

Sospirò; il suo fiato aveva uno sgradevole sentore di latte stantio a causa del gelato che avevamo mangiato quel pomeriggio. «Usando la magia, mi sembra ovvio.»

«Oh, ok. E perché? Sono in grado di gestire le cose da sola, qui?» Senza sapere perché, quella frase mi uscì come una domanda anziché come un'affermazione. Suppongo che i miei poveri nervi fossero già abbastanza scossi per via la morte del mio capo e della scoperta che il mio gatto sapeva parlare.

«Certo che lo sei» mi schernì Merlino, facendosi beffe della mia presunta capacità di cavarmela. Poi scosse il capo e proseguì: «Ascolta, non mi interessa perché hai ucciso quell'Harold. Sono affari tuoi, non miei. Ma poiché ora sei il mio famiglio, devo chiederti di smetterla di correre rischi inutili.»

«Aspetta un attimo! Sono il tuo cosa?»

«Il mio famiglio. Tutti i maghi che si rispettino ne hanno uno e, modestia a parte, tu ti occupi di uno dei migliori.»

«Non voglio essere il tuo—»

«Troppo tardi! Ti ho rivelato il mio segreto, perciò ora siamo legati. Non c'è modo di tornare indietro.»

Ebbe anche il coraggio di sorridere mentre lo annunciava, felino irritante che non era altro!

Barcollai all'indietro in preda a un capogiro: «Mi dispiace, ma è un po' troppo per me. E poi, io non ho ucciso Harold!»

«Naturalmente no.»

«Non sono stata io! Per questo sono venuta qui: sto cercando delle prove per capire chi potrebbe essere stato. Anche se la cosa migliore sarebbe che fosse morto per cause naturali.»

«Non è così che è andata» mi informò in tono pratico il mio gatto fiutando l'aria. «Percepisco rabbia e sentimenti negativi in questo luogo. Sono densi come smog.»

Sollevai un sopracciglio: «Oh, allora sai anche chi è stato?»

«Non ne ho la minima idea, ma probabilmente è meglio se lasci che sia la polizia a occuparsene. Avrai già parecchio da fare, ora che devi imparare da zero cosa implica essere un famiglio.»

«Non ne ho le forze» ribattei imbronciata ed emettendo un lungo sbadiglio.

Merlino mi toccò il piede con la zampa e un fiotto di energia mi attraversò il corpo—un'improvvisa botta di vita, più potente della carica che ti può dare un doppio espresso.

Fissai a bocca aperta il mio amico a quattro zampe: «Caspita, allora sei davvero un mago!»

«Sì, naturalmente.» Alzò gli occhi al cielo, un gesto che nemmeno immaginavo che i gatti fossero in grado di fare. «Ah, e ovviamente non puoi dirlo a nessuno.»

«Non lo farò» promisi con le mani tremanti per la paura. «A chi mai dovrei dirlo?»

«Questo non mi riguarda» mi informò voltandosi per correre via. «Ma se lo dici a qualcuno verrai immediatamente teletrasportata nella più orribile, squallida e sporca prigione magica che sia mai esistita.»

«Oh...» Ora le mani mi tremavano ancora di più e la pinzatrice cadde a terra. Un forte clangore risuonò nella caffetteria vuota e il cuore quasi mi si fermò nel petto.

Il mio gatto tornò verso di me sogghignando: «Smettila di cincischiare. Ora che sei la mia assistente, le tue azioni si ripercuotono sulla mia reputazione e non vedo di buon occhio il fatto di essere messo in imbarazzo.»

Accidenti! Cosa era appena diventata la mia vita?

5

Quando fummo di ritorno a casa, Merlino scomparve nell'oscurità, borbottando qualcosa su questioni magiche di cui doveva occuparsi, e dicendo che il mio addestramento da famiglio sarebbe proseguito il giorno dopo.

Mi lasciai cadere sul letto, esausta, pregando ardentemente che il giorno successivo le cose andassero diversamente.

La mattina dopo fui svegliata da un insistente bussare alla porta. Strizzando gli occhi per svegliarmi del tutto, mi resi conto che il sole splendeva già alto nel cielo. Di solito il mio gatto mi svegliava prima dell'alba pretendendo che gli riempissi la ciotola, ma quel giorno mi aveva lasciata dormire. Perché?

Toc toc.

E chi mai stava cercando di abbattere la porta di casa?

«So che è lì dentro!» strillò da fuori la sgradevole poliziotta che avevo conosciuto il giorno prima.

Sbuffai e mi alzai dal letto passandomi rapidamente le mani fra i capelli nel vano tentativo di domarli. Quando aprii la porta, l'agente Dash sbuffò ed entrò senza esitazioni.

«Oh, la prego, si accomodi» borbottai richiudendo la porta alle sue spalle.

«Vuole un caffè?» chiesi poi, dirigendomi verso la cucina con uno sbadiglio gigante, in modo che vedesse con i propri occhi quanto disturbo mi aveva arrecato.

«Si è appena svegliata, vedo» notò l'agente scuotendo il capo con disappunto. «Dorme sonni un po' troppo tranquilli per un'assassina. Suppongo che questo faccia di lei una psicopatica.»

Ignorai quell'insulto fuori luogo e mi sforzai di sorridere: «Vuole un caffè o no?»

L'agente Dash sollevò una mano: «Per me niente, grazie.»

Sospirai e le voltai le spalle per dedicarmi alla difficile impresa di recuperare la mia tazza preferita dalla lavastoviglie e infilare una cialda nella Keurig per preparare il caffè.

Quando tornai da lei un paio di minuti dopo, con la tazza stracolma di caffè stretta fra le mani, vidi che si era già accomodata al disordinato tavolo della cucina.

Posai la tazza e raccolsi gli articoli sparsi qua e là che avevo stampato per le ricerche per la tesi, impilandoli in modo approssimativo fuori dalla portata della poliziotta.

Lei attese che mi sedessi e bevessi un sorso prima di iniziare a bombardarmi di informazioni: «Il medico legale ha confermato che il signor Harold Harris è stato assassinato. Stiamo ancora aspettando gli esiti completi dell'esame tossicologico, ma potrebbe farci risparmiare parecchio tempo e lavoro se confessasse subito.»

Mi rifiutavo di cedere a simili provocazioni, a prescindere dall'insistenza con cui la poliziotta proseguiva con le sue false accuse. «Non ho ucciso il mio capo» dissi a denti stretti.

«Ma certo. È quello che dicono tutti.»

«Non so a chi si riferisca con 'tutti', ma io le sto dicendo la verità.»

L'agente Dash spalancò gli occhi e si chinò verso di me in quella che pareva una tattica intimidatoria: «Se non è stata lei a ucciderlo, allora chi è stato? Eh?»

«Non ne ho idea. Io ero appena arrivata quando il signor Harris è crollato a terra, pertanto chiunque potrebbe essersi recato alla caffetteria ed essersene andato senza che io lo sappia. D'altra parte, non so nemmeno cos'è che l'abbia ucciso, quindi non sono nella posizione di fare delle ipotesi realistiche.» Ok, forse era un po' insensibile da parte mia parlare a quel modo, ma quella situazione mi stava stressando in modo eccessivo e, oltretutto, di primo mattino. Volevo solo che l'agente Dash accettasse il fatto che ero innocente e mi lasciasse in pace.

La sua frustrazione, invece, aumentò ancora e un rivolo di sudore le colò sulla fronte: «Ha ascoltato ciò che le ho detto? Esame tossicologico significa avvelenamento. Stiamo solo aspettando di conoscere tutti i dettagli.»

«Veleno, dice? Beh, Harold aveva praticamente sempre una tazza di caffè in mano. Spesso noi dipendenti facevamo battute sul fatto che avesse aperto la caffetteria per risparmiare sulla sua passione per il caffè.» Osservai la mia tazza con sospetto, poi decisi che nessuno poteva avermi avvelenato il caffè e bevvi un altro lungo sorso. Sapeva il cielo di quanta caffeina avevo bisogno per riuscire a portare avanti quella conversazione.

L'agente Dash estrasse dalla tasca il piccolo taccuino e schiacciò il tappino della penna per farne uscire la punta: «Noi? Noi chi?»

Accidenti!

«Oh, ehm. Solo gli altri che lavorano alla caffetteria. Drake e Kelley sono i due colleghi con cui faccio i turni di solito, ma so che ci sono anche altri dipendenti.»

Mi studiò con attenzione: «Quindi lei ritiene che uno dei suoi colleghi abbia avvelenato il signor Harris?»

«Non ho detto questo. Onestamente non ne ho idea. Sono sconvolta da questa faccenda tanto quanto lo sono tutti.»

«Se il veleno era nel caffè, allora i tre baristi di turno sono i sospettati principali perché avevano il movente e i mezzi» puntualizzò con un'alzata di spalle che parve molto innaturale.

Scossi il capo: «Non sto dicendo che sono stati Kelley o Drake. Kelley era terribilmente sconvolta.»

«E Drake?»

Anziché rispondere, bevvi un'altra lunga sorsata di caffè. Non volevo dimostrare la mia innocenza accusando qualcun altro e non c'era scritto da nessuna parte che dovessi stare al gioco meschino dell'agente Dash. Quando posai la tazza, lei mi stava ancora osservando minuziosamente.

Si alzò e spinse la sedia verso il tavolo: «Se scoprirò che il veleno era nel caffè, può star certa che tornerò qui di corsa a farle altre domande.»

«Non ho ucciso Harold, ma farò tutto il possibile per aiutarla a scoprire chi è stato» la sfidai senza fare una piega.

Lei sbuffò. «Anche questo lo dicono tutti» disse con un sorrisetto sarcastico. «Dirò al suo amichetto Drake che gli manda i suoi saluti.»

6

Dopo che l'agente Dash se ne fu andata, indossai un paio di jeans strappati e una maglietta pulita dal cassetto, inserii un'altra cialda nella macchina per il caffè e attesi che la bevanda fosse pronta. Prima che terminassi, Merlino entrò di corsa dalla gattaiola come se fosse posseduto.

«Vieni, non c'è tempo da perdere!» gridò correndo per la cucina in ampi cerchi con la coda rasoterra.

«Che succede?» chiesi con voce strozzata. Potevo anche aver iniziato ad abituarmi al fatto che il mio gatto parlasse, ma faticavo ancora parecchio a stare dietro alle sue sceneggiate.

Si fermò di colpo, si lasciò cadere su un fianco e ululò: «Sbagliato! Siamo entrambi morti.»

«Morti? Che stai dicendo?»

«Un famiglio deve sempre essere in sintonia con il proprio mago. Una reazione rapida può fare la differenza tra la vita e la morte, fra libertà e prigionia» mi rimproverò, comodamente disteso sul pavimento.

Mi strofinai gli occhi: «Devi darmi un po' di tempo per abituarmici. E per svegliarmi.»

Merlino scosse il capo e rise amaramente: «Ho fatto una pessima scelta, è evidente.»

«Insultarmi non mi farà imparare più in fretta» puntualizzai, mentre le ultime gocce di caffè cadevano nella tazza con un allegro *plip plop*. «In ogni caso, quando otterrò i poteri magici?»

Merlino scoppiò in una fragorosa risata, rotolandosi da una parte all'altra sul pavimento di linoleum della cucina: «Poteri magici? Tu? Oh, questa sì che è buona! Grazie, avevo proprio bisogno di farmi una bella risata.»

«Non sto scherzando. Mi hai costretta tu in questa situazione: il minimo che puoi fare è far sì che me ne derivi qualche beneficio.»

«Oh, mia piccola umana ingenua...»

«Gracy» gli ricordai. «Ho un nome. Sei pregato di usarlo.»

«Gracy» sbottò lui arricciando sgarbatamente il naso. «Saresti disposta a sceglierne un altro?»

Gli lanciai un'occhiataccia mentre si rialzava in piedi.

«E sia, vada per Gracy. E no, non otterrai poteri magici. Non spettano ai famigli.»

Si stava dimostrando ancora più fastidioso dell'agente Dash quella mattina: «Allora che cosa vuoi da me?»

«Oltre ai tuoi doveri precedenti, ovvero riempirmi la ciotola e pulire la lettiera, ora il tuo compito è essere il mio volto.»

Lo fissai impassibile.

«Cosa non ti è chiaro?»

Incrociai le braccia sul petto e sospirai: «Che diavolo significa *essere il tuo volto*? Non ha nessunissimo senso. Hai già un volto. Beh, un muso.»

«Ti racconterò una storia per spiegartelo. C'era una volta un ragazzo brutto e con un gran nasone. Era innamorato di una splendida fanciulla, ma temeva che lei lo rifiutasse a causa del suo aspetto, così fece un patto con un ragazzo bello e senza cervello per—»

«Mi stai raccontando la storia di Cyrano de Bergerac?»

«Oh bene, allora la conosci.»

«E quindi io sarei...» Mimai le virgolette con le dita. «Il ragazzo bello e senza cervello?»

«Esattamente. Voglio dire, sei un pochettino più intelligente e un po' meno bella, ma più o meno ci siamo.»

«Spiacente, al momento non posso occuparmi di questa faccenda.» Presi la tazza di caffè e marciai verso la mia camera, pronta a sbattergli la porta in faccia.

Merlino mi seguì, troppo veloce perché riuscissi a chiudermi dentro senza rovesciare il mio prezioso caffè. «Ti chiedo scusa. Ho dimenticato quanto siete sensibili voi umani su simili questioni. Ho scelto te perché credo che tu abbia i requisiti giusti.»

«Per essere il volto senza cervello delle tue attività?» chiesi rabbiosa.

Ma Merlino non colse la mia collera o decise di ignorarla: «Esatto. Sono lieto che tu abbia finalmente capito.»

«Scusami tanto, ma ho altri progetti per la mia vita. Grandi progetti.»

I suoi occhi scintillarono maliziosi: «Quali? Dimmelo. Posso realizzarli.»

Lo fissai perplessa, timorosa di chiedere ulteriori spiegazioni.

«Tu non hai poteri magici, ma io sì, ricordi? Quello di famiglio è un ruolo importante e comporta notevoli vantaggi. Molti personaggi di rilievo nella storia del genere umano erano famigli.»

Incrociai le braccia e lo fissai: «Davvero? Tipo?»

«Beh, pensa ad esempio al mio omonimo» disse, mentre un sorriso gli si disegnava fra le vibrisse.

Ero riluttante a credergli: «Merlino, il famoso mago?»

«Ah, gli sarebbe piaciuto! Il Merlino che voi umani conoscete era in realtà il famiglio di un mago felino estremamente potente. Anche il gatto si chiamava Merlino e ciò ha creato non poca confusione. Il Merlino umano voleva fama e poteri magici in cambio dell'aiuto che offriva al suo gatto. Ma divenne avido e presuntuoso, ragion per cui il vero Merlino gli lanciò una maledizione che lo fece ringiovanire e poi si trovò un famiglio decisamente più all'altezza, un umano di nome Artù. Questi desiderava potere e prestigio solo nel mondo degli umani, un desiderio assai più facile da realizzare per il mio illustre predecessore.»

«Quindi Merlino era un truffatore e re Artù era soltanto il famiglio di un gatto magico?» riassunsi.

«Non *soltanto*. I famigli svolgono un ruolo estremamente importante e noi maghi facciamo il possibile per renderli felici e soddisfatti.»

Sollevai un sopracciglio, dubbiosa: «Quindi potrei diventare la nuova Lady Gaga?»

«Quello richiederebbe del talento. Potresti non averlo per nascita, ma di certo è qualcosa alla mia portata.» Merlino fece una pausa e flettè le zampe. «È davvero questo che vuoi?»

«No, era solo per capire» mi affrettai a spiegare.

«Allora pensaci bene, perché di desideri di questo calibro se ne può esprimere soltanto uno. Ci sono molte piccole cose che posso fare per te con regolarità, ma una magia che cambia completamente la vita è concessa una volta sola.»

«Lo terrò a mente» promisi, ancora non del tutto convinta.

«Farai bene a ricordartene.» Ora Merlino sembrava soddisfatto. «Forza. Iniziamo.»

7

«Dove stiamo andando?» chiesi inseguendo il mio gatto per la casa.

Ma lui, invece di rispondere, schizzò fuori attraverso la gattaiola.

Mi infilai in tutta fretta un paio di infradito scadenti che tenevo di fianco alla porta d'ingresso e la spalancai appena in tempo per vederlo saltare nella vasca per gli uccelli schizzando acqua tutto intorno a sé. Sapevo che ai Maine Coon piace l'acqua, ma era comunque strano vederlo divertirsi a quel modo. Da dove venivo io, i gatti erano gatti: detestavano l'acqua e di certo non parlavano.

«Ti ho visto l'altro giorno» dissi avvicinandomi con cautela. «Ieri» precisai.

Accipicchia, sembrava passata almeno una settimana.

Merlino smise di sguazzare e mi lanciò uno sguardo da sopra la spalla: «Sì. E cosa hai visto?»

«Stavi v-vo-volando» balbettai cingendomi il torso con le braccia. «Inseguivi un uccello che volevi mangiare.»

Merlino sospirò: «Innanzi tutto, non volevo mangiarlo. Quel tizio mi deve dei soldi.»

Sbattei le palpebre: «Soldi?»

«Sì, soldi.» Ora sorrideva.

«In secondo luogo, volevo che mi vedessi. Era una prova.»

«Una prova?» un brivido mi percorse, nonostante la mattinata in Georgia fosse soleggiata e tiepida.

Merlino alzò gli occhi al cielo: «Smettila di ripetere tutto ciò che dico sotto forma di domanda.» Mi fissò dall'alto in basso, aspettando che facessi ciò che voleva da me, di qualunque cosa si trattasse.

Deglutii e annuii, ancora incredula che il mio gatto utilizzasse il denaro e che un uccello del vicinato avesse un debito con lui.

«Dovevo vedere come avresti reagito al primo accenno di magia. Alcuni umani non riescono a gestire la cosa.»

«E io invece sì? Voglio dire, sono riuscita a gestirla?»

Mi squadrò da capo a piedi poi fece un sorrisetto: «Sei ancora tutta intera. È un buon inizio.»

«Cosa sarebbe potuto succedere?» chiesi, piuttosto arrabbiata per il fatto che mi avesse messa in pericolo consapevolmente.

«Saresti potuta impazzire» disse in tono piatto. «Capita a molti. Ecco perché si deve sempre procedere con la massima cautela quando si seleziona e si mette alla prova un famiglio.»

«Quindi fate impazzire la gente?» Mi ci volle tutta la forza di volontà che avevo per non mettermi a urlare. Ma eravamo sul ciglio della strada di un quartiere residenziale. Se qualcuno mi avesse vista non soltanto parlare, ma litigare con il mio gatto, in breve sarebbero arrivati gli infermieri con la camicia di forza, pronti a rinchiudermi e buttare via la chiave.

Merlino mantenne la calma e un'espressione disinvolta, come se stessimo discutendo di quisquilie e non di rischi reali. «Sì, non tutti sopportano l'idea dell'esistenza della magia. Una triste realtà.» Il felino si raddrizzò e sporse in fuori il petto coperto di morbido pelo. «In ogni caso, sono lieto che tu sia ancora qui con me.»

«Posso forse scegliere?»

Sogghignò: «No.»

«Proprio come pensavo.»

«Avvicinati» mi incoraggiò lui e io feci subito come mi aveva detto.

«Che cos'è questo? Cosa stiamo facendo?» chiesi, sentendomi impacciata a starmene lì in mezzo al cortile a parlare con un gatto in pubblico. Sul serio, perché non potevamo stare dentro casa a fare... beh qualsiasi cosa stessimo facendo.

«Doveri di un famiglio, lezione numero uno!» dichiarò lui con orgoglio. Poi si spostò sul bordo della vasca, restando in precario equilibrio. «Proteggere il calderone a qualsiasi costo.»

«È una vasca per uccelli» puntualizzai.

Lui sollevò una zampa e ci affondò il muso con aria sconsolata: «È un calderone. La fonte dei miei poteri e il mezzo per mantenermi in contatto con gli altri maghi. Senza di esso sono un mago latitante, non un mago con tutti i crismi.»

Spostai lo sguardo dalla vasca a lui, poi di nuovo alla vasca.

Merlino sospirò: «Lezione numero due. Credi a tutto ciò che dico senza discutere. Ad esempio, questo è un calderone. Un tempo maghi e streghe utilizzavano quegli enormi pentoloni neri. Ma al giorno d'oggi preferiamo oggetti d'uso comune a cui è facile arrivare passando inosservati. Guarda qui.»

Si portò al centro della fontanella e vi immerse una zampa. Subito il sottile strato d'acqua iniziò a risplendere di un verde chiaro simile a quello dei suoi grandi occhi.

«Caspita!» dissi, senza fiato per la sorpresa.

Merlino toccò nuovamente l'acqua e quella tornò normale. «Per questo noi gatti abbiamo scelto di legarci a voi umani. Per strada nessun posto è davvero sicuro. Le parvenze della vita domestica ci consentono di proteggere i nostri segreti. E anche le ombre della notte. Ovviamente preferiremmo tenerci alla larga durante il giorno, ma è più facile nascondere la nostra vera essenza quando la maggior parte di voi umani è rintanata a letto.»

Annuii. Ciò che diceva aveva senso, ora che ci pensavo. Tutto tranne...

«A cosa mai vi serve il denaro?» chiesi, ancora colpita dalla rivelazione sul povero pettirosso che gli doveva dei soldi.

«Sei ancora troppo condizionata dalla tua visione del mondo. Nel nostro... *MIAO*!»

«Eh?» Girai la testa per vedere cosa stava guardando e notai una persona intenta a fare jogging.

La donna sorrise e fece un cenno di saluto con la mano; avrei potuto giurare di averla già vista da qualche parte, ma non avrei saputo dire dove.

Scomparve alla vista con la stessa rapidità con cui era apparsa.

Mi voltai di nuovo verso il mio gatto; la sua coda penzolava giù dalla vasca di pietra ondeggiando minacciosamente: «Non fidarti di quell'umana!» soffiò.

«Che cosa? Perché? Sembrava amichevole.»

Sogghignò sgarbatamente, con lo sguardo ancora fisso nella direzione in cui la donna si era dileguata: «Ricordi la lezione numero due?»

«Fidarmi di tutto ciò che dici?»

«Sì. Quella è Virginia. È il famiglio di Luna, una maga terribilmente molesta che vive dall'altra parte della città» sibilò.

«È venuta a spiarci?»

Merlino saltò giù dalla vasca per uccelli: «Non mi sorprenderebbe affatto. Per fortuna il calderone è protetto dagli altri maghi e dai loro famigli. Vieni. Torniamo dentro, dove nessuno che voglia farci del male possa vederci.»

Farci del male? Sembrava che avessi superato solo la prima di molte prove che avrei dovuto affrontare per stare accanto al mio gatto nel mondo magico di cui faceva parte. E questo mi lasciava con una domanda che si ripeteva senza sosta nella mia mente: *PERCHÉ PROPRIO IO?*

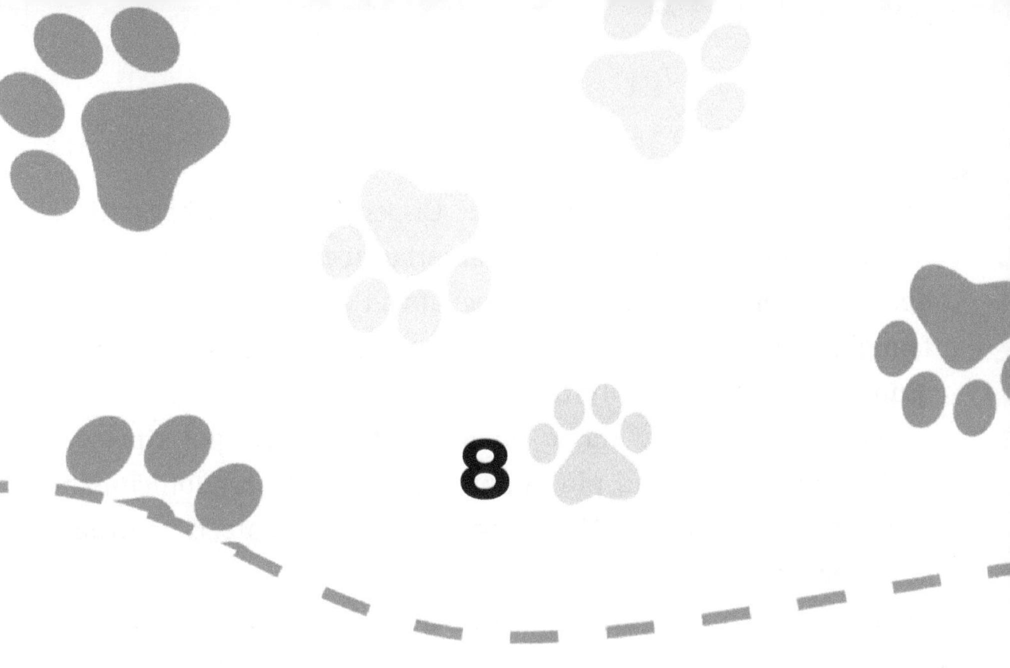

8

«Andiamo da Luna» annunciò Merlino non appena chiusi la porta alle nostre spalle. Ovviamente l'idea non mi piaceva neanche un po'.

«Cosa? Perché?» gemetti.

Purtroppo Merlino fu irremovibile: «Se ci sta spiando significa che probabilmente ha qualcosa da nascondere.»

«Quindi faremo irruzione a casa sua sulla base di una semplice probabilità? Nel caso tu non l'abbia notato, sono già sospettata in un'indagine per omicidio!» sbottai. E dovetti ammettere che era una bella sensazione gridare dopo essermi trattenuta mentre eravamo all'aperto.

«Lezione numero due» mi ricordò nuovamente lui. E già sapevo che quella sarebbe stata la lezione che meno mi sarebbe piaciuta, a prescindere dalle successive.

Ansimai e incrociai le braccia. Non poteva costringermi a fare qualcosa contro la mia volontà... O forse sì?

Il tono di Merlino si ammorbidì un po': «Senti, so che è tutto nuovo per te, ma devi fidarti di me. Ci penserò io a proteggerti. E, ora come ora, proteggerti significa accertarmi che Luna non combini qualche scherzo mentre sono impegnato ad addestrare il mio nuovo famiglio. In questo momento siamo entrambi molto vulnerabili, quindi dobbiamo stare all'erta.»

Fece una pausa e trasse un profondo respiro, poi riprese a parlare in tono ancora più cupo: «Credi che le prigioni umane siano posti spaventosi? Non reggono minimamente il confronto con l'orrore di una prigione magica. Se Luna ci espone a qualche rischio, ci finiremo entrambi senza nessuna speranza di uscirne. Se finisci in una prigione umana posso farti evadere in un batter d'occhi e aiutarti a crearti una nuova identità. Fidati di me, l'omicidio di quell'Harold è l'ultimo dei tuoi problemi, ora.»

«Va bene» dissi, troppo stanca per continuare a oppormi e troppo intimorita dalle possibili ripercussioni del fallimento nel diventare un famiglio. Non volevo sapere nient'altro su prigioni magiche e pericoli.

Mi studiò con quei particolarissimi occhi verdi e chiese: «In che senso?»

«Mi fido di te» risposi, pregando di non dovermene pentire in futuro.

«Davvero? Mi aspettavo che opponessi molta più resistenza.»

Mi strinsi nelle spalle: «A che pro, se tanto finiremo per fare come dici tu?»

«Sono lieto che tu capisca.» Merlino annuì, poi sbatté lentamente le palpebre due volte.

Dovevo averlo fatto anch'io, perché un attimo prima eravamo sulla porta della cucina di casa mia e un istante dopo mi trovavo all'ombra di un albero di magnolia, nel giardino molto curato di una casetta in stile ranch che non avevo mai visto prima.

Feci un passo indietro, appoggiandomi all'albero per restare in piedi.

«Cosa... Cos'è successo?» sussultai. Merlino mi si avvicinò ridacchiando: «La tua prima esperienza di teletrasporto. Che tenerezza!»

«Teletrasporto?» strillai con un filo di voce, nel caso in cui qualcuno potesse sentirci. «La prossima volta avvisami, per favore.»

«No» disse con fermezza. «È molto più semplice se non sai cosa sta per succedere.»

Sbuffai prendendomi la testa fra le mani. Ma era solo per fare un po' di scena perché, seppur sbalordita, in realtà mi sentivo benissimo. «Dove ci troviamo?»

«A casa di Luna. Su, andiamo.» Merlino si allontanò da me e iniziò a correre verso il retro della casa, la morbida coda striata orgogliosamente alta.

«Aspetta. Come facciamo a entrare?» gli gridai dietro.

Ma lui accelerò e saltò dritto dentro una fioriera che conteneva vivaci narcisi gialli. Lo seguii procedendo lentamente: un attimo prima camminavo sull'erba soffice e, al passo successivo, posavo il piede su un pavimento di legno. Grandioso, ora eravamo dentro.

«Smettila con il teletrasporto!» sibilai.

«Smettila di lamentarti», ribatté, «e aiutami a cercare.»

«Cercare cosa?» chiesi osservando l'arredamento confortevole.

Era evidente che la proprietaria di Luna—o meglio, il suo famiglio—amasse le stampe floreali: ricoprivano ogni superficie. Ero piuttosto certa di aver visto un modello di divano identico nelle foto di un articolo che annunciava la gravidanza di una celebrità locale. Oltre a tessuti, tende e mobili a fiori, più di una decina di vasi di fiori freschi erano sparsi qua e là nella modesta casetta.

Non potei fare a meno di starnutire.

«Luna è una maga della natura» mi spiegò Merlino quando si accorse che mi guardavo intorno.

«E tu che tipo di mago sei?» chiesi stupefatta. Avevo appena scoperto che i maghi esistevano davvero e ora veniva fuori che ce n'erano anche di tipi diversi.

«Sono un mago del cielo» mi informò pacatamente.

Mi girava la testa per via di tutte quelle nuove informazioni: «Come, scusa?» squittii. Non era una questione su cui potessi soprassedere senza un minimo di spiegazioni.

«Sono piuttosto dotato in tutti gli ambiti, ma la mia specialità sono gli elementi legati al cielo. Vento, acqua, ghiaccio, questo genere di cose. Fulmini di tanto in tanto, se sono dell'umore giusto.»

Finalmente cominciavo a capire: «Oh, appartenete a tipologie elementali? Come i Pokémon!»

La sua espressione si fece subito arcigna: «No, non come uno sciocco videogioco per bambini umani.»

«Io invece credo di sì. Luna è una maga della natura, quindi è brava con le piante e il terreno, giusto? Quindi è di tipo Erba e Terra» illustrai, lieta che le molte ore trascorse a giocare a Pokémon Go fossero servite a qualcosa di più che semplice intrattenimento. «Tu, invece, controlli acqua, fuoco e ghiaccio, quindi vi completate a vicenda. Ti suggerisco di usare i poteri del ghiaccio in combattimento.»

«Questo non è un gioco e non ci sono combattimenti. Ora smettila di blaterare e aiutami a cercare cose sospette.»

«Tipo quello?» chiesi indicando un vecchio diario in pelle lasciato aperto sul tavolino da caffè.

«No» rispose sulle prime Merlino, ma poi si voltò a guardare cosa stessi indicando e i suoi occhi si illuminarono di meraviglia. «In realtà sì! Ottimo lavoro. Ora prendilo e andiamocene da qui prima che qualcuno si accorga della nostra presenza.»

Beh, non me lo doveva certo dire due volte! Mi precipitai a prendere il diario alla massima velocità consentita dagli infradito, pronta a fare ritorno a casa.

9

Merlino sbatté le palpebre la prima volta e io mi preparai psicologicamente a un altro inquietante spostamento tramite teletrasporto. Ma prima che potesse farlo una seconda volta, un vaso di fiori accanto a noi andò in frantumi, e steli spinosi saettarono verso il mio gatto avvolgendolo e bloccandolo.

«Bene, bene, bene...» Una roca voce femminile si levò dalla porta d'ingresso. Non avevo sentito entrare nessuno. Come potevamo essere stati tanto incauti?

Girai la testa, troppo spaventata per fare anche un solo passo, e vidi una gatta bianca, snella e slanciata, che mi fissava con dei brillanti occhi verdi.

«Luna» ruggì Merlino. «Che cosa vuoi?»

Lei gli si avvicinò e prese a girare lentamente intorno al rivale intrappolato: «Penso che dovrei essere io a fare le domande, visto che siete stati voi a fare irruzione in casa mia.»

«Io non ti devo nessuna spiegazione» sbottò Merlino mettendosi a soffiare.

Mentre i due felini continuavano a discutere, mi infilai il diario che avevamo trovato nella vita dei pantaloni.

«Cosa ci faceva il tuo famiglio davanti a casa mia?» chiese Merlino. Aveva un'aria davvero patetica in quella gabbia di steli e petali.

«E perché il tuo famiglio, invece, è *dentro* casa mia? Possiamo andare avanti così tutto il giorno, Morbidone!» Scoppiò in una sonora risata: non c'erano dubbi su chi fosse il cattivo in quella situazione.

«Il suo nome è Merlino» la corressi con rabbia, cercando di afferrarla. Anche se non avevo poteri magici, avevo una sessantina di chili di vantaggio su quel felino pelle e ossa. Di certo sarei riuscita a sopraffarla.

Ma non fu così. Mi sfuggì, si voltò e mi soffiò: «Te lo dirò una volta sola, quindi vedi di prestare attenzione.» Luna inarcò la schiena e rizzò il pelo della coda, che divenne enorme. «Se fai di nuovo irruzione in casa mia, non sarò più così clemente!»

Deglutii, ritenendo opportuno non sottolineare che ci eravamo teletrasportati, quindi, tecnicamente, non avevamo fatto irruzione.

Luna si avvicinò lentamente con gli artigli sfoderati: «Sei stupida o cosa? Fuori da casa mia!»

Non me lo feci ripetere due volte: presi in braccio Merlino, con tanto di gabbia spinosa, e mi precipitai fuori dalla porta. Sempre correndo, mi diressi verso la strada, a malapena visibile in lontananza. L'ampio giardino anteriore della casa di Luna si trovava all'incrocio fra due strade secondarie. Cercai di leggere il nome della via mentre mi avvicinavo, ma faticavo a metterlo a fuoco.

Persimmon, riuscii a leggere infine quando i miei piedi entrarono in contatto con l'asfalto. Non appena ci trovammo fuori dal giardino di Luna, gli steli spinosi e i fiori che intrappolavano Merlino scomparvero.

Lui saltò giù dalle mie braccia, si diede una scrollata, sbatté le palpebre due volte e... ci ritrovammo a casa.

«E tutto questo per niente!» si lamentò dirigendosi verso la ciotola dell'acqua e dando lunghe leccate per rinfrescarsi.

«No, non per niente» rivelai tirando fuori il diario dai pantaloni e mostrandoglielo.

«Mia cara Gracy!» esclamò lui. «Brava la mia ragazza! Davvero brava!»

Mi beai dell'elogio, nonostante il tono lezioso. «Capisco perché non ti piace Luna» dissi con delicatezza. «O il nome Morbidone. Mi dispiace.»

«Mi avrebbe ucciso se non ci fossi stata tu» disse con noncuranza facendo spallucce. «Si comporta sempre così da quando l'ho scaricata per assumere il ruolo di mago a pieno titolo.»

Alzai le mani e feci un passo indietro: «Aspetta, aspetta, aspetta. Torna un attimo indietro.»

Merlino si voltò di lato, ma tenne un occhio fisso su di me: «Un gatto non può diventare un mago a pieno titolo finché non sceglie un famiglio.»

«Non quello. La questione *scaricamento*» chiarii, chiedendomi perché non mi avesse parlato dei suoi trascorsi con Luna *prima* della violazione di domicilio—e del furto del diario da parte mia.

Lui sbadigliò e si stiracchiò pigramente la schiena e le zampe: «Ah, quello. Ci frequentavamo. Roba di poco conto.»

«In realtà sembra tutto fuorché una questione di poco conto» lo corressi, sperando che approfondisse il discorso.

«Non è colpa mia se le regole vietano a due maghi di vivere sotto lo stesso tetto. Andava bene finché ero un randagio, ma poi le cose sono cambiate. Mai e poi mai rinuncerei ai miei poteri per un'avventura. Non se ne parla nemmeno. In ogni caso... È inutile pensare al passato quando dobbiamo preoccuparci del nostro futuro. Ora fammi dare un'occhiata a quel libro» mi ordinò senza mostrare il minimo ripensamento sulla fine della sua storia d'amore.

Mi accomodai sul divano e mi sistemai il diario in grembo in modo che potessimo leggerlo insieme. «Di che si tratta?» chiesi, strizzando gli occhi davanti alla strana serie di simboli inframezzati da schizzi di animali e piante.

«Sembrerebbe un grimorio. Non il suo grimorio principale, bada bene, ma qualcosa di nuovo a cui sta lavorando.»

«Un libro degli incantesimi? Ne hai uno anche tu?»

Merlino annuì, continuando a esaminare le pagine: «Ne ho molti, ma non li lascerei mai in bella vista.»

«Dove li tieni?» domandai.

«Si tratta di un'informazione riservata, da divulgare solo in caso di necessità. Per ora non è necessario che tu lo sappia.»

«Caspita. Ok.»

Merlino borbottava tra sé mentre sfogliava le pagine del diario, del tutto indifferente al fatto di aver ferito i miei sentimenti.

«Quindi cosa stiamo cercando qui?» chiesi dopo aver trascorso un po' di tempo a osservare, in attesa, senza averci capito assolutamente niente.

«Sta cercando di creare una nuova pozione. Molto potente. Ma sembra non esserci ancora riuscita.»

Fissai il libro con maggior attenzione, ma continuavo a non capirci un'acca: «Per farci cosa?»

«Non saprei. È tutta roba da maghi della natura. Sono abilissimi con le pozioni. Io non tanto.»

«Credi che potrebbe trattarsi di un veleno?» chiesi ripensando al povero Harold. Sarà anche stato un uomo avaro e meschino, ma di certo non meritava di essere ucciso.

Merlino colse al volo il mio suggerimento: «Credi che possa esserci Luna dietro la morte di Harold?»

Annuii: «Sì. Voglio dire, perché no? Non c'è nessun altro sospettato che possa avere un movente.»

Merlino chiuse di colpo il diario: «Teoria molto interessante. È possibile che volesse arrivare a te, ma che invece il veleno sia finito nelle mani di Harold.»

Sussultai: finora non mi ero resa conto di quanto fossi stata in pericolo, né di quanto potessi esserlo ancora. «Arriverebbe a tanto? Davvero mi ucciderebbe?»

«Mah...» Merlino sbadigliò come se quella conversazione di importanza vitale lo annoiasse. «Luna è molto pericolosa e ce l'ha con me; e questo significa che ce l'ha anche con te.»

«Allora forse non avresti dovuto spezzarle il cuore» mormorai, aggiungendo anche questo al lungo elenco di motivi per cui quel giorno ero arrabbiata con il mio gatto.

Ah, quanto sarebbe stata più facile la vita se avessi preso un cane...

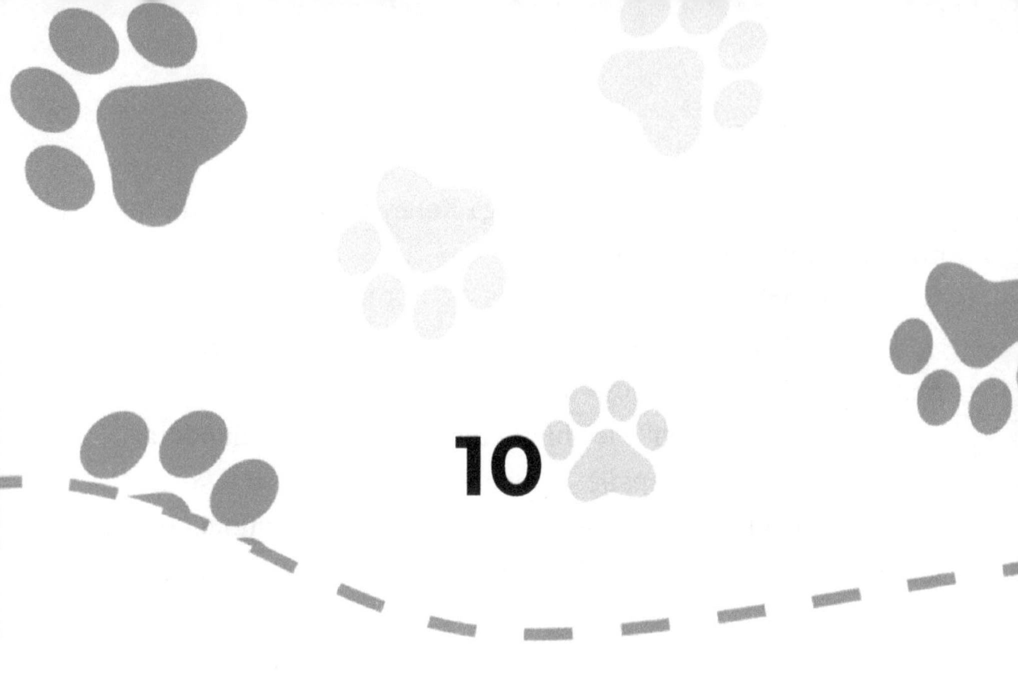

10

«Devo andare al lavoro» dissi prima di andare a farmi la doccia. Avevamo trascorso la maggior parte delle ultime ore a leggere attentamente il grimorio rubato e ancora non eravamo venuti a capo di nulla. L'unico risultato erano i miei poveri nervi a pezzi.

«Se Luna è così pericolosa, forse dovresti restituire quel diario» gridai a Merlino prima di chiudermi la porta del bagno alle spalle e godermi un po' di meritato tempo tutto per me. Ne avevo davvero bisogno!

Forse aveva seguito il mio consiglio perché, quando finii di prepararmi per il turno, sia lui che il grimorio erano spariti.

Sinceramente non sapevo se qualcuno si aspettasse che mi presentassi al lavoro quel giorno, considerando quanto era accaduto e che il locale era la potenziale scena di un crimine, ma decisi che avrei almeno tentato di onorare i miei doveri nei confronti del povero Harold.

Quando arrivai alla caffetteria, vidi che era ancora transennata con il nastro giallo, ma la mia collega Kelley era entrata e, da come si muoveva, sembrava irrequieta.

Entrai anch'io.

Kelley alzò gli occhi all'improvviso da dietro la vetrinetta dei pasticcini: «Oh, ciao Gracy» disse con aria crucciata.

«Come ti senti oggi?» le chiesi con dolcezza, avvicinandomi.

Lei si strinse nelle spalle: «Sinceramente, non lo so.»

Abbassai gli occhi sulle sue mani, ma erano vuote. In effetti sembrava che non stesse facendo altro che starsene lì con aria addolorata.

Il giorno prima, mentre aspettavamo l'arrivo dei soccorsi, era davvero sconvolta, ma avevo pensato che si fosse trattato di una reazione momentanea. Invece, se possibile, quella mattina sembrava ancora più a pezzi.

E vederla così mi faceva sentire in colpa per non aver trascorso nemmeno un minuto a piangere il povero Harold: avevo pensato esclusivamente ai miei problemi, legati alla possibilità di essere accusata di omicidio.

Anche se Harold era stato un pessimo capo, volevo comunque comportami da brava persona. Forse, se ora avessi aiutato Kelley, avrei rimediato ai miei errori.

«Sì, è difficile» dissi a occhi bassi. «Non sarà stato il capo migliore del mondo, ma era comunque una persona che conoscevamo.»

Kelley si prese il volto tra le mani, singhiozzando: «Io lo conoscevo a malapena. Pensavo che avremmo avuto più tempo.»

Non conoscevo bene nemmeno Kelley. Non avevo capito che per lei Harold era qualcosa di più di un semplice conoscente per cui lavorava. Stava forse piangendo la morte di un amico, e tutti noi eravamo stati troppo presi dalle nostre faccende per accorgercene? Quel pensiero mi faceva stare malissimo.

Kelley lavorava alla caffetteria da appena un mese. Era una ragazza dolce, che si era diplomata da poco e si era trasferita da quelle parti per prendersi un anno sabbatico prima di proseguire gli studi. Mi ero sempre chiesta perché avesse scelto di trasferirsi nelle campagne della Georgia anziché optare per un viaggio in Europa, ma chi ero io per giudicare? Magari aveva ereditato una casa da quelle parti, proprio come era successo a me. Avrei potuto chiederglielo. Avrei *dovuto* chiederglielo.

Con esitazione le appoggiai una mano sulla spalla: «Fidati di me» le dissi accennando un sorriso. «Non ti sei persa molto.»

Si voltò verso di me con gli occhi arrossati dal pianto: «Tu dici? Ho passato tutta la vita a chiedermi chi fosse, a immaginare come sarebbe stato quando finalmente l'avessi incontrato. Ma ora non avremo mai la possibilità di creare un vero rapporto.»

Quella rivelazione mi colpì come una mattonata: «Kelley, Harold era...»

«Mio padre» concluse lei infilando una mano in tasca e tirandone fuori un fazzoletto spiegazzato. «Anni fa, lui e mia madre si frequentavano. Ma quando lei scoprì di essere incinta, si erano già lasciati e lui si era trasferito.»

La abbracciai forte: «Mi... mi dispiace tanto.»

Cercò di sorridere senza riuscirci: «Suppongo che non fossi destinata ad avere un padre. E immagino anche che ormai non abbia più senso restare qui. Non sarei mai dovuta venire. Quell'agente ha detto che mio padre è stato assassinato. E se in qualche modo fosse colpa mia?»

«No, tesoro. Di certo non è colpa tua» la rassicurai, ma lei non parve convinta.

«Pensaci bene» disse aggrottando le sopracciglia per la frustrazione. «Arrivo in città e nel giro di un mese lui viene ucciso. Non può essere una coincidenza.»

«Certo che lo è. Una coincidenza orribile, ma di certo non è colpa tua. Non sei responsabile delle decisioni dei tuoi genitori e, poco ma sicuro, non sei responsabile per la morte di Harold.»

Lei sbatté le palpebre: «Lo pensi davvero?»

Annuii con decisione: «Assolutamente sì.»

Finalmente Kelley riuscì a rivolgermi un debole sorriso: «Grazie.»

«Se hai un po' di tempo, posso raccontarti qualche aneddoto su di lui.»

Il suo sorriso divenne più ampio, gli occhi le luccicavano: «Davvero?»

«Ma certo. Tanto oggi il locale è chiuso. Prendiamoci qualcosa da mangiare e facciamo due chiacchiere.»

«Preparo del latte macchiato con zucca e spezie» si offrì Kelley.

«E io vado a prendere degli snack!» Mi diressi alla stanza che usavamo come cella frigorifera e presi del pane alla banana 'fresco' da scongelare. Al mio ritorno, Kelley mi fece cenno di sedermi mentre decorava le nostre bevande.

«Sai,» mi disse quando mi raggiuse nel solitario separé, «mia madre mi ha detto che ero pazza a voler venire qui. A volerlo conoscere. Forse avrei dovuto darle retta. Se l'avessi fatto, ora potrei ancora fantasticare su di lui, su come poteva essere e cosa gli piaceva fare, invece di avere la certezza che è morto.»

Fu così che iniziò una conversazione molto spiacevole.

Per lo meno per me.

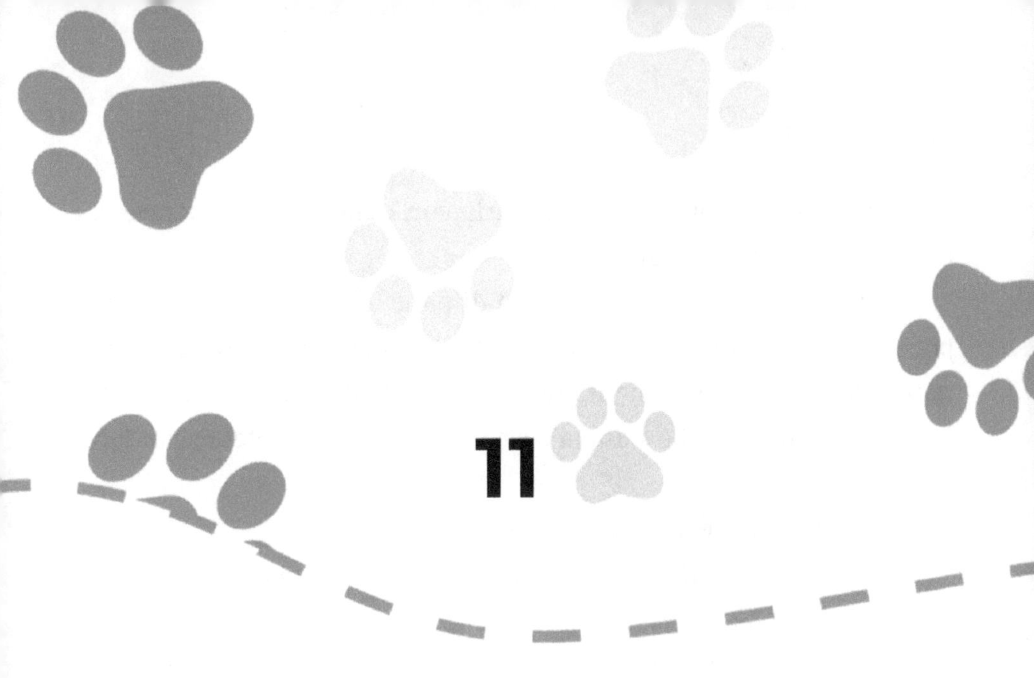

11

Strinsi le labbra e annuii, mentre Kelley mi raccontava brevemente la storia della sua famiglia. Lo scopo della conversazione era aiutarla a scoprire qualcosa sul suo defunto padre per conoscerlo un po' meglio, ma era possibile che lei sapesse più di quanto si rendesse conto? Che conoscesse qualche dettaglio della vita di Harold che potesse rivelarsi utile per identificare l'assassino?

Di certo lei aveva prestato molta più attenzione di me ai suoi andirivieni.

Ma la mia giovane collega era già così sconvolta dalla morte del padre che non mi sembrava giusto cercare di ottenere informazioni da lei con il rischio di peggiorare ulteriormente la situazione.

Ciò nonostante, se nessuno avesse scoperto chi aveva ucciso davvero Harold—e anche in fretta—la colpa sarebbe ricaduta su di me. Se la mettevo in questi termini, la scelta mi appariva ovvia.

Mi schiarii la gola e abbassai gli occhi, fissando la superficie del tavolo: «È finita male tra i tuoi genitori?» chiesi, non vedendo altra possibilità se non provare a spronarla con delicatezza e sperare che tutto andasse per il meglio.

Kelley sospirò e prese un pezzo di pane alla banana con le noci, poi si rese conto che era ancora gelato, lo riposò sul piatto e prese la tazza con entrambe le mani: «Mamma ha sempre detto che, se mai l'avesse rivisto, sarebbe stata la cosa peggiore che le potesse capitare» mormorò.

«La situazione è davvero così tragica?»

Kelley si appoggiò allo schienale e adagiò la testa contro la logora imbottitura: «Già.»

«Ti ho mai raccontato del mio primo incontro con Harold?»

Kelley scosse il capo e spalancò gli occhi: «No. Ti prego, dimmi tutto.»

«Beh, ero venuta qui per il colloquio. Ed ero in ritardo. Quando arrivai lo trovai seduto nel suo ufficio: sfogliava dei documenti e cantava a squarciagola una canzone del Fantasma dell'Opera.»

Kelley si rizzò a sedere e le sfuggì una risatina: «Non è possibile.»

«E invece sì! E non è tutto...»

Le raccontai qualche altro episodio buffo legato a lui; Kelley mi ascoltava, estasiata. Nel tempo che impiegammo a finire il latte macchiato, ero anche rimasta a corto di aneddoti. Anche il pane alla banana si era finalmente scongelato.

Ne presi un pezzo e feci un cenno a Kelley, prima di staccarne un grosso, delizioso boccone. Caspita, anche se non era appena sfornato era buono da impazzire.

«Cosa farai ora?» chiesi a Kelley che stava spiluccando le noci dal pane, mettendosele in bocca una dopo l'altra.

«Mia madre sta venendo a prendermi per riportarmi a casa» mi rivelò con una smorfia.

«Dove abita?» chiesi tanto per fare conversazione, anche se non mi era sfuggito il fatto che la ragazza non sembrasse affatto contenta di quella visita imminente.

«In Ohio.»

«Oh no, è terribile!» Allungai un braccio sul tavolo e le diedi un buffetto sulla mano: «Io vengo dal Michigan.»

«Nemici per natura» scherzò lei, facendo riferimento all'aspra rivalità dei nostri stati di provenienza. In realtà, essendo entrambe originarie del Midwest, le cose che avevamo in comune erano più numerose delle differenze.

Volevo saperne di più su sua madre, in caso si trattasse di una possibile sospettata nell'indagine, ma dovevo stare attenta a non fare pressioni eccessive. Speravo che quel momento di spiritosa confidenza mi avrebbe aiutata a procedere nella direzione giusta con le domande che volevo porre. Ferire di nuovo quella povera ragazza, già sconvolta dal dolore, era l'ultima cosa che avrei voluto. Ma c'era qualcosa che volevo ancora di più: evitare di finire dietro le sbarre per un crimine che non avevo commesso.

«Tua madre sarà contenta di riportarti a casa, vero?» azzardai leccandomi il pollice, per poi premerlo sulle briciole sparse nel mio piattino.

«Già» disse lei, dando finalmente un bel morso al suo dessert. «Come ho detto, non voleva che venissi qui. Diceva che l'unica cosa buona che mio padre avesse fatto in tutta la sua vita era stato farle avere me.» Sorrise timidamente.

«Perché si sono lasciati? Te l'ha mai detto?»

«Non voleva influenzare l'opinione che mi sarei fatta di lui. Ironico, non trovi? Mi ha detto solo di crederle sulla parola e di non fidarmi troppo.»

Ciò mi ricordò la regola numero due sull'essere un famiglio: 'Fai quello che ti dico senza fare domande.'

«So che è difficile, considerando com'è andata, ma penso che sia una bella cosa che tu abbia avuto la possibilità di conoscerlo» dissi, abbozzando un sorriso.

Kelley tirò su con il naso e scosse il capo: «Non lo so.»

«Un giorno lo capirai» dissi come se parlassi per esperienza.

«Probabilmente hai ragione.» Si strinse nelle spalle e si riadagiò contro lo schienale, a occhi chiusi. «È solo che è successo tutto così in fretta e non so se riuscirò a sopportare mia madre che lo insulta ancor prima del funerale.»

«Già, dev'essere davvero dura.» All'improvviso ebbi un'idea che avrebbe potuto rivelarsi utile per entrambe: «Sai cosa ti dico? Se tua mamma ti crea problemi, vieni a trovarmi. Dille che ci eravamo già messe d'accordo prima che succedesse tutto questo. Potrei fare da intermediario.»

Kelley spalancò gli occhi e mi fissò in silenzio, incredula. Infine disse: «Wow! Grazie davvero, Gracy. Sei così gentile.»

«Meriti l'appoggio di un'amica in questo momento e scommetto che ne hai anche bisogno.» Le porsi il cellulare. «Tieni, memorizza il tuo numero. Ti manderò un messaggio con il mio indirizzo.»

Kelley lo prese con impazienza e iniziò a digitare. Nel mentre, udii qualcuno bussare alla porta della caffetteria.

Mi voltai a guardare e riconobbi all'istante la silhouette dell'ultima persona che avrei voluto vedere in quel momento.

L'agente Dash era venuta a farci visita.

12

Non appena udimmo bussare, Kelley scattò in piedi e fece accomodare la poliziotta.

L'agente Dash fece una smorfia quando mi vide: «Immaginavo di trovarla qui, proprio dove non dovrebbe essere.»

«Eravamo di turno oggi» spiegò Kelley, subito pronta a difendermi. La apprezzavo davvero, ora che la conoscevo meglio.

«Beh, mi dispiace dirlo, ma questo posto è ufficialmente chiuso fino a nuovo ordine.» L'agente Dash non sembrava affatto dispiaciuta. Neanche un po'.

«Ha idea di quanto tempo potrebbe volerci?» chiesi recuperando i due piattini vuoti e portandoli al piccolo lavandino che utilizzavamo per riporre le stoviglie.

Gli occhi dell'agente Dash mi seguivano registrando ogni mio movimento: «Finché non avremo concluso l'indagine e l'avvocato del signor Harris avrà dato disposizioni sulle sue ultime volontà.»

«Per caso lei sa chi è incaricato della lettura del testamento?» chiese Kelley sistemandosi una ciocca di capelli dietro l'orecchio e abbassando lo sguardo. Se non altro, non ero l'unica a sentirsi intimorita dall'atteggiamento brusco della poliziotta. Ma quella era l'ultima cosa di cui la povera ragazza aveva bisogno in quel momento.

«Sono questioni che riguardano solo i familiari» sbottò l'agente Dash lanciando un rapido sguardo alla mia nuova amica per poi tornare a fissare me.

«Lo so» mormorò la ragazza fissandosi le scarpe. «Sono sua figlia.»

«Se è fra gli eredi, l'avvocato la contatterà» spiegò l'agente con un'occhiataccia. «In ogni caso, per quale motivo non ha menzionato il rapporto di parentela con la vittima durante il nostro primo colloquio?»

Kelley scosse il capo: «Sto ancora cercando di accettare la situazione.»

«Non si conoscevano» cercai di spiegare. «Se non da pochissimo.»

«Interessante.» L'agente Dash estrasse il taccuino e iniziò a prendere appunti. «Le dispiacerebbe venire con me in commissariato per rispondere a qualche domanda?»

Kelley spalancò gli occhi per lo spavento.

«È proprio necessario?» obiettai piazzandomi davanti a lei in atteggiamento protettivo. «Non vede quanto è già sconvolta?»

«Oh, ho urtato i sentimenti della sua amichetta?» chiese l'agente con un sorriso crudele. «Ma che sciocca che sono! In fondo sto solo cercando di consegnare un assassino alla giustizia.»

L'agente Dash pestò i piedi e Kelley mi afferrò un braccio con dita tremanti.

Mi voltai verso la mia giovane collega terrorizzata: «Non hai fatto niente di male, quindi non hai niente da nascondere. Perfino quella lì lo capirà» dissi, puntando il pollice verso la poliziotta, che appariva più infuriata del solito.

«Puoi restare?» mi supplicò Kelley.

«Gli interrogatori dei sospettati vanno condotti separatamente» ci informò l'agente.

Kelley sussultò: «Sospettati?»

«Ascolta, è un po' rude—ok, tantissimo. Ma non può farti assolutamente niente. Hai il mio numero. Chiamami in qualsiasi momento, per qualsiasi cosa.»

Kelley annuì e io mi feci da parte.

«Mai fatto un giretto sul sedile posteriore di una volante della polizia?» chiese l'agente Dash con un'espressione divertita che spinse Kelley a indietreggiare.

«Basta così» sbottai. Non appena l'indagine si fosse conclusa avrei sporto un reclamo lungo come la quaresima sulla totale mancanza di professionalità dell'agente Dash. Anonimo, ovviamente.

«Potete parlarne qui» continuai. «Io me ne vado, così avrete tutta la privacy necessaria.»

Strinsi la mano di Kelley e le dissi che sarebbe andato tutto bene, poi uscii dal locale. Nessuna delle due cercò di fermarmi.

Attesi qualche minuto nel parcheggio per assicurarmi che l'agente Dash non avesse intenzione di portare quella povera ragazza in commissariato per un interrogatorio appena ne avesse avuto l'occasione.

Una volta accertato che non era così, misi in moto e mi avviai verso casa.

Distratta com'ero, quasi passai con il rosso e più di una volta finii sul marciapiede. Perché l'agente Dash ce l'aveva tanto con me? E perché era venuta alla caffetteria quel pomeriggio? Mi stava forse cercando?

Temevo che, se non avessero trovato in fretta il vero assassino, la poliziotta si sarebbe spinta a fabbricare prove false contro di me pur di chiudere il caso.

Un'idea terrificante.

Forse avrei dovuto darmi una mossa con quel reclamo...

Le avrei dato un'ultima possibilità, decisi mentre entravo nel vialetto di casa. Ancora un incontro. Ma se alla visita successiva non avesse iniziato a comportarsi con maggior professionalità, sarei andata dritta in commissariato a parlare con il suo capo.

Presa quella decisione, parcheggiai, trassi un profondo respiro ed entrai in casa per vedere in quali nuovi guai ci avesse cacciati il mio gatto durante quella breve assenza.

13

Entrai in casa con cautela, incerta su cosa avrei potuto trovarci. Avevo lasciato Merlino da solo per un paio d'ore per via di quella strana giornata di lavoro. Buffo, finora non mi ero mai dovuta preoccupare di cosa facesse in mia assenza. Ora, invece, non facevo altro che preoccuparmi... per lui, per la faccenda di Harold, per ogni aspetto della mia vita.

Beh, qualsiasi cosa avesse fatto mentre ero via, non c'erano danni visibili. In realtà tutto era esattamente come l'avevo lasciato. Perfino il diario di Luna era ancora aperto sul divano, nel punto esatto in cui si trovava quando lo avevamo sfogliato insieme. Doveva averlo preso e poi riportato lì. Ma per quale motivo?

«Merlino?» chiamai avvicinandomi al divano e osservando il grimorio trafugato. Le due pagine visibili erano piene di scarabocchi illeggibili, scritti in fretta e furia; non riuscivo a capirci un bel niente.

Uffa! Speravo che lo restituisse una volta finito di consultarlo, o almeno che lo nascondesse da qualche parte. Era come se stesse cercando di attirare i guai in casa e lo stesse facendo di proposito.

Scattai qualche foto alle pagine del diario con il cellulare, poi lo presi, decisa a restituirlo io stessa.

Il problema era che non sapevo come arrivare al cottage di Luna, dato che ci eravamo teletrasportati sia all'andata che al ritorno. Però avevo letto il nome della via nei pressi della casa quando eravamo fuggiti. *Persimmon Street.* Lo scrissi sul GPS del cellulare ed ecco le indicazioni per raggiungerla. Grazie al cielo potevo contare sulla tecnologia moderna!

Persimmon Street si trovava dall'altra parte della città, ma mi bastarono dieci minuti per individuare la casa di Luna e parcheggiarvi davanti. Infilai il diario in borsa e mi avviai alla porta.

Una donna decisamente più in là di me con gli anni venne ad aprire prima ancora che avessi la possibilità di bussare.

«Buongiorno. Lei è Virginia?» chiesi fiduciosa.

«Gracy» rispose con un sospiro. Poi fece un passo indietro per lasciarmi entrare.

Bene. Era un buon inizio.

Ora dovevo solo trovare un modo per rimettere a posto il diario senza che lei se ne accorgesse e scoprisse che lo avevamo preso.

Così sfoderai il mio sorriso migliore e dissi: «Sono passata solo per un saluto e per presentarmi. So che i nostri gatti sono in cattivi rapporti, ma non vedo alcuna ragione per cui noi non potremmo andare d'accordo.»

Pur avendo parecchi anni più di me, Virginia possedeva una grazia e una nonchalance che non avrei mai avuto. I suoi capelli biondi erano evidentemente tinti, anche se non si vedevano segni di ricrescita, e i suoi occhi verdi mi fissavano con un'espressione pacata e intelligente che trovavo confortante.

«Gradisci un tè freddo?» mi chiese dirigendosi leggiadra verso la cucina.

«Sì, grazie.» Sapevo che sarebbe stato scortese rifiutare, ma anche decisamente stupido bere qualsiasi cosa mi avesse portato, considerando che non sapevo se fossimo effettivamente in buoni rapporti. Tuttavia, nonostante gli avvertimenti di Merlino, quella donna mi piaceva. Qualcosa di lei mi aveva subito attirata, anche se non avrei saputo spiegare cosa. Forse noi famigli avevamo in comune qualcosa di più del nostro ruolo. Era a questo che pensavo mentre me ne restavo impacciata di fianco alla porta, in attesa.

Virginia prese uno stampo per cubetti di ghiaccio, lo ruppe e ne mise parecchi in ciascuno dei due bicchieri.

Concentrati! Dovevo restare concentrata, tenere a mente lo scopo di quella visita.

Mmm. Potevo limitarmi a lasciare il diario sul tavolino accanto all'ingresso?

No, no, troppo evidente.

«Vieni. Andiamo a sederci.» Virginia mi condusse al divano a fiori kitsch che avevo notato la prima volta ed entrambe ci accomodammo con i nostri tè. Mi sorrise cordialmente, come se fossimo vecchie amiche e non conoscenti che si erano appena incontrate.

Posai la borsa sul pavimento accanto ai miei piedi. Quando si fosse distratta, avrei potuto prendere il diario e buttarlo sotto al divano, dove prima o poi l'avrebbero ritrovato. Dovevo solo aspettare l'occasione giusta.

«Non sai ancora quasi nulla» puntualizzò lei. Quando vide che la fissavo con diffidenza, aggiunse: «Della vita da famiglio.»

Annuii e finsi di bere un sorso dal mio bicchiere.

Il suo sorriso svanì di colpo. Anche i suoi rassicuranti occhi verdi in un attimo si fecero taglienti: «Le faide dei nostri maghi sono anche nostre. Non abbiamo alcuna autonomia nel loro mondo quindi, se i nostri gatti sono nemici, lo siamo anche noi.»

Tossii e posai il bicchiere di tè sul tavolo. Non c'era bisogno di salvare le apparenze se intendeva mostrare così apertamente la propria ostilità.

«Ne sei proprio sicura?» chiesi inarcando un sopracciglio. «Mi sembra una sciocchezza. Maghi e famigli non dovrebbero fare fronte comune?»

«Non è una decisione che spetta a noi. Ora che ci siamo presentate spero che tu sia soddisfatta. Puoi finire il tuo tè e andartene.» Virginia scolò il suo in un solo sorso, poi si allontanò lungo il corridoio e sparì in un'altra stanza.

Dovevo agire in fretta. Qualcosa mi diceva che, se non me ne fossi andata prima che facesse ritorno, non avrei più avuto la possibilità di farlo. Il suo rapido voltafaccia mi aveva colta alla sprovvista. E mi aveva anche spaventata. Un giorno sarei diventata anch'io come lei? Era quella la vita a cui il mio gatto mi aveva condannata scegliendomi come suo famiglio?

Desiderosa di andarmene da lì al più presto, rovesciai la borsa di lato con il tallone, cercando di farlo sembrare un movimento accidentale, nel caso in cui qualcuno mi stesse osservando. Poi mi chinai a prenderla, accertandomi di spingere il diario il più lontano possibile.

Soddisfatta, portai il bicchiere ancora intatto in cucina e lo rovesciai nello scarico del lavello, poi uscii in cortile e mi precipitai verso l'auto.

Con buona pace della diplomazia.

Qualsiasi problema avessero i nostri gatti, avrebbero dovuto trovare il modo di risolverselo da soli.

14

Ripensai allo strano incontro con Virginia per l'intero tragitto fino a casa. Al modo repentino con cui era passata da garbata a spaventosa nel giro di un solo istante. Merlino mi aveva detto che i famigli non avevano poteri magici, ma il cambiamento di personalità di Virginia non mi era parso affatto naturale. Era possibile che Luna le avesse fatto un sortilegio?

E, cosa più importante: Merlino mi avrebbe fatto qualcosa di simile?

La questione non mi piaceva per niente. Era troppo tardi per dirgli 'Grazie, ma anche no' e lasciare che trovasse qualcuno di più adatto a trascorrere l'intera vita come servo di un mago?

Purtroppo avevo la sensazione che, ovunque fossi andata, il mio gatto mi avrebbe trovata e riportata indietro. E comunque, a parte essere un po' rude, non mi aveva fatto del male in alcun modo. Anzi, in realtà aveva promesso di proteggermi, almeno per quanto riguardava l'indagine sull'omicidio di Harold.

In ogni caso, ci aspettava una bella chiacchierata prima che potesse chiedermi di fare qualsiasi altra cosa. In base alla lezione numero due dovevo fidarmi di lui, ma anche lui doveva potersi fidare di me. E doveva darmi delle istruzioni se si aspettava che mi adattassi alla mia nuova vita.

Sì, ci saremmo fatti una lunga chiacchierata, se solo fossi riuscita a trovarlo. Trassi un profondo respiro e aprii la porta di casa, più che pronta per un confronto faccia a muso.

Ma non trovai Merlino ad attendermi.

Scoprii, invece, che durante la mia breve assenza la casa era stata perquisita e messa a soqquadro. Ero stata via solo una mezz'ora al massimo, ma i cuscini erano stati tirati via dal divano, le sedie rovesciate e così via, ogni cosa era sottosopra.

Cercando di pensare in fretta, afferrai una scopa dal ripostiglio e mi inoltrai in casa brandendone l'estremità come una mazza da baseball.

«Chi è là?» gridai lanciando occhiate di fuoco per tutta la stanza. Chi avrebbe potuto svaligiarmi la casa in pieno giorno? E perché? Non possedevo nessun oggetto di valore.

All'improvviso la scopa mi volò via di mano e, roteando in aria, scattò all'indietro inchiodandomi contro il muro.

«Dov'è?» chiese imperiosamente un gatto bianco e slanciato, avvicinandomisi in punta di piedi. *Luna*!

«Lasciami andare!» implorai cercando di allontanare la scopa. Ma la sua magia si dimostrò ben più forte dei miei muscoli.

«Non finché non mi avrai detto dov'è!» Si fermò a pochi centimetri da me, sollevò una zampa ed estrasse gli artigli: «Dimmelo subito!»

Avrei potuto fare la finta tonta e fingere di non sapere di cosa stesse parlando, ma mi sembrava più sicuro arrendermi alla sua richiesta: «Il diario?» domandai.

Spalancò gli scintillanti occhi verdi: «Quindi ammetti di averlo rubato?»

«Ammetto di averlo preso, ma l'ho anche restituito. Mi dispiace.»

«Non hai idea della gravità di ciò che hai fatto! Di quanti problemi hai causato!»

«Mi dispiace moltissimo. Ti prego, ora lasciami andare» la scongiurai mestamente.

«No!» disse con un ruggito bestiale. «Sei stata tu a dare inizio a questa storia e sarai tu a farla finire.»

La scopa cadde a terra e io barcollai in avanti. Ma subito una delle sedie in legno mi colpì violentemente da dietro. Caddi, finendoci seduta sopra, e la scopa si sollevò di nuovo, premendomi contro lo schienale e impedendomi di muovermi.

«Ti prego...» gridai, stavolta in lacrime. «Non ho chiesto io di diventare il famiglio di Merlino. Non volevo niente di tutto questo.»

«Ora vieni con me» disse Luna e sbatté le palpebre una, due volte...

E rieccoci al suo cottage. «Ora mi ucciderai?»

«Dov'è il diario?» soffiò lei, ignorando la mia domanda e la mia disperazione.

«Sotto il d-d-divano» balbettai, ritenendo del tutto inutile mentire a quel punto.

La gatta slanciata si precipitò sotto il sofà e ne uscì con il diario stretto fra le mascelle.

Io rimasi bloccata sulla sedia; potei solo restare a guardarla mentre faceva levitare il libro sul tavolino da caffè e ne scorreva le pagine.

«Che stai facendo?» sbottai.

«Questo non ti riguarda.» Luna mi saltò in grembo e mi colpì i pantaloni con una zampa, prese qualcosa e andò a gettarlo nel pozzo in giardino.

Poi corse nuovamente da me, diede un morso ai miei capelli, corse nuovamente fino al pozzo e ci sputò dentro.

«Quello è il tuo calderone?» azzardai.

«Oh, allora almeno qualcosa te l'ha insegnato. Ma non abbastanza da evitare che abboccassi al mio piano.»

«Cosa? Non capisco.»

«Bene, così il tuo caro amichetto non si accorgerà di nulla.»

«Cosa stai tramando?»

«Non sono affari tuoi. Mi limito a rimettere le cose a posto.» Andava avanti e indietro in giardino, strappando varie foglie e fiori che poi lasciava cadere nel pozzo.

La osservai affaccendarsi per almeno venti minuti, ma niente di ciò che dissi la convinse a rivelarmi qualcosa di più. Poco dopo, una nuvola color smeraldo lucente si innalzò dal pozzo e Luna emise una risatina infantile anziché crudele.

«Purrfetto!» esclamò. «Ora torna a casa e versa questa nella ciotola dell'acqua del tuo signore.»

Con la zampa spinse una boccettina di plastica vuota nel pozzo; quando la riportò su con la magia, questa conteneva una piccola quantità di liquido. Non più di mezzo dito.

«Non lo farò!» dissi, lottando ancora per liberarmi dalla presa ferrea della sedia e della scopa.

Luna rise di nuovo quando la scopa si spezzò e la sedia si sbriciolò in un cumulo di segatura. «La cosa divertente è che non hai scelta. E non potrai nemmeno avvertirlo. Fa parte dell'incantesimo.»

«Per questo hai preso una ciocca dei miei capelli.»

«Sì. E del suo pelo. È una vera fortuna che ne perda così tanto e che non sappia resistere a saltarti in grembo, eh?»

«Non so cosa stai architettando, ma non riuscirai a farla franca.»

«Ci sono già riuscita» disse lei con un ghigno.

Sbatté le palpebre una, due volte...

E mi ritrovai a casa con la boccetta stretta fra le mani. Senza riuscire a fermarmi, ne versai il contenuto nella ciotola di Merlino. Appena terminai, il contenitore di plastica si dissolse nell'aria e svanì.

No, no, no! Mi sforzai di afferrare la ciotola, ma una forza misteriosa mi tratteneva, impedendomi di farlo. Non potevo evitare in alcun modo che i piani di Luna si realizzassero e non riuscivo nemmeno a trovare Merlino per tenere d'occhio la situazione.

Cosa sarebbe accaduto ora?

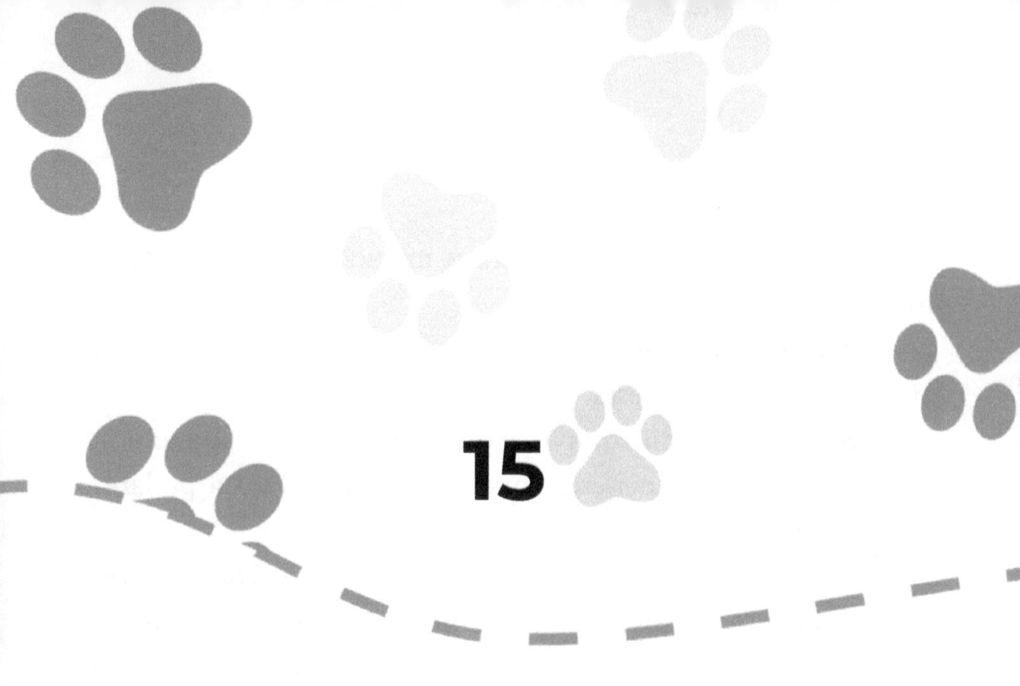

15

A un certo punto dovevo essermi addormentata, perché la prima cosa di cui mi resi conto fu il sole che filtrava tra le persiane della mia camera da letto, colpendomi direttamente gli occhi.

Merlino mi saltò sul petto e mi sfiorò il viso con la folta coda: «Dormi parecchio per essere un'umana. Sei certa di non essere almeno in parte gatta?» scherzò. Un sorrisetto caustico gli si disegnò fra le vibrisse bianche.

Fu allora che tutto mi tornò in mente: Luna, la pozione, il mio ruolo in tutta quella situazione.

«Merlino!» gridai stringendolo forte al petto. «Stai bene!»

Lottò per liberarsi dalla mia presa e fece un balzo per portarsi fuori dalla mia portata, guardandomi come se fossi impazzita: «Certo che sto bene. Perché non dovrei?»

Strani spasmi sulla schiena gli scuotevano la pelliccia, un segnale evidente del fatto che avevo oltrepassato il limite.

«Perché io—» iniziai, ma mi interruppi bruscamente.

«Beh, ieri—» ritentai. «L—»

Ma ogni volta che provavo a parlare mi bloccavo e non riuscivo a proseguire.

«Ti stai comportando in modo strano» disse il mio gatto, le orecchie premute contro la testa.

E aveva ragione: mi comportavo davvero in modo strano e non sapevo come fare a smettere. Forse se avessi provato a parlare di qualcos'altro...

«Vuoi la colazione?» chiesi con noncuranza e, come previsto, riuscii a finire la frase senza venire interrotta per magia. Qualsiasi cosa avesse combinato Luna, mi era impossibile aggirare il suo incantesimo.

Se fossi stata più esperta in ambito magico, o se qualcuno mi avesse aiutata, magari sarei riuscita a trovare un modo... ma solo Merlino avrebbe potuto darmi delle risposte e io, al momento, ero impossibilitata a porgli le domande che mi servivano.

«Certo che voglio fare colazione! C'è bisogno di chiederlo?» Merlino saltò giù dal letto e sgattaiolò fuori dalla porta.

Lo seguii, attanagliata dalla preoccupazione.

In cucina vidi che aveva svuotato completamente la ciotola dell'acqua. Avrei voluto chiedergli come si sentisse dopo aver bevuto la pozione preparata da Luna, ma non ci riuscii. Così mi limitai a scuotere il capo e a riempirgliela di nuovo con l'acqua del rubinetto.

«Oggi vai al lavoro?» mi chiese mentre aprivo una lattina di cibo umido per gatti e gliela versavo nella ciotola.

«No, oggi no.»

«Bene, così potremo proseguire con il tuo addestramento.» Detto questo, si concentrò sulla colazione.

Far passare il tempo in attesa di vedere gli effetti dell'incantesimo di Luna era una tortura. Ero lieta che finora tutto sembrasse normale, ma quella spada di Damocle mi rendeva difficile concentrarmi su qualsiasi altra cosa.

«Non prepari il caffè?» mi chiese Merlino dopo un po'.

Lanciai uno sguardo alla sua ciotola e vidi che si era già spazzolato tutta la colazione. Accipicchia, dovevo essere rimasta imbambolata per parecchi minuti.

«Sì, il caffè.» Così dicendo, mi diressi come uno zombie verso la Keurig per preparare il distillato di energia liquida.

«Lezione numero tre» annunciò Merlino dal suo posticino sul pavimento di linoleum della cucina. «Mi rappresenti in tutto ciò che fai. Se fai qualcosa di buono, ne trarrò beneficio. Se fai qualcosa di male o di sbagliato, sarò io a subirne le conseguenze.»

«Perché mi dici questo?» chiesi nervosamente.

Lui mi fissò senza sbattere le palpebre, perfettamente immobile: «Per evitare che combini dei pasticci.»

Deglutii con forza. Avevo già combinato un pasticcio, ma non avevo modo di dirglielo. Accidenti!

«Tu non hai poteri magici» proseguì, ignaro del mio violento conflitto interiore. «Ma fungi da serbatoio. Una specie di calderone vivente, se vogliamo. La tua presenza amplifica i miei poteri. Più tempo trascorriamo insieme, più la mia magia si legherà a te. Non puoi utilizzarla, ma solo contenerla, affinché io possa usarla in futuro.»

Questa era una grande rivelazione, di gran lunga troppo grande perché potessi comprenderla prima di una buona dose di caffeina mattutina.

Merlino saltò sul piano della cucina e mi fissò in volto: «In effetti, sembra che tu ne abbia già raccolta abbastanza.»

«Cosa?» gracchiai portandomi le mani al viso.

Il mio gatto mi rivolse un sorrisetto: «Lo capisco dai tuoi occhi.»

«Cos'hanno i miei occhi che non va?»

«Smetti di agitarti e vai a vedere tu stessa.»

Marciai in bagno e accesi la luce. Anziché marrone scuro come al solito, ora i miei occhi erano di un verde intenso.

«Sono verdi!» gridai, incapace di credere a ciò che vedevo riflesso nello specchio. «Perché?»

«Beh, è molto semplice» disse Merlino, comparendo nel corridoio accanto alla porta del bagno. «Gli occhi sono la finestra dell'anima. Il verde è il colore della magia. Ora contieni della magia, quindi la tua anima si è tinta di verde.»

«Ma hai detto che non ho poteri magici» obiettai perplessa. Era davvero difficile fidarsi di ciò che diceva quando c'erano così tante contraddizioni.

Merlino sbadigliò e si stiracchiò in una posizione yoga: «Non hai poteri magici, ma hai in te della magia. Si tratta di una differenza sottile, ma prima o poi lo capirai» mi assicurò.

O Merlino si fidava davvero molto di me, o era troppo testardo per ammettere di aver sbagliato a scegliermi come famiglio. E in quel preciso momento non mi importava quale fosse la verità.

Accidenti! Perché la mia vita era diventata così complicata?

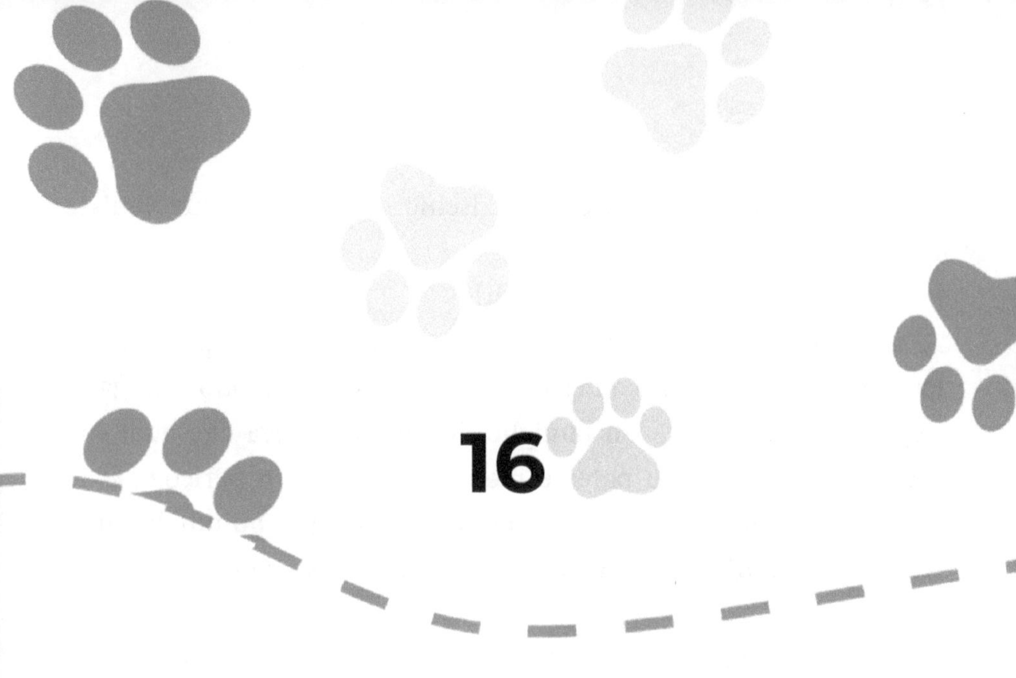

16

Speravo ancora di poter avvertire Merlino di ciò che aveva fatto Luna, ma i vincoli magici mi zittivano ogni volta, anche solo se ci pensavo troppo.

Per evitare che la giornata si rivelasse una totale perdita di tempo, decisi di parlargli di un argomento più sicuro: l'indagine di omicidio ancora in corso.

«Merlino?» gli chiesi mentre mi preparavo una seconda tazza di caffè. «Puoi usare la magia per scoprire chi ha ucciso Harold?»

Lui ci rifletté su per qualche istante, inseguendo un raggio di sole che lentamente si spostava attraverso il soggiorno: «È possibile. Ma ho bisogno di vedere il cadavere per farlo.»

Rabbrividii: «Teniamoci l'irruzione all'obitorio come piano B» suggerii avvolgendomi il torso con le braccia.

«Come vuoi» rispose lui. Poi chiuse gli occhi e iniziò a fare le fusa. «Se hai bisogno di me, sai dove trovarmi.»

Sì, lo sapevo. Almeno per il momento. Prima, il suo costante andirivieni non era mai stato un problema. Ma ora? Ora ogni volta che non eravamo insieme c'era il rischio che uno dei due venisse rapito.

Oh, se solo avessi potuto avvertirlo!

Sapevo che era diventato mago a pieno titolo solo da poco: aveva accennato al fatto che questo succedeva solo quando un gatto sceglieva ufficialmente un famiglio. Ma mi sembrava che quel suo atteggiamento rilassato potesse mettere entrambi in pericolo. E io ero una novellina totale nel mondo della magia, quindi lui non aveva motivo di starmi a sentire se gli avessi chiesto maggior protezione.

Considerando che non potevo spiegargli perché ne avevo bisogno, la situazione non aveva vie d'uscita.

Sospirai e aggiunsi un po' di latte alla mia tazza di caffè, che presi a mescolare mentre riepilogavo mentalmente ciò che sapevo sulla morte del mio capo. Sarebbe stato più facile concentrarsi sui problemi legati al mondo magico una volta risolti quelli più terra terra.

Ovviamente non avevo mai parlato con Harold di questioni che non riguardassero il lavoro, ed era perfettamente plausibile che fosse stato un qualche evento della sua vita personale a portarlo a prematura dipartita. Ma poiché c'era il mio futuro in gioco, era meglio prendere attentamente in considerazione tutti gli indizi di cui disponevo.

Innanzi tutto, il fatto che Kelley, la figlia che non aveva mai conosciuto, fosse entrata da poco nella sua vita. E che la madre della ragazza avesse cercato di evitare l'incontro tra padre e figlia. Inoltre, Kelley era presente quando Harold aveva esalato l'ultimo respiro, ma era decisamente troppo sconvolta per poter rientrare tra i sospettati.

Quel giorno era presente anche Drake. Ora che ci pensavo, non l'avevo più visto da allora. Era possibile che odiasse il nostro capo al punto da avvelenarlo?

Presto o tardi avrei dovuto approfondire la questione.

Non c'era praticamente nessuno alla caffetteria a parte noi tre e Harold. L'unica cliente era rimasta seduta in un angolo a bere il suo caffè e se n'era andata non appena glielo avevamo chiesto.

Mmm.

Un'altra ipotesi da prendere in considerazione era che il veleno fosse destinato a me e che la morte di Harold fosse stata solo un danno accidentale. Più ci pensavo, più temevo che potesse davvero essere andata così. Avevo assistito per la prima volta a una magia di Merlino subito prima di uscire per andare al lavoro. Si era trattato di una prova per capire se ero pronta a diventare il suo famiglio—così mi aveva detto. Poi quella sera mi aveva rivelato di essere un mago.

Sapevo già che Luna era nostra nemica e che abitava nelle vicinanze. E che era folle abbastanza da rapirmi e preparare una qualche pozione vudù che mi aveva costretta a far bere al mio gatto.

Lo aveva forse fatto perché il suo primo tentativo di liberarsi di me era fallito, quando il veleno era finito nelle mani di Harold?

L'agente Dash aveva accennato a un esame tossicologico, ma non aveva mai parlato degli esiti. Era stato portato a termine? Eravamo proprio sicuri che si fosse trattato di veleno o poteva esserci di mezzo una magia di qualche genere?

Tanti dubbi e nessuna risposta. Forse, se avessi prestato molta attenzione nel formulare le domande, Merlino avrebbe potuto fornirmi, seppur indirettamente, delle informazioni utili su Luna. Finii il caffè e mi sedetti accanto a lui sul tappeto del soggiorno.

«Hai idea di chi potrebbe aver ucciso Harold?» gli chiesi a bassa voce.

Lui tenne gli occhi chiusi, ma torse le vibrisse, facendomi capire che aveva sentito e che, però, la questione non gli piaceva: «Vuoi che ci intrufoliamo all'obitorio?»

Rabbrividii a quel pensiero: «Non puoi andarci senza di me?»

chiesi. Io avrei decisamente preferito evitare. «Ti teletrasporti, verifichi e torni.»

«Potrei» disse, aprendo un occhio per guardarmi. «Ma non sarei in grado di riconoscerlo.»

Che schifo! Non avevo nessuna intenzione di andare a passare al setaccio i cadaveri, ma non volevo neanche finire in prigione. Sarei riuscita ad accettare di farlo per un buon motivo come quello?

«Hai una sua foto?» mi chiese il felino rotolandosi e alzandosi in piedi su tutte e quattro le zampe.

Oh, una foto! Ma certo! Perché non ci avevo pensato?

«Fammi cercare la pagina del locale su Facebook. Sono certa che lì ce ne sarà almeno una che vada bene» gli dissi correndo a cercare il tablet.

Perché non ci era venuto in mente prima?

Beh, meglio tardi che mai, immagino...

17

Non mi ci volle molto per trovare una foto di Harold sulla pagina Facebook della caffetteria. Anche se l'Harold's House of Coffee aveva solo una manciata di like, la buonanima del proprietario non aveva perso l'occasione per farsi immortalare e mostrare a tutti quanto si credesse importante.

«Così va bene» mi informò Merlino quando gli mostrai l'immagine. «Ma non posso teletrasportarmi direttamente all'obitorio, quindi questa missioncina richiederà un po' più di tempo.»

«Perché non puoi?» chiesi, a disagio al pensiero di trovarmi lontana da lui—e dalla sua protezione magica—per un periodo prolungato.

«Per lo stesso motivo per cui ci siamo teletrasportati all'esterno della casa di Luna per poi passare attraverso la finestra: se vai in un posto che non puoi vedere e che non conosci bene, rischi di trovarti bloccato in un muro o in qualche altra situazione poco piacevole» mi spiegò il mago a quattro zampe.

«Oh» dissi stupidamente.

«Lezione numero quattro: la magia è molto più difficile da esercitare di quanto possa sembrare» annunciò, scrocchiando il collo da entrambi i lati.

«Inizio a rendermene conto.»

Udimmo bussare alla porta e lanciai un rapido sguardo in quella direzione. Quando mi voltai di nuovo, Merlino era già sparito.

Sbuffai e andai a vedere cosa voleva stavolta l'agente Dash. Perché, sì, sapevo già che si trattava di lei. L'avevo sentito così tante volte negli ultimi due giorni, che ormai riconoscevo il suo modo di bussare.

Bang. Bang. Toc, toc, toc. BANG!

Spalancai la porta pensando che, se questa volta non si fosse comportata in modo più professionale, sarei filata dritto in commissariato per sporgere reclamo. Ciò mi diede un minimo di soddisfazione, mentre mi apprestavo a un altro faccia a faccia con quella che, al momento, era la persona che più detestavo al mondo.

«Abbiamo i risultati dell'esame tossicologico» mi informò l'agente Dash, infilandosi un dito in uno dei passanti della cintura.

Incrociai le braccia e rimasi immobile sulla soglia, impedendole di entrare in casa mia: «E...?»

L'agente infilò l'altro pollice nel passante della cintura e prese a dondolarsi sui talloni: «Liquido antigelo. Ben pochi ne hanno bisogno in estate a Elderberry Heights. Ma lei ha detto che viene dal nord, giusto?»

«Dal Michigan» riuscii a dire con una stretta allo stomaco. «Con questo dove vuole arrivare?»

«E quella parcheggiata lì nel vialetto è la sua auto?»

«Sì.» Non mi piaceva affatto dove stava andando a parare la conversazione.

«Ok» si limitò a dire la poliziotta.

«Avanti, non può pensare davvero che questo significhi che sono colpevole! L'antigelo è facile da procurarsi, anche qui in Georgia del sud, ne sono certa.»

Estrasse quel suo stupido taccuino.

«*Ok. Ma certo.* E lei come fa a saperlo?»

«Non ho ucciso Harold» dissi a denti stretti.

«Certo che no.» Sorrise. «Tornerò con un mandato di perquisizione. Oh, e non lascerei la città se fossi in lei.»

Fantastico.

Richiusi violentemente la porta non appena la poliziotta si allontanò. Sembrava un gatto che sta per mangiarsi il topo, così felice di azzannare la preda da non riuscire ad accorgersi di nient'altro... Come il fatto che non fossi colpevole!

Il cellulare mi vibrò in tasca. Lo tirai fuori e vidi che era un messaggio da parte di Kelley.

Ho detto a mia madre che ci saremmo viste per pranzo. Ha insistito per venire anche lei.

Mmm. Quindi la madre di Kelley era in città e le stava creando problemi.

Dove? risposi.

Al BBQ Shack alle 12.

Ci vediamo lì.

Pensavo ancora che l'agente Dash si stesse arrampicando sugli specchi per chiudere il caso in fretta, ma se la sua teoria del liquido antigelo era giusta, allora c'era almeno un'altra sospettata proveniente da un posto più freddo.

E io stavo per andare a pranzo con lei.

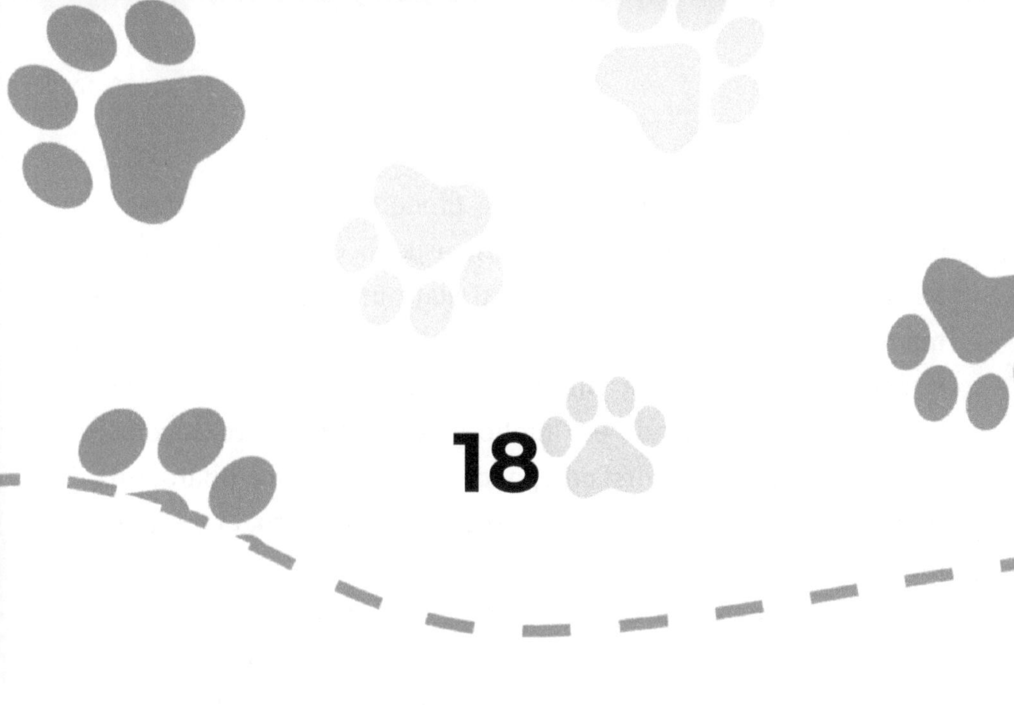

18

Nonostante lo sperassi con tutta me stessa, Merlino non fece ritorno prima che uscissi per quell'inaspettato appuntamento a pranzo. Avrei voluto potergli chiedere di tornare, ora che l'agente Dash mi aveva rivelato la causa precisa della morte di Harold, ma purtroppo non avevo modo di mettermi in contatto con lui.

Supponevo, comunque, che l'avrebbe scoperto presto. E io avrei dormito sonni un po' più tranquilli sapendo che il povero Harold non era stato ucciso tramite mezzi magici.

Mi applicai il solito trucco poi, insoddisfatta del risultato, mi lavai la faccia eliminandolo completamente. L'ombretto blu acceso che utilizzavo per ravvivare il marrone scuro dei miei occhi era ridicolo con quelle iridi verde intenso. Avrei dovuto aggiungere alla lunga lista delle cose da fare anche un giretto al supermercato nella corsia dedicata ai cosmetici per trovare qualcosa di più adatto... o abituarmi ad andare in giro struccata.

Ah ah, giusto! Non avevo rughe o brufoli da coprire, ma il

semplice fatto di applicare qualche prodotto sul viso mi dava una certa sicurezza. Sapere di avere un aspetto curato mi aiutava ad affrontare la giornata. Non ero mai stata una bellezza mozzafiato, ma mi piaceva mostrare agli altri che mi prendevo cura di me stessa e del mio aspetto. Era un'abitudine che mia madre mi aveva trasmesso fin da quando ero molto giovane. Ricordavo ancora con affetto i momenti trascorsi ad applicare il fondotinta e il fard, una di fianco all'altra, davanti al grande specchio del bagno, ai tempi delle medie.

Sorrisi al pensiero di mia madre nella nostra vecchia casa in Michigan. Quando l'indagine fosse stata ufficialmente chiusa avrei dovuto chiamarla per raccontarci le ultime novità. Purtroppo se l'avessi chiamata prima si sarebbe accorta del mio tentativo di nascondere l'ansia.

Quindi dovevo aspettare.

Tra la questione di Harold, di cui io e Merlino avevamo parlato a volontà, e quella di Luna, di cui non riuscivo a parlare, non ero riuscita a fare colazione; così, quando giunsi al ristorante, il mio stomaco aveva iniziato a intonare un'imbarazzante litania di brontolii e gorgoglii.

Il BBQ Shack era una leggenda in città e spesso si doveva attendere a lungo anche solo per riuscire a sedersi a un tavolo. Non c'ero mai stata ma, non appena misi piede all'interno e sentii l'intenso profumo della carne alla griglia, mi venne l'acquolina in bocca.

Kelley era già seduta a un tavolo nella parte anteriore del locale e mi fece cenno di raggiungerla. Quando arrivai, si alzò in piedi e mi presentò sua madre, una donna dall'aspetto arcigno, così magra che le guance risultavano infossate. «Gracy, questa è mia madre. Mamma, lei è Gracy.»

La madre di Kelley rimase seduta, ma mi porse la mano e strinse fiaccamente la mia. Non saprei dire se non mi piacque a pelle o se la mia fosse una reazione negativa all'idea di non piacerle, ma mi sentii subito molto a disagio. L'unico aspetto positivo era che l'allegro chiacchiericcio degli altri avventori era abbastanza forte da coprire i brontolii emessi dal mio stomaco.

Nessuna delle tre disse altro, finché la cameriera arrivò a chiedermi cosa volessi ordinare da bere. Kelley e sua madre avevano già davanti due Arnold Palmer, così ne ordinai uno anch'io.

Quando fu evidente che Kelley non sapeva cosa dire e che sua madre non aveva intenzione di avviare una conversazione, intrecciai le dita di fronte a me e presi l'iniziativa: «Allora, che ne pensa di Elderberry Heights, signora...?» *Accidenti*! Non sapevo nemmeno il cognome di Kelley.

«Carmine» rispose Kelley al posto della madre con un sorrisino tirato.

«E la pregherei di chiamarmi signorina! Non mi sono mai sposata dopo che un certo tizio ha spento una volta per tutte ogni mia velleità sull'amore e il matrimonio.» La signorina Carmine tirò su col naso e prese il piccolo contenitore pieno di bustine di zucchero multicolore e dolcificanti artificiali.

«Mamma!» gemette Kelley sbattendo i talloni contro la sedia con un tonfo che riecheggiò attraverso il tavolo. «Avevi promesso di non parlare più di papà.»

«Beh, non è colpa mia. È stata la tua amica a tirare fuori l'argomento. E non chiamarlo papà. Quell'uomo non è mai stato un padre per te.»

«Io non... Non volevo, sono spiacente di—»

«No, no. Non ti devi scusare» mi disse Kelley con dolcezza. Poi si girò per lanciare un'occhiataccia a sua madre: «Smettila di parlare male di lui. Ho capito che le cose tra voi sono andate male, ma quel pover'uomo è appena morto. Abbi un po' di rispetto!»

La signorina Carmine sbuffò e versò due bustine di dolcificante a zero calorie nella sua bevanda, mescolando poi vigorosamente con la cannuccia.

Poiché la situazione era ancora tesa, decisi di pungolarla un po': «Cosa è successo fra voi?»

Kelley spalancò gli occhi e arricciò le labbra, ma evitò di ribattere. La sua espressione diceva già tutto. L'avevo tradita nel peggior modo possibile.

Detestavo il fatto di averla ferita, ma avrei potuto scusarmi in seguito. Mi avrebbe ringraziata se fossi riuscita a consegnare alla giustizia l'assassino di suo padre—anche se fosse venuto fuori che il colpevole era sua madre.

«Cos'è successo tra noi?» ripeté la signorina Carmine con voce tetra e agitata. «Cos'è successo tra noi?»

Kelley appoggiò una mano sulla spalla di sua madre e mimò con le labbra qualcosa che non riuscii a capire. «La solita, vecchia storia tipo lei ama lui, lui la tradisce e vivono per sempre infelici e scontenti» mi disse. Poi sollevò un braccio e gridò: «Cameriera! Siamo pronte per ordinare!»

«Non soltanto mi ha tradita» sbottò la signorina Carmine. «L'ha fatto con la mia compagna di stanza, che era anche la mia migliore amica. Non avevo altro posto dove andare, così lasciai la città. Giurai che, se avesse osato ripresentarsi alla mia porta, l'avrei fatto fuori con le mie stesse mani.»

«Mamma!» gridò Kelley balzando in piedi. «Ora basta!»

La signorina Carmine sorseggiò il tè in silenzio. Dopo essersi tolta quel peso dal petto, il suo umore migliorò per il resto del pranzo.

Per tutto il tempo che trascorremmo a mangiare e chiacchierare, continuai a chiedermi: 'La madre di Kelley ha appena confessato di aver ucciso Harold?'

E in tal caso, cosa avrei dovuto fare?

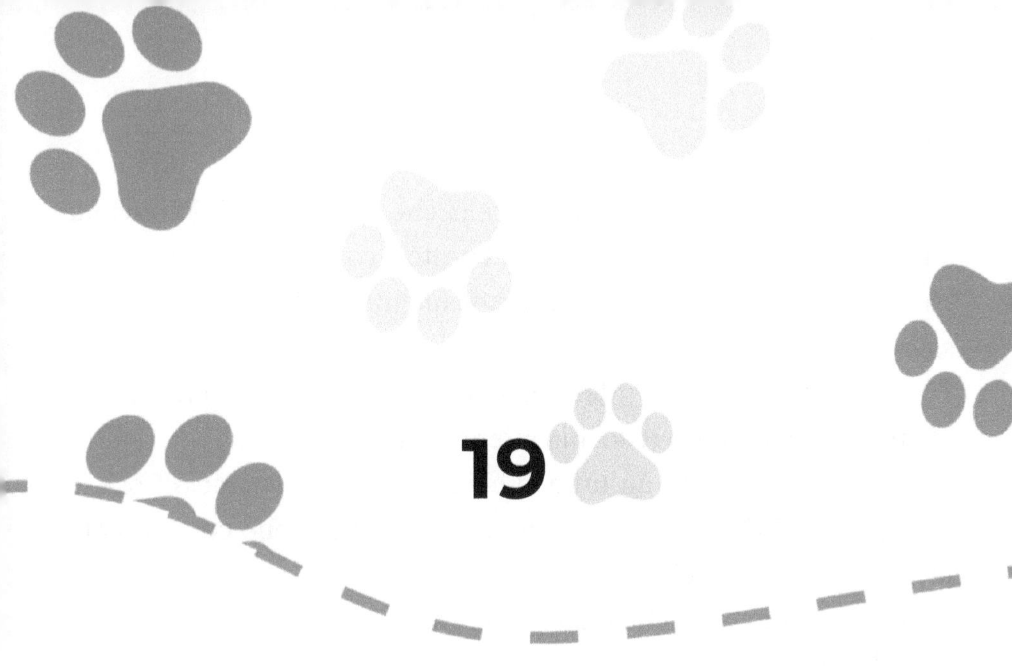

19

Quando tornai a casa dopo pranzo, trovai il mio gatto che mi aspettava davanti alla porta.

«Dove sei stata?» mi chiese sbattendo la coda con rabbia.

«C'è stato un problema e ho dovuto dare una mano a un'amica» gli spiegai attraversando la stanza e lasciandomi cadere sul divano.

«Profumi di salsa barbecue» osservò in tono accusatorio, il naso che gli fremeva.

«Ho dovuto portarla a pranzo fuori. Ma non è questo il punto.» Mi chinai in avanti e congiunsi le mani: «Credo di sapere chi ha ucciso Harold.»

Merlino saltò sul divano accanto a me e mi permise di accarezzarlo, facendo scorrere le dita nella sua folta pelliccia: «Quindi hai capito tutto? Illuminami, allora.»

«È stata la signorina Carmine. È la madre di Kelley, una delle altre bariste. Harold era il padre di Kelley. Le cose sono finite parecchio male tra i due, dai retta a me. Se ci aggiungi il fatto che Harold è stato avvelenato con il liquido antigelo, che l'agente Dash è convinta che sia stato qualcuno che non è del posto a commettere il crimine e che quella donna, a pranzo, ha praticamente confessato, la conclusione può essere una sola.»

«Interessante» disse Merlino dal suo posticino accanto a me. «Giusto un pelino scorretto, ma interessante.»

«Scorretto?» Sentii un tuffo al cuore e ritrassi la mano. «Cosa te lo fa pensare? Ci ho riflettuto a lungo e ormai ne sono certa: è stata la signorina Carmine!»

«Non è che *penso* che ti sbagli. Lo so per certo.» Si alzò e gonfiò orgogliosamente il petto ricoperto di folta pelliccia: «Ho fatto visita al nostro vecchio amico Harold e posso affermare con assoluta certezza che è stato avvelenato con una pozione magica. Non con... cos'è che hai detto? Liquido antigelo?» ridacchiò sommessamente e scosse il capo.

«Ma l'agente Dash ha detto che—»

«L'agente Dash mente» disse in tono piatto.

No, non aveva alcun senso e glielo avrei detto se mi avesse lasciato finire la frase. «Perché un agente di polizia dovrebbe mentire?»

Merlino chinò il capo, le orecchie piegate all'indietro per l'inquietudine: «Questa sì che è una bella domanda. E non puoi andare a chiederlo a lei perché mentirebbe di nuovo.»

«Vado in commissariato» dissi dirigendomi alla porta. «Qui qualcosa non quadra.»

«Vengo con te» insistette.

«Vuoi usare il teletrasporto? Perché la stazione di polizia è in una strada parecchio affollata. Qualcuno potrebbe vederci.»

Merlino saltò giù dal divano e si voltò a guardarmi: «Tu vai in auto. Ci vediamo lì. Prima devo occuparmi di una piccola faccenda con il calderone.»

«Cosa devi fare? Non possiamo andare in macchina insieme? Mi sentirei più al sicuro se tu venissi con me.» Ero messa proprio male se avevo bisogno della presenza del mio gatto per sentirmi al sicuro.

Ma lui non cedette alle mie suppliche: «Sono un gatto, Gracy. I gatti detestano le auto. Arriverò al commissariato prima di te e ti aspetterò lì. Mi servono giusto un paio di minuti per finire di preparare una pozione della verità. Essendo un mago del cielo, posso somministrarla per via aerea. Quell'agente dovrà solo... come hai detto che si chiama, Nash?»

«Dash» lo corressi. «È quella sempre arcigna e sgarbata, ricordi?»

Lui sogghignò, mettendo in mostra le zanne bianche come perle: «Dash, ok. Come faccio a ricordarmela se non l'ho mai vista?»

«È venuta qui due volte in meno di ventiquattro ore. Come mai non c'eri per nessuna delle sue visitine?»

«Non saprei, ma non preoccuparti. La pozione della verità che ho preparato sarà un gas, non un liquido. Basterà che io gliela soffi addosso e che lei la respiri affinché l'incantesimo abbia effetto. In pochi minuti sapremo tutta la verità.»

«Bene, perché non ne posso più di questa indagine.»

Merlino scosse il capo: «Devi temprarti. Come famiglio, dovrai gestire situazioni ben peggiori.»

Alzai gli occhi al cielo: «Che bello. Non vedo l'ora.»

Era evidente che Merlino non apprezzava quell'atteggiamento, ma ciò non mi impediva di sentirmi esausta, spaventata e di pessimo umore.

«Ora basta con il sarcasmo. Non è un atteggiamento appropriato per un famiglio» sibilò.

«Non sono solo un famiglio. Sono una persona!» gli ricordai, senza sapere bene da dove venissero quelle parole. Suppongo fossero cose non dette, domande rimaste senza risposta per troppo tempo, anche se, in realtà, di tempo non ne era passato poi molto.

«Perché hai scelto me?» sbottai.

Merlino si voltò a fissarmi negli occhi. Sbatté lentamente le palpebre, poi si fermò: «Non avevo scelto te, Gracy. Avevo scelto tua nonna. Ero già qui quando sei arrivata, ricordi?»

«Quindi volevi lei, ma ti sei dovuto accontentare di me. Ma certo, sono stata solo un ripiego» strillai. Quella confessione mi aveva ferito ben più di quanto mi sarei aspettata.

«Una coincidenza sì, ma non un ripiego. Ti ho osservata per mesi prima di rivelarti chi sono davvero. Dovevo essere sicuro al cento per cento» disse con dolcezza. «Non avevo progettato che fossi tu, ma sono felice che sia così.»

Abbozzai un sorriso: «Davvero?»

«Davvero. Ma ora basta con le smancerie.» Si diresse alla porta e si fermò di fronte alla gattaiola: «Ora dobbiamo concentrarci su ciò che ci aspetta. Vai direttamente alla stazione di polizia. Niente soste o deviazioni. Vacci subito, io sarò lì ad aspettarti con la pozione della verità pronta. Entreremo insieme.»

«Ok, capo» dissi annuendo. Quella breve chiacchierata mi aveva motivata e fatta sentire meglio. Ok, Merlino non aveva scelto me all'inizio, ma mi aveva scelta adesso.

E questo si sarebbe rivelato estremamente importante.

Con il suo aiuto e incoraggiamento sarei riuscita a cavarmela. Poi, grazie al piano che aveva escogitato, avremmo potuto eliminare il mio nome dalla lista dei sospettati in pochi minuti.

Me la sarei cavata…

Anche perché non avevo altra possibilità.

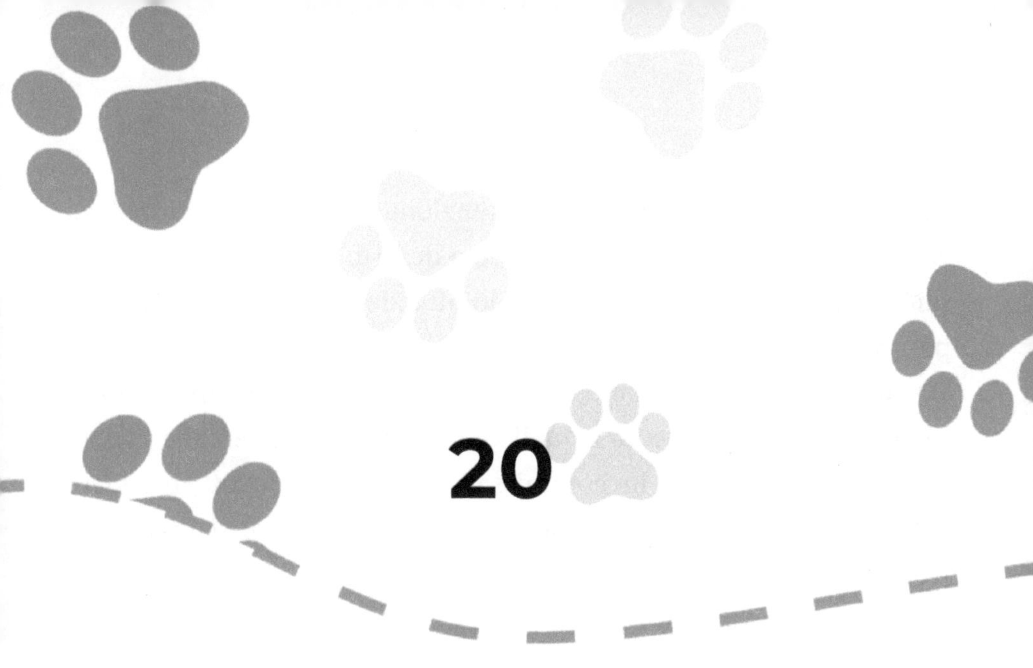

20

Merlino e io uscimmo di casa a passo di marcia. Lui si diresse in cortile per finire di preparare la pozione, mentre io salii in auto e uscii dal vialetto. Ci volevano cinque minuti per raggiungere il commissariato e questo mi dava un po' di tempo prezioso per riordinare i pensieri.

Secondo Merlino l'agente Dash aveva mentito sulla causa della morte di Harold. Ma per quale motivo? La risposta più semplice era che l'esame tossicologico non fosse in grado di rilevare la presenza della magia e che lei fosse davvero convinta che la causa dell'avvelenamento fosse il liquido antigelo.

Ma l'istinto mi diceva che non era così.

Mi aveva mentito consapevolmente per vedere come avrei reagito? Ma se l'aveva fatto intenzionalmente, significava che sapeva che la vera causa era la magia? O era ancora in attesa del referto conclusivo da parte del team medico?

Mi ero di nuovo persa nel vorticoso mare dei miei pensieri, al punto da dimenticare di prestare attenzione alla segnaletica stradale. Non mi fermai allo stop a un incrocio deserto che portava fuori dal mio quartiere, accorgendomene solo quando ormai era troppo tardi per frenare.

Accidenti! Dovevo smetterla di perdermi nelle riflessioni e iniziare a stare più attenta a quello che facevo. Tutto sarebbe andato meglio dopo la visita in commissariato. E avrei dovuto prendere l'abitudine di accostare quando l'urgenza di riflettere si fosse fatta troppo intensa.

Avrebbe comportato meno rischi per me stessa e per gli altri. E tuttavia...

A quanto pareva quel proposito arrivava troppo tardi, perché una volante della polizia sbucò alle mie spalle e accese la sirena.

No, no, no!

Ok, ero stata colta sul fatto e meritavo di essere sanzionata. Avrei pagato la multa. Ma, al momento, ciò che più mi preoccupava era il ritardo nel raggiungere Merlino alla stazione di polizia. Speravo proprio che quella sosta forzata non richiedesse troppo tempo. E sì, forse Merlino si sarebbe arrabbiato per aver dovuto aspettare qualche minuto, ma cercare di sfuggire alle forze dell'ordine non era un'opzione praticabile, soprattutto considerando che ero diretta proprio al loro quartier generale.

Mugugnando, accostai. La volante si fermò dietro di me e dallo specchietto retrovisore vidi un'agente scendere e chiudere la portiera sbattendola violentemente.

L'agente Dash in persona!

Cavolo, cavolo e ancora cavolo!

Mi fece cenno di abbassare il finestrino e io obbedii all'istante.

«Bene, bene, bene» disse con un ghigno antipatico. «Non riesce proprio a tenersi lontana dai guai, eh Springs?»

«Sono spiacente» mormorai. Detestavo quella situazione con tutte le mie forze.

«Patente, libretto e certificato dell'assicurazione» abbaiò l'agente senza battere ciglio.

Aprii il vano portaoggetti e presi i documenti richiesti, poi estrassi la patente dalla borsa e le porsi anche quella.

«Torno subito» mi disse l'agente Dash.

Restai a fissare davanti a me in attesa che compilasse il modulo e mi consegnasse la multa. Il tempo doveva essere passato molto più in fretta di quanto mi sarei aspettata perché, dopo quelli che mi sembrarono solo pochi secondi l'agente Dash fece ritorno e si piazzò di fianco al lato del guidatore della mia macchina.

«Scenda dal veicolo» mi ordinò con uno sguardo gelido.

«Perché? Perché mai?» strillai.

«Niente domande. Si limiti a fare quello che le ho detto!» gridò.

Quell'improvviso scoppio di rabbia mi spaventò così tanto da farmi scendere incespicando dall'auto, proprio come mi era stato ordinato. Anche se avevo paura, speravo che si comportasse in modo meno terrificante se le avessi obbedito.

«Mani sul veicolo» ordinò.

«Cosa? No. Non ho fatto niente di male!» strillai.

L'agente mi spinse contro il lato dell'auto. Con violenza.

Il dolore mi attraversò la spalla, bruciando ancora di più quando lei mi afferrò i polsi e mi ammanettò.

«Non ho fatto niente» singhiozzai. «Mi lasci andare, la prego!»

«Smettila di piagnucolare e girati verso di me!»

Quando mi voltai, un gigantesco sorriso da Stregatto aleggiava sul volto della poliziotta. Si stava godendo ogni istante di quella scena.

«Non capisco» borbottai. «Ha trovato nuove prove?»

Anziché rispondere, l'agente Dash mi premette una mano sulla spalla e mi costrinse a fissarla negli occhi. Rimasi a osservare in silenzio e in preda al terrore, mentre questi cambiavano colore e forma, passando da un anonimo grigio a un verde intenso.

Lei sbatté le palpebre una, due volte...

21

Caddi a terra, incapace di reggermi in piedi con i polsi ammanettati dietro la schiena. Scalciai forte con le gambe, girando il busto da un lato all'altro nel tentativo di mettermi seduta. Infine, andai a sbattere contro un robusto tronco d'albero e riuscii in qualche modo a tirarmi su.

Quando ebbi la possibilità di guardarmi intorno, riconobbi quasi all'istante il piccolo cottage con giardino: eravamo a casa di Luna ed ero appoggiata allo stesso albero di magnolia a cui mi ero aggrappata dopo la mia prima esperienza di teletrasporto.

La porta della pittoresca casa di mattoni si spalancò e Virginia corse fuori a piedi nudi. Sulle unghie dei piedi aveva applicato uno smalto perlato color lavanda che non mi sarei aspettata da lei.

«Evviva!» gridò precipitandosi in cortile. «Il momento è finalmente giunto?»

«Sì» disse l'agente Dash alle mie spalle. Mi sforzai di girarmi a guardarla, ma il grosso albero di magnolia mi ostruiva la visuale.

«Cosa volete da me?» gridai, rivolta a chiunque si fosse preso la briga di rispondermi.

«Te lo dico io» annunciò Virginia avanzando verso di me con un'espressione dolce, in netto contrasto con le sue parole al vetriolo. «Ora dovresti essere in prigione, ma il legame fra te e quello stupido gatto si è sviluppato troppo in fretta, quindi bisogna passare al piano B.»

«Non ho ucciso Harold!» protestai lottando per liberare i polsi dalle manette. Sembrava un'impresa impossibile, ma non significava che avrei smesso di provarci. Soprattutto considerando che quella sembrava la classica situazione in cui riuscire a farcela era letteralmente questione di vita o di morte.

«Certo che non l'hai ucciso tu» disse Virginia con un sorriso quasi gradevole. «Sono stata io.»

«Tu?» chiesi con la voce tremante per la paura. Non avevo mai pensato che potesse essere stata lei. Luna sì, ma il suo famiglio privo di poteri magici? Mai e poi mai.

Virginia mi rivolse un sorriso falso: «Non ti ricordi? Sei stata proprio tu a chiedermi di andarmene dalla caffetteria quel giorno. Ero io quella seduta lì. Ero certa che avessi capito tutto quando ti sei presentata qui ieri, invece non avevi capito proprio niente. Non sei poi così intelligente, in fin dei conti.»

«Eri tu la cliente!» gridai quando, infine, tutti i pezzi del puzzle andarono a posto. Non c'era da meravigliarsi che mi fosse sembrata un volto familiare. Era seduta in bella vista quel giorno. Detective alle prime armi o meno, come avevo fatto a non notare un fatto così fondamentale?

Virginia fece un ampio sorriso. Sentii l'improvviso desiderio di darle uno schiaffo in piena faccia, in parte per ciò che aveva fatto a Harold e in parte per ciò che stava facendo a me. «Vedi, Dash? Alla fine ci è arrivata.»

L'agente Dash non rispose, così colsi l'occasione per porre una domanda di fondamentale importanza: «Ucciderete anche me?»

Il sorriso di Virginia scomparve: «Purtroppo no. Per tua informazione, ci hai complicato un bel po' la vita. La colpa per la morte di quel vecchio miserabile sarebbe dovuta ricadere su di te, in modo che la polizia ti gettasse in cella e buttasse via la chiave prima che il tuo legame con Merlino si rafforzasse. Era la nostra occasione migliore per liberarci di lui, ma tu hai mandato tutto a monte.»

«Cosa?» sbottai lanciandole un'occhiataccia. «È colpa mia? Vuoi anche che ti chieda scusa?»

«Oh, che maleducata! Certo!» Virginia fece qualche respiro lento prima di proseguire. «Tutti gli omicidi che si verificano all'interno della comunità magica vengono individuati all'istante. Se ti avessi uccisa sul colpo sarei stata beccata subito. Ma poiché il tuo capo, Harold, non apparteneva al mondo magico, la sua morte non è stata segnalata.»

«È proprio necessario questo monologo da cattiva?» ringhiò Dash da un luogo in cui non riuscivo a scorgerla. «L'abbiamo presa. Ora dobbiamo liberarci di lei.»

«Quindi *ora* mi ucciderete?» gridai trionfante. Ecco, avevo ragione, ma avrei preferito sbagliarmi.

«Peggio» mi rivelò Virginia con gli occhi che le brillavano. Si stava divertendo un mondo quella maledetta.

«Cosa? E che ci può essere di peggio della morte?» chiesi. Dovevo farla continuare a parlare per dare a Merlino il tempo di trovarmi e venire a salvarmi.

Virginia gettò indietro la testa ridacchiando, nel perfetto stereotipo della cattiva: «Lo scoprirai presto, cara mia.»

«Ma non capisco. Perché volete liberarvi di me? Che cosa vi avrò mai fatto?»

«Assolutamente niente» ammise Virginia con un sospiro. «Ma Dash vuole Merlino fuori dai giochi, e io sono stata ben felice di aiutarla, considerando i trascorsi tra di lui e la mia maga.»

Quindi tutto questo era accaduto perché quel casanova del mio gatto aveva spezzato il cuore alla micia sbagliata. *Accidenti!*

«La gente si innamora e si lascia in continuazione... e anche i gatti!» obiettai. «Non è che li si uccida per questo.»

«Oh, di quello non me ne importa niente. Anche se l'incessante piagnisteo di Luna per quell'orrendo sacco di pulci mi ha dato parecchio sui nervi.»

«Allora cosa avete intenzione di fare?»

«La magia è instabile, lo sapevi? Più ce n'è in una certa zona, più è probabile che provochi reazioni indesiderate. Quando Merlino ti ha presa come famiglio, Luna ha dovuto cedere parte della propria magia per proteggere Eldelberry Heights. E io, invece, non vedo alcun motivo per cui chiunque di noi debba privarsi del livello di potere a cui è abituato. Così, quando la mia socia, qui, mi ha proposto un piano per liberarmi di voi due, ho accettato con gran piacere di fare la mia parte.»

«Ma anche se vi liberaste di me, cosa impedirà a Merlino di trovarsi un altro famiglio?»

Virginia piegò la testa e scoppiò in una profonda risata: «Non sai proprio nulla di come funziona il mondo magico, eh? Dopo l'iniziazione di un famiglio, è praticamente impossibile che un mago possa procurarsene un altro. Non dopo quell'assurdo pasticcio tra i due Merlino e Artù secoli fa. E senza il suo famiglio al proprio fianco, il *nostro* Merlino non potrà più praticare legalmente la magia. I grandi capi lo sbatterebbero dentro così in fretta che non avrebbe nemmeno il tempo di sbattere le palpebre!»

«Basta così!» gridò Dash alle mie spalle. «Sta solo menando il can per l'aia nella speranza che il suo stupido micetto venga a salvarla. Smettiamola di perdere tempo! Portiamo a termine ciò che abbiamo iniziato.»

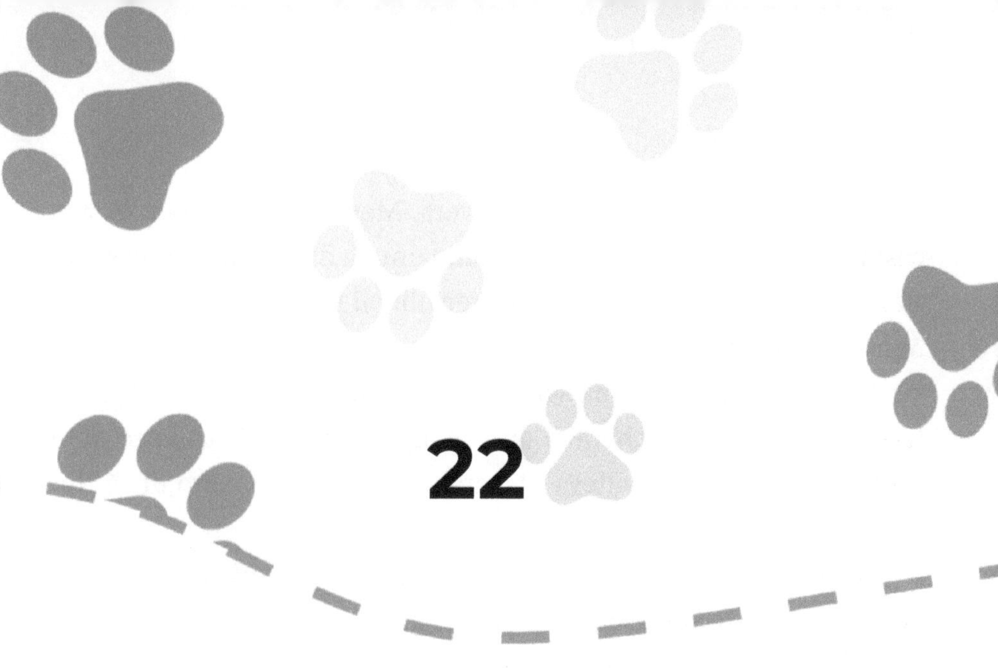

22

Appena ebbe pronunciato quelle parole, l'agente Dash entrò finalmente nel mio campo visivo. Aveva lo stesso aspetto di sempre, eccetto per quegli occhi verdissimi. Come i miei, come quelli di Virginia, come quelli di chiunque entrava in contatto con la magia.

«Non sei una vera poliziotta!» sbottai.

«Oh, ma davvero? E da cosa l'avresti capito?» Il falso agente Dash scoppiò in una risata crudele, poi sollevò entrambe le mani e schioccò le dita sopra la testa.

L'aria intorno a lei si increspò, rilucendo di un lieve bagliore verde mentre si trasformava da poliziotta dall'espressione sardonica in grossa gatta nera dalla coda sghemba.

Io e Virginia sussultammo.

«Sei una maga!» gridò lei, puntando un dito accusatorio contro la sua complice. «Per tutto questo tempo mi hai detto di essere anche tu un famiglio. Che eri stufa di come stanno le cose.»

La gatta nera sorrise con aria diabolica: «Mia carissima Virginia, una delle due cose che hai detto è vera. Mentre l'altra... Beh, è stato così facile farti cadere nel mio tranello, mi ha dato una grande soddisfazione. Ma ora che hai portato a termine il tuo compito non ho più nessun bisogno di te!»

Dash in versione felina schioccò la lingua e il volto di Virginia si trasformò in una maschera di terrore. La sua bocca si spalancò in un grido muto, mentre sbatteva disperatamente i piedi sotto di sé fluttuando a mezzo metro da terra.

«Che cosa le hai fatto?» chiesi, lottando ancora più strenuamente per liberarmi. Non riuscivo a staccare gli occhi da Virginia, terrorizzata all'idea di finire come lei. Perché non gridava? Sarebbe stato più facile da affrontare se avesse gridato.

Dash sfoderò gli artigli e rimase a fissarli, pensierosa: «Che ti importa? Ha ucciso il tuo capo e ha cercato di far ricadere la colpa su di te per farti finire in galera.»

«Sappiamo entrambe che sei stata tu ad architettare tutto. Lei ha solo eseguito i tuoi ordini. Era solo una tua pedina» gridai. Ci trovavamo in un quartiere piuttosto frequentato. Forse, se avessi gridato abbastanza forte, uno dei vicini mi avrebbe sentita e sarebbe giunto in mio soccorso.

«Scommetto che non le hai neanche mai detto perché vuoi mettere fuori gioco Merlino» balbettai, mentre lei continuava a fissarsi gli artigli senza dare il minimo peso alle mie accuse.

«Virginia aveva i suoi sciocchi motivi per fare ciò che ha fatto. Non aveva bisogno di conoscere le mie ragioni.»

«Dille a me!» pretesi, scalciando per apparire più minacciosa. «Merito di sapere almeno questo.»

«Tu non meriti niente!» sibilò Dash. «E non otterrai niente, se non il destino che ho in serbo per te!»

Detto questo, si sporse verso di me. Ma anziché investirmi con una scarica di magia, mi ferì la guancia con un artiglio. Il dolore sordo alle spalle svaporò all'istante, in confronto a quel male penetrante. Gridai dal male, ma il movimento dei muscoli facciali non fece che peggiorare le cose. Una goccia di sangue fresco mi colò lungo la guancia e cadde sulla camicetta lasciandovi una brutta macchia rossa.

Dash ignorò i miei lamenti; fluttuò a terra osservandosi gli artigli macchiati di sangue, gli occhi verdi spalancati per lo stupore: «*Caspita!* Beh, questo spiega molte cose.»

«Quali cose? Cosa sta succedendo? Perché mi stai facendo questo?» chiesi indietreggiando contro l'albero, cosa che sembrò soddisfare la malvagia gatta nera.

Lei prese a camminare avanti e indietro per qualche istante, prima di rivolgersi di nuovo a me: «Quella pettegola della mia complice ti ha già detto anche più del necessario, ma c'è ancora una cosa che voglio che tu sappia.»

Dash lanciò un'occhiata alle proprie spalle e indicò Virginia, ancora intrappolata in un muto tormento: «Guardala. Sta vivendo il suo incubo peggiore.»

La gelida maschera di terrore sul viso della donna mi confermava che Dash aveva detto la verità.

Rabbrividii, detestando il fatto che la verità fosse più spaventosa di una menzogna. Cos'altro mi avrebbe rivelato Dash? «Di che si tratta?» balbettai cercando di trovare le parole. Avrei fatto qualsiasi cosa per farla continuare a parlare. «Ragni? Clown? Grandi squali bianchi?»

Dash sorrise: «Questa è la vera bellezza delle illusioni magiche: non ho bisogno di saperlo. È la magia a trovare le paure, i desideri; trova tutto ciò che mi occorre e vi si lega. Virginia era una sciocca, ma è stato ancora più facile convincerla ad assecondarmi quando la mia magia ha sondato il suo cuore e trovato quello che mi serviva.»

«Sei una maga dell'illusione?» sussultai. Non sapevo esattamente cosa significasse, ma sembrava spaventoso.

Dash sorrise di nuovo: «La più forte che sia mai esistita.»

«So perché Virginia voleva liberarsi di Merlino, ma tu che motivi hai?» Iniziavo a desiderare che Dash tornasse a essere la poliziotta scontrosa. Questa nuova versione felina era di gran lunga più terrificante.

Scosse il capo: *«Ah, ah, ah!* Non ho nessun bisogno di rivelare i miei piani a quelli come te. Ti ho detto cosa sta accadendo a Virginia solo perché che tu sappia cosa sta per succederti e lo tema ancora di più.»

Incontrai il suo sguardo: non avevo più intenzione di restarmene lì tremante di paura: «Non riuscirai a—»

Ma Dash mi interruppe schioccando rumorosamente la lingua due volte. Immediatamente il mondo scomparve, lasciandomi intrappolata in un mare nero senza fine.

Noooooooo!

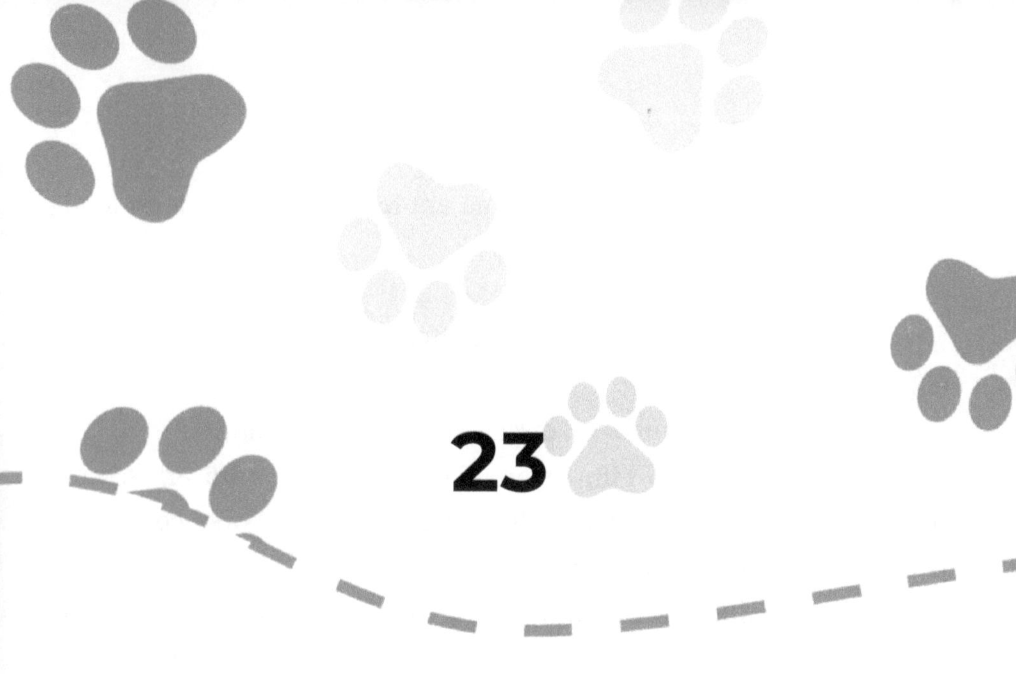

23

«C’è qualcuno?» gridai nel vuoto riecheggiante. Ma nessuno mi rispose. Inquieta, feci qualche passo in avanti, ma non riuscivo a percepire il terreno sotto i piedi. Non riuscivo a sentire nulla, nemmeno la stretta del metallo freddo intorno ai polsi.

Una scintilla di luce apparve all’orizzonte, e io mi affrettai a raggiungerla, desiderosa di andarmene da quel luogo buio. Nonostante non percepissi le manette contro la pelle, non riuscivo a spostare le braccia da dietro la schiena, così finii per camminare goffamente anziché correre verso la meta.

Mentre mi avvicinavo, la minuscola luce prese a pulsare e a espandersi e ne uscì Merlino, in tutto il suo splendore di Maine Coon. Ma anziché del consueto verde, i suoi occhi erano neri come la pece, spenti e inanimati.

«Non ti ho scelta. Sono stato costretto ad accontentarmi di te» sogghignò, affrontando di petto la mia paura segreta.

«No, no. Non è vero!» dissi ricordando la nostra conversazione.

Non ero stata la sua prima scelta, ma era felice che ora ci fossi io al suo fianco.

«Stai mentendo!» gridai.

A quelle parole il finto Merlino si dissolse in uno sbuffo di fumo e fluttuò via nell'oscurità.

«Era solo un'illusione» mi dissi. «Soltanto un'illusione.»

Avevo smascherato l'impostore e la sua bugia, e lui era scomparso. Dovevo solo ricordarmi di cercare la verità. Forse così sarei riuscita a fuggire da quel luogo orribile.

Un'altra pallida scintilla di luce comparve all'orizzonte; mi diressi verso di essa, preparandomi a ciò che avrei dovuto affrontare.

Comparve la sagoma di un uomo alto. Non riuscivo a scorgere il suo volto, ma lo riconobbi appena iniziò a parlare. *Harold.*

«Potrai anche non avermi ucciso con le tue mani, ma è colpa tua se sono morto» mi disse, furente.

Cosa avrei potuto rispondere? Non potevo negare il mio ruolo in tutta quella faccenda. Quell'accusa era assolutamente vera.

Harold proseguì e a ogni sua parola il mio senso di colpa si faceva più grande e profondo.

«Ho sempre saputo che non valevi niente come dipendente. Non ti ho licenziata solo per bontà d'animo. E tu come mi hai ripagato?»

«Mi dispiace» mormorai mentre gli occhi mi si riempivano di lacrime, offuscandomi la vista. «Mi dispiace davvero moltissimo!»

«È un po' tardi per dispiacersi» mi sbeffeggiò. «E cosa succederà se uscirai viva da qui? Ucciderai anche il prossimo poveraccio che ti assumerà?»

«Io—» Mi si ruppe la voce. «Non volevo farlo. Mi dispiace moltissimo.»

«Non c'è nessuno a piangere per la mia morte ed è tutta colpa tua!» sbraitò furibondo.

«No» sussurrai sollevando la testa. «A tua figlia Kelley manchi moltissimo. Ha sempre desiderato avere la possibilità di conoscerti. E sta ancora cercando di capire che persona fossi, anche se non ci sei più, anche se sua madre era contraria. E io sto cercando di aiutarla. Le ho raccontato il poco che so. L'ho aiutata ad affrontare la madre...»

Fu allora che compresi.

«Non mi sei mai piaciuto molto» continuai, cogliendo quell'opportunità per togliermi un peso dal petto. «Ma non volevo che morissi. E non è colpa mia se è successo. Sì, stavano cercando di incastrarmi, ma non ho scelto io di entrare a far parte del mondo magico. È stato lui a scegliere me. Mi dispiace moltissimo per ciò che ti è accaduto, Harold, ma non è stata colpa mia!»

Puf! La sua sagoma si trasformò in una nuvola di polvere nera e fu inghiottita nell'abisso.

«Ho smesso di mentire a me stessa!» gridai nell'oscurità sconfinata. «Puoi anche avermi intrappolata in un'illusione, ma io so chi sono davvero! Credo in me!»

L'agente Dash apparve davanti a me, sotto forma di un ologramma semitrasparente. Non nella sua nuova forma felina, ma con l'aspetto ormai familiare della poliziotta: «Credi di poter vincere in astuzia le mie illusioni?»

«So che sono in grado di farlo!» gridai desiderando di poterle assestare un pugno.

Lei iniziò a ridere piano, poi via via sempre più affannosamente. Poco dopo aveva il respiro ansante: «Stupida ragazzina! Questo non è un film a lieto fine dove la principessa deve solo credere in se stessa per sconfiggere un avversario molto più potente di lei. E tu non sei una principessa, non hai alcun potere e non vincerai!»

«E invece sì!» gridai all'ologramma, ma la sua risata si fece ancora più forte.

«E va bene. Dovrò passare alle cattive. Per me non è certo un problema. Alla fine capirai che non hai speranze!» Detto questo l'agente Dash scomparve, lasciandomi nella totale oscurità.

Feci qualche passo avanti, barcollando. Non ero disposta ad arrendermi. Avevo sconfitto le prime due illusioni. Potevo sconfiggerne altre. Potevo fuggire da quel luogo.

Camminai per quelli che mi sembrarono secoli, ma non comparve più nessuna luce e iniziai a essere stanca di cercare...

Sarebbe davvero finita così?

24

Anche il tempo era un'illusione in quella prigione mentale. Scorreva senza sosta e senza portare da nessuna pate. Sarei impazzita, o forse lo ero già. Inoltre, non potevo aiutare Merlino in alcun modo da quel luogo e ciò significava che presto si sarebbe trovato nelle grinfie della terribile Dash.

Non sapevo perché la maga oscura ce l'avesse tanto con noi, ma ora sapevo che non potevamo batterla. Era troppo potente.

Abbattuta, ma non ancora definitivamente sconfitta, chiusi gli occhi e cercai di visualizzare delle immagini per interrompere la monotonia di quel vuoto. Il sorriso di mia madre mentre ci truccavamo una di fianco all'altra davanti a quel vecchio specchio. Nonna Grace che mi insegnava a ballare il walzer per il mio primo ballo scolastico. Perfino Merlino che mi parlava per la prima volta, facendomi scoprire il fascino e i pericoli di quel nuovo mondo.

«Mostrami la verità» lo udii dire nel ricordo. Poi aprì la bocca ed emise un soffio scintillante di magia. L'oscurità si accartocciò su se stessa e vidi il verde dell'erba, l'azzurro del cielo e il bagliore del sole.

No, non si trattava di un ricordo. Stava succedendo davvero, proprio in quel momento.

«Sapevo che sarebbe valsa la pena di impiegarci un po' di più per preparare il siero della verità» mi disse il mio gatto, strofinando la sua pelliccia morbida contro i miei polsi e liberandomi dalle manette.

«Che cosa sta succedendo?» gridò Virginia risvegliandosi dall'illusione e barcollando verso di noi.

«Non così in fretta!» disse Merlino. Colpì il terreno con le zampe posteriori e due piccoli tornadi si diressero verso di lei roteando vorticosamente. Quando la raggiunsero le circondarono il busto, intrappolandola.

Non avevo mai visto il mio gatto praticare una magia così potente e, ora che era accaduto, ero molto felice di averlo dalla mia parte.

«Come hai fatto a trovarmi?» gli chiesi, portando finalmente le braccia in avanti per alleviare il dolore alle spalle. Ora che ero sfuggita all'illusione sentivo di nuovo male ovunque.

«Facile» mi rivelò Merlino. Scalciò, fece apparire altri due vortici di vento e li diresse verso Dash. «Ho seguito il nostro legame. È come un'insegna luminosa.»

Vidi la gatta nera schivare agilmente le tempeste di vento sfrecciando selvaggiamente di lato.

«Concedimi un istante, per favore» disse il mio gatto impennandosi sulle zampe posteriori, per poi piombare violentemente con le anteriori a terra colpendo il terreno davanti a sé.

Una raffica di pezzi di ghiaccio affilati scese dal cielo formando una gabbia intorno a Dash, non dissimile a quella di spine e fiori che Luna aveva creato per intrappolare Merlino.

«Non riuscirai mai a sconfiggermi» sibilò Dash sbattendo contro le sbarre della sua prigione di ghiaccio.

«Parole grosse per una che è chiusa in gabbia» ribatté Merlino. «Perché hai rapito il mio famiglio? E quella cosa ci fa lì?»

Dash rizzò il pelo della schiena: «Io non ti devo—»

«Di' la verità» disse Merlino soffiandole addosso ciò che restava del vapore luccicante della pozione. Caspita, il mio gatto era un mago e aveva il respiro magico di un drago. Ma avrei riflettuto più tardi su quanto fosse straordinaria quella situazione. Tipo, quando fossimo riusciti a uscirne vivi.

La gatta nera si sforzò di rimanere in silenzio, ma le parole uscirono ad una ad una, anche contro la sua volontà: «Sei... l'... unico... che... può... impedirmi... di... realizzare... il... mio... destino.» Enfatizzò il concetto con un lungo soffio furioso.

Merlino si avvicinò alla gabbia e si sedette appena fuori dalla portata di Dash: «Oh, allora il punto è una sciocca profezia? Strano, pensavo fossero bandite.»

«Non è una profezia. È una questione di *lignaggio*!»

Mentre Dash sussultava cercando di prendere fiato, Merlino inclinò la testa di lato con noncuranza: «E cosa avrebbe a che fare il lignaggio con tutto questo?»

«I miei antena—» Con un ultimo sussulto Dash si accasciò su un fianco emettendo un lungo ululato straziante. «Il mio segreto morirà oggi insieme a voi due!» gridò, ormai libera dall'incantesimo.

«Siamo spiacenti,» disse Merlino percorrendo il perimetro della gabbia, «ma non abbiamo intenzione di morire oggi. Vero, Gracy?»

Scossi il capo e borbottai: «Proprio no.»

Dash schioccò la lingua, si trasformò in un minuscolo insetto e volò fuori dalla gabbia senza il minimo sforzo. Si ritrasformò in gatto nero a mezz'aria e ricadde a terra con un tonfo inquietante.

«Bel trucchetto» disse Merlino sollevando la schiena e gonfiando la coda come le tipiche rappresentazioni dei gatti di Halloween. «Ma aspetta di vedere cosa so fare con un pizzico di elettricità statica!»

Il cielo si scurì e in lontananza rimbombò un tuono. Mi augurai che l'albero mi riparasse dal tremendo temporale in arrivo, o che il mio gatto riuscisse a controllarlo abbastanza da evitare di colpirmi con un fulmine.

«No! Fermati, Merlino!» gridò una roca voce femminile. Un lampo bianco entrò in scena frapponendosi tra i due maghi intenti a combattere. *Luna!*

Alla fine era arrivata e dubitavo che si sarebbe schierata dalla nostra parte. Merlino se la stava cavando bene contro Dash, ma non avrebbe avuto speranza di battere due maghe più esperte.

Sussurrai una preghiera per noi due, mentre li osservavo impotente dalle ombre proiettate dai grandi rami dell'albero. Speravo di aver accumulato dentro di me abbastanza magia, perché non c'era nient'altro che potessi fare per aiutare Merlino in quella lotta.

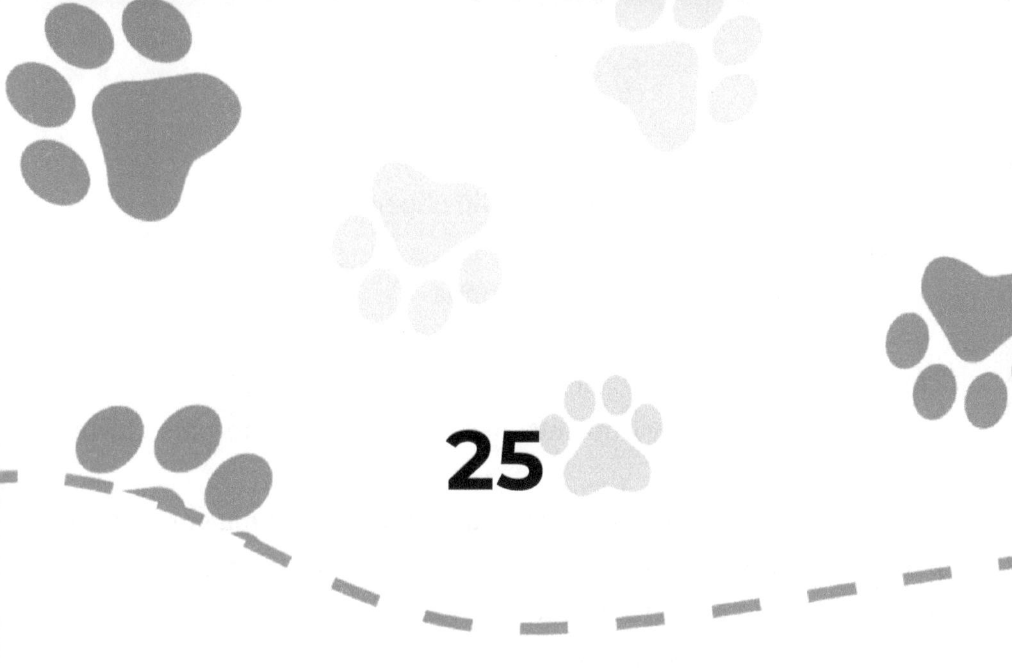

25

«Vi avevo detto di stare lontano da casa mia!» gridò Luna a me e a Merlino, scoccando sguardi furenti a entrambi. «Ora libera subito il mio famiglio!»

Merlino fissava dritto davanti a sé con gli occhi sgranati e obbedì all'istante alla maga della natura.

«No, Merlino. Non farlo!» gridai cercando di scuoterlo dall'incantesimo di cui era vittima.

«Devo fare ciò che dice Luna» mi disse con espressione vacua.

Oh oh, doveva essere per via della pozione che lei mi aveva costretto a fargli bere l'altro giorno! Ora l'effetto era evidente. Ricordai quanto mi fossi sentita impotente quando avevo cercato di sottrarmi all'ordine di versare la pozione nella sua ciotola o quando avevo tentato di avvertirlo la mattina precedente.

Non ero riuscita a evitare di fare come mi era stato ordinato, e ora sembrava che neanche Merlino ci riuscisse.

Accidenti, eravamo fritti!

Luna corse da Virginia e controllò che non fosse ferita: «Cosa sta succedendo?» le chiese.

«Non lo so» sospirò l'anziana donna.

«Bugiarda!» tuonò Dash, che appariva sconvolta, con gli occhi quasi fuori dalle orbite. Lanciò un'occhiata al cielo, poi emise quello schiocco che precedeva un incantesimo. Un miraggio prese forma davanti a noi.

In quell'immagine, luccicante e tremolante, Virginia era seduta a parlare con l'agente Dash: stavano mettendo a punto il piano per uccidere Harold e far ricadere la colpa su di me.

«Che ne sarà della tua maga?» chiedeva Dash a Virginia.

«Può anche morire, per quello che mi importa» dichiarava Virginia nel miraggio, ribollendo di rabbia.

Non riuscivo a scorgere Luna attraverso quella visione, ma la udii chiedere: «Davvero mi tradiresti?»

«L'ha già fatto» annunciò Dash, schioccando la lingua e facendo scomparire l'immagine. Non avrei saputo dire se ci avesse mostrato un'illusione o un ricordo, ma non faceva differenza: entrambe le possibilità erano ugualmente probabili, e ugualmente devastanti.

Luna agitò la coda ed emise un terribile lamento. L'imponente albero di magnolia alle mie spalle si sollevò da terra.

Virginia iniziò a correre, ma l'albero l'afferrò con uno dei propri rami, sollevandola da terra e impedendole di muoversi.

«Perché?» gridò Luna in lacrime, visibilmente affaticata dallo sforzo di controllare il gigantesco albero.

«Non mi hai lasciato altra scelta» ribatté Virginia. «Un tempo avevi a cuore la magia, ma poi sei stata così presa dai tuoi tormenti amorosi da non prestare più attenzione a ciò che conta davvero. Con il suo nuovo famiglio in prigione, Merlino non avrebbe più potuto praticare la magia, e tu avresti smesso di struggerti per lui e avresti ricominciato a concentrarti per accrescere il nostro potere.»

Luna abbassò gli occhi e l'albero scagliò Virginia in aria, poi la riprese al volo con i rami subito prima che si schiantasse a terra.

La miserabile gridò a pieni polmoni.

Luna tremava come una foglia, l'intero corpo percorso dai brividi, ma non diede segni di cedimento: «Non il *nostro*. Il potere è solo mio. Lo è sempre stato. Tu non eri altro che una serva.»

«Io non penso a te in questi termini, per me sei molto di più» mi rassicurò Merlino mentre entrambi osservavamo la scena sbalorditi.

«Non meriti la magia che hai la fortuna di avere!» gridò Virginia alla sua maga.

Luna inclinò la testa di lato, nello sforzo di sostenere il peso dell'incantesimo: «Ah, è così?» chiese, facendo un cenno del capo verso l'immenso buco da cui l'albero era emerso.

Restammo tutti a osservare la magnolia che camminava sulle radici, ritornava nella sua posizione originaria e si fermava. Una volta che l'ebbe sistemato, Luna si scrollò la fatica di dosso e iniziò a correre. Virginia precipitò giù e, nell'istante in cui toccò terra, la gatta bianca le balzò sulle spalle sfoderando gli artigli.

«Ahia!» strillò Virginia, ma nessuno di noi provò pena per lei.

«Credi che io non meriti la mia magia?» chiese Luna. Ma non attese risposta: «Allora facciamo come dici tu! Rinuncio ufficialmente ai miei poteri e spezzo il legame che ci unisce!»

La terra tremò e Virginia cadde in ginocchio.

Luna balzò via un istante prima dell'impatto.

«Cosa sta succedendo?» strillò Virginia mentre la sua immagine sfarfallava e si faceva sfocata e una nuvola verde luccicante si sollevava dai loro corpi, creando una spessa nebbia attraverso cui era difficile vedere qualcosa.

«Non sono più una maga e tu non sei più il mio famiglio. La magia è libera!» dichiarò Luna.

«Nooooooo!» gridò Virginia inseguendo la nebbia che si allontanava e tentando di afferrarla avidamente, come se potesse trattenerla con le mani. Non riuscivo a vederla bene attraverso la nebbia magica, ma vedevo l'aria spostarsi e muoversi intorno a lei.

E se non riuscivo a vedere io, dubitavo che lei ci riuscisse a sua volta.

Lentamente la nebbia si condensò formando una spessa onda in movimento.

Virginia, concentrata sull'inseguimento, venne avvolta dall'onda, ma era così presa dal suo disperato tentativo di non perdere potere da non badare a dove si stesse dirigendo la magia.

Rimasi a osservare la scena con sgomento, mentre la donna sbatteva contro il muretto del pozzo che era stato il calderone di Luna e precipitava oltre il bordo senza riuscire a trovare appigli; scomparve nel buco oscuro, insieme all'onda di magia che faceva ritorno alla propria fonte.

Un istante dopo la magia era scomparsa e un forte scricchiolio si levò nell'aria.

«È morta» disse Merlino al mio fianco, senza traccia di rimpianto.

Scoppiai in lacrime, nella mia inutilità di creatura non dotata di poteri magici. Anche se aveva cercato di incastrarmi per omicidio e farmi finire in galera, Virginia era comunque una persona, un essere vivente.

E ora non restava più nulla di lei. E con Luna e Dash ancora in scena e pronte a combattere, la prossima potevo benissimo essere io.

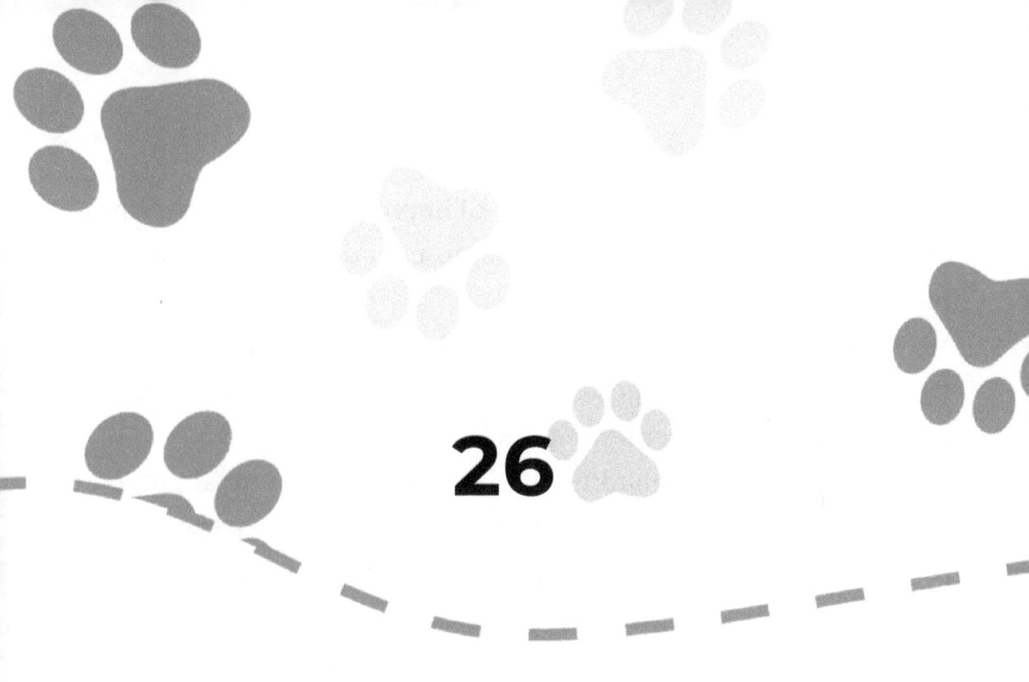

26

Luna emise un terribile lamento e corse al pozzo, all'inseguimento del suo famiglio ormai perduto per sempre.

«Non volevo ucciderla, solo fermarla!» gridò fra le lacrime. «La smania di potere l'ha portata alla pazzia. Avrei dovuto effettuare la mia scelta con maggior cautela. È tutta colpa mia!»

«Non è colpa tua» dissi, ricordando la conversazione con il finto Harold nell'illusione di Dash. Anche se avevo svolto un ruolo nella sua morte, non era stata colpa mia.

Lo stesso valeva ora per Luna. Virginia aveva fatto le sue scelte: aveva tradito la sua maga e inseguito d'impulso il flusso di magia e questo l'aveva portata alla caduta fatale nel pozzo.

Finora avevo considerato Luna un nemico, ma lei era stata vittima di quegli eventi tanto quanto me e Merlino, e ne era rimasta ferita. In realtà ora provavo pena per la gatta bianca, mentre osservavo la sua figura slanciata. I suoi occhi, prima verdi, avevano già iniziato a sbiadire in un azzurro così chiaro da sembrare malaticcio.

Ciò mi fece tornare in mente, all'improvviso, che aveva rinunciato ai suoi poteri. Ora non poteva più farci del male. Non avrebbe potuto farlo mai più.

«Dov'è quell'altra?» gridò Merlino al mio fianco, colpendo il terreno con le zampe posteriori nel caso in cui fosse necessario evocare altri tornadi per proseguire la lotta.

Guardai lui, poi il giardino. Luna era seduta accanto al pozzo, in lacrime, ma la terribile Dash non si vedeva da nessuna parte.

«No! È fuggita» sbottai. A quanto pareva, il nostro vero nemico aveva sfruttato il momento di distrazione causato dalla nebbia magica per filare via indisturbata. E ciò mi portò a chiedermi se quella spessa nebbia fosse stata davvero causata dal legame magico spezzato o non si fosse trattato di un'illusione evocata da Dash.

«Codarda!» Merlino sputò per terra e arricciò le labbra per il disgusto.

«No, non lo è affatto.» Scossi il capo, desiderando che quell'affermazione fosse vera, ma sapendo che non era così. «Entrambi i suoi piani sono falliti, così ha battuto in ritirata. Tornerà quando avrà escogitato un nuovo piano, e sarà ancora più difficile sconfiggerla.»

«Merlino, mi dispiace così tanto» miagolò Luna dalla sua postazione sul bordo del vecchio pozzo di pietra.

Quando fu chiaro che avrebbe continuato quella specie di veglia funebre e non si sarebbe mossa da lì, io e Merlino la raggiungemmo.

Luna lo fissò con occhi spenti e addolorati: «Il mio famiglio ha cercato di distruggervi. Pensavo di rendermi utile quando ho spezzato il nostro legame magico, ma ho solo dato all'altra maga l'opportunità di fuggire.»

Anche se provavo pena per la gatta bianca e per la sua perdita, non riuscivo ancora a perdonarla del tutto: anche lei aveva svolto un ruolo in quella brutta storia.

«Hai preparato una pozione!» la accusai, riuscendo finalmente a pronunciare le parole che finora non ero riuscita a tirare fuori.

Ora che Luna non aveva più poteri, l'incantesimo che aveva lanciato era svanito. «Mi hai costretta a darla a Merlino, facendo in modo che non potessi avvertirlo.»

Luna spalancò gli occhi mentre Merlino indietreggiava e inarcava la schiena: «Luna! È la verità?» chiese.

La gatta bianca chinò il capo in silenzio, piena di vergogna.

«È tutto vero!» gridai torcendomi le mani. «Mi ha rapita e ha usato i miei capelli e il tuo pelo per preparare una pozione. Volevo dirtelo, Merlino. Ci ho provato così tante volte!»

«Va tutto bene, Gracy. Capisco bene che tu non ti sia potuta opporre all'incantesimo. Sei ancora molto inesperta, ma ti insegnerò a difenderti in modo che diventi più difficile per altri maghi poterti stregare. Andrà tutto bene.» Merlino aveva un tono quasi paterno in quel momento. Sarebbe potuto restare deluso per come erano andate le cose, ma mi voleva bene esattamente come prima.

Gli altri avevano ragione: il nostro legame era forte. Non soltanto quello magico, ma anche quello emotivo.

La tenerezza svanì dalla sua voce quando si rivolse di nuovo alla gatta: «Luna, perché lo hai fatto? Hai detto che non sapevi del complotto per imprigionare il mio famiglio prima che il nostro legame si rafforzasse a sufficienza, e ora vengo a sapere questo?»

Lei emise un sospiro tremante.

«Parla!» abbaiò Merlino, un suono veramente strano per un gatto.

Luna sussultò, saltò giù dal bordo del pozzo e premette un fianco contro di lui. Lo guardò, poi abbassò gli occhi come se si fosse scottata.

«Parla!» gridò Merlino ancora più forte.

La slanciata gatta bianca rivolse a me gli occhi chiari: «Non volevo fare del male a nessuno dei due. Quella era...» Continuò a parlare, ma a voce così bassa che non riuscii a sentirla.

«Era cosa?» chiesi, chinandomi in avanti nel tentativo di capire.

«Una pozione d'amore. Per far sì che Merlino si innamorasse di nuovo di me!» La voce di Luna si faceva più alta e forte a ogni parola.

Mi voltai a guardare Merlino: se ne stava immobile, gli occhi spalancati, senza neanche sbattere le palpebre, la bocca leggermente aperta.

«Ti amo, Merlino» proseguì Luna, facendo un passo avanti e fermandosi a pochi centimetri dal suo ex, che se ne stava lì sbalordito. «Ti ho sempre amato. Ho cercato con tutta me stessa di odiarti quando abbiamo scelto i nostri famigli. Conosco le leggi della nostra società. E tuttavia... dimenticarti era l'unico incantesimo che non riuscivo a lanciare.»

Fece una pausa; i loro sguardi si incrociarono e lei tentò di avvicinarsi ancora.

«Ho rinunciato ai miei poteri nella speranza di poter stare insieme a te. Ti proteggerò ogni singolo giorno della mia vita, anche senza l'aiuto della magia. Ti amerò per sempre, qualunque cosa accada. E tu mi ami?»

Trattenni il fiato mentre entrambe attendevamo la risposta di Merlino... Sinceramente non sapevo cosa aspettarmi.

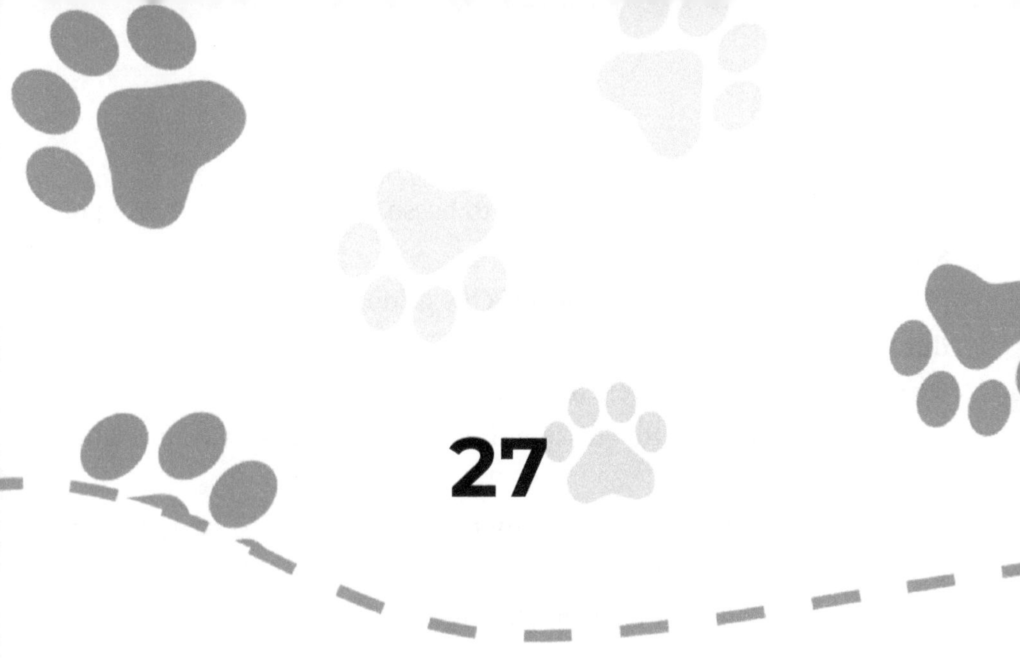

27

Il Maine Coon, provato dalla battaglia, fece un passo indietro, poi un altro.

Luna gli aveva aperto il suo cuore, ma lui sembrava in cerca di una via di fuga. Volevo bene al mio gatto, però una parte di me giurava che l'avrebbe ucciso se intendeva davvero spezzarle il cuore una seconda volta.

È vero, Luna mi aveva rapita, ma ora che sapevo perché l'aveva fatto, provavo tenerezza per lei. Inoltre, aveva rinunciato ai suoi poteri nella speranza che lui ricambiasse i suoi sentimenti, proprio come una vera eroina romantica. A condizione che il suo affetto non fosse corrisposto.

Avanti, Merlino! Dille che l'ami, grosso idiota peloso!

Merlino fece un altro passo indietro, poi si voltò nella direzione opposta.

E iniziò a correre.

Correva più velocemente di quanto non l'avessi mai visto fare. Si muoveva velocissimo, il corpo tenuto basso, correndo a zig-zag e poi schizzando dalla parte opposta.

«*MIAAAOOOAAAOOOAAAOOO!*» gridò, come se fosse posseduto. Aveva la coda gonfissima e ansimava forte, ma continuò a correre, miagolare e correre ancora.

«Mi dispiace molto» dissi a Luna, mentre osservavamo quel bizzarro spettacolo.

«Perché ti dispiace? Mi ama anche lui! Mi ama così tanto che gli è venuta la mattana!» Luna guardava l'esultanza di Merlino con quella particolare meraviglia di chi è molto innamorato.

Scoppiai a ridere per il sollievo e la gioia: «È di questo che si tratta? Ha la mattana?»

Merlino rallentò la corsa e tornò da noi. Ignorandomi, mantenne gli occhi incollati a quelli di Luna mentre si avvicinava, poi li chiuse stretti e strofinò il muso contro quello di lei.

Entrambi iniziarono a fare forti fusa senza smettere di leccarsi e strusciarsi l'uno contro l'altra. In tutta onestà, quella scena mi metteva un po' a disagio. E mi portò anche a chiedermi se il nostro futuro avrebbe incluso una cucciolata di gattini magici.

Quando infine decisero di riprendere fiato, Merlino gemette: «Oh, Luna. Non avevi bisogno di lanciarmi un incantesimo. Non ho mai smesso di amarti, nemmeno per un istante.»

Mi schiarii la gola, consapevole che, se non avessi parlato ora, mi sarei ritrovata ad assistere a un'altra sessione di manifestazioni d'affetto pubbliche: «Ehm, ragazzi. Sono davvero felice per voi e per il vostro amore ritrovato, ma abbiamo ancora dei problemi da affrontare.»

«Che senso del dovere!» scherzò Luna. «Sembra che tu abbia scelto il tuo famiglio molto meglio di quanto abbia fatto io.» Lanciò un rapido sguardo al pozzo e sospirò.

Merlino si mise al suo fianco, premendo il proprio corpo contro quello di lei. Anche se lei era alta e slanciata, il folto pelo marrone a strisce faceva apparire Merlino ancora più grosso. In effetti, metà del corpo di Luna sembrava sparire in quella voluminosa morbidezza magica.

Entrambi mi guardarono con attenzione e immaginai che fosse il loro modo di darmi il permesso di dire ciò che pensavo.

Così proseguii: «Harold è stato assassinato e io sono ancora fra i sospettati, suppongo.»

«Supponi?» chiese Merlino.

«Beh, era l'agente Dash a occuparsi dell'indagine e, a quanto pare, non era una vera poliziotta. Quindi non sono sicura di come stiano le cose, ora.» Mi morsi il labbro, in attesa di sentire cosa ne pensavano.

«La maga dell'illusione?» chiese Luna, e io annuii. Avrei accettato risposte da qualunque gatto fosse stato disposto a fornirmene.

«Non resterà da queste parti, considerando quanto sarebbe facile trovarla» mi rassicurò Luna. «Inoltre, ora il tuo legame con Merlino è inscindibile: lui riuscirebbe a trovarti e verrebbe a salvarti ovunque.»

«Quindi l'indagine è acqua passata?»

«Non c'è mai stata una vera indagine. Dash ha montato tutta la storia» concluse Merlino con un sorriso compiaciuto.

Ma io mi sentivo ancora a disagio: «Come fai a saperlo?»

«Perché ho visto il corpo, ricordi? Io sono un mago e posso dire con certezza che Harold è stato ucciso con la magia, ma a un normale osservatore umano sembrerà che sia morto per un attacco di cuore.»

Scossi il capo. Volevo fidarmi delle sue parole, ma dovevo esserne del tutto sicura: «Non capisco. Come pensava Dash di farmi accusare, se la morte sembra naturale?»

«Non conosciamo le sue motivazioni, ma è una maga dell'illusione, perciò avrebbe avuto molti modi per riuscirci» spiegò Luna, mentre Merlino faceva le fusa al suo fianco. «Avrebbe potuto spacciarsi per guardia carceraria, fabbricare prove false, farti credere di essere stata arrestata dagli umani e rinchiuderti in una cella magica. La buona notizia è che non tenterà la stessa strategia una seconda volta, quindi per ora puoi smettere di preoccuparti di lei.»

Sospirai: «Come faccio a smettere di preoccuparmi, sapendo che prima o poi tornerà?»

«A questo penseremo in futuro» mi disse Luna. «Ora godiamoci il momento. Pensiamo solo al nostro amore.»

Per la miseria! Alzai gli occhi al cielo, ma i due piccioncini non sembrarono farci caso, o forse non gli importava.

Mi sentivo lo stesso malissimo: «Ok, sono fuori dai guai, ma un innocente è stato ucciso.»

«È una cosa molto triste, ma purtroppo non possiamo fare niente per lui» mi disse Merlino.

«Per lui no. Ma per qualcun altro sì. Mi è venuta un'idea...»

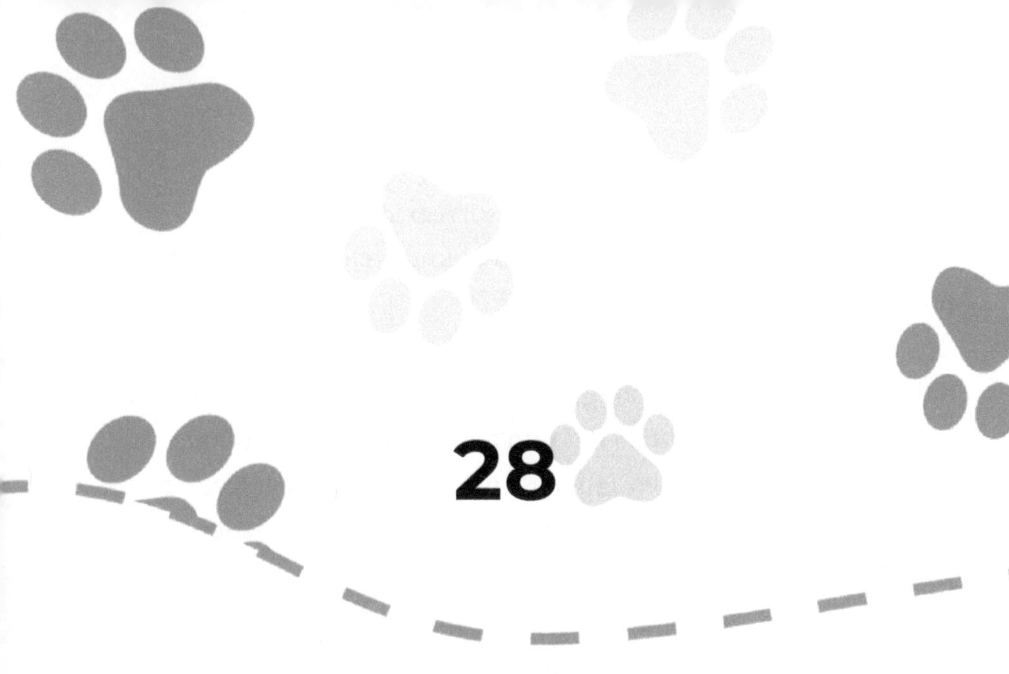

28

Quando il confronto giunse ufficialmente al termine, Merlino ci teletrasportò tutti e tre a casa.

Prima o poi avrei dovuto recuperare la mia auto, posto che non l'avessero portata via in mia assenza, ma per il momento tutto ciò di cui avevo bisogno erano un paio di antidolorifici e del tempo per restarmene a oziare sul divano.

Indossai il mio pigiama preferito e mi distesi sul sofà con il tablet, pronta per un'abbuffata di quella nuova serie di Netflix di cui parlavano tutti. Purtroppo Merlino mi balzò sul petto, bloccandomi la visuale, ancora prima della fine dei titoli di apertura.

«Ho chiesto a Luna di venire a stare da noi e lei ha accettato» mi informò con fusa roboanti.

Beh, avrebbe dovuto prima chiedermelo, ma avevo già capito che Luna non aveva nessun altro posto dove andare. E anche se, per ora, non avevo ancora vissuto un grande amore, capivo che era questo che c'era fra loro. Volevo che stessero insieme e fossero felici, anche se ciò significava avere una nuova coinquilina.

«Congratulazioni» dissi con un sorriso assonnato.

Merlino annuì: «Grazie. Volevo solo dirtelo. Sapere se per te va bene.»

Mentre mi godevo il programma, Merlino fece fare a Luna il tour della casa, che non era poi granché, considerando le piccole dimensioni e i mobili fuori moda del mio appartamento. Ciò nonostante, di tanto in tanto la sentivo lanciare urletti deliziati per cose come le tende della doccia, la macchina da caffè o la lettiera. Ok, la macchina da caffè era notevole, ma il resto? Speravo che preferisse lo stile antiquato della casa di mia nonna alle stampe floreali che tappezzavano ogni centimetro del cottage di Virginia.

A metà del terzo episodio la gattaiola si aprì e si richiuse con un fruscio. Immaginai che i piccioncini fossero usciti per una passeggiata nei dintorni, ma un attimo dopo Luna saltò sul tavolino da caffè e attese che mettessi in pausa prima di iniziare a parlare: «Ho mandato Merlino a fare un giretto» disse sistemandosi in una posizione più comoda. «Così noi ragazze possiamo fare due chiacchiere.»

Mi rizzai a sedere dando dei colpetti sul divano al mio fianco: «Cosa volevi dirmi?»

Luna mi raggiunse con un salto e trasse un rapido respiro prima di lanciarsi in quello che sembrava un discorso che si era preparata: «All'inizio non ero sicura che tu fossi all'altezza del mio adorato Merlino. Per questo ti ho dato del filo da torcere. Ma oggi ti sei dimostrata più che all'altezza. Sei stata molto coraggiosa, ma soprattutto gli sei stata accanto in una situazione spaventosa. Non sei fuggita, non lo hai abbandonato. Mi sbagliavo sul tuo conto e voglio chiederti scusa.»

Sbattei lentamente le palpebre mentre assimilavo l'importanza di quelle parole: «Certo che gli sono stata accanto. È il mio gatto. E ora che vivi con noi, anche tu potrai contare su di me.»

Luna iniziò a fare le fusa: «Per una volta, sarebbe bello avere un umano che mi ama. Virginia amava solo il mio potere. Avrei dovuto prestare maggior attenzione alla scelta, ma ero ferita e distratta dall'idea che io e Merlino dovessimo porre fine al nostro rapporto per poter prendere posto a pieno titolo nel mondo magico.» Si fermò per un istante. «So che ci conosciamo da poco e che finora, ogni volta che ci siamo viste, le cose non sono andate nel verso giusto, ma Merlino si fida di te e questo per me è sufficiente. Ti voglio bene quanto te ne vuole lui.»

«Grazie, Luna» mormorai con dolcezza. «Significa molto per me.»

Lei mi strofinò il naso contro il viso in segno di affetto, ma io scattai indietro con un sibilo di dolore.

«Che succede?» mi chiese Luna, gli occhi color fiordaliso pieni di perplessità.

«Dash mi ha graffiata» dissi portandomi le dita al viso e sussultando di nuovo.

«Oh, no» gemette lei. «Io e Merlino eravamo così presi l'una dall'altro da non esserci occupati delle tue ferite. Appena tornerà ti preparerà un unguento per alleviare il dolore.»

«Sarebbe bello» ammisi, incapace di rifiutare una promessa d'aiuto.

«Hai male da qualche altra parte?» volle sapere Luna.

«Ho le spalle indolenzite per essere rimasta ammanettata a lungo, ma a parte questo Dash non mi ha neanche sfiorata. Eccetto per il graffio alla guancia. È stato tutto molto strano. Ha osservato il mio sangue e ha detto che quello spiegava molte cose. Cosa pensi che intendesse?»

Luna scosse il capo: «Non lo so. Di solito i maghi delle illusioni non sono in grado di leggere il materiale biologico. Se Dash lo ha fatto, significa che è eccezionalmente potente.»

Rabbrividii a quel pensiero: «Beh, questo di certo non mi fa temere di meno il nostro prossimo scontro.»

«No.» Lo sguardo di Luna era perso in lontananza, come se vedesse qualcosa che io non riuscivo a scorgere. «Ma c'è un modo per scoprire ciò che ha visto.»

«Davvero?» Ora aveva tutta la mia attenzione.

«Merlino ti ha già parlato di Nocturna?»

Scossi il capo e quel movimento mi fece bruciare ancora di più il taglio sulla guancia.

«Ci si può arrivare solo di notte, ma lì molti dei nostri vivono allo scoperto» mi spiegò Luna quasi in un sussurro, come se il luogo stesso fosse sacro. «Possiamo portartici, trovare un mago del sangue e farci dire cosa vede.»

«Possiamo andarci stanotte?» chiesi, ricominciando a sperare.

«Non vedo perché no. Tuttavia, la decisione spetta a Merlino. Ora lui è l'unico di noi ad avere un passaporto magico.»

«Ok, allora glielo chiederò quando tornerà» dissi con un sorriso colmo di gratitudine.

«In realtà, cara, lascia fare a me. So esattamente come farmi dire di sì da lui.» Mi fece l'occhiolino e balzò via.

Feci una smorfia ma per fortuna riuscii a scacciare l'immagine mentale dei possibili metodi di persuasione di Luna. Avevo già abbastanza cose di cui preoccuparmi, grazie tante.

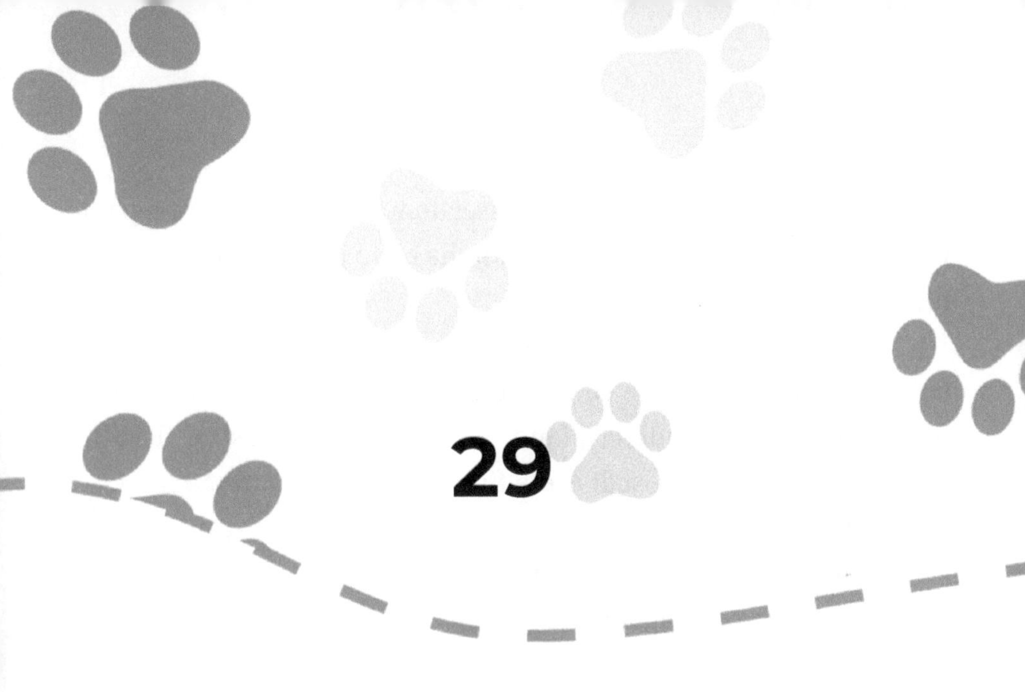

29

A quel punto non mi restava altro da fare che aspettare. Dovevo essere ben sveglia quella notte per recarmi a Nocturna, la città magica di cui mi aveva parlato Luna; ma prima di poterci andare c'era ancora una questione di cui volevo occuparmi quel giorno.

Dopo una breve conversazione con Merlino per accertarmi di poter fare davvero ciò che avevo progettato, inviai un messaggio a Kelley chiedendole di vederci. Lei mi invitò alla caffetteria per un'altra merenda a base di latte macchiato con zucca e spezie e pane alla banana con le noci.

Ci andai in auto e, quando giunsi al locale, la trovai indaffarata con la macchina per l'espresso. Un ampio sorriso le si dipinse in volto quando mi vide.

Corsi ad abbracciarla: «Sembri decisamente più in forma oggi. Significa che hai ricevuto buone notizie?»

Il suo sorriso si fece ancora più ampio: «L'avvocato di mio padre mi ha contattata proprio oggi per il testamento. Lui lo aveva modificato qualche settimana fa e mi ha lasciato tutto. Oh Gracy, mio padre mi voleva bene davvero, anche se non ha colto più di tanto l'opportunità di conoscermi meglio.»

La abbracciai di nuovo: «Oh, ho sempre saputo che ti voleva bene!» dissi felice, anche se in realtà non ne avevo idea. «Probabilmente voleva solo andarci piano per capire come gestire il vostro rapporto, immaginandosi di avere tutto il tempo per farlo.»

Ci incupimmo entrambe.

«Sono certa che tu abbia ragione» disse Kelley.

«Ho parlato con l'agente Dash oggi» rivelai. Questa sarebbe stata l'unica parte vera di ciò che le avrei detto, ma sapevo cosa aveva bisogno di sentirsi dire per andare avanti. «È venuto fuori che tuo padre non è stato assassinato. Ha avuto un attacco di cuore. Il medico legale che aveva ipotizzato l'avvelenamento è stato licenziato per il colossale errore.»

«Sono felice di sapere che non è stato assassinato,» disse Kelley, «ma sono comunque molto triste che non ci sia più.»

Finì di preparare il nostro latte macchiato e ci accomodammo nel grande separé. Non avevo ancora messo in atto la parte più importante del mio piano, ma non potevo rimandare ancora a lungo o rischiavo di perdere il coraggio.

«Quindi cosa farai ora, Kelley? Tornerai in Ohio con tua madre?»

Lei scosse il capo: «No di certo! Voglio dire, perché dovrei ora che ho un'attività tutta mia da gestire?»

«Vuoi dire che...?»

«Sì! La caffetteria è mia. Ho in mente grandi cambiamenti, sia per il menù che per gli stipendi... sicuramente meritate di più di quanto guadagnate attualmente... ma manterrò il nome del locale in onore di papà.»

«È magnifico, Kelley! Sarai un ottimo capo. Non vedo l'ora di sentire tutte le tue idee!»

E, a quanto pareva, lei non vedeva l'ora di condividerle con me: «Potrei esportene qualcuna subito, se ti va. Per prima cosa, il latte macchiato con zucca e spezie non sarà più una specialità di stagione. Lo serviremo tutto l'anno. Inoltre—»

«Detesto interromperti, soprattutto perché l'idea mi piace moltissimo, ma c'è una cosa che devo sapere» dissi con il cuore che mi martellava nel petto.

Kelley mi guardò preoccupata.

«Non è niente di brutto» promisi.

«Di che si tratta?» volle sapere.

Presi la borsa e ne estrassi una bottiglietta vuota. Merlino mi aveva aiutata a preparare la pozione che gli avevo chiesto, anche se mi aveva detto più volte di pensarci bene. Ma io sapevo di aver preso la decisione giusta.

Tolsi il tappo alla bottiglia e la posizionai al centro del tavolo. Non accadde nulla. O almeno, così sarebbe sembrato a chi non sapeva che conteneva una pozione magica invisibile.

«Che stai facendo con quella bottiglia vuota?» mi chiese Kelley sollevando un sopracciglio.

«Non pensare a questa» dissi, aspettando che tornasse a guardare me.

Non ripresi a parlare finché non mi guardò negli occhi: «So che può sembrare una domanda strana, ma voglio che tu mi dica la prima risposta che ti viene in mente, ok?»

Kelley si strinse nelle spalle ma acconsentì: «Ok.»

«Se potessi esprimere un desiderio, davvero qualsiasi cosa, quale sarebbe?»

Lei sbuffò: «Qualcosa tipo il desiderio della fata madrina?»

«Una cosa del genere» risposi con un sorriso furtivo. «Non dire una cosa a caso. Prenditi un momento per pensarci se vuoi, ma non metterci troppo. Allora dimmi, qual è il tuo desiderio più grande?»

Un sorriso le attraversò il volto da un orecchio all'altro. «Beh, suppongo che—»

«Aspetta!» gridai afferrando la bottiglia e dandole una bella strizzata. «Prima fai un respiro profondo» le spiegai. Volevo accertarmi che la inalasse tutta.

Osservai Kelley inalare la pozione invisibile, aspettando con ansia di sentire cosa avrebbe detto.

Ma lei sapeva con esattezza cosa voleva: «Voglio onorare il lascito di mio padre rendendo l'Harold's House of Coffee la caffetteria di maggior successo mai esistita in questa città!» disse con espressione seria.

«Ci riuscirai» le promisi.

Alla fine avevo deciso di rinunciare all'incantesimo cambia-vita che spettava una volta sola a ogni famiglio. Merlino mi aveva detto che non avrei dovuto farlo, perché non avrebbe potuto preparare quella pozione una seconda volta. Non sarei più potuta diventare la nuova Lady Gaga o il nuovo re Artù o qualcun altro di famosissimo...

Ma Kelley ne aveva molto più bisogno di me e mi sembrava giusto dare a lei la possibilità di esprimere il desiderio cambia-vita, considerando cosa aveva perso a causa mia.

Non potevo riportare in vita Harold, ma potevo prendermi cura di sua figlia in sua assenza—ed era esattamente ciò che avevo intenzione di fare.

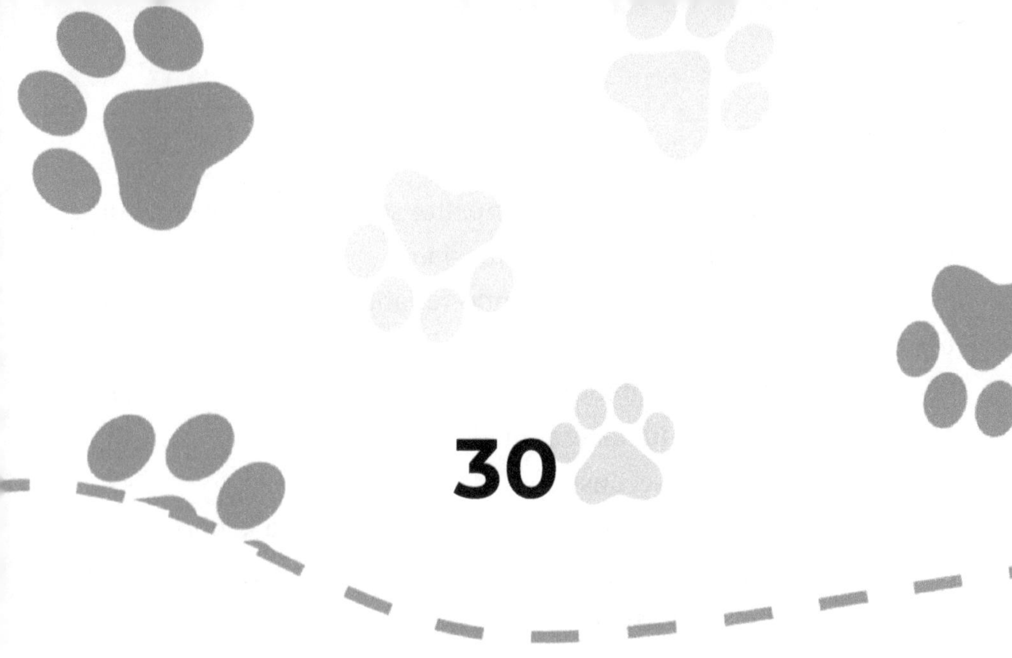

30

Quando tornai a casa mostrai ai gatti la bottiglietta vuota che avevo usato per donare a Kelley il mio desiderio.

«Sì, è andato» gemette Merlino rotolandosi teatralmente sul fianco. «Non posso credere che tu ci abbia rinunciato.»

«È una persona buona» gli disse Luna, strofinandosi contro la mia gamba e agitando la coda bianca e liscia. «Il mio famiglio ha finito per distruggersi per la sua sete di potere. Il tuo ha deciso di fare dono del proprio. Sei un mago fortunato.»

«Lo so» ammise Merlino ammiccando. «Anche se è un po' matta.»

«Quel che è fatto è fatto!» dissi con un'alzata di spalle. Prima che mi recassi da Kelley, Merlino mi aveva preparato una pozione antidolorifica che aveva funzionato sia per le spalle che per la guancia, così ora potevo muovermi senza problemi. «Ora concentriamoci su ciò che possiamo ancora sperare di cambiare.»

«Sei certa di essere pronta per fare il tuo primo ingresso a Nocturna?» mi chiese Merlino in tono brusco. «La prima visita può essere un'esperienza di un certo impatto, soprattutto per chi, come te, conosce da poco il mondo della magia.»

«Ne sono sicura» dissi stringendo le labbra in una linea rigida. «Preferisco sapere.»

«Il sole sta tramontando» disse Luna. Entrambe fissammo Merlino, in attesa che lui dicesse qualcosa.

«Allora andiamo» acconsentì il Maine Coon.

Lo seguimmo mentre si dirigeva lentamente verso la porta.

Uscì dalla gattaiola; Luna invece attese che io aprissi. «Ricordati che puoi farcela» mi rassicurò con un sorriso.

Trassi un profondo respiro e uscii nella luce del tramonto.

Merlino era già seduto sul bordo della vasca per uccelli: «Nel momento in cui il sole scomparirà all'orizzonte potremo utilizzare il calderone come portale per Nocturna. Ormai non dovrebbe mancare molto.»

«Come faccio a passarci io, lì dentro?» strillai osservando la piccola fontana di pietra.

«Con la magia, è ovvio!» rispose Luna ridendo, poi saltò sul bordo di fianco a Merlino.

«Fai un passo avanti» disse lui immergendosi nell'acqua e posando una zampa bagnata sulla fronte di Luna.

«Chinati» mi disse poi. Quando lo feci, immerse nuovamente la zampa nell'acqua e mi toccò la fronte: «Luna andrà per prima e io per ultimo, per accertarmi che niente vada storto.»

«Andare storto? Aspetta. Significa che è pericoloso?»

«Non preoccuparti, cara» mi disse Luna con dolcezza.

In lontananza il sole terminò la sua discesa. Il calderone prese a rispendere di un bagliore verde menta inghiottendo Luna.

«Accidenti, non voglio!» piagnucolai facendo un balzò indietro.

«Troppo tardi» disse Merlino, poi evocò una raffica di vento che mi fece finire dritto contro la vasca. Chiusi gli occhi preparandomi all'impatto e gridai, gridai e gridai ancora, finché non mi resi conto che non era successo assolutamente niente.

Quando riaprii gli occhi, mi trovai lungo un buio sentiero di pietra. Entrambi i gatti erano al mio fianco. Gli edifici circostanti erano in stile bavarese, bianchi con travi scure.

Luna mi spinse in avanti: «A cosa stai pensando?»

«Sembra un posto uscito da una fiaba» dissi, già innamorata della pittoresca città magica.

«Questa zona è stata costruita all'epoca della massima popolarità dei fratelli Grimm. Tutti volevano vivere in luoghi con l'aspetto da villaggetto tedesco, e Nocturna non fa eccezione» mi spiegò orgogliosa.

«Dove sono gli abitanti?» chiesi.

«Si staranno svegliando, senza dubbio. Ricorda che noi gatti siamo tendenzialmente notturni» mi rammentò Luna, e ovviamente aveva ragione.

«Seguitemi» ordinò Merlino, e io e Luna ci accodammo a lui. Ci condusse a quello che sembrava un carro coperto, anche se non c'era nulla che potesse trainarlo.

«Abbiamo bisogno di una lettura» gridò Merlino dall'esterno.

Un istante dopo, la testa di un siamese flame point fece capolino dal carro. I suoi occhi si spalancarono alla vista di Merlino: «E che cosa offri in cambio?»

«Qualsiasi cosa eccetto i fulmini» rispose Merlino restando ben ritto in attesa.

«Che ne diresti di un temporale?» chiese il siamese avidamente.

«Affare fatto» rispose Merlino annuendo.

«Perfetto. Ora vediamo cosa abbiamo qui.»

Luna mi condusse al carro: «Avanti, siediti.»

«Ma Merlino non deve prima pagare?» le sussurrai.

«Hanno stipulato un contratto verbale vincolato dalla magia» mi spiegò. «Non preoccuparti, si occuperà lui di tutto.»

«Sarà doloroso?» chiesi al siamese che era balzato accanto a me sul sedile del carro.

Lui mi scoccò un'occhiataccia: «Non mi insultare. Per che razza di mago del sangue mi prendi?»

Rimasi in silenzio: era meglio non menzionare quanto mi avesse fatto male Dash quando mi aveva prelevato il sangue. Il siamese mi salì in grembo e mi appoggiò una zampa sul collo. Non sentii nessun dolore, ma quando la tolse ciascun artiglio aveva la punta macchiata di sangue e risplendeva contro il cielo notturno.

Si fissò la zampa sgranando gli occhi: «Incredibile!»

«Cosa? Di che si tratta?» chiese Merlino, che sembrava ancora più nervoso di quanto lo fossi io.

«È il tuo famiglio?» chiese il mago del sangue fissando prima la propria zampa, poi me, poi di nuovo la zampa.

«Sì. Va tutto bene?»

«Benone!» canticchiò il siamese come se fosse pazzamente felice. «Il suo sangue è particolarmente potente. È una discendente del miglior famiglio della storia.»

«Artù?!» chiese Luna con un sussulto.

«Re Artù, il vero fedele compagno di Merlino il Grande» confermò il siamese.

«E tu sei un discendente di Merlino?» chiesi al mio gatto, ricordando ciò che mi aveva detto la prima volta che avevamo parlato.

Lui annuì, ma continuò a fissare dritto davanti a sé con sguardo assente.

«Cosa significa tutto questo?» chiesi debolmente, incerta su come reagire alla notizia.

«Significa che avete il legame più potente di qualunque mago e famiglio attualmente viventi» mi spiegò Luna con un sussurro affannato.

«Non c'è da meravigliarsi che il nostro legame si sia stabilizzato così in fretta» mormorò Merlino.

«Questo lo sapevamo già» puntualizzai.

«Sì» disse il siamese. «Ma dovrete essere molto cauti nel mantenere il segreto, perché saranno in molti a volervi separare.»

Annuii in silenzio, ancora sbigottita per quello che avevo appena scoperto.

Dash lo sapeva già...

E di sicuro sarebbe tornata.

VOLUME DUE

MERLINO SCONFIGGE UN FANTASMA

Era già abbastanza difficile essere il famiglio del mio gatto magico quando dovevamo affrontare solo minacce visibili. Ma ora lui è coinvolto in un'aspra faida con un fantasma appena giunto nel nostro mondo, e io mi chiedo... Come diavolo faremo a sconfiggerlo?

Mi mancano le giornate spensierate in cui dovevo preoccuparmi solo di finire la tesi e non essere licenziata dal mio impiego di barista part-time.

E anche se è vero che non ho scelto la magia, poco ma sicuro lei ha scelto me. Ora devo solo riuscire a sopravvivere abbastanza a lungo da poterne apprezzare i benefici.

1

Ciao a tutti, mi chiamo Gracy Springs e fino a circa una settimana fa ero una ragazza come tante altre. Poi il mio capo è stato assassinato con una pozione magica e una maga malvagia e la sua complice hanno cercato di incastrarmi per omicidio.

A quanto pare sono una discendente di re Artù, e il mio gatto, che è un mago, mi ha scelta come suo famiglio. Lo avevo chiamato Morbidone, ma ora so che preferisce il suo vero nome: Merlino. Anche lui appartiene a una stirpe importante: discende infatti niente meno che dal famoso Merlino. E non intendo l'impostore umano che tutti conoscono, bensì il vero mago Merlino, che si dà il caso fosse un gatto.

Per via del rapporto che univa i nostri antenati, io e Merlino abbiamo un legame quasi impossibile da spezzare. E sottolineo *quasi*.

La maga cattiva è riuscita a fuggire, ma sappiamo entrambi che tornerà con un nuovo piano per sottrarre i poteri al mio padrone una volta per tutte.

Come se tutto questo non bastasse, devo continuare a occuparmi della mia vita di tutti i giorni, lavorando come barista part-time all'-Harold's House of Coffee. Il locale è in fase di rinnovo grazie agli obiettivi estremamente ambiziosi dell'erede di Harold, sua figlia Kelley, con la quale il mio vecchio titolare si era riunito da poco.

Inoltre, ormai, mi manca poco per ottenere la laurea in sociologia: devo solo finire la tesi, poi potrò cercarmi un lavoro nel mio campo, anziché continuare in eterno a servire caffè part-time.

In tutto questo *tourbillon* di occupazioni quotidiane, di recente sono anche impegnatissima a cercare di abituarmi al mio nuovo ruolo di famiglio. Merlino e la sua fidanzata pelosa sono più che lieti di torchiarmi a ogni ora del giorno e della notte.

Devo essere pronta per il prossimo attacco magico che, poco ma sicuro, arriverà presto, lo sappiamo bene tutti e tre.

Scommetto che mia nonna non avrebbe mai immaginato cosa aveva in serbo per me il destino, quando mi regalò la sua casetta in una piccola città della Georgia per trasferirsi in una lussuosa casa di riposo nelle Florida Keys. Di sicuro non sapeva che un certo Maine Coon magico l'aveva scelta come suo famiglio, e che in seguito avrebbe scelto me come sua sostituta.

Ma, sinceramente, anche se la mia vita ha preso svolte inimmaginabili e un po' pazze, non la cambierei per niente al mondo. Voglio bene a Merlino e mi piacciono le nostre avventure, anche se, a volte, me la faccio sotto per la paura.

Non posso lanciare incantesimi, ma ciò non significa che io non svolga un ruolo importante nella nostra lotta contro la malvagia maga dell'illusione che ci ha presi di mira. Quando tornerà sarò pronta a sconfiggerla.

. . .

Un grido terrificante mi svegliò da un sonno profondo.

Miiiaaaooooooo!

Mi fiondai giù dal letto e afferrai il cellulare per utilizzarlo come torcia: «Chi è là?» chiesi.

Ma mi risposero solo i tonfi di Merlino sul parquet del corridoio.

Miiiaaaooooooo! Quell'urlo disumano risuonò di nuovo in casa e questa volta capii che si trattava di Luna che strillava disperatamente.

E andò avanti così: grido lacerante, corsa pazza; grido lacerante, corsa pazza. Finché non mi feci strada nel corridoio e li trovai entrambi intenti a fissare un angolo del soffitto con le orecchie appiattite contro le testoline gattose.

«Che succede?» chiesi, sapendo perfettamente che entrambi erano in grado di fare ben di peggio che miagolare selvaggiamente.

«U-un fa-fa-fantasma!» balbettò Merlino prima di schizzare nuovamente dall'altro lato del corridoio.

Alzai lo sguardo in direzione del punto che Luna continuava a fissare a occhi spalancati senza nemmeno sbattere le palpebre... e non vidi assolutamente niente.

Ciò nonostante, le chiesi: «Che cosa vedi?» Di solito lei era la più razionale fra i due, o per lo meno quella più propensa a confidarsi con me.

«Non vedo niente» bisbigliò, senza distogliere lo sguardo dal soffitto. «Ma percepisco un'energia in via di formazione. Non è ancora qui nel nostro mondo, non del tutto almeno, ma lo sarà presto.»

«Quindi vedi un *futuro* fantasma?» riepilogai.

«Qualcosa del genere.»

«Ma come fai a dirlo? Non hai più poteri magici» le ricordai.

Luna non riuscì a trattenere un soffio: «Potrò anche non essere più una maga, ma sono pur sempre un gatto. Magici o no, siamo tutti in grado di vedere il regno sovrannaturale.»

«Come Nocturna?» chiesi, facendo riferimento alla città magica a cui potevano accedere solo le creature magiche al momento del crepuscolo.

Merlino ruggì e sollevò le zampe posteriori.

«No, non ci provare!» gridai chinandomi per prenderlo in braccio. «Niente tornado dentro casa!»

Il Maine Coon brontolò per il disappunto finché non lo rimisi a terra.

«Dobbiamo liberarci di quella cosa prima che assuma forma completa» disse Luna mordicchiandosi il labbro inferiore con le zanne superiori.

«Il fatto che si sia presentato qui così presto, nel corso del suo viaggio nell'aldilà, è un pessimo segno» mi rivelò Merlino; quando lo guardai, inarcò la schiena e rizzò il pelo al massimo, diventando gigante.

Lo presi di nuovo fra le braccia: «Niente fulmini in casa, sia ben chiaro!»

«Allora cosa dovremmo fare?» chiese Luna con un sussulto.

«Fatemi preparare un po' di caffè» risposi, ammettendo la sconfitta. Era evidente che i gatti non mi avrebbero lasciata tornare a dormire finché non avessi trovato un modo per liberarmi del futuro fantasma... o almeno per scacciarlo e mandarlo a infestare un'altra casa una qualunque, purché molto, molto lontana da qui.

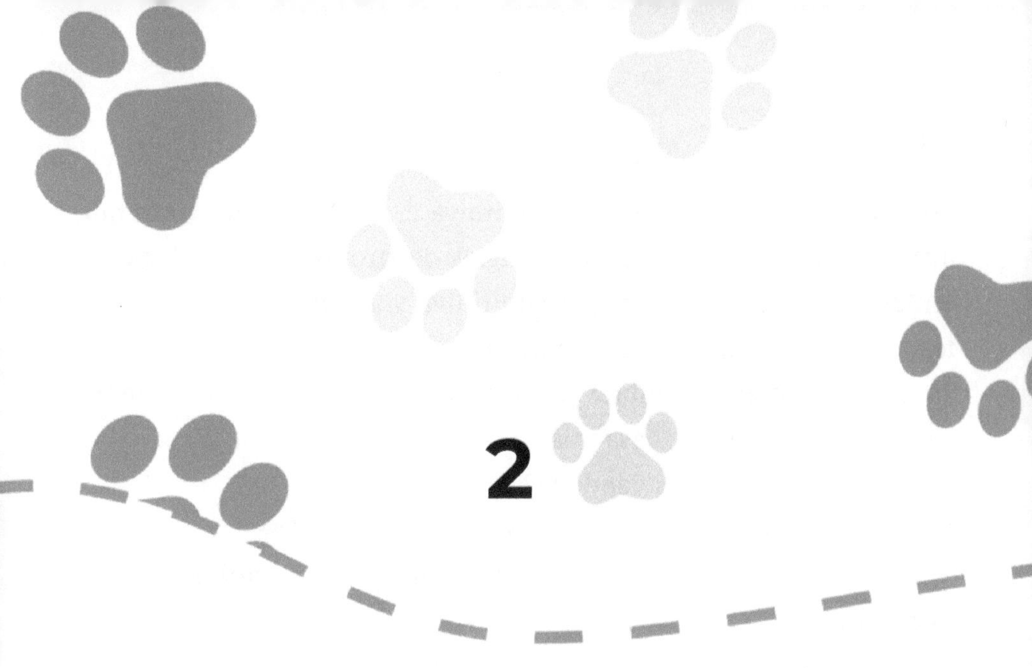

2

Con una tazza di caffè in mano, mi sedetti al tavolo della cucina. Il legno ruvido della vecchia sedia non era quel che si dice comodo, ma faceva il suo lavoro per tenermi sveglia.

Bevvi un lungo sorso dalla tazza, lasciando che il vapore mi scaldasse il viso, poi lanciai un'occhiata ai due gatti seduti al tavolo di fronte a me.

«Quindi c'è un fantasma che si sta materializzando» dissi. «La situazione non promette bene. Almeno uno di voi due sa come mandarlo via?»

Luna scosse tristemente il capo: «Si tratta di Virginia» disse, riferendosi al suo famiglio defunto. «Me lo sento.»

Merlino strofinò il capo contro il collo della sua fidanzata: «Non è per colpa tua che è morta. È stato a causa della sua avidità.»

«Ma io mi sento in colpa» mormorò Luna. Si era incolpata dell'accaduto fin dall'inizio. Quando aveva scoperto che Virginia, nella sua brama di potere, si era votata al male, Luna non aveva esitato a recidere il legame che le univa e, in quel modo, entrambe avevano perso i propri poteri magici. Purtroppo, in un disperato tentativo di afferrare la magia che fluiva via, Virginia era caduta a testa in giù nel pozzo, andando incontro a una tragica fine.

E ora, a quanto sembrava, stava tornando sotto forma di fantasma, decisa a infestare casa mia.

Era forse in cerca di vendetta?

Avrebbe fatto del male a me o ai gatti?

Qualunque cosa stesse succedendo, non poteva trattarsi di nulla di buono.

E proprio quando pensavo che le cose stessero finalmente iniziando ad andare per il verso giusto. *Accidenti!*

La mia unica speranza era che i gatti si stessero sbagliando o che avessero un'altra spiegazione per la sua presenza.

Trassi un respiro profondo ed espirai lentamente: «Non so niente di fantasmi, a parte qualcosa che ho visto in alcuni vecchi film. Uno di voi due può dirmi qualcosa di più?»

Luna e Merlino si scambiarono uno sguardo teso.

«Che vi prende? Cosa c'è che non va?» chiesi con un profondo sospiro. Una parte di me non voleva sapere cosa avrebbero detto, ma dovevo essere preparata nel caso in cui mi fossi trovata nel bel mezzo di un'altra *impasse* magica.

Luna fece per iniziare a parlare, ma Merlino le appoggiò una zampa sul petto per fermarla.

«Sei già abbastanza sotto pressione, mia cara. Lascia che sia io a gestire la questione con Gracy» si offrì generosamente.

«Non mi piace quando parlate di me come se fossi un peso» balbettai, afferrando la tazza di caffè con entrambe le mani per immergermi in quel piacevole tepore.

«Ascolta» disse Merlino avvicinandosi lentamente a me sul tavolo. «Io e Luna siamo entrambi giovani maghi. O almeno, lei lo era finché... In ogni caso, il punto è che io sono ancora un mago. Giovane e non espertissimo in tutto.»

Mugugnai a quel guazzabuglio di mezze frasi. Volevo che mi dicesse la verità senza giri di parole, per quanto brutta potesse essere: «Qual è il punto?»

Merlino lanciò un'occhiata a Luna, che annuì invitandolo a proseguire. Lui deglutì e disse: «Beh, ecco, nessuno di noi due ha mai avuto la minima esperienza con i fantasmi prima d'ora.»

Non capivo perché si preoccupassero tanto. Va bene, non avevano esperienza pratica, ma la conoscenza teorica sarebbe andata altrettanto bene, anche perché sembrava che i due felini avessero accesso a fonti di sapere illimitate, quando si trattava del mondo magico.

Vedendo che nessuno dei due diceva altro, sorrisi: «Non mi sembra un grosso problema. Alla scuola di magia vi avranno insegnato a combattere i fantasmi, no?»

Un brontolio cupo si levò dalla gola di Merlino; poi il gatto abbassò le palpebre, come se il solo vedermi fosse una pena per lui: «Oh, voi umani, così miopi quando si tratta della vostra visione del mondo. Solo perché *voi* avete bisogno di anni e anni di scuola per imparare a vivere nella vostra società, non significa che per le altre creature valga lo stesso. In realtà, noi maghi impariamo quasi tutto il necessario semplicemente osservando ciò che ci circonda.»

Gli scoccai a mia volta un'occhiataccia. Non mi ero alzata dal letto nel cuore della notte solo per essere insultata dal mio coinquilino a quattro zampe: «Grandioso. E questo cosa ti ha consentito di imparare sui fantasmi?»

Tossicchiò e distolse lo sguardo: «Uno a zero per te» ammise. «Suppongo che non siamo preparati ad affrontare uno degli enigmi più rari del mondo magico.»

Bevvi lentamente un altro lungo sorso di caffè: «Quindi cosa possiamo fare? Aspettiamo che il fantasma finisca di materializzarsi e gli chiediamo di andarsene?»

«Oh, no» mi schernì Merlino. «Certo che no!»

«I fantasmi sono creature estremamente rare.» La voce di Luna era poco più che un sussurro dall'altro lato del tavolo. «I morti fanno ritorno al nostro mondo solo se hanno un'incrollabile determinazione. Qualcosa che desideravano così tanto da vivi che la brama è diventata parte integrante della loro anima.»

Mio malgrado, rabbrividii: «Sembra una questione grave.»

Merlino annuì: «Desiderare qualcosa così tanto non è un bene, il più delle volte.»

«Virginia agognava il potere» disse piano Luna. «Ciò che l'ha uccisa potrebbe averla riportata indietro.»

«No. Decisamente non è un bene» concordai bevendo un'altra lunga sorsata di caffè.

I gatti mi fissarono perplessi mentre bevevo. Mi trattavano come un'assistente non alla loro altezza, ma si aspettavano comunque che avessi tutte le risposte.

«Mmm, potremmo catturarlo con uno zaino protonico?» suggerii scrollando le spalle. Era da un pezzo che non guardavo i film dei *Ghostbusters*, ma erano l'unico punto di rifermento che avevo. E dubitavo fortemente che Virginia avrebbe fatto ritorno sotto forma di personaggio dei cartoni, paffuto e ghiotto di pizza.

«Non siamo scienziati!» disse Merlino con un sussulto esagerato. «Sono un mago e farai bene a tenerlo a mente!»

«Allora si va a Nocturna?» chiesi, facendo riferimento alla città magica in cui potevamo recarci solo di notte con l'aiuto di Merlino.

Entrambi i gatti annuirono: «Sì, a Nocturna.»

3

Per quanto desiderassi tornare a dormire, il caffè aveva fatto effetto, il che significava che ormai ero sveglia e pronta ad affrontare la giornata. Mancavano parecchie ore all'inizio del turno alla caffetteria, e vorrei poter dire di averle trascorse a lavorare alla tesi.

Ma non è così che è andata.

Anziché fare qualcosa di utile, trascorsi ore a guardare i due film dei Ghostbusters degli anni Ottanta. Non avevo avuto tempo di trovare gli adattamenti più recenti, ma mi ripromisi che li avrei cercati dopo il lavoro, la visita a Nocturna e qualsiasi altro evento inatteso che avesse potuto scombinarmi la giornata.

Ovviamente mi ritrovai talmente assorbita da quella piccola maratona cinematografica da perdere il senso del tempo, così fui costretta a truccarmi in auto. Ora le occhiaie erano lì, in bella vista per chiunque si fosse preso il disturbo di guardarmi per più di mezzo secondo.

Stupido fantasma, mi hai fatto passare la notte in bianco e ora sono inguardabile.

Anche se speravo che la visita dell'ectoplasma fosse stata un evento che non si sarebbe ripetuto, sapevo bene di non potermi aspettare una bella notte di sonno tanto presto. Era sempre così con il mondo della magia: niente era mai semplice come si sarebbe potuto sperare. Perfino il teletrasporto con due battiti di palpebre non era esente da difficoltà e si rischiava la vita se non veniva praticato con la massima cautela.

Decisamente non faceva per me.

Così preferivo continuare a recarmi ovunque in auto, cosa che era probabilmente altrettanto rischiosa ma, se non altro, più consueta, grazie tante.

Non avendo incontrato semafori rossi, ero riuscita ad applicare solo un po' di eyeliner e un rossetto opaco prima di parcheggiare davanti all'Harold's House of Coffee: sarebbe dovuto bastare.

La nuova titolare, Kelley Carmine, aveva insistito affinché l'intero gruppo di baristi si recasse al lavoro, anche se il locale era chiuso per via dei lavori di ristrutturazione, un fatto che mi sembrava strano.

E quel giorno la cosa sembrava ancora più strana perché eravamo il doppio del solito. Prima eravamo io, Kelley e Drake a svolgere la maggior parte dei turni, con la buonanima di Harold che si occupava del poco che noi non riuscivamo a fare. Ma quel giorno, quando arrivai, tre estranei erano accalcati accanto alla nuova macchina per l'espresso, intenti a osservare Kelley affaccendata a preparare latte macchiato con zucca e spezie per tutti.

Era la sua specialità. Anche se aveva mantenuto il nome della caffetteria in onore del suo defunto padre, ogni altro aspetto dell'attività aveva subito notevoli trasformazioni.

Il cambiamento più evidente era che, ora, il latte macchiato con zucca e spezie veniva servito ogni giorno. Non si poteva più ordinare un semplice latte macchiato, un cappuccino o un caffè americano: ora ogni ricetta includeva almeno un piccolo tocco di zucca.

Imparare il nuovo menù era l'aspetto che trovavo più difficile di quel cambiamento.

Ero stata perfettamente d'accordo con l'idea di Kelley di servire il latte macchiato con zucca e spezie tutto l'anno, ma questo *prima* di rendermi conto della portata dei suoi progetti. Ora il menù includeva oltre dieci varianti della ricetta classica, incluse versioni per le feste che sarebbero state servite anch'esse tutto l'anno.

Qualcuno voleva un latte macchiato speziato di San Valentino ad agosto? Nessun problema. Bastava aggiungere una cucchiaiata di cioccolata bianca e una spolverata di zuccherini rossi al classico latte macchiato con zucca e spezie.

Bleah. Il solo pensiero mi faceva rivoltare lo stomaco.

«Gracy, ben arrivata!» gridò il mio nuovo capo con un immenso sorriso che le attraversava il volto da ragazzina. «Ora ci manca solo Drake, poi potremo dare il via alla giornata che tutti stavate aspettando!»

Fece una pausa, come se si aspettasse una risposta da parte mia. Ma non sapevo nemmeno quale potesse essere la domanda.

Kelley emise un verso di disapprovazione: «Avanti, Gracy. Tu lo sai meglio di chiunque altro! Manca una settimana al giorno dell'inaugurazione, quindi è ora che tutti, inclusi i nostri carissimi nuovi assunti, ci prendiamo del tempo per capire un po' meglio come andranno le cose d'ora in poi. E...» Prese un paio di miscelatori e li picchiettò sul bordo del bancone imitando un rullo di tamburo: «... questo include l'assaggio di tutto ciò che abbiamo sul menù! Spero che abbiate appetito!»

Ancora non so come feci a non vomitare lì su due piedi. Forse, dopotutto, la magia di Merlino aveva iniziato a contagiarmi.

Pur trovando ammirevole l'entusiasmo di Kelley, la sua ossessione per la zucca era davvero troppo per me. Ciò nonostante, la apprezzavo come persona e desideravo che riuscisse nella sua impresa. Sapevo anche che, per quanto eccentriche potessero essere le sue idee, la gestione della caffetteria sarebbe stata un successo. Me ne ero assicurata io stessa quando le avevo ceduto il mio desiderio cambia-vita. Ora avrei dovuto trovare la mia strada senza l'aiuto della magia, e mi andava benissimo così.

La mia vita era già abbastanza emozionante grazie alle avventure con Merlino e Luna... e il nostro futuro fantasma. Inoltre, chissà, magari avrei sprecato il desiderio per qualcosa di banale... o qualcosa che mi si sarebbe ritorto contro in modo sensazionale.

Così, invece, Kelley avrebbe portato al trionfo il suo amato latte macchiato con zucca e spezie e io avrei dovuto tenermi ben stretto il mio lavoro. Lasciate che ve lo dica: più le cose cambiano, più restano come sono.

4

Drake si trascinò oltre la soglia dieci minuti più tardi, ovvero otto minuti in ritardo sull'inizio del turno. Harold gli avrebbe dato una lavata di capo senza fine e gli avrebbe detratto almeno un'ora di paga. Ma Kelley si limitò a sfoderare il suo miglior sorriso, battere le mani e annunciare che avremmo potuto iniziare con un'attività, tanto per rompere il ghiaccio e conoscerci meglio.

Salì perfino su una sedia, mettendosi le mani di fianco alla bocca a mimare un megafono, cosa decisamente non necessaria, considerando che eravamo tutti pigiati nel minuscolo spazio davanti alla vetrina del locale.

«Io sono Kelley e la spezia che preferisco nel latte macchiato con zucca e spezie è lo zenzero!» gridò; poi scese dalla sedia e mi fece cenno di salirci a mia volta.

Incespicai, cercando con tutta me stessa di superare l'imbarazzo, e salii sulla sedia: «Io sono Gracy e mi piace la cannella?» dissi, non avendo mai riflettuto prima su quale spezia preferissi nel latte macchiato con zucca e spezie.

E la giornata andò avanti così, a suon di inutili attività per conoscersi meglio e bevande a base di caffè decisamente troppo dolci. A un certo punto, Kelley annunciò che avremmo giocato a 'Non ho mai...' come modo creativo per provare la nuova linea di bevande ghiacciate.

Quando fu il mio turno, mi sentii baldanzosa abbastanza da affermare: «Non ho mai visto un fantasma.» E, tutto sommato, era vero. Sapevo che c'era un fantasma in fase di formazione in casa mia, ma solo perché me lo avevano detto i gatti.

Rimasi davvero sorpresa quando, fra tutti, proprio Drake si scolò il proprio bicchierino di latte macchiato con zucca e spezie nella versione Coconut dream.

Drake. Mmm. Cosa sapevo di lui?

Aveva spesso un pessimo atteggiamento con i superiori, ma era sempre stato gentile con me. La vera domanda era: aveva bevuto solo per scherzo o aveva visto un fantasma sul serio? Se ne aveva davvero visto uno, forse avrebbe potuto aiutarmi con il mio bizzarro ospite.

Dovevo scoprirlo, così lo raggiunsi nel parcheggio mentre ci accingevamo a tornare a casa al termine di quel noioso pomeriggio di attività di formazione.

«Ehi, Drake» lo chiamai correndogli incontro. «Che giornata, eh?»

Lui si strinse nelle spalle con la stessa espressione indifferente che sfoggiava sempre: «Abbastanza pallosa, ma, se non altro, Kelley non ci taglierà lo stipendio come faceva il suo vecchio. Suppongo sia un buon inizio.»

Risi, al che Drake sollevò un sopracciglio e mi fissò con sospetto.

«Tutto a posto, socia zuccosa?» mi chiese con un sorrisetto malizioso.

«Sì, sì» gli assicurai cercando di ignorare il calore alle guance. «Solo un po' troppi zuccheri, oggi, suppongo.»

Annuì ed estrasse le chiavi dalla tasca: «Io sono arrivato» disse indicando la coupé blu lucente al nostro fianco. Era un'auto decisamente più costosa di quanto mi sarei aspettata da uno come lui. Sul serio, come faceva a permettersi una macchina simile con uno stipendio da barista part-time?

«Allora ci si vede» disse lui quando il mio silenzio si protrasse un po' troppo a lungo.

«Drake, aspetta!» gridai prima che si sedesse al posto di guida e se ne andasse.

Si accomodò sul sedile ma lasciò aperta la portiera, come in attesa che parlassi.

Mi schiarii la gola per guadagnare qualche istante. Era una domanda imbarazzante, soprattutto se lui aveva solo voluto scherzare durante il gioco. «Volevo chiederti se—»

Non riuscii a finire la frase perché lui mi interruppe di colpo: «Ma sì, certo che voglio uscire con te» rispose con un ampio sorriso affabile.

Sbattei le palpebre e feci un passo indietro: «Ehm, non era... Uh...» Dovevo chiarire la questione senza alienarmi le sue simpatie o si sarebbe rifiutato di raccontarmi i dettagli dell'incontro con il fantasma. Purtroppo era una situazione del tutto nuova per me e faticavo a trovare le parole. Quali erano le regole del galateo quando si discuteva apertamente di eventi paranormali? E quanto potevo rivelargli senza mettere a rischio la mia sicurezza o la mia libertà? Merlino mi aveva detto chiaramente che, se avessi parlato del mondo magico a persone che non ne erano a conoscenza, avrei trascorso il resto della mia vita in una terrificante prigione magica.

Stavo ancora riflettendo su come porre la domanda quando

Drake aggiunse: «Facciamo da te alle otto? Perfetto. Ci vediamo dopo.»

Detto questo, chiuse la portiera e partì, lanciandomi un'ultima occhiata maliziosa prima di sparire nel traffico.

Mi misi a saltare agitando le braccia e scuotendo il capo, ma non ero certa che riuscisse a vedermi dallo specchietto retrovisore.

Come avevo fatto a combinare un pasticcio del genere? Avrei dovuto chiederglielo e basta. Cercare di affrontare l'argomento con delicatezza aveva solo peggiorato le cose.

Perché ora, a quanto pareva, avevo due problemi da affrontare.

E non avevo la minima idea di come risolverli.

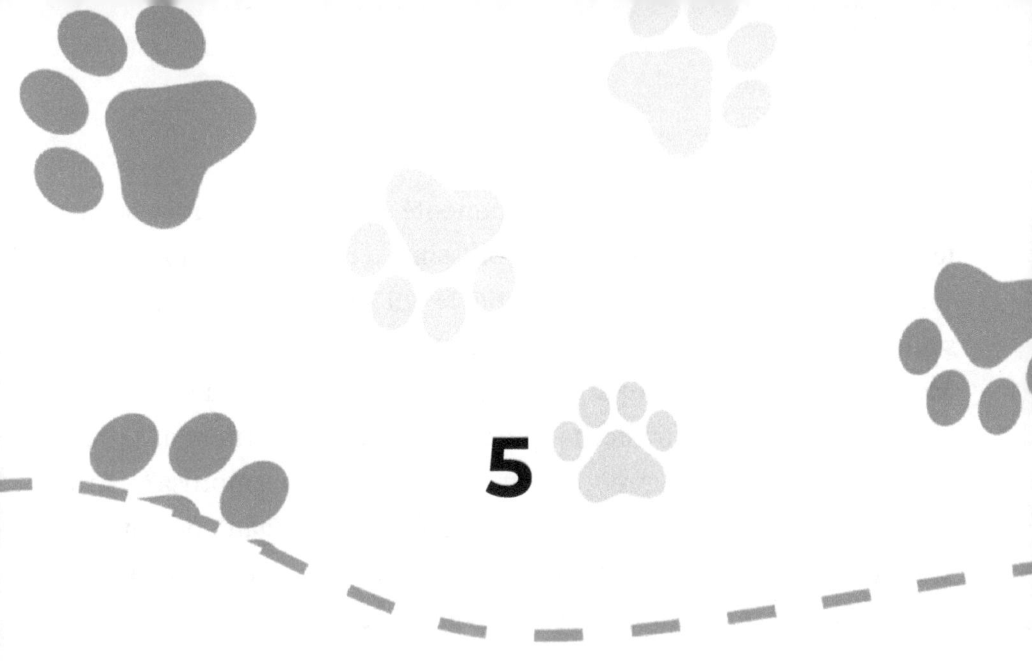

5

Quando tornai a casa, trovai entrambi i gatti spaparanzati sul pavimento della cucina. Agitavano la coda mentre dormivano: probabilmente stavano sognando. Detestavo l'idea di disturbarli, soprattutto vedendo quanto erano adorabili insieme, vicini e rilassati. Forse un giorno avrei avuto anch'io una storia d'amore bella come la loro, ma non certo ora. E non con Drake.

«Abbiamo un problema» annunciai tirando verso di me una sedia, sedendomi e togliendomi le scarpe.

«Più grave del fantasma?» chiese Merlino con uno sbadiglio.

«Non più grave, ma è comunque un problema.»

«Sentiamo» disse Luna dopo essersi stiracchiata per bene tutte e quattro le zampe ed essersi avvicinata posizionandosi al mio fianco.

«Ho, tipo, accettato senza volerlo, o forse invitato... Mmm, non so esattamente cosa sia successo, ma ho un appuntamento con un tizio che lavora con me.» Che problema avevo a esprimermi quel giorno? Perché faticavo così tanto anche solo per delle semplici spiegazioni? Dovevo aver fallito miseramente a mostrare il mio scontento, perché i gatti si esaltarono moltissimo a quell'annuncio.

«Un appuntamento? È fantastico!» gli occhi azzurri di Luna scintillavano di gioia. Si tirò su a sedere e disse: «Ultimamente io e Merlino ci siamo preoccupati molto della tua vita amorosa.»

«Sul serio? Ti sei trasferita qui da appena una settimana, Luna. Come puoi essere già preoccupata per la mia vita amorosa?» Ero davvero un caso così disperato che perfino i miei gatti provavano pietà per me? Notoriamente, i gatti pensano solo a se stessi; allora perché passavano tanto tempo a pensare a me? A *preoccuparsi* per me?

«Oh, la vita non è nulla senza l'amore!» mi corresse Luna con un sospiro. «È come se fossi rinata, Gracy, benvenuta al mondo!»

«No, smettila» soffiai. Stavo iniziando ad assumere abitudini da gatto per via dell'influenza di quei due. Di quel passo, avrei iniziato a leccarmi il dorso della mano e strofinarmelo sulla fronte. Che il cielo mi aiuti!

«Non è un vero appuntamento» proseguii, stavolta mostrando palesemente lo scontento. «È successo per sbaglio; lui verrà qui stasera.»

«Ma stasera dobbiamo andare a Nocturna» mi ricordò Merlino torcendo le vibrisse, irritato.

«Lo so!» gridai. Perché era così difficile farglielo capire?

«Allora chiamalo e digli che dovete rimandare, tesoro» mi suggerì Luna con aria condiscendente. Non mi piaceva quell'espressione su di lei. E nemmeno su di me, peraltro.

«Non posso: non ho il suo numero.»

Luna si sforzò di continuare a sorridere, ma perfino io mi accorsi che vacillava: «Allora passa un attimo da lui a dirglielo.»

«Non so dove abita.»

«Allora come fa lui a sapere dove abiti tu, tesoro?» chiese con un sospiro.

«Bella domanda.»

«Non sembri molto emozionata per l'appuntamento» sottolineò, accigliata. «Com'è successo?»

Raccontai loro delle attività per conoscersi meglio e dell'ammissione di Drake durante 'Non ho mai...'

«Che strano gioco. Perché voi umani vi vantate di cose che non avete fatto? A noi gatti piace parlare dei risultati che abbiamo ottenuto, non della loro mancanza» brontolò Merlino.

«Il punto non è il gioco» sbottai. «Il punto è che Drake ha visto un fantasma. E quando ho cercato di chiedergli di parlarmi dell'accaduto, è saltata fuori questa storia dell'appuntamento.»

«Beh, un appuntamento è un'ottima occasione per chiedergli del fantasma, tesoro.» Ah, Luna. Sempre così ottimista. Iniziava a darmi sui nervi.

«Però dovremmo andare a Nocturna stasera» ricordai loro.

«Non devi per forza venire ovunque andiamo noi» disse Merlino in tono brusco. «Se vuoi abbandonarci per andare al tuo appuntamento, sopravvivremo.»

I primi segni di un mal di testa da stress si fecero strada lungo il mio collo e su fino al capo. Sarebbe stato un errore usare uno spruzzino per insegnare un po' di disciplina ai miei gatti, pur sapendo che erano in grado di parlare e che almeno uno di loro avrebbe potuto vendicarsi evocando fulmini?

Mi sforzai di non gridare con tutto il fiato che avevo: «Non è—»

Luna mi diede dei colpetti gentili sulla mano con la zampa: «Va tutto bene, tesoro. Io e Merlino ci divertiremo a stare un po' da soli. E comunque, non vogliamo starti tra i piedi durante l'appuntamento.»

«Non è— *ACCIDENTI!*» Questa volta non riuscii a trattenermi:

alzai le mani sopra la testa e le sbattei con violenza sul tavolo per la frustrazione.

«Come siamo permalosi» commentò Merlino sbuffando. «Non si preoccupi, Vostra Altezza. Ci occuperemo noi di fare tutto il necessario per tenere al sicuro casa nostra mentre tu ti divertirai a intrattenere il gentiluomo in visita.»

«Sapete cosa vi dico? E sia. Andatevene a Nocturna. E divertitevi pure senza di me, mentre io me ne resto qui e mi subisco un appuntamento che non ho chiesto e che non desidero.»

«Fantastico» cinguettò Luna. «Allora siamo tutti d'accordo?»

Mi coprii il viso con le mani e cercai di concentrarmi sul respiro.

«Gli umani maturano molto più lentamente dei gatti» sentii bisbigliare Merlino a Luna. «Forse ce la saremmo passata meglio con la signora anziana.»

«È troppo tardi per ripensarci?» chiese la gatta ad alta voce.

«Sai meglio di chiunque altro che, quando il legame tra mago e famiglio si consolida, non è possibile spezzarlo senza—»

Luna trasse un respiro affannato: «Sì, lo so.»

«Quindi dobbiamo tenerci lei» aggiunse lui in tono cupo.

«Vi sento!» gridai. Poi mi precipitai in camera mia e chiusi la porta sbattendola forte.

Mmm. Forse non avevano poi tutti i torti sul mio livello di maturità.

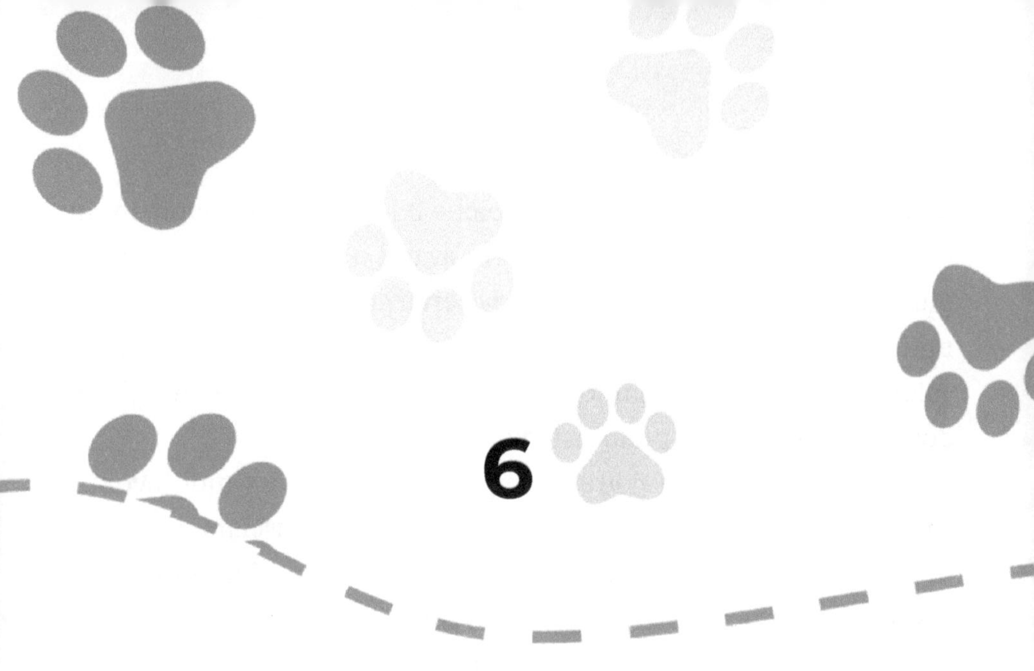

6

Quella sera il sole sarebbe tramontato circa un quarto d'ora prima delle otto, il che significava che, se Drake fosse arrivato in anticipo, avrebbe assistito alla magia che il mio gatto avrebbe effettuato in bella vista in cortile.

«Forse dovremmo spostare il calderone sul retro» suggerii mentre Merlino e Luna si dedicavano agli ultimi preparativi per il viaggio a Nocturna. Cosa avrei dato per andare con loro anziché dover restare a casa a intrattenere Drake in quella che, di certo, si sarebbe rivelata una serata imbarazzante!

«Dici sul serio?» soffiò Merlino con sguardo pungente. «Se lo spostassimo, rischieremmo di danneggiarlo. E se accadesse, il nostro accesso al mondo magico sarebbe perduto per sempre.»

«Ok, ok, scusa» balbettai dando un calcio a un ciuffo d'erba troppo lungo di fianco al vialetto. Anche se ero felicissima di avere finalmente una casa tutta mia, non avevo ancora preso dimestichezza con il tosaerba. Ogni volta che accendevo quell'aggeggio, l'odore di erba appena tagliata mi scatenava l'allergia, causandomi una serie di violenti starnuti. Ma poiché il lavoro andava fatto, in un modo o nell'altro, finivo per passarlo avanti e indietro per il cortile più in fretta che potevo, senza accertarmi di tagliare in modo uniforme. Era sempre meglio di niente, suppongo, e non avendo i soldi per assumere qualcuno che se ne occupasse, i vicini avrebbero dovuto sopportare un prato sistemato a quel modo.

«La prossima volta potresti programmare altrove i tuoi incontri romantici» disse Luna facendo le fusa. Iniziò a strusciarsi contro le mie gambe, ma io balzai via, fuori dalla sua portata. Non mi piaceva il suo atteggiamento nei confronti di quell'appuntamento indesiderato e della mia vita amorosa in generale.

«Non è un incontro romantico. Non c'è proprio niente di romantico» la corressi a denti stretti. «Non dimenticarti che si è autoinvitato.»

Merlino le bisbigliò qualcosa, abbastanza piano da impedirmi di capire. Quando finì di parlare, entrambi si voltarono verso di me e iniziarono a ridere.

«Andatevene pure a Nocturna» dissi, ribollendo di rabbia e prendendo a calci un altro ciuffo di erba tagliata male. «Potete anche restarci per sempre, per quel che mi importa.»

I gatti continuarono a ridacchiare mentre saltavano nella vasca per uccelli, spruzzando acqua ovunque, poi scomparvero in un luminoso vortice verde. Dubitavo che mi sarei mai abituata a quei bizzarri modi per andare da un posto all'altro, che si trattasse di trasformare in portale magico il calderone dalle sembianze di vasca di pietra, o di telestrasportarsi per magia con due battiti di palpebre.

Ogni volta che la mia nuova vita da famiglio iniziava ad avere un po' di senso, accadeva qualcosa di così pazzesco che non pensavo sarei riuscita a conciliarlo con la mia precedente concezione del mondo.

Suppongo che, in quel periodo, ciò valesse per la maggior parte delle cose. Tutto oscillava tra il noioso ma sicuro e l'affascinante ma stressante. Ed ero piuttosto certa che gli eventi della mia vita con Merlino sarebbero sempre ricaduti in questa seconda categoria.

Ora che lui e Luna se n'erano andati, avevo qualche minuto per truccarmi, a patto che Drake arrivasse puntuale o anche un po' in ritardo. Considerando il suo andazzo sul lavoro, avrei puntato tutto sul fatto che avrebbe fatto tardi e quindi avrei avuto un po' di tempo da dedicare a prendermi cura del mio aspetto.

Non avevo osato sfoderare un pennello da trucco o altri cosmetici mentre i gatti erano lì a prendermi in giro. Ma, anche se l'appuntamento con lui non mi interessava, volevo essere carina. E qualunque scusa era buona per sfoggiare uno dei mei make-up più audaci!

Non avevo in programma nessun vero *rendez-vous* sentimentale a breve termine, quindi avrei sfruttato quello finto con Drake per provare il set di ombretti da sirena che avevo acquistato da una nota boutique online.

Mi affrettai ad applicare l'intera gamma di colori vivaci, ma non fui abbastanza veloce: il campanello suonò quand'ero circa a metà del lavoro.

«Arrivo» gridai, voltando leggermente la testa da una parte all'altra. Se solo avessi avuto altri cinque minuti. *Grrr.*

Perfettamente puntuale, notai lanciando una rapida occhiata all'orologio del forno a microonde mentre passavo dalla cucina. Di certo non quel che mi sarei aspettata da lui.

Lo trovai in paziente attesa sulla soglia; indossava una camicia nera, giacca e cravatta, jeans e un paio di scarpe da ginnastica consunte.

«Ciao, Drake» dissi, lo sguardo posato sul fiore solitario che stringeva in mano. Era di un profondo rosso sangue, con petali molto appuntiti, di una varietà con non riuscii a riconoscere.

«Per te» disse con un sorrisino che trovai quasi affascinante.

«Grazie» risposi, accettando il dono. «È molto carino.»

«È un narciso nero, un tipo di dalia. Un cactus» mi spiegò con il suo tipico atteggiamento compiaciuto.

«Non sono molto esperta di fiori» ammisi un po' imbronciata. «Le piante grasse non vanno bagnate molto, giusto?»

«In botanica non esistono le piante grasse. Piante succulente, se mai» mi corresse con un sogghigno infilandosi le mani in tasca. «E il fiore ormai è stato reciso. Morirà a prescindere da quel che ne farai. Quindi non diventarci matta.»

«Oh» dissi in mancanza di una risposta migliore a quelle inquietanti istruzioni. «Beh, grazie ancora. Ehm... accomodati.»

Corsi in cucina a cercare un contenitore in cui mettere il fiore. Di sicuro nonna Grace aveva lasciato almeno un vaso da qualche parte. Ma dopo una rapida ricerca mi arresi e lo sistemai in una caraffa vuota che avevo usato una o due volte per preparare la limonata.

Drake aveva guadagnato punti con quel gesto, dovevo concederglielo. Ma poiché non si trattava di un vero appuntamento, la cosa era del tutto irrilevante.

Ripensandoci, non avevo avuto nessun appuntamento da quando mi ero trasferita a Elderberry Heights, né avevo conosciuto qualcuno con cui mi sarebbe piaciuto averne. All'inizio ero stata troppo impegnata a sistemarmi nella nuova casa e prendere il ritmo con il lavoro, fingendo ancora di fare qualche progresso con la tesi. E ora ero troppo impegnata a risolvere omicidi, combattere maghi infuriati e occuparmi di gatti parlanti. Di questo passo, un vero appuntamento sarebbe stata una fortuna inaspettata.

Ma non era necessario che Drake sapesse niente di tutto questo.

Ora avevo un'unica missione da portare a termine: scoprire cosa sapeva sui fantasmi e capire se le sue informazioni potevano tornarmi utili in qualche modo.

7

«Allora, guardiamo qualcosa su Netflix e ci rilassiamo o...» Drake sollevò un sopracciglio e mi rivolse un sorriso allusivo.

Non riuscii a reprimere il brivido che mi colse a quel pensiero: «No, no! Dammi cinque minuti e sono pronta per uscire.»

«Per andare dove?» chiese seguendomi lungo il corridoio.

«Non saprei. Dove preferisci!» gridai da sopra la spalla prima di entrare in bagno e chiudere la porta.

«Sei tu che mi hai chiesto di uscire» esclamò lui dal corridoio. «Immaginavo che avessi qualcosa in programma.»

Mi morsi il labbro per trattenermi dal dargli una rispostaccia. Se avessi inveito sul fatto che non avevo mai avuto intenzione di invitarlo a quel cosiddetto appuntamento, probabilmente si sarebbe rifiutato di dirmi ciò che sapeva sui fantasmi. Per ora dovevo stare al gioco.

«Che ne dici di una passeggiata al chiaro di luna?» suggerii quando uscii dal bagno, questa volta con il trucco completo. Almeno questo mi aveva migliorato l'umore.

«Stai molto bene» disse Drake con un cenno di approvazione. «Mi piace come ti sta quel trucco.»

«Ti intendi di make-up?» squittii.

«Non molto, ma ne ho fatto una questione di principio di farmi una cultura di base su un po' di tutto. Contribuisce a rendere interessante la vita. E, sì, certo che ho voglia di fare una passeggiata.» Sorrise e mi fece cenno di fargli strada.

All'improvviso mi sentii nervosa.

Era chiaro che Drake prestava molta più attenzione di quanto pensassi a quel che lo circondava. Poteva significare che, in qualche modo, gli avevo dato l'impressione di voler uscire con lui?

Quando uscimmo di casa mi porse il braccio e io accettai, sentendomi molto raffinata mentre passeggiavamo per il vicinato.

«Come sei entrata nel business del caffè?» mi chiese con lo sguardo fisso in lontananza verso l'orizzonte.

«Iscrivendomi alla scuola di specializzazione» risposi meccanicamente. Era una domanda a cui mi era toccato rispondere spesso, soprattutto quando i miei professori e compagni di corso mi chiedevano perché perdessi tempo ed energie con un impiego temporaneo anziché concentrarmi per finire gli studi e trovare un buon lavoro. «E tu invece?»

«Mi limito a eseguire gli ordini.» Mi abbagliò con un sorriso birichino.

«Cosa intendi dire? Quali ordini?»

Emise un sospiro stanco: «È una delle condizioni del mio fondo fiduciario. Devo avere un impiego stabile e mantenerlo per poterne usufruire. Così, per obbedire al mio vecchio, ho scelto un lavoro il più modesto possibile, facendo esattamente l'opposto di ciò che lui aveva in mente per me.»

«Quindi sei un ragazzino ricco e viziato? Questo spiega alcune cose» dissi ripensando alla coupé sportiva scintillante.

«Mia cara, sono un *uomo* ricco e viziato, vedi di non dimenticartene.» Mi rivolse un sorriso affascinante e non potei fare a meno di ridere. Almeno c'era una cosa che avevamo in comune: i nostri cari si aspettavano di più da noi, o almeno qualcosa di molto diverso.

Sapevo che mi sarei laureata, prima o poi, ma ancora non avevo idea di cosa volessi fare nella vita. In realtà avevo scelto sociologia perché sembrava la facoltà che offriva la gamma più ampia di possibilità. Poi mi ero iscritta alla scuola di specializzazione perché è quello che si fa quando la propria laurea non offre un percorso professionale ben definito.

Mi piaceva che la vita fosse piena di sorprese, e un impiego con un monotono orario d'ufficio mi sembrava l'esatto opposto.

«Ma non ti annoi?» chiesi a Drake. «Con solo un lavoro part-time e nessuna aspirazione se non intascare i soldi di tuo padre?» Non c'era bisogno che sapesse che le mie aspirazioni erano altrettanto indefinite.

«Annoiarmi? Assolutamente no. E chi dice che non ho aspirazioni? Come ho detto, mi piace saperne di più un po' su tutto. Come un moderno studioso rinascimentale.»

«Come la botanica» dissi con un sorrisino. «E il make-up.»

Lui annuì: «E i fantasmi.»

Oh cielo! Mi aveva dato proprio lo spunto che mi serviva. Non mi feci sfuggire l'occasione: «In effetti la questione mi incuriosisce.»

Lui piegò il capo e scoppiò a ridere: «È evidente. Non pensavi che l'avessi capito, oggi, nel parcheggio?»

Mi bloccai e lo fissai: «Ma tu—»

Si fermò anche lui pochi passi davanti a me, poi si girò a osservarmi: «Ho sfruttato la situazione a mio vantaggio. Era da un pezzo che volevo chiederti di uscire. Pensavo che in questo modo non ti sarebbe dispiaciuto.»

«Subdolo.» Ora il mio sorriso era così ampio da rischiare di farmi esplodere la mascella.

Lui mi fece l'occhiolino: «O geniale.»

«Andrei con subdolo» risposi ridendo; poi ripresi a camminare e lo presi di nuovo sottobraccio. «Allora, hai intenzione di parlarmi dei fantasmi?»

«Del fantasma» mi corresse. Aveva smesso di sorridere e aveva la mascella serrata e la fronte corrugata. «Ne ho visto soltanto uno, una volta.»

«Raccontami tutto» lo scongiurai dandogli una strizzatina al braccio.

Il suo volto si illuminò di nuovo: «Beh, suppongo di aver ottenuto ciò che volevo stasera, ovvero trascorrere un po' di tempo con te. Quindi immagino sia giusto accontentarti. Storia di fantasmi in arrivo!»

Si schiarì la gola e cominciò...

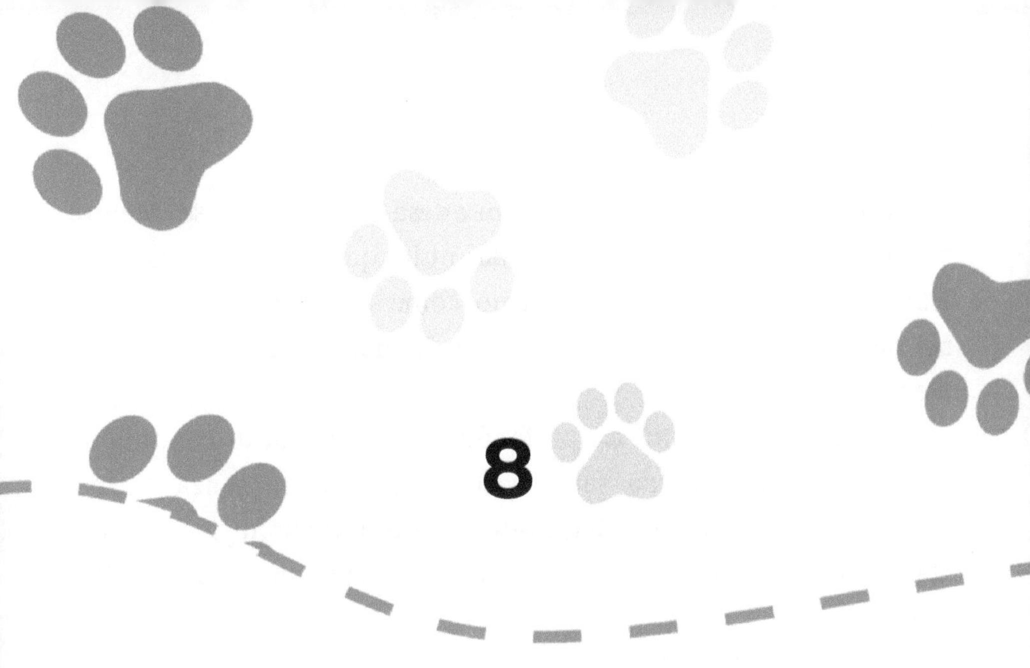

8

«Era una notte buia e tempestosa...»

Gettai la testa all'indietro con un gemito: «Ma dici sul serio?»

«Se vuoi sentire la storia, lasciami creare un po' d'atmosfera» disse Drake, i capelli scuri che gli ricadevano sugli occhi mentre mi sorrideva sollevando un solo angolo della bocca.

Alzai gli occhi al cielo e gli feci cenno di proseguire.

«Come stavo dicendo, era una notte buia e tempestosa.» Spalancò gli occhi e mi fissò, sfidandomi a protestare.

Quando vide che non aprii bocca, mi rivolse un bel sorriso soddisfatto.

«Avevo appena compiuto ventun anni, quindi ero finalmente entrato in possesso del mio fondo fiduciario, e stavo percorrendo il paese in auto in lungo e in largo alla ricerca di un posto in cui stabilirmi. L'unico requisito? Che fosse il più lontano possibile dai miei genitori. Ero diretto a Miami, quando si scatenò un forte temporale;

così accostai sul lato della strada, in attesa che si calmasse. Mentre me ne stavo seduto lì, è apparsa dal nulla questa donna vestita di bianco.» Il suo sguardo si fece vacuo, come se si stesse immergendo nei ricordi, e non avevo dubbi che stesse visualizzando la scena nella mente.

Trasse con difficoltà un profondo respiro prima di continuare: «Indossava un abito da sera vecchio stile ed era senza scarpe. Riuscivo a malapena a vederla oltre le fitte raffiche di pioggia, ma abbastanza da poter affermare con certezza che era semitrasparente.»

Sussultai: «Wow, allora hai visto davvero un fantasma!»

«Perché avrei dovuto mentire al riguardo?» mi chiese, con un sopracciglio scuro sollevato in un'espressione interrogativa.

L'intensità del suo sguardo mi spinse a lasciargli andare il braccio e allontanarmi un po': «Hai perfettamente ragione. Ti chiedo scusa. Vai avanti.»

Lui si strinse nelle spalle: «Non c'è molto altro da dire. È arrivata un'altra auto che è quasi andata a sbattere contro lo spettro, ma è finita fuori strada all'ultimo momento. Una donna di mezza età alla guida di un furgone si è fermata a prestare soccorso all'automobilista che aveva avuto l'incidente. Poi ha smesso di piovere e io sono ripartito per Miami. Ci sono rimasto per qualche mese, poi mi sono stufato di tutto quel sole. Sono tornato in Georgia in cerca del luogo dove avevo visto il fantasma. Alla fine mi sono arreso e ho smesso di cercare. È stato allora che ho visto l'annuncio per l'impiego alla caffetteria e ho deciso di restare a vivere a Elderberry Heights.»

«Wow» bisbigliai sbalordita, anche se dovevo ancora elaborare ciò che avevo appena sentito. «Allora credi davvero ai fantasmi?»

«Certamente» dichiarò, con la stessa sicurezza che avrebbe mostrato se gli avessi chiesto se il cielo è azzurro. «Da allora ho visitato numerose case infestate e parlato con dei medium, ma in tutti i casi si trattava di frodi.»

Lo afferrai per una spalla e attesi che si chinasse verso di me per bisbigliargli: «E se ti dicessi che proprio ora c'è un fantasma che si sta materializzando in casa mia?»

I suoi occhi si illuminarono, affascinati: «Allora ti chiederei cosa ci facciamo qui. Posso vederlo? Parlare con lui?» Sembrava un bambino il giorno di Natale.

«Non sono certa che sia già in grado di parlare, ma so che c'è. È ancora debole, ma sembra che si stia rafforzando.» Ero orgogliosa di me stessa per non aver menzionato i gatti nella spiegazione.

Temevo che mi ponesse domande a cui non avrei saputo come rispondere, invece si voltò e si avviò di buon passo verso casa mia, tale era il suo desiderio di vedere il fantasma con i suoi stessi occhi.

«Sai, è la cosa che rimpiango di più.» Camminava così velocemente che faticavo a stargli dietro. «Essermene rimasto lì, seduto in auto per tutto il tempo, anziché scendere e cercare di comunicare con lei.»

«Ma hai detto che un'auto ci è quasi finita contro» gli ricordai avvolgendomi le braccia intorno al busto mentre camminavamo. Anche se non faceva affatto freddo, mi serviva un po' di conforto per contrastare le sensazioni che quella conversazione suscitava in me.

Lui annuì: «Sì, un'altra auto lo ha spaventato, ma è rimasto lì a fluttuare per svariati minuti. Sembrava che stesse aspettando qualcuno, o qualcosa.»

La situazione stava diventando inquietante. Ok, lo era stata fin dall'inizio, ma più Drake mi svelava dettagli su quell'esperienza paranormale, più iniziavo a preoccuparmi per come sarebbe potuta andare la mia.

Sarebbe stato possibile spaventare e scacciare anche il fantasma che si stava materializzando in casa mia? E se fossi riuscita a liberarmene, io e i gatti ci saremmo persi un messaggio importante dall'aldilà?

Se solo avessi saputo...

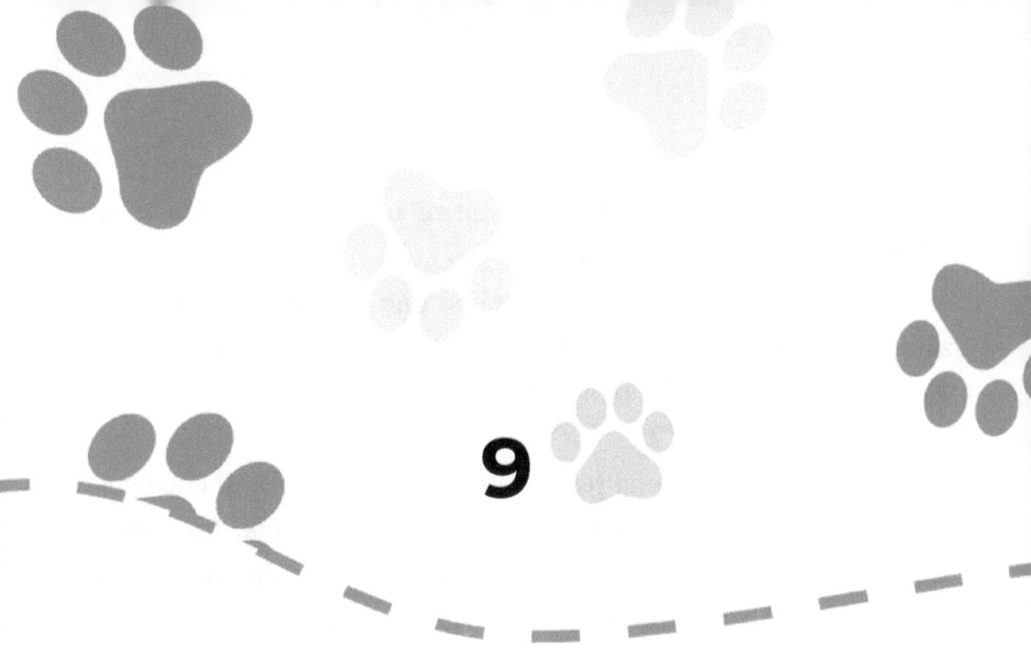

9

Ritornai a casa insieme a Drake e lo invitai a entrare per fare la conoscenza del futuro fantasma. Questa volta mi sentivo molto più a mio agio ad averlo in casa. Ora lui sapeva come stavano le cose riguardo a quella specie di appuntamento e mi aveva anche raccontato del suo incontro con il fantasma.

Ovviamente speravo che se ne andasse prima che i gatti facessero ritorno da Nocturna. Non avrei potuto sopportare ancora le loro impietose prese in giro.

«Allora? Dov'è?» chiese avidamente, guardandosi in giro come se potesse scorgerlo a occhio nudo.

«Non sono certa che sia già visibile. Credo che si rafforzi durante la notte e ora il sole è tramontato da poco» spiegai, indicando l'angolo del soffitto dello stretto corridoio che conduceva alla mia camera da letto.

Drake marciò dritto verso il punto che avevo indicato e sollevò una mano estendendo bene le dita.

«Che cosa stai facendo?» chiesi, scoppiando in una fragorosa risata e resistendo all'impulso di darmi una manata sulla fronte. «Cerchi forse di dargli il cinque?»

Si voltò verso di me con un'espressione niente affatto imbarazzata, come mi sarei aspettata, bensì scherzosa: «Sto cercando di verificare se c'è un'anomalia temporale.»

Sbuffai: «Ed è così'?»

«Beh, mi sono appena reso conto che non ho idea di che genere di percezione possa dare un'anomalia temporale. Ok, ho visto un fantasma una volta, ma è stato più che altro un colpo di fortuna.» Piegò la testa di lato: «Come hai fatto ad accorgerti della sua presenza?»

Il cuore mi fece un balzo nel petto. Detestavo mentire, eppure, se gli avessi detto la verità su Merlino, mi sarei trovata rinchiusa in una squallida prigione magica per il resto della mia vita. Questa consapevolezza rendeva essenziale dire una bugia, ma non mi rendeva più brava a inventarne una.

«Oh, si tratta di... beh... un'intuizione» buttai lì. «A volte sento cose che le altre persone non sono in grado di sentire.» E questo era vero, se non altro perché i gatti avevano scelto di parlare con me anziché con altri umani.

Lui spalancò gli occhi e sembrò che all'improvviso mi vedesse da una nuova prospettiva: «Caspita! Quindi riesci a sentirlo? Comunica con te a parole?»

Scossi rapidamente il capo: «No, non a parole. Sono più dei suoni tipo... uh... onde che si infrangono delicatamente sulla spiaggia.»

«Come si fa a infrangersi delicatamente?» chiese con una risatina.

Non ero certa che si trattasse di una domanda retorica, così azzardai una risposta: «È difficile da spiegare. Tipo *shhspspspspshh.*»

«Sembra il verso che fa la gente per chiamare i gatti.»

Sorrisi, a disagio: «Ah ah, sì, una specie. In ogni caso, forse mi sto preoccupando inutilmente. Voglio dire, sembra una pazzia, no?»

Drake tornò verso di me percorrendo il corridoio: «Pazzia è il modo in cui la gente preferisce definire le cose che non riesce a comprendere. Per quel che vale, io ti credo e penso che sia una cosa fantastica.»

«Grazie» dissi con un sospiro di sollievo.

Drake sollevò una mano e me la appoggiò sul braccio: «Tu sei fantastica, Gracy. Non sei come tutti gli altri. Soprattutto negli ultimi tempi. E, ecco, a me questo piace moltissimo.»

Deglutii a fatica: «G-grazie.»

I suoi occhi si addolcirono mentre mi accarezzava il braccio con il palmo della mano: «Ascolta» mormorò. «So di averti trascinata io in questa storia dell'appuntamento e che tu sei troppo gentile per dire di no. Ma puoi dire di no ora, ok?»

Annuii e la sua mano raggiunse la mia spalla.

Lui fece un altro passo avanti: «Posso baciarti?»

Oh, caspita. Così all'improvviso. «No!» reagii, forse con un po' troppa enfasi.

Subito Drake mi lasciò andare e fece un passo indietro. Sorrise, ma era decisamente un sorriso forzato.

«Mi dispiace» borbottai. «È solo che, ora come ora, ho molte cose in ballo nella mia vita e—»

Lui sollevò una mano: «Va tutto bene. Ho capito. Non pensavo di piacerti, ma volevo esserne sicuro. Ti lascio alla tua serata. Se ti serve aiuto con il fantasma o vuoi passare un po' di tempo insieme, sai dove trovarmi.»

Mi superò e si diresse rapidamente verso la porta.

«Drake, mi dispiace!» gli gridai affrettandomi a seguirlo. «Tu mi piaci ed è stato bello passare del tempo insieme stasera. Ma non ti conosco ancora abbastanza bene. E la questione di avere troppe cose in ballo per avere tempo per una relazione... un po' è vera.»

Lui piegò leggermente la testa di lato: «Non mi devi nessuna spiegazione. Sono una persona che si apprezza di più quando la si conosce meglio.»

«E magari ti apprezzerò nel modo che vorresti dopo che avremo trascorso più tempo insieme» buttai lì stupidamente. Drake non mi piaceva in quel senso e dubitavo che le cose sarebbero mai cambiate.

Lui si fermò con una mano già sulla maniglia della porta: «Allora pensi che prima o poi avrai voglia di una bella botta di Drake?»

Lo fissai a bocca aperta. Cercai di articolare una risposta, ma mi uscì una specie di gemito di disgusto.

Drake si voltò verso di me: «Di conoscermi meglio! Era questo che intendevo! Di frequentarci. Non... quello che hai pensato.»

Annuii senza proferire parola, gli occhi ancora spalancati per lo shock.

«Ok, penso che andrò a buttarmi da un ponte» disse lui aprendo la porta e uscendo.

Per un istante mi chiesi se avrei dovuto corrergli dietro, ma poi...

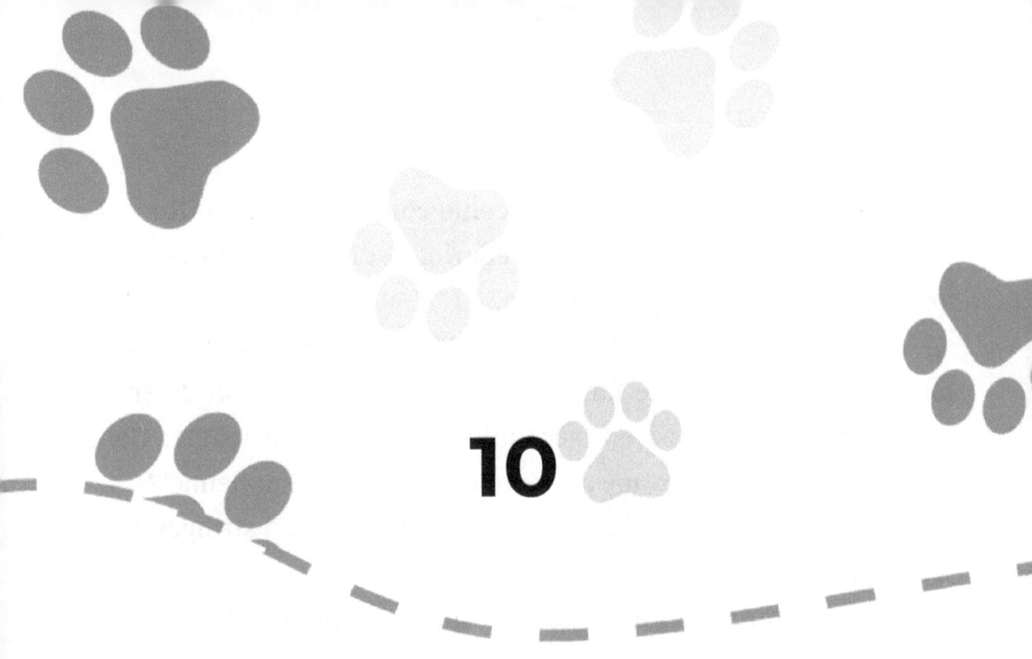

10

«Fate largo! Fate largo!» ululò Merlino; lui e Luna schizzarono fuori dalla vasca per uccelli in una cascata di scintille verdi.

«Zitto, qualcuno potrebbe sentirvi!» lo ammonii dalla soglia. Lanciai un'occhiata alla strada e fui sollevata di notare che Drake se l'era squagliata prima di quella manifestazione di magia nel bel mezzo del cortile.

«Quello lo conosco bene» balbettò Merlino, mentre lui e Luna mi oltrepassavano per rientrare in casa.

Per maggior cautela chiusi la porta a chiave.

«Cos'è successo?» chiesi, timorosa di sentire la risposta.

Luna si allungò a leccare la fronte di Merlino, che si rilassò visibilmente.

«Grazie, ne avevo proprio bisogno» disse alla sua fidanzata, facendo le fusa e continuando a ignorarmi.

Luna si strinse al suo fianco. Non sarei riuscita a separarli neanche se ci avessi provato. E mi sarei ben guardata dal farlo.

«Ci siamo imbattuti in certe vecchie conoscenze di Merlino, che non erano esattamente liete di rivederlo. O di vederci insieme» mi spiegò lei con la sua vocetta ritmata.

«E che cosa hanno fatto?» chiesi. Merlino era poco più che un gattino. Scegliermi come famiglio gli aveva consentito di diventare mago a pieno titolo, ed era accaduto da pochissimo tempo. Come faceva un gatto così giovane ad avere già degli acerrimi nemici?

«Lo hanno sfidato a duello e lui...» Luna lo fissò stringendo gli occhi. «Ha stupidamente accettato.»

«Caspita, saresti potuto morire?» sbottai in preda all'ansia e alla sorpresa. «Che diavolo ti è passato per la testa?»

«Non ha usato la testa» rispose Luna con un sospiro. «Ma devi anche ricordare che noi gatti facciamo le cose in modo diverso rispetto a voi umani.»

«Un duello con le pistole? Come in *Hamilton*?» Mi immaginai Merlino, con indosso un costume d'epoca, girare in cerchio insieme a un altro gatto in abiti coloniali, intenti a rappare le proprie recriminazioni. Avrei dato non so cosa per vedere uno spettacolo del genere.

«Certo che no» disse Luna arricciando le labbra per il disgusto, come se riuscisse a immaginarsi la scena che avevo in mente.

«E allora cosa?» chiesi in tono serio.

Merlino prese finalmente la parola, il pelo che fremeva sulle spalle: «Non sarebbe stato poi così male. Noi gatti combattiamo con ciò che abbiamo a disposizione.»

Sollevò una zampa e sfoderò gli artigli: «Utilizziamo un mix di magia e buone vecchie azzuffate.»

Luna gli diede dei colpetti finché lui non rinfoderò le armi. «I gatti si battono a zampate. I gatti magici utilizzano artigli fantasma.»

Scossi il capo: non riuscivo a capire quella strana metafora.

«Ci battiamo contro la magia dell'avversario» mi spiegò lui premendo le orecchie contro la testa, sollevando le zampe e colpendo l'aria per farmi capire meglio: «Così. Ma non puntiamo a ferire il muso o l'orgoglio. Attacchiamo la magia l'uno dell'altro finché uno degli avversari non ne ha più abbastanza per continuare il duello.»

«Vi uccidete?» Mi sembrava una barbarie. Ma se gli umani potevano arrivare a strappare la vita a un loro simile, evidentemente anche altre specie potevano farlo. Anche se avrei tanto desiderato che non fosse così.

Merlino sussultò: «No, molto peggio. Chi perde sopravvive, ma senza la magia. Un destino peggiore della—»

«Eh-eh-ehm!» mi schiarii rumorosamente la voce per interromperlo.

«Che problema c'è?» chiese lui; puoi lanciò uno sguardo a Luna al suo fianco e abbassò il capo per il rammarico. «È vero... Ti chiedo scusa.»

«So che non intendevi ferirmi» disse lei con dolcezza, ma visibilmente addolorata dalle sue parole. «Proprio come so che non metteresti a rischio i tuoi poteri magici ora che una minaccia incombe sulla nostra casa.»

«Perché quei gatti ti hanno sfidato a duello? Non puoi aver fatto niente di *così* terribile.» Certe volte era sarcastico e sgradevole, ma nel complesso Merlino era un bravo gatto. Non sembrava tipo da farsi dei nemici... Beh, a parte la vecchia questione con Luna. Sapete una cosa? Lasciamo perdere. Era evidente che si era fatto una buona dose di nemici nella sua seppur breve vita. Forse era così per tutti i maghi. Io ne sapevo ancora troppo poco di quel mondo e di tutte le sue stranezze.

Merlino ruggì: «Beh, prima di stare con me, Luna era la fidanzata di Tom.»

«Tom il gatto?» ripetei. «Come quello di Tom e Jerry?»

«Sì, Tom. E quando si è accorto che lei ha perso i suoi poteri, ha dato la colpa a me. Si è infuriato e mi ha sfidato, nell'incauto tentativo di vendicarla.»

«Che romantico» dissi con un sorriso sdolcinato.

Luna scosse il capo con cocciutaggine: «Non ho bisogno di essere vendicata, né da Merlino, né da Tom, né da nessun altro. Ho fatto le mie scelte e combatterò le mie battaglie, con o senza la magia. Ma, ovviamente, Merlino ha accettato la sfida prima che avessi la possibilità di spiegarglielo.»

Merlino annuì cupamente: «E quando Luna ha espresso il suo scontento, non abbiamo potuto fare altro che fuggire via, nella speranza di riuscire a riattraversare il portale prima che Tom e i suoi compari riuscissero a catturarci.»

«Ti prego, dimmi che avete scoperto cosa fare con il fantasma prima che accadesse tutto questo» borbottai sconvolta.

«Certo che sì» rispose Luna con un ampio sorriso, che però svanì rapidamente. «Ma sarà meglio che Merlino non si faccia vedere a Nocturna per un po'.»

«Ma senza di lui nessuno di noi può andarci.»

«Lo so» disse lei con uno scatto della coda. «Quindi per un po' non potremo chiedere aiuto lì.»

Grandioso. Il nostro collegamento con il mondo magico era stato temporaneamente reciso proprio quando ci trovavamo a dover affrontare un grosso e imminente problema di natura magica.

Questo non avrebbe di certo facilitato le cose.

11

«Ma hai detto che avete trovato le informazioni che ci servono» sottolineai, sperando con tutta me stessa che fosse vero. Senza la possibilità di recarci a Nocturna e di contattare i maghi che ci vivevano, avremmo dovuto affrontare completamente da soli il nostro ospite indesiderato.

«Calmati, ok?» sbottò Merlino fissandomi con i grandi occhi verdi. «Non ti ricordi la regola numero due?»

Sì, ricordavo che dovevo fidarmi di tutto ciò che diceva senza fare domande. Una regola terribile, ma che lui insisteva seguissi alla lettera.

Premetti le labbra in una linea rigida e aspettai che mi dicesse di più.

E quando fu soddisfatto della mia silenziosa accettazione, proseguì con la spiegazione: «Siamo andati in biblioteca e abbiamo trovato un incantesimo per intrappolare il fantasma.»

Rimasi a bocca aperta: «A Nocturna c'è una biblioteca?» squittii deliziata. Oh, volevo assolutamente andarci!

«Sì. Perché la fai tanto lunga?» Scuoteva la coda tanto selvaggiamente da sembrare uno di quei pupazzoni ad aria che salutano sbracciandosi davanti ai concessionari d'auto.

«Niente. È solo che mi piacciono i libri e—»

«Possiamo evitare di divagare?» sbottò lui, evidentemente ancora di cattivo umore dopo il mancato duello con Tom.

Luna mi rivolse uno sguardo gentile: «La biblioteca è davvero magnifica, ma è progettata per i gatti. Temo che non riusciresti a passare dalla porta, tesoro.»

E fu così che il mio sogno si infranse. Non mi era stato concesso neanche il tempo di immaginarmi rifugiata tra pile di antichi libri magici. *Sigh*.

Merlino si accucciò con le zampe sotto al corpo, delegando a Luna il compito di avere a che fare con me.

Lei si alzò in piedi e si stiracchiò, tenendo la coda ben alta: «Abbiamo trovato l'incantesimo che ci serve, e dovrei avere tutti gli ingredienti necessari nel mio giardino. Non avendo più poteri magici, non potrò preparare la pozione io stessa, ma so come fare. Posso dare istruzioni a Merlino affinché la prepari. O a te.»

Oh, giusto! In qualità di famiglio di Merlino, fungevo da contenitore per la sua magia. Una specie di caricabatterie portatile. Non potevo lanciare incantesimi, ma avevo una scorta di energia sempre a disposizione per il mio signore felino.

«C'è solo un problema» dissi non appena me ne resi conto. «Il tuo giardino si trova nella casa che apparteneva a Virginia. Non possiamo entrarci.»

Lei mi rivolse un sorriso diabolico: «Il giardino è all'esterno. Ci basterà passare di lì e prendere quello che ci serve.»

Feci una smorfia: «Si tratta di furto, lo sai?»

Merlino rise: «Dopo tutto quello che abbiamo passato ti preoccupi di rubare qualcosa? E comunque, il giardino è di Luna. È stata lei a coltivarlo e a occuparsi delle piante. A chi altri potrebbe appartenere se non a lei?»

«Non stare a pensarci troppo. Ti verrà mal di testa» mi suggerì Luna. Poi premette il corpo contro il fianco di Merlino: «Su, andiamo. Ci servono quegli ingredienti se vogliamo liberarci del fantasma.»

Sospirai. Ovviamente aveva ragione. Ma non mi sentivo comunque a mio agio all'idea di intrufolarmi in una proprietà che non ci apparteneva.

Tuttavia, quando i gatti prendevano una decisione, non c'era modo di far cambiare loro idea.

Così appoggiai una mano sulla schiena del mio Main Coon magico, rassegnata a ciò che sarebbe accaduto.

Gli sarebbe bastato sbattere le palpebre due volte e tutti e tre ci saremmo teletrasportati al giardino.

In realtà finimmo all'estremità del cortile, vicino a un grosso albero che conoscevo fin troppo bene. Rabbrividii, ricordando le altre volte in cui ero stata in quel luogo. Nessuna di esse si era rivelata piacevole. La prima volta io e Merlino vi avevamo fatto irruzione, finendo solo per ricevere aperte minacce dalla nostra nemica di allora, Luna. In seguito lei mi aveva rapita e usata per preparare un filtro d'amore, anche se all'epoca non lo sapevo. Ma il ricordo peggiore di tutti era lo scontro finale con Virginia e la malvagia maga dell'illusione che aveva tramato contro di noi. Durante lo scontro, quello stesso albero accanto al quale ci trovavamo ora aveva preso vita e combattuto al nostro fianco.

Spaventoso, spaventoso, spaventoso.

C'era da meravigliarsi che fossi restia a tornare in quel posto nel cuore della notte?

Un bagliore rosso attirò la mia attenzione. Mi voltai in fretta e furia, in parte aspettandomi di vedere un mago impazzito correre verso di me. Ma era solo il cartello IN VENDITA che sventolava nella brezza leggera.

Luna giunse al mio fianco e disse: «Virginia non aveva famiglia. Nessun parente. Era uno dei motivi per cui l'avevo scelta. È molto più facile addestrare un famiglio che non ha stretti legami emotivi.»

«È per questo che mi hai scelta?» chiesi a Merlino, valutando se dovessi sentirmi offesa. I maghi felini sceglievano individui rifiutati dalla società? Questo significava che i miei gatti mi ritenevano una perdente della quale nessuno avrebbe sentito la mancanza?

«È per questo che avevo scelto tua nonna» mi spiegò Merlino senza guardarmi. «Poi mi sono ritrovato con te quando lei se n'è andata.»

Sbuffai: «Grazie per avermelo ricordato.»

«Ehi, guarda che sono soddisfatto della mia scelta, a prescindere da come è stata fatta.»

Quelle parole mi fecero sorridere: «Ok. Siamo qui per gli ingredienti, giusto? Allora prendiamo quello che ci serve e andiamocene. Che ora qui viva qualcuno o meno, non mi sento a mio agio a ficcanasare in giro.»

«Il tuo senso morale è proprio discutibile a volte» disse Merlino sollevando il capo e fiutando l'aria. «Ma così sia.»

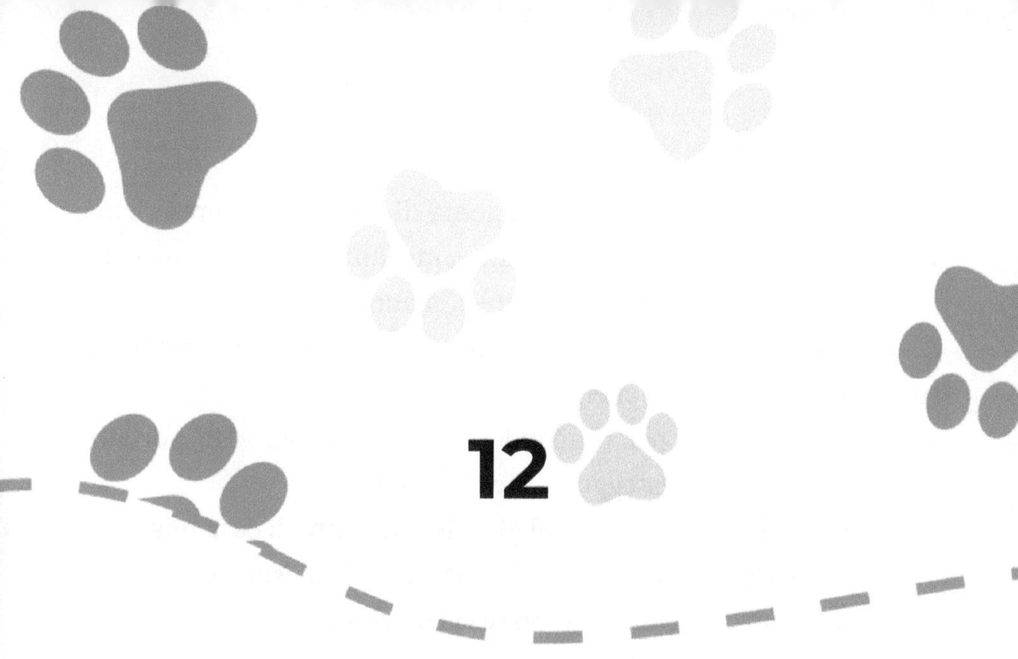

12

Luna ci fece strada nel giardino sul retro. Faticavo a vedere nell'oscurità della notte, ma i gatti procedettero senza esitazione a raccogliere varie erbe e fiori, adagiandoli in un mucchietto ai miei piedi.

«Ci vorrà ancora molto?» chiesi dopo qualche minuto.

Proprio allora una luce illuminò il cortile, accecandomi per l'improvviso bagliore.

«Ehi!» gridò qualcuno di fianco alla casa, mentre dei passi risuonavano frettolosi nella nostra direzione. «Chi è là?»

Rimasi immobile, sperando che Merlino ci teletrasportasse via di lì, prima che la proprietaria della voce ci raggiungesse.

Ma non fui così fortunata. Francamente credo che non ci avesse neanche provato.

«Gracy?» gridò la nuova arrivata con un sussulto. «Che cosa ci fai qui?»

Finalmente i miei occhi iniziarono ad abituarsi alla luce. Li strizzai per mettere a fuoco e la sagoma di fronte a me prese lentamente le sembianze di Kelley Carmine, mia amica nonché mio capo.

«Ciao» dissi agitando goffamente la mano.

«Che cosa ci fai qui?» chiese lei una seconda volta, avvicinandosi senza esitazione ora che ci eravamo riconosciute.

«Oh, beh...» Risi per nascondere il nervosismo. «Ho portato i miei gatti a fare una passeggiata al chiaro di luna.»

Lei piegò la testa di lato: «Nel giardino sul retro di casa mia?»

Feci un passo indietro: «Tua? Pensavo che questa casa fosse in vendita. Mi dispiace! Non mi sono resa conto—»

«Oh, va tutto bene.» Kelley agitò la mano come per minimizzare e fece una faccia buffa: «Non è ancora ufficialmente mia. Ma l'offerta che ho fatto è stata accettata proprio oggi, quindi presto lo sarà.»

«Congratulazioni, Kelley! È fantastico!» Sorrisi sollevata. Non mi piaceva ficcanasare a casa della mia amica senza essere stata invitata, ma era sempre meglio che se si fosse trattato di uno sconosciuto.

Le guance le si tinsero lievemente di rosso: «Sì, ora che gestisco un'attività, sto cercando di sistemarmi. Mi sarei sentita a disagio nella vecchia casa di mio padre, così ho fatto qualche ricerca e ho trovato questo cottage: è tanto grazioso. Sono venuta a prendere un po' di misure, così posso iniziare a pensare a come arredarlo.»

«Hai scelto una casa davvero carina. Questo giardino è splendido.»

Entrambe volgemmo lo sguardo verso i filari di erbe e fiori che riempivano almeno metà del giardino sul retro.»

Kelley scosse il capo: «Lo pensi davvero? Io non conosco neanche la metà di queste piante. In effetti stavo pensando di eliminare tutto e piantare dei tulipani. Sono i miei fiori preferiti e ho sentito dire che sono più facili da far crescere rispetto a molte altre piante.»

Luna sussultò e cadde sull'erba.

«Mmm, il tuo gatto sta bene?»

«Sì, sì. Luna sta benissimo. Stanno bene entrambi. Scusa se ci siamo presentati qui così all'improvviso. I gatti hanno fatto strada e io li ho seguiti.» Era la miglior scusa che avessi mai trovato, anche perché era assolutamente vera; mancava solo tutto il contesto reale.

«Va tutto bene. Come ho detto, non è ancora casa mia. Ma quando lo sarà, tu e i tuoi gatti sarete sempre i benvenuti.» Poi Kelley mi prese per mano e mi trascinò con sé: «Visto che sei qui, vieni a dare un'occhiata all'interno. Riesci a crederci, Gracy? Ho comprato una casa! O sto per farlo, poco importa! Una casa tutta mia!»

Risi mentre raggiungevamo insieme l'ingresso principale. Anche se era strano che Kelley avesse acquistato proprio quella casa, non ero per niente sorpresa del fatto che avesse già un posto tutto suo. Suo padre sarebbe stato davvero orgoglioso di lei.

Kelley armeggiò con la cassetta di sicurezza dell'agente immobiliare e ne estrasse una chiave. «Dovrai usare un po' l'immaginazione, ok? La proprietaria precedente aveva gusti davvero terribili, ma il mio agente mi ha assicurato che farà portare via tutto prima che mi ci trasferisca.»

Sorrisi e annuii mentre lei infilava la chiave nella serratura.

«Ci sono stampe floreali ovunque» esclamai non appena accese la luce. Ed era ovvio: quella era stata la casa di una maga della natura e del suo famiglio.

«È una cosa triste, vero? Non so come sia morta la proprietaria precedente, ma so che non aveva nessuno a cui lasciare la casa o la sua roba. Se ci penso, mi immagino questa povera vecchietta tutta sola, chiusa in questa casa decrepita, con solo uno o due gatti a tenerle compagnia.» Mi lanciò un'occhiata e si morse il labbro: «Senza offesa, eh.»

Oh cielo, si sbagliava completamente su Virginia.

«Intendi per i gatti?» chiesi con un sorriso scherzoso.

«Per la casa. Non dico che uno stile retrò non possa avere il suo fascino. È solo che...» Fece un cenno a indicare la stanza. «Ci sono davvero troppi fiori qui.»

Bene, a quanto pareva ero diventata lo stereotipo della vecchietta. *Magnifico.*

«Casa mia apparteneva a mia nonna» spiegai mentre ci dirigevamo in cucina. «Ho un sacco di bei ricordi di fatti avvenuti in quella casa esattamente così com'è. Non ho il coraggio di apportare dei cambiamenti.»

Kelley si accigliò, mortificata: «Oh, mi dispiace così tanto. Non avevo capito... Condoglianze.»

Ridacchiai: «Nonna Grace e viva e vegeta. Si è trasferita in Florida.»

«Un'ottima scelta, suppongo.» Mi fece l'occhiolino, poi mi guidò verso la sala da pranzo: «Presto inviterò te e gli altri colleghi a una bella cena per festeggiare.»

«Fantastico» dissi entusiasta.

«Oh, lo sarà eccome» promise, lo sguardo perso come se stesse visualizzando quella scena futura.

Io, dal canto mio, non riuscivo a pensare ad altro che a Virginia e agli orribili eventi che si erano verificati in quel luogo.

Beh, almeno sapevo che Virginia stava dando la caccia a me, quindi avrebbe lasciato in pace Kelley. Perché, per quanto potesse essere difficile proteggermi da uno spirito in cerca di vendetta, sarebbe stato ben più complicato proteggere la mia amica senza svelarle l'esistenza della magia.

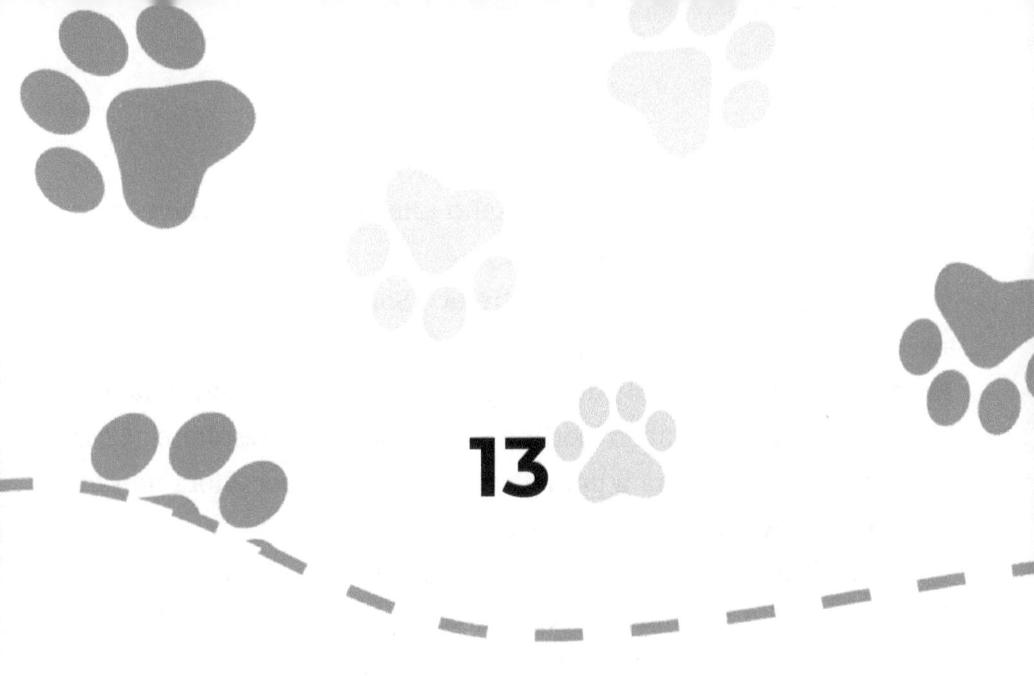

13

Dopo avermi mostrato la camera da letto principale, Kelley mi riaccompagnò all'ingresso e mi fissò con gli occhi chiari velati di preoccupazione: «Gracy, pensi che mi stia sobbarcando troppe responsabilità, tra la caffetteria e la casa nuova? Voglio dire, sono qui da appena un mese e... beh... non è stato un periodo facile, avevo appena conosciuto mio padre e poi lui è morto e—»

Le appoggiai una mano sulla spalla: «Va tutto bene, Kelley. Hai molte cose in ballo, ma so che puoi farcela. Stai facendo ottimi progressi con la caffetteria e farai grandi cose anche con la tua nuova casa.»

Mi fissò con gli occhi che le scintillavano: «Lo pensi davvero?»

«Certo che sì. Credo in te e ti sarò sempre accanto.» Sembrava che, aiutando Kelley ad affrontare la morte del padre, fossi diventata, seppur accidentalmente, la sua mentore. E mi andava bene. La apprezzavo e volevo che fosse felice. Inoltre, speravo non scoprisse mai che inizialmente l'avevo sospettata di aver ucciso suo padre. Ora sapevo bene che non avrebbe mai fatto una cosa tanto orribile. Non era proprio quel genere di persona.

Kelley sospirò e mi abbracciò stretta: «Sono davvero fortunata ad avere un'amica come te. Dico davvero. È come se avessi una morsa nel petto e più il momento della riapertura del locale si avvicina, più la sento stringersi. Inizio perfino a fare fatica a respirare. Cosa accadrà quando arriverà il gran giorno? Temo che per allora non mi sarà rimasto neanche un briciolo di ossigeno.»

Le diedi qualche colpetto d'incoraggiamento sulla testa come si fa con i bambini turbati. In effetti, Kelley era poco più che una bambina. Aveva già dovuto affrontare fin troppe difficoltà per una ragazza di diciotto anni. Anche se ero poco più grande di lei, non avevo nemmeno lontanamente così tante responsabilità beh, se non contiamo la faccenda del gatto magico con schiere apparentemente infinite di nemici.

«È solo ansia» le dissi, ricordandomi delle parole che una volta mi aveva detto mia nonna. «Può sembrare brutto, ma è anche una cosa positiva, sai?»

Kelley si scostò da me e mi guardò come se fossi impazzita: «Positiva? Com'è possibile?»

«Significa che ci tieni. La vita è molto più bella quando hai persone e cose importanti per te. E sai qual è l'aspetto migliore? Puoi imbrigliare l'ansia e trasformarla in motivazione. In forza per andare avanti. Sfrutta l'energia derivante dal nervosismo come propulsione per perseguire i tuoi obiettivi e vedrai che li raggiungerai in un batter d'occhi.»

«Sembri parlare per esperienza» disse con un sorrisino tirato.

Annuii: «Beh, così diceva mia nonna.»

«È un buon consiglio. Tua nonna ne aveva qualcuno anche sull'amore?»

Spalancai gli occhi a quella rivelazione: «Sei innamorata!»

Lei arrossì e abbassò gli occhi: «Beh, è solo una cotta e so di non avere tempo per pensare a queste cose, ora come ora, ma ogni volta che lo vedo entrare in caffetteria... Ops, ho già detto troppo.»

«Kelley!» sussultai, afferrandole le braccia e costringendola a guardarmi negli occhi: «Ti prego, dimmi che non si tratta di Drake.»

Lei si strinse timidamente nelle spalle: «Lo so, lo so. È sempre così disinvolto, come se non gli importasse niente di ciò che gli altri pensano di lui. Vorrei avere altrettanta sicurezza in me stessa.»

«Per te l'opinione degli altri è importante, e va bene così. È perché tieni a loro. E questo è molto meglio della fredda sicurezza di Drake.»

«Forse. Ma è così intelligente, sa un sacco di cose sugli argomenti più disparati.»

«Ha una cultura di base un po' su tutto» dissi, citando le sue parole di quella sera.

«Esattamente!» disse Kelley con espressione romantica. «Credi che abbia una possibilità con lui?»

«Beh, tecnicamente sei il suo capo. Sono piuttosto certa che sia vietato per legge.»

Il suo volto si accigliò: «Hai ragione. A che diavolo stavo pensando? E comunque, ora non ho tempo per una relazione.»

«Ehi. Arriverà il momento giusto anche per questo. E un giorno troverai un uomo che sarà felicissimo con te. Guarda cosa hai già realizzato con l'attività e la casa!» Detestavo scoraggiarla, ma sapevo che Drake era interessato a un'altra. E quell'altra ero io. Quanto avrei voluto che non fosse così, soprattutto sapendo che Kelley sarebbe stata ben lieta di trovarsi al mio posto come oggetto delle sue attenzioni.

Lei sorrise: «Hai ragione anche questa volta. Ora dovrei lasciarti tornare dai tuoi gatti prima che scappino via, non credi?»

Giusto, i gatti.

La salutai con un rapido abbraccio: «Grazie per avermi mostrato la casa. È proprio carina. Congratulazioni, Kelley. Ci vediamo al lavoro!»

Uscii e mi fiondai al giardino sul retro, utilizzando la torcia del cellulare per vedere dove mettevo i piedi. Trovai entrambi i gatti in piedi accanto al vecchio pozzo che un tempo era stato il calderone di Luna.

Lei aveva un'espressione di totale struggimento d'amore, mentre Merlino era l'immagine stessa della rabbia. Li avevo forse interrotti mentre si scambiavano effusioni? *Sul serio?*

«Se avrete dei cuccioli, sappiate che non ho nessuna intenzione di allevarli io» ringhiai nel buio.

«Basta così» ruggì Merlino. «Non è colpa nostra se ci hai impiegato un'eternità a tornare. Dovevamo pur fare qualcosa per far passare il tempo. Ora siamo pronti ad andare, Vostra Altezza?»

Annuii stupidamente.

«Allora appoggia una mano su di me, così ci teletrasportiamo a casa» mi ordinò.

Esitai: «Ehm, ok.»

Luna fece un passo avanti, gli occhi azzurri che assunsero una tonalità rossastra alla luce della torcia: «Gracy, tesoro. So a cosa stai pensando, ma va tutto bene. Ci stavamo solo toelettando un po' a vicenda.»

Toelettando, come no.

Non volevo restare bloccata in quella situazione imbarazzante nemmeno un istante più del necessario, così appoggiai una mano sulla testa di Merlino.

Lui sbatté le palpebre due volte e ci ritrovammo a casa.

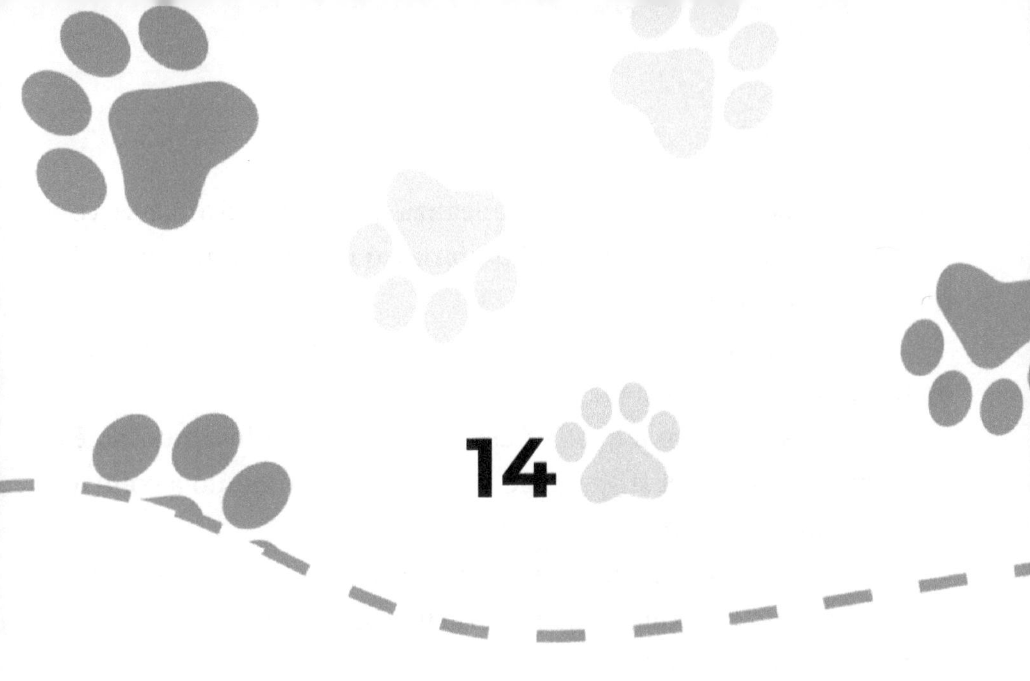

14

«Aspetta!» gridai non appena i miei piedi si posarono sul pavimento di linoleum della cucina. «Abbiamo dimenticato gli ingredienti per l'incantesimo!»

«Ci abbiamo già pensato mentre ti aspettavamo» disse Merlino, facendo un cenno con il capo verso il tavolo, sulla cui superficie era stata sparsa una notevole varietà di piante.

«E questo a cosa serve?» chiesi prendendo in mano l'unico oggetto presente sul tavolo: una decorazione da giardino in ceramica a forma di rana dalla gigantesca bocca aperta.

Luna sorrise con aria malinconica: «Quello apparteneva a Virginia. Lo teneva sul portico. Lo usava per nasconderci la chiave di riserva.»

«Come chiunque altro nello stato della Georgia» scherzai. Sul serio, perché tenere una chiave di riserva per nasconderla in un luogo così ovvio? «Perché lo hai portato qui? Senti la sua mancanza, Luna?»

La gatta, solitamente docile, mi soffiò: «Cielo, no! Come puoi anche solo pensare che senta la mancanza di quel mostro? Ci serve qualcosa che sia appartenuto allo spirito quando era in vita. Ci aiuterà a evocarlo e intrappolarlo.»

«Per evitare di intrappolare il fantasma sbagliato?» chiesi, impassibile. «In effetti fanno la fila alla porta di casa.»

Luna scosse il capo a quella frase sarcastica: «Un incantesimo è molto più potente se ci si aggiunge un oggetto appartenuto a colui a cui si intende lanciarlo.»

Oh sì. Lo sapevo. «Come quando hai usato il pelo di Merlino per il filtro d'amore?» sottolineai sollevando un sopracciglio.

Lei tossicchiò: «Esattamente.»

«Quindi è tutto pronto? Possiamo preparare la pozione?»

«Porta tutto in giardino, così potremo iniziare» mi disse la gatta, e io mi affrettai a obbedire.

Nuovamente mi chiesi quanto fosse saggio tenere il calderone nel cortile davanti a casa, ma, se non altro, l'ora era abbastanza tarda da non doversi preoccupare dei vicini ficcanaso.

I gatti prepararono insieme la pozione, mentre io tenevo d'occhio la strada, nel caso in cui fosse stato necessario dare l'allarme.

Fortunatamente, impiegarono pochi minuti per terminare l'operazione.

«Gracy, vieni a prendere questo» mi chiamò Luna quando ebbero finito.

Nella vasca c'era la piccola rana di ceramica, la bocca piena di un liquido verde scuro. Sembrava una di quelle disgustose misture che mia madre preparava con il frullatore e cercava di costringermi a bere la mattina prima di andare a scuola.

Non mi importava niente che fossero ricche di antiossidanti: mi rifiutavo di ingerire una roba che sembrava raschiata via dal fondo di uno stagno e ne aveva anche il tanfo.

Riuscii a stento a reprimere una battuta quando sollevai la rana piena di pozione e la portai in casa.

«Mettila nell'angolo del corridoio» mi istruì Luna. «Nel posto in cui abbiamo percepito il fantasma in formazione la scorsa notte.»

«A che cosa serve, di preciso?» dissi dopo aver seguito alla lettera le sue istruzioni.

«Aiuterà Virginia a materializzarsi più rapidamente, poi la intrappolerà e noi potremo affrontarla.»

«E come pensiamo di affrontarla?»

«Eh, ci penseremo quando sarà il momento» aggiunse Merlino stiracchiandosi pigramente.

«Magnifico» mormorai, versando delle crocchette nelle ciotole dei gatti. «Sono lieta di sapere che stiamo facendo tutto il possibile per la nostra sicurezza. Ora, se non avete più bisogno di me, andrei a dormire.»

I gatti si precipitarono a mangiare. Ma prima di affondare la testa nella ciotola, Merlino lanciò uno sguardo al tavolo e si accigliò: «Luna, amore mio, abbiamo forse dimenticato uno degli ingredienti della pozione?»

Lei smise di mangiare e sollevò il capo: «No. Ci abbiamo messo tutto il necessario.»

«Allora che cos'è quello?» chiese lui puntando il naso verso il tavolo, dove il fiore che Drake mi aveva regalato faceva ancora bella mostra di sé in una caraffa semivuota.

Entrambi lanciarono uno sguardo al tavolo e poi a me.

«Gracy» disse Luna con una vocina cantilenante. «Quello non viene dal mio giardino. È forse tuo?»

No, no, no. Avevo sperato che saremmo stati abbastanza impegnati da risparmiarmi le prese in giro dei gatti sul mio mancato appuntamento. Avevano già infierito a sufficienza prima dell'arrivo di Drake e ora non avevo la forza di sopportare le loro battutine una seconda volta.

«Si tratta di un regalo. Non sono affari vostri» dissi incrociando le braccia sul petto.

«Da parte del tuo nuovo ragazzo?» chiese Luna, la coda che ondeggiava da una parte all'altra, deliziata.

«Come abbiamo detto che si chiama?» chiese Merlino sollevando una zampa posteriore per grattarsi dietro l'orecchio.

«Drake» rispose prontamente Luna.

«Non è il mio ragazzo. Neanche per idea» dissi a denti stretti.

«Ma ti ha portato un fiore» sottolineò Luna. «Voi umani non lo considerate un gesto romantico?»

«Sì, io gli piaccio. Ma lui non piace a me. Piace alla mia amica in realtà. Ops, non importa. Possiamo evitare questa scenetta da scuole elementari?»

«Che cosa sono le scuole elementari?» chiesero entrambi, l'attenzione ormai completamente incentrata su di me.

«È il posto in cui vanno i cuccioli umani quando compiono sei anni.»

«Io ho solo un anno» disse Merlino stringendosi nelle spalle.

«Anch'io» gli fece eco Luna.

«Allora suppongo che per il momento non ci riguardi» disse Merlino con un sorriso. «Piuttosto, vogliamo sapere: Drakeuccio bello ti ha dato il bacino della buona notte?»

«Me ne vado a dormire!» strillai, poi mi diressi in camera mia a passo di marcia e chiusi la porta, sbattendola forte per la seconda volta in quella giornata.

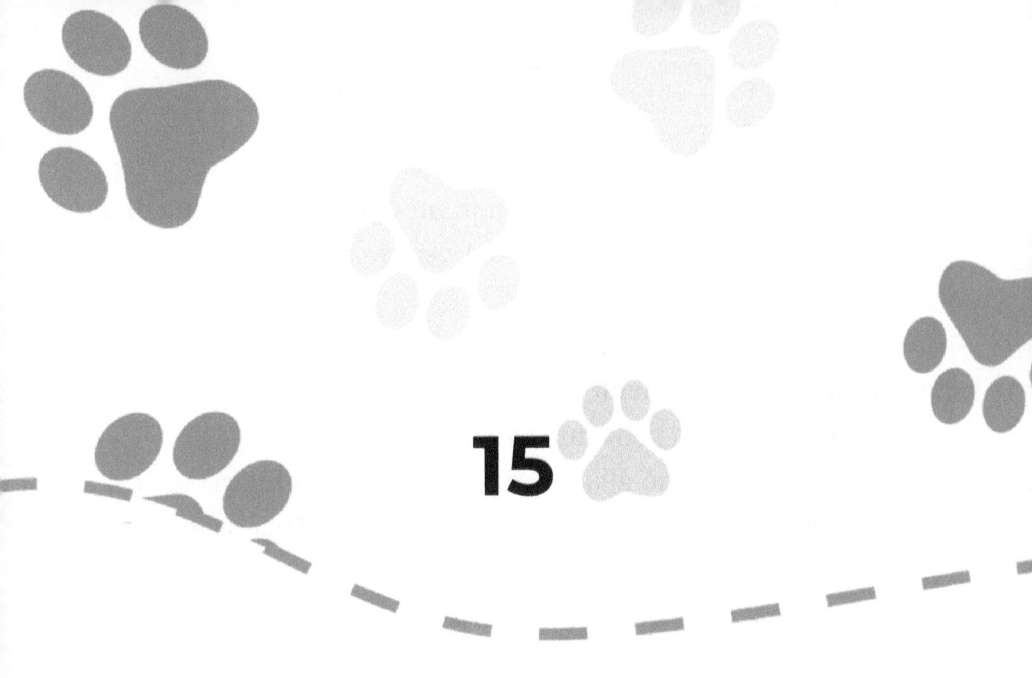

15

La mattina dopo venni svegliata dai luminosi raggi del sole che filtravano fra le persiane. Uffa! Dovevo proprio investire un po' di soldi per far installare delle tende oscuranti se non volevo svegliarmi ogni giorno all'alba.

Dopo un breve sosta in bagno, mi trascinai in cucina: puntai dritta al mio elettrodomestico preferito, ci infilai una cialda e attesi che la bevanda fosse pronta.

Il caffè mattutino era diventato ancora più fondamentale, adesso che ogni bevanda servita al locale era aromatizzata alla zucca. Mi piaceva concedermi ogni tanto un latte macchiato aromatizzato durante l'autunno, ma ora che Kelley ci sottoponeva a quell'overdose di zucca, mi ero convinta che le bevande stagionali fossero tali per validi motivi.

«Che stai facendo?» chiese Merlino saltando sul bancone della cucina e strofinando il muso contro la macchina da caffè.

Lo spinsi via: «Non farlo. Detesto trovare i tuoi peli nella tazza.»

«Ma è calduccia e vibra, è così piacevole!»

«A proposito di cose piacevoli, non mi è piaciuta la scena di ieri sera in giardino. È ora di andare dal veterinario e fargli dare una sistemata a te e a Luna.»

Non ero ancora del tutto sveglia, ma non riuscivo a scacciare quell'immagine dalla mente. Era come se quella scena disgustosa fosse impressa a fuoco nella mia memoria.

Merlino si riavvicinò alla Keurig e riprese a strofinarvi contro la guancia. Emise fusa di soddisfazione e chiese: «Una sistemata? E perché? Non abbiamo mica niente che non va. Ok, Luna ha perso i suoi poteri, ma a parte questo sta benissimo.»

«Sarebbe un gesto irresponsabile far venire al mondo dei gattini quando ci sono già tanti poveri gatti in attesa di adozione nei gattili.» Inoltre, avevo la sensazione che i miei doveri di famiglio avrebbero incluso fare da cat-sitter ai micetti, e la mia vita era già abbastanza complicata senza dovermi prendere la responsabilità di altri esseri viventi, ancor più se si trattava di fragili cuccioli.

«Aspetta. Non starai dicendo che...?» Merlino inarcò la schiena ed emise un soffio terrificante. Arrivò perfino ad assestarmi una zampata.

«Vuoi farmi manomettere le parti intime? Credevo che le storie su questa barbara usanza umana fossero solo invenzioni create per spaventare i piccoli maghi all'ora di andare a letto. Ma tu... Il mio famiglio? Ti prego, dimmi che stai scherzando!» Svenne cadendo su un fianco, muovendo furiosamente le zampe come se stesse sognando di correre. A quanto pareva, era così che si manifestava un attacco di panico nel mio gatto.

Ops. Continuavo a dimenticare quanto fosse diversa la prospettiva di gatti ed esseri umani su certe questioni. Su questa in particolare, avrei dovuto aspettarmelo.

Il caffè era finalmente pronto e dovetti usare un cucchiaino per ripescare il lungo pelo striato che ci era finito dentro. Non avrei dovuto affrontare quella conversazione senza una bella tazza di caffeina in circolo.

Purtroppo però l'avevo fatto, quindi ora dovevo portare a termine il discorso: «Si tratta di un intervento chirurgico estremamente semplice e non invasivo, in particolare per gli esemplari maschi.»

Merlino balzò in piedi, i peli del collo ancora ritti: «Se è un intervento così semplice, perché tu non l'hai fatto?»

«Non è la stessa cosa per gli umani. E poi vorrei avere dei figli, un giorno.»

Merlino si trasformò di nuovo nel gatto di Halloween. Caspita, non ne stavo combinando una giusta quella mattina. «E non pensi che io e Luna vorremmo coronare il nostro amore con dei cuccioli a cui trasmettere tutto il nostro affetto? Inoltre, se ben ricordi, sono l'ultimo discendente vivente del grande Merlino. Non posso certo permettere che una dinastia magica di tale importanza si estingua con me.»

«Ma i poveri gatti del gattile?» piagnucolai in modo patetico.

«Ascolta, ti parlo con il cuore in mano. Luna ha già perso i suoi poteri magici. Non strapparle anche la possibilità di diventare madre.»

Sollevai un sopracciglio e bevvi con cautela un sorso di caffè dalla tazza. Ciò nonostante, finii con del pelo di gatto in bocca. *Che schifo!*

Merlino sospirò: «Ancora una volta non riesco a comprendere il tuo senso morale. E comunque, se tieni così tanto ai gatti del gattile, troveremo un modo per aiutarli. C'è un sacco di posto a Nocturna. Tu portali qui e io li posso portare là.»

«Me lo prometti?» Bevvi un altro sorso di caffè.

«Se è quello che serve per mantenere la pace in casa nostra e le mie parti intime intatte, allora siamo d'accordo.» Si avvicinò al bordo del bancone e sollevò amichevolmente la coda; gli diedi dei colpetti delicati sulla testa.

«Grazie. E già che ne stiamo parlando, penso che tu e Luna dovreste aspettare un po' prima di metter su famiglia.»

«Perché? Siamo già una coppia stabile. A noi gatti non serve un pezzo di carta che ci dica ciò che sappiamo già nel profondo del cuore.»

«Sarà, ma ora come ora abbiamo già parecchi problemi da affrontare. Tra cui un fantasma. E sappiamo entrambi che Dash non ci metterà molto a rifarsi viva. Non mi sembra il momento giusto per mettere al mondo un bambino o, ehm, una cucciolata.»

«Giusta osservazione. Ora abbiamo finito con questo scambio di vedute così personale? Perché sono davvero stufo.»

Arrossii: «Sì, scusa.»

«Voglio dire, non mi hai nemmeno chiesto del fantasma, dopo tutti gli sforzi che abbiamo fatto. Sei passata direttamente a parlare delle mie parti intime.»

«Hai ragione. Ti chiedo scusa. Ora possiamo smetterla di parlare delle tue parti intime?»

Lui si strinse nelle spalle: «Se non vuoi parlare di una certa cosa, non iniziare la conversazione.»

«Mi dispiace, mi dispiace. Ora dimmi del fantasma» lo scongiurai.

Merlino inarcò di nuovo la schiena, ma questa volta per stiracchiarsi. Poi saltò sul tavolo e attese che lo raggiungessi: «Allora...» cominciò.

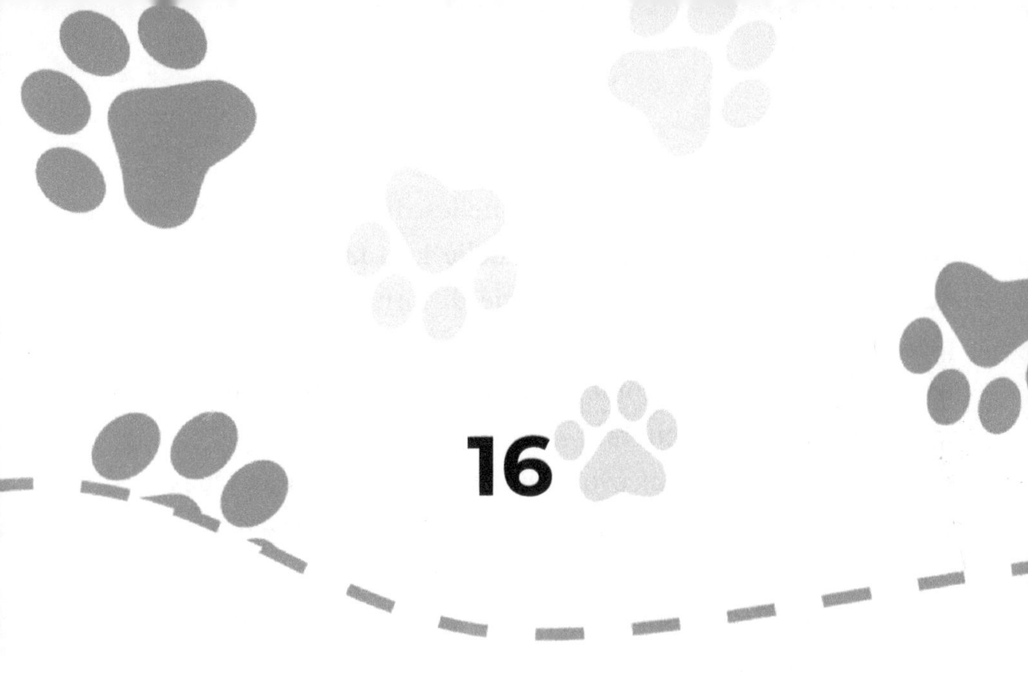

16

Detestavo quando faceva il vago a quel modo. «Allora cosa? Abbiamo catturato o no il fantasma?» chiesi. Poi mi resi conto che c'era qualcos'altro di strano quella mattina: «Ehi, ma dov'è Luna?»

Da quando viveva con noi, non li avevo praticamente mai visti separati. Ogni mattina quando mi alzavo li trovavo insieme, intenti a crogiolarsi nella gioia del loro amore.

Merlino fiutò l'aria prima di rispondere alla mia domanda: «Luna è uscita a fare una passeggiata. Ha detto che aveva bisogno di un po' di tempo per se stessa. Dall'odore direi che si trova a circa due isolati da qui e sta facendo ritorno.»

Tempo per se stessa? Mmm. Significava forse che c'erano problemi in paradiso? I miei gatti erano già passati una volta da innamorati ad acerrimi nemici e poi, nuovamente, a innamorati. Stavo iniziando a pensare che fossero gli alter ego felini di Ross e Rachel. Avrebbero fatto meglio a non prendersi una pausa tanto presto, perché non ero pronta a gestire una crisi di coppia!

Ovviamente tenni per me quelle riflessioni. Io e Merlino avevamo già discusso abbastanza delle loro faccende personali per quel giorno e non avevo intenzione di tornare sull'argomento. Per nessun motivo. Dovevo resistere all'impulso di svolgere il ruolo della terapeuta di coppia. E, comunque, quei due erano ben più esperti di me nelle questioni di cuore.

Vedendo che non dicevo nulla, Merlino continuò. Questa volta decidendosi a parlare del fantasma: «Non è venuto» disse con uno sbadiglio annoiato. «Io e Luna abbiamo atteso per tutta la notte e quel fetente di uno spettro non ha avuto neanche la cortesia di passare per un salutino.»

Afferrai la tazza con entrambe le mani e sospirai.

«È una buona notizia, no? Voglio dire, noi non lo vogliamo qui.»

«Se è venuto una volta, puoi scommettere che tornerà. Il fatto che non sia stato stanotte complica solo le cose per tutti noi, e questo mi irrita.» Frustò l'aria con la coda a sottolineare quell'affermazione.

«Forse Virginia sa che le abbiamo teso una trappola?» Io al suo posto mi sarei tenuta alla larga. Forse avrebbe scoraggiato anche lei dal rifarsi viva.

«Forse» rispose pensieroso. «Non ne so molto sui fantasmi. Ma suppongo che non saprà della pozione finché non avrà iniziato a materializzarsi, e allora sarà troppo tardi.» Su questo aveva ragione. C'erano un sacco di cose che non sapevamo sul nostro futuro fantasma, e questo rendeva tutto più complicato.

La gattaiola si aprì rumorosamente e Luna entrò di corsa.

«Com'è andata la passeggiata, amore mio?» chiese Merlino; poi saltò giù dal tavolo per strofinare il muso contro quello di lei. Stessa scena già vista con la macchina da caffè. Se non altro, Luna era ricoperta di pelo già di suo.

«È stato piacevole prendere una boccata d'aria mentre riflettevo sui motivi per cui Virginia non è venuta a farci visita questa notte» rispose con prontezza la gatta bianca.

Quindi mi ero totalmente sbagliata sulla questione dei problemi in paradiso. Avevo fatto ben a non dire niente in proposito. Dovevo proprio tenermi fuori dalla loro relazione e lasciare che fossero loro a gestire la cosa. Questa volta avevo imparato la lezione.

«Devi smetterla di incolparti» disse dolcemente Merlino.

Entrambi saltarono sul tavolo per coinvolgermi nella discussione.

«Diglielo anche tu, Gracy» mi implorò Luna, gli occhi azzurri colmi di rimorso. «Virginia era il mio famiglio. Sono stata io a sceglierla. Non mi sono accorta che il suo animo era corrotto. È tutta colpa mia.»

Allungai una mano per accarezzarle la schiena: «Merlino ha ragione. Noi puoi incolparti così. A volte le cose brutte capitano anche alle brave persone o ai bravi gatti. È così che va la vita.»

«Allora la vita fa schifo» disse lei tirando su col naso.

«Sì, a volte» concordai. «Ma tu hai anche molte cose per cui sentirti grata. Sai, proprio questa mattina Merlino—» Mi interruppi bruscamente. Stavo per farlo di nuovo, interferire nella loro relazione. «Mi diceva quanto è fortunato ad averti.»

Il Maine Coon mi fece l'occhiolino e Luna sembrò rilassarsi.

«A quali conclusioni sei giunta durante la passeggiata? Perché Virginia non è venuta a farci visita?» chiesi dopo un po', stufa del protrarsi del silenzio. Era quello il problema del parlare con i gatti: erano grandi appassionati delle pause piene di tensione. Inoltre, non avevano mai fretta, quindi anche la più semplice conversazione poteva trascinarsi per ore se non mi impegnavo io a farla andare avanti.

«Forse non si tratta di Virginia» disse Luna. «Magari non è nemmeno qui per noi, bensì per la casa.»

«Teoria interessante» dissi lentamente, anche se ero totalmente in disaccordo con quella dichiarazione.

«Se si tratta di Virginia, siamo pronti ad affrontarla con la pozione. In caso contrario non abbiamo nulla da temere» riassunse Merlino.

«Suppongo di sì» dissi bevendo un altro sorso di caffè. Ormai era già quasi a temperatura ambiente, così lo tracannai e mi alzai per andare a prepararne un'altra tazza.

«C'è qualcos'altro che dovremmo fare?» chiesi frugando nel cestello delle cialde e scegliendo una deliziosa miscela francese.

«Ora non ci resta che aspettare» disse Merlino in tono annoiato. «Se il fantasma tornerà, potremo affrontarlo; se non farà ritorno, non saremo più in pericolo.»

Io e Luna annuimmo, ma dubitavo che la questione sarebbe stata così semplice.

Ed ero convinta che lo sapesse anche lui.

17

Trascorsero alcuni giorni senza nessun cenno da parte del nostro visitatore spettrale. Anche se avevo dubitato che la teoria di Luna fosse corretta, ora dovevo ammettere che era del tutto plausibile che non si trattasse di Virginia. Per precauzione, comunque, telefonai a nonna Grace per accertarmi che fosse viva e vegeta. Non aveva molto tempo per chiacchierare, perché la residenza di lusso per pensionati in cui viveva organizzava un sacco di imperdibili ed emozionanti eventi sociali, ma mi assicurò che non era mai stata meglio e che presto sarebbe venuta a trovarmi.

E così, mentre i giorni passavano, mi concentrai sul lavoro e sul tentativo di andare avanti con la tesi. Drake e io chiacchieravamo più di quanto avessimo mai fatto in passato, ma io mi sforzavo di mantenere platonico il nostro rapporto in modo che Kelley non si ingelosisse e lui non si facesse un'idea sbagliata.

Era un bravo ragazzo, però io non avevo tempo per una relazione mentre cercavo ancora di abituarmi al mio ruolo di famiglio. E quando, prima o poi, avessi deciso di rimettermi in gioco dal punto di vista sentimentale, avrei avuto bisogno di qualcuno di più ambizioso di Drake, e che sapesse cosa voleva fare nella vita. Riuscivo a immaginarmi benissimo noi due procedere per inerzia, con il sostegno finanziario di mia nonna e dei suoi genitori, continuando a lavorare alla caffetteria fino al giorno in cui saremmo morti. Non era la vita che volevo, né quella che meritavo.

Kelley, al contrario, aveva spirito d'iniziativa sufficiente per entrambi. Sarebbero stati proprio una bella coppia, se Drake avesse mai ricambiato i suoi sentimenti. Comunque fosse andata, sarebbe stato interessante vedere gli sviluppi della loro storia.

Io, una volta tanto, ero contenta di avere tempo di preoccuparmi di questioni simili. Ogni giorno che passava mi preoccupavo meno del fantasma. Ogni notte dormivo meglio. E durante la giornata riuscivo a concentrarmi sui miei gatti, sulle persone che avevo intorno, provare nuove tecniche di make-up, rilassarmi e godermi la vita.

Era davvero magnifico, poi...

Una notte ero nel bel mezzo di uno splendido sogno in cui vincevo una scorta a vita di prodotti per il trucco: erano quelli del mio marchio preferito non testato sugli animali—

Miiiaaaaaaoooooo!

REOW! HISSS!

Miiiaaaaaaoooooo!

Mi alzai di scatto dal letto mentre i gatti continuavano a miagolare furiosamente nel corridoio. Poteva significare una cosa sola: il fantasma era tornato. E proprio quando avevo iniziato a convincermi che la sua prima visita fosse stata solo una coincidenza.

Indossai la vestaglia appesa alla porta e uscii in corridoio. I gatti erano fuori dai gangheri.

E intendo letteralmente.

Merlino aveva già iniziato a scalciare con le zampe posteriori in quella manovra ormai familiare che significava...

«No! Fermati! Niente fulmini in casa!» gridai, ma era troppo tardi.

Una saetta si schiantò sul tetto, creando una voragine e illuminando l'imprevedibile spirito. All'improvviso, una chiazza di blu apparve proprio nel punto che i gatti continuavano a fissare. Ora lo vedevo anch'io.

Oh, Merlino! Voleva distruggere il fantasma, ma così facendo lo aveva solo rafforzato.

In casa risuonò un botto, poi calò il silenzio. Era perfino più buio di prima.

«Merlino, hai fatto saltare la corrente» gridai, incapace di staccare gli occhi dalla massa blu trasparente che fluttuava, informe, a pochi metri da me nel corridoio.

Poi iniziò a piovere dentro casa.

«Merlino!» gridai.

«Non sono stato io» strillò lui.

Alzai lo sguardo e vidi che, effettivamente, la pioggia arrivava da un buco nel tetto. Ci sarebbe voluta una bella cifra per ripararlo. «Sarà meglio per te che tu lo sappia aggiustare con la magia!» borbottai.

«Ti preoccupi di *quello* quando c'è qui *questo*?» gridò Luna gesticolando freneticamente verso il fantasma.

Il movimento improvviso spaventò lo spirito, che schizzò lungo il corridoio finendo a sferragliare per la cucina.

«Perché l'incantesimo non lo ha catturato?» chiesi ai gatti.

Miiiaaaaaaoooooo!

REOW! HISSS!

Miiiaaaaaaoooooo!

Non era la risposta che volevo. Non si stavano mostrando molto d'aiuto in quella situazione, considerando che si limitavano a urlare contro il fantasma anziché cercare di catturarlo.

Pensandoci bene, però, avevo urlato parecchio anch'io. Uffa.

Ma la reazione iniziale non aveva importanza. Qualcuno doveva fare qualcosa e, a quanto pareva, quel qualcuno dovevo essere io.

Marciai in cucina e incespicai nel tavolo. Ahia!

L'unica luce veniva proprio dal fantasma, grazie al blackout causato dal fulmine di Merlino. Quella massa blu pulsante non aveva un aspetto umano, ma che altro poteva mai essere?

«Ehi, Virginia» chiamai, sforzandomi di nascondere il tremito nella voce. «Perché sei qui? Che cosa vuoi?»

Il fantasma fluttuò più vicino a me e mi ci volle tutto il coraggio che avevo per non correre fuori di casa urlando. Non potevo prendermela con i gatti, visto che mi stavo comportando esattamente come loro.

Lo spirito continuò ad avvicinarsi, lento come melassa che cola. Sarei potuta scappare, ma rimasi lì, impietrita, incapace di staccare gli occhi da quella vista spettrale.

Qualche istante dopo si fermò di fronte a me, a meno di trenta centimetri.

E poi, con una terribile eco stridente che mi fece correre un brivido lungo la spina dorsale, disse: «Chi è Virginia?»

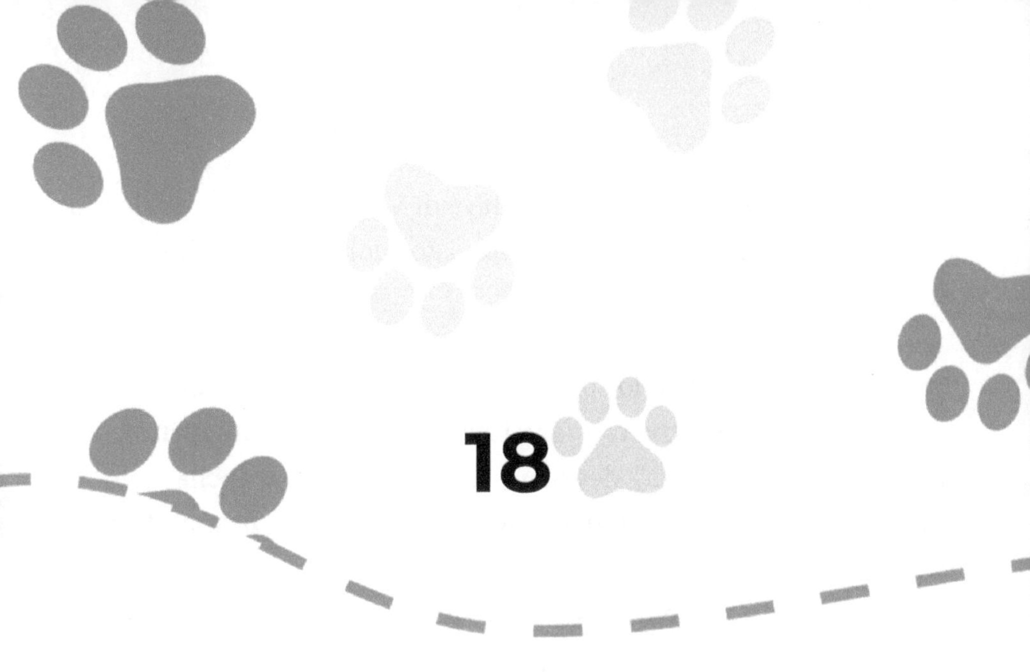

18

Non era facile da capire, dato lo strano modo in cui riecheggiava la voce, ma ero abbastanza certa che il fantasma fosse un maschio.

«Chi sei?» mormorai. Non riuscivo a credere di stare davvero parlando con un fantasma. Di tutte le cose folli che erano successe nelle ultime settimane, questa era di gran lunga la più incredibile. Avevo raggiunto un nuovo picco di stranezza e non ero sicura che mi piacesse. Beh, se non altro lo spirito sembrava amichevole. Mi era andata sicuramente meglio che se si fosse davvero trattato di Virginia.

«Gracy?» chiese il fantasma, avvicinandomisi così tanto che, ora, la massa blu luminescente si trovava a pochi centimetri dal mio viso.

«Uh, signor fantasma?» risposi stupidamente.

«Non ho mai voluto diventare un fantasma» gemette la strana creatura, mentre la luce blu tremolava. «Non so perché sono qui e non so perché sono venuto da te.»

Fu allora che, finalmente, riconobbi qualcosa di familiare in quella voce inquietante. Non si trattava di Virginia, ma era qualcuno che conoscevo, qualcuno che avevo visto morire non molto tempo prima.

«Harold?» chiesi, incredula. «Sei davvero tu?»

«Sono io» confermò lo spirito. Wow, non riuscivo a credere che il mio ex capo fosse tornato a farmi visita sotto forma di spettro. Mi detestava e, ancor più, detestava dovermi *pagare* anche solo il minimo sindacale per tutte le ore che trascorrevo lavorando alla caffetteria.

«Non c'è da meravigliarsi che l'incantesimo non abbia funzionato» mormorai tra me e me, ripensando all'inutile rana di ceramica nel corridoio. «Era stato preparato per Virginia e tu chiaramente non sei lei.»

«Chi è Virginia?» chiese nuovamente Harold.

«Non ha importanza» risposi di getto. Preferivo non dirgli che era la persona che lo aveva ucciso. Deglutii, invece, e chiesi: «Che cosa ci fai qui? Perché sei venuto a farmi visita, Harold?»

«Non lo so» rispose, mentre la luce blu riprendeva a pulsare. Mi chiesi se quel colore fosse una coincidenza o se fosse più, che so, un indicatore del suo stato d'animo. Un fantasma malvagio sarebbe stato rosso? Uno magico verde? Questione interessante, ma non era questo che contava ora.

«Hai qualche questione in sospeso?» domandai dopo essermi passata la lingua sulle labbra secche.

«È difficile ricordare in questa condizione» replicò con quell'eco stridente. «Ma dammi un momento e ci proverò.»

Mentre attendevo che Harold facesse mente locale, i gatti uscirono lentamente dal corridoio e giunsero al mio fianco in cucina.

«Che cosa vuole?» chiese Merlino, sferzando l'aria con la coda con tanta forza da produrre uno schiocco quando mi colpì la gamba.

«Un gatto parlante!» gridò Harold terrorizzato, schizzando indietro verso il lavandino.

«Sì, è un gatto parlante e tu sei un fantasma. Cosa pensi sia più spaventoso?» chiesi, inclinando la testa di lato, incredula. «E comunque l'hai sentito parlare anche prima nel corridoio. L'hai anche visto evocare un fulmine, ricordi?»

«Oh, credo di sì.» La sagoma indistinta di Harold si riavvicinò a noi, rischiando di andare a sbattere contro Luna questa volta. «E questo qua mi ha minacciato!» piagnucolò il fantasma quando riconobbe la gatta bianca.

«Ho un nome: Luna» soffiò lei inarcando la schiena.

«Argh! Un gatto parlante!» gridò Harold sfrecciando per tutta la casa.

Oh, cielo. Ci sarebbero voluti tempo e pazienza.

Dovevo prendere il controllo della situazione o saremmo andati avanti così per tutta la notte. «Harold, sei venuto qui per un motivo. So che fatichi a ricordare, quindi proverò a farti delle domande per aiutarti. Ok?»

Lui rimbalzò su e giù, gesto che interpretai come un cenno di assenso.

«Sei qui per la causa della tua morte?»

«Sono stato avvelenato.»

«Sì, esatto, Harold. Sei stato avvelenato.» Ops, la mia voce era acuta e infantile proprio come quando parlavo con Merlino prima che lui iniziasse a rispondere, ovviamente. Quando ancora davo per scontato che fosse semplicemente una simpatica palla di pelo. Anche se Harold sembrava innocuo, il fantasma che mi trovavo di fronte non aveva niente in comune con un tenero micione.

«Beh, potresti anche evitare di sembrarne tanto lieta» protestò.

«Oh, fidati di me, non ne sono affatto contenta.»

Sigh. Potevo benissimo dirgli la verità e togliermi quel peso dal petto. Tanto se ne sarebbe dimenticato nel giro di pochi istanti. «Mi dispiace molto. Sei stato assassinato perché qualcuno voleva arrivare a me.»

«Ma lei ti ha vendicato» aggiunse Merlino saltando sul tavolo e avvicinandosi al globo blu parlante. «Ha rischiato la vita per punire coloro che ti hanno fatto del male.»

«Quindi ora l'assassino è morto?» volle sapere Harold.

Mi strinsi nelle spalle, non sapendo cosa rispondere. «Sì e no. Colei che ha ideato il piano è ancora a piede libero, ma la persona che ha premuto il grilletto è sicuramente morta stecchita.»

«Non mi hanno sparato, sono stato avvelenato» insistette lui con un'eco lamentosa.

«Giusto.» Niente metafore. Dovevo parlare in modo semplice e diretto. «La tua visita ha a che fare con tua figlia Kelley?»

«Mia figlia» borbottò il fantasma; poi prese a brillare di un bell'azzurro lucente e gridò: «Kelley! Sì, volevo ringraziarti per averla aiutata.»

Sorrisi. Harold avrebbe potuto essere un buon padre, se ne avesse avuto la possibilità. «Certo che l'ho aiutata, è mia amica.»

«Le hai ceduto il tuo desiderio. Non eri costretta a farlo.»

La mascella mi sarebbe caduta fino al pavimento, se fosse stato fisicamente possibile. «Non ti ricordi che questi gatti sanno parlare, ma in qualche modo sai, e ricordi, che il mio gatto ha preparato una pozione e che io l'ho data a Kelley affinché il suo sogno più grande potesse avverarsi?»

La massa blu si piegò di lato: «La memoria fa strani scherzi quando si è fantasmi. Va e viene.»

«Beh, sono lieta di aver aiutato Kelley. Voleva renderti orgoglioso e portare avanti il tuo lascito. Tua figlia è proprio una brava persona. È un vero peccato che tu non abbia avuto la possibilità di conoscerla meglio.»

Harold divenne scuro come la notte: «Già.»

«Domani ci sarà la grande riapertura della caffetteria. Kelley ha deciso di mantenere il nome del locale in tuo onore» lo informai.

Si illuminò di nuovo: «Potresti dirle che sono davvero orgoglioso di lei?»

Beh, era tutto era molto dolce, ma avevo proprio bisogno di qualche ora di sonno, considerato il doppio turno in programma il giorno dopo. «Vedrò cosa posso fare. Grazie per la visita. Harold. Ora se non c'è altro che devi dirmi...»

«Aspetta!» Il fantasma sfrecciò per tutta la cucina, poi tornò da me: «Ho un avvertimento dall'aldilà.»

«Sarebbe stato meglio dircelo subito» disse Merlino in tono brusco.

Lo zittii, poi addolcii la voce per rivolgermi a Harold: «Quale sarebbe?»

La sua voce cambiò, facendosi più profonda e chiara: «I semi piantati presto daranno frutti pericolosi.»

Sussultai: «Harold? Che cosa significa?»

Il fantasma ruotò lentamente su se stesso, come per sorvegliare la stanza: «Che cosa significa cosa?»

«Il messaggio che mi hai appena riferito» insistetti. Ti prego fa che se ne ricordi, ti prego fa che se ne ric—

«Non ricordo» disse; poi sparì alla vista.

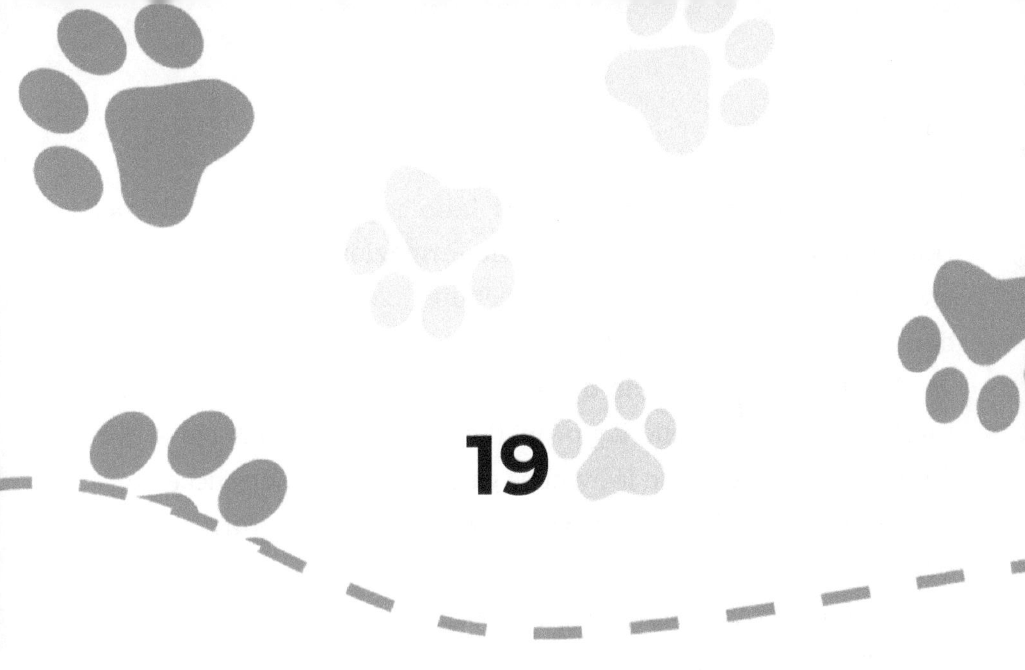

19

La mattina dopo mi svegliai con un mal di testa letale. Non soltanto l'incontro con il fantasma aveva richiesto un tempo sorprendentemente lungo rivelandosi un fiasco totale, ma quando si era concluso ero rimasta sveglia per quasi un'ora a riflettere sul significato dell'avvertimento di Harold dall'aldilà.

I semi piantati presto daranno frutti pericolosi.

Cosa poteva significare?

Per quel che ne sapevo, Harold poteva aver sentito quella frase in qualche film prima di morire e l'aveva rievocata, confondendola con il ricordo di un evento reale. Sembrava proprio una bizzarra profezia tirata fuori da un film fantasy.

Più ci pensavo, più mi sentivo confusa. Immaginavo che avrei dovuto pazientare e vedere cosa sarebbe accaduto, anche se detestavo non potermi preparare a ciò che mi aspettava.

Sarebbe stata una giornata impegnativa.

Era arrivato il giorno della grande riapertura della caffetteria.

Dovevo riconoscerlo: Kelley aveva fatto rapidi progressi sia nella riorganizzazione del menù che nella formazione del personale. Ora era giunto il momento del suo debutto come nuova proprietaria dell'Harold's House of Coffee.

Avrebbe avuto bisogno di tutto l'aiuto possibile, perché il locale sarebbe stato pieno tutto il giorno. Il desiderio magico di cui le avevo fatto segretamente dono le avrebbe garantito un grande successo.

Su mio suggerimento, aveva assegnato un doppio turno a tutto il personale, me compresa.

Quando arrivai, vidi che per l'occasione sfoggiava un abito da festa in stile anni Cinquanta, bianco e decorato con un motivo di piccole zucche e cornucopie. Mi corse incontro con un'espressione felice stampata in faccia: «Ciao, Gracy! Sei pronta per il nostro grande giorno?»

«Il *tuo* grande giorno» le ricordai con un sorriso. «E sì, sono prontissima.» Non era necessario che sapesse che avevo perso svariate ore di sonno perché la mia vita si era trasformata in una soap opera paranormale.

Lei annuì, facendo rimbalzare gli orecchini raffiguranti Jack Lanterna: «Buone notizie: le magliette dell'uniforme sono arrivate ieri sera. Vai a prenderne una in ufficio e preparati.»

Oh, no. Harold ci permetteva di vestirci come volevamo perché era troppo tirchio per investire in delle uniformi, ma Kelley si era prodigata al massimo facendo realizzare una serie di magliette personalizzate che sarebbero cambiate ogni mese.

Rovistai nello scatolone finché non trovai una L e la indossai sopra la maglietta che avevo già. Sul davanti c'era stampato #ILOVE-ZUCCA, il nuovo hashtag che voleva lanciare sui social network. Sul retro invece c'era scritto: «Chiedimi quale spezia preferisco nel latte macchiato con zucca!»

Che il cielo ci aiuti!

Quando uscii dall'ufficio, trovai Kelley in piedi accanto al montalatte, lo sguardo fisso al muro. Avvicinandomi, mi accorsi che stava esaminando una foto incorniciata che fino a due giorni prima non c'era.

Si trattava della stessa foto in mostra sulla bara in occasione del funerale di Harold. Era un primo piano che ne metteva in evidenza le guance paffute, gli occhi stretti e la stempiatura. Kelley avrebbe dovuto ringraziare la sua buona stella per aver preso il bell'aspetto da sua madre.

«Pensi che sarebbe stato orgoglioso di me?» sussurrò quando la raggiunsi.

«Ne sono più che certa» dissi dandole una strizzatina di conforto alla spalla.

Lei si voltò verso di me, ma evitò il mio sguardo: «Davvero?» borbottò. «Non credi che abbia un po' esagerato con la zucca e le spezie?»

«Alla gente piacerà un sacco. Aspetta e vedrai.»

Alzò lo sguardo. I suoi occhi esprimevano chiaramente i suoi sogni e i suoi timori. Quella giornata per lei era ben più dell'inaugurazione del suo nuovo locale. Era un modo per creare un legame con il padre che aveva conosciuto a malapena. «Come fai a esserne così sicura?» mi chiese.

«Lo so e basta» la rassicurai. Poi aggiunsi: «Ehi, ci facciamo un espresso alla zucca per partire alla grande?»

«Ottima idea» disse con enfasi, avviandosi a passo svelto verso la gigantesca macchina per l'espresso. «Venite qui tutti!» gridò mentre si affaccendava con l'apparecchio.

I tre neoassunti erano già arrivati. Nell'ultima settimana ero stata così presa dalle questioni magiche da non aver fatto neanche il minimo sforzo per provare a conoscerli, a parte le attività di teambuilding proposte da Kelley. Ora che il nostro ospite spettrale si era rivelato essere Harold, forse avrei potuto rilassarmi un po'. Socializzare, anche.

Drake entrò di corsa proprio mentre Kelley stava riempiendo l'ultimo bicchierino di carta. «Mi scuso per il ritardo!»

«In realtà sei in anticipo di cinque minuti» disse Kelley porgendogli l'espresso.

Drake si voltò verso la porta: «Devo uscire e rientrare tra qualche minuto?»

«Fermo lì!» Kelley gli assestò un colpetto scherzoso sul petto e Drake, sempre così distaccato e sarcastico, arrossì. Era davvero arrossito! Forse quei due avevano una possibilità dopotutto.

«Brindiamo!» proposi, sollevando il mio bicchierino.

«Ad Harold. Lunga vita al suo ricordo!» brindò Kelley.

«A Kelley. Che continui a non notare i miei ritardi!» ribatté Drake.

«Alle bevande con zucca e spezie» aggiunsi io.

I nuovi assunti si profusero in vari: «Cin cin» e «Ben detto!»

Poi tutti scolammo i nostri espressi.

«Ah, scotta, scotta, scotta!» strillai.

«Mi ha scottato fino al cervello» gemette Drake.

Gli altri non la finivano più di ridere.

Eravamo pronti a partire col botto.

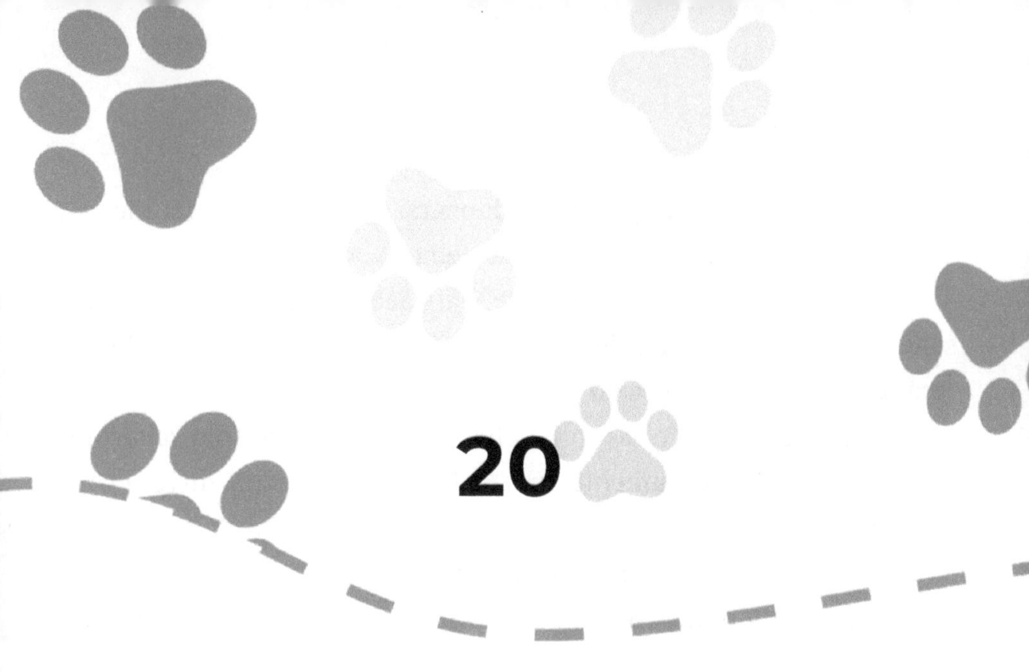

20

Al termine del doppio turno mi trascinai a casa; puzzavo di cannella, noce moscata e zenzero. Nonostante il dolore ai piedi e le fitte alla schiena, non avrei potuto essere più felice. Kelley si era mostrata all'altezza della situazione, ed era stato bello vedere il modo in cui il suo volto si illuminava mentre si godeva i risultati del proprio impegno.

Ero molto contenta, ma non ancora pronta ad andare a letto.

Grazie al cielo, il blackout della notte precedente era stato causato dall'improvviso sovraccarico elettrico e non da un danno dei cavi. Era bastato riazionare il quadro elettrico per far tornare la corrente. Il buco nel tetto, invece, sarebbe stato ben più difficile da riparare.

Cercai di non pensarci mentre preparavo qualcosa da mangiare al volo nel microonde; nell'attesa mi accomodai sul divano e iniziai a cercare qualcosa da guardare nella libreria di Netflix. Dopo quella dura giornata di lavoro meritavo di concedermi il reality show più squallido e assurdo che fossi riuscita a trovare. Ne scelsi uno in cui veniva chiesto ai partecipanti di fidanzarsi senza essersi mai incontrati di persona. Sarebbe stato l'apice della TV spazzatura.

E comunque, sì, era interessante. Faticai a staccare gli occhi dallo schermo quando il timer del microonde suonò, avvertendomi che la mia scialba versione di cacio e maccheroni era pronta.

Ero così presa dalle assurdità che si susseguivano sullo schermo che pestai involontariamente uno dei gatti mentre mi dirigevo in cucina.

Luna miagolò forte e corse a cercare riparo in camera da letto.

«Come osi!» tuonò Merlino marciando verso di me da non si sa dove.

«Mi dispiace, Luna. Non l'ho fatto apposta!» gridai rivolta alla gatta che aveva battuto in ritirata.

Poi mi rivolsi a Merlino: «Non venire a farmi la predica proprio tu che hai fatto un buco nel tetto! Ho chiamato un'agenzia per farmi fare un preventivo mentre ero in pausa. Costerà più di quello che guadagno in un mese! Spero che tu abbia imparato la lezione e che non proverai più a evocare gli elementi in casa!»

«Non metter su famiglia. Non evocare i fulmini. Un po' troppe regole!» sbottò l'enorme palla di pelo soffice.

Gli lanciai un'occhiataccia: «Sono regole dettate dal buon senso.»

«Penso che tu abbia dimenticato chi comanda qui. Sono io il mago!»

«E io sono la padrona di casa!» gridai esasperata. Non avevo più neanche un briciolo di energia per gestire tutte quelle assurdità. «E sono anche quella che paga le bollette. E ho avuto una giornata lunga e stancante al lavoro, quindi vedi di non stressare!»

«Sei fortunata a non essere un gatto, o ti avrei sfidata a duello qui e ora!» Sbatté a terra le zampette per la rabbia, ma non mi fece nessuna paura.

«Merlino! Gracy!» gridò Luna. «Basta così!»

Entrambi ci girammo a guardarla con una smorfia.

«Non l'ha fatto apposta, va tutto bene.» Mentre si avvicinava notai che si muoveva in modo diverso dal solito. Speravo davvero di non averle fatto male sul serio a causa della mia disattenzione. «Ma voi due di recente siete troppo nervosi. Ricordate, siamo tutti dalla stessa parte.»

Merlino mugugnò: «Ma lei—»

«Niente ma. Abbiamo tutti molte questioni da gestire e l'ultima cosa di cui abbiamo bisogno è prendercela l'uno con l'altro. Siete entrambi provati, lo capisco. Penso che abbiate bisogno di prendervi un po' di tempo per voi stessi per darvi una calmata.»

«Scusami, Luna. Hai ragione. È che sono molto stressata per la questione del fantasma e di quell'avvertimento che non ho idea di cosa significhi, e per il buco nel tetto, e—»

«Lo so, tesoro. Lo riparerei io stessa se potessi, e ne sarei stata capace se avessi ancora i miei poteri. Ma non preoccuparti: appena possibile Merlino farà un salto a Nocturna a cercare un mago della natura che possa aiutarci con la riparazione.»

«Ma non pensi a Tom il gatto?» ribatté Merlino. «Se mi vede, mi sfiderà di nuovo a duello. Potrei morire, Luna. Morire!»

«Allora dovrai solo fare in modo che non ti veda» insistette lei. «Ora voglio che voi due facciate subito pace.»

«Scusami, Merlino» dissi con lo sguardo rivolto a terra. Luna se la cavava molto bene nel ruolo di genitore amareggiato. Sarebbe stata un'ottima madre un giorno, quando lei e Merlino fossero stati pronti a metter su famiglia.

La gatta bianca si avvicinò al Maine Coon e gli diede dei colpetti con la zampa: «Ora tocca a te.»

«Scusa, Gracy» borbottò lui alzando gli occhi al cielo.

Luna annuì: non aveva notato quel gesto. «Ora, Gracy, perché non torni a guardare quel programma? Merlino, io e te usciremo per una serata romantica. Potrebbe essere la nostra ultima occasione prima della nascita dei cuccioli.»

«Cosa?» esplosi.

«Corri, amore mio, corri!» strillò Merlino mentre sfrecciavano fuori dalla gattaiola.

Ecco, ora avevo un altro bel problema di cui preoccuparmi. Forse avrei dovuto smettere di pensare che le cose si sarebbero sistemate e la mia vita sarebbe tornata alla normalità Ora il caos era la normalità. E presto sarebbero nati i gattini!

Ma per quella sera lasciai che il reality show melodrammatico lenisse l'ansia, mentre buttavo giù la pasta al formaggio ormai molliccia.

Crollai addormentata sul divano ancor prima della fine della prima puntata.

21

Mi svegliai dopo un po', inizialmente confusa su dove mi trovassi. Poi notai il messaggio di Netflix sullo schermo della TV: *Stai ancora guardando Netflix?*

Spensi il televisore con il telecomando e mi tirai su a sedere, stiracchiando le braccia sopra la testa. Dovevo trascinarmi fino al letto, ma avevo ancora troppissimo sonno.

Stavo per costringermi ad alzarmi quando udii una serie di graffi e scricchiolii. *Che diavolo stava succedendo?*

Mi avvicinai in punta di piedi per dare un'occhiata e vidi la sagoma di un gatto alla finestra. Il mio gatto.

«Merlino, cosa ci fai lì fuori?» gemetti, correndo ad aprire la finestra.

Ma prima che avessi tempo di attraversare la stanza, una forte luce verde scattò in avanti dal muro e mi bloccò la strada.

«Harold?» squittii, anche se non c'era dubbio su chi fosse la figura che mi trovavo di fronte.

«E così ci incontriamo di nuovo» disse lentamente il fantasma di

Virginia. Diversamente da Harold, non era una massa amorfa scintillante. Il suo volto era ben definito, una copia precisa di com'era stata da viva ad eccezione del fatto che ora era verde e semitrasparente. Ma le mancava la maggior parte del corpo. Infatti, la sua figura terminava appena sotto le ascelle, dandole l'aspetto di un busto scolpito.

Virginia partì all'attacco digrignando i denti.

Mi scansai appena in tempo: «Vattene via da qui, lasciaci in pace!» gridai correndo verso il corridoio.

Lei mi seguì, ridendo fragorosamente come se fosse stata una strega e non un fantasma. Forse ora lo era. Risplendeva di verde, il colore della magia, cosa che mi metteva doppiamente in svantaggio: non potevo lanciare incantesimi e non avevo la minima idea di come si uccidesse un fantasma. *Magnifico.*

Rovistai a tentoni nell'angolo del corridoio finché non trovai la rana di ceramica con la pozione nelle fauci aperte. Quando riuscii ad afferrarla saldamente, mi voltai e la spinsi verso la mia assalitrice.

«Beccati questo!» gridai, fiera della mia velocità di reazione nonostante fossi ancora intorpidita dal sonno e dalla fatica.

«Che ci fai con la mia rana?» chiese Virginia con una risata secca. «E perché me la punti contro come se fosse un'arma?»

Mi ersi in tutta la mia statura, coi piedi divaricati: «Sei in trappola, fantasma!»

«Silenzio!» L'urlo di Virginia riecheggiò per tutta la casa.

Spinsi di nuovo la rana verso di lei, ma l'anfibio di ceramica mi volò via di mano e andò a frantumarsi contro la parete. Quando cercai di parlare, mi accorsi che avevo la bocca sigillata.

«Così va molto meglio» disse Virginia con un cenno di approvazione. «Ora basta con queste sceneggiate. Sono qui per ucciderti. Niente di più e niente di meno. Pagherai per ciò che tu e il tuo mago avete fatto. Ho più poteri da morta di quanti ne abbia mai avuti da viva e ora li userò per vendicare la mia prematura dipartita. Vuoi dire le tue ultime preghiere?»

Ruotò la testa e l'abbozzo di busto e mollò la presa magica con cui mi teneva in pugno.

Sussultai, poi, appena riuscii ad aprire bocca, gridai: «Dove sono i miei gatti?»

Il suo verde brillante sbiadì per il disappunto: «Hai sprecato le tue ultime parole. Devi sapere che ho sigillato la casa con la magia. Loro non possono entrare e tu non puoi uscire. Sei alla mia mercè. Prima mi occuperò di te, poi ucciderò anche loro. È quasi troppo facile.»

«Tu non sei un mago. C-c-com'è possibile tutto questo?» balbettai. Se fossi riuscita a farla continuare a parlare, sarei sopravvissuta.

Virginia aveva un tale ego che non voleva semplicemente uccidermi: prima di farlo, desiderava anche che ammirassi la sua potenza. La cattiva per antonomasia spifferava il suo piano anziché metterlo in atto.

«Oh, tutto è possibile quando hai le conoscenze giuste. Luna era una principiante, una sciocca. Ma la mia nuova padrona apprezza quello che sono e ciò di cui sono capace.»

Era così simile al prototipo della cattiva che quasi mi dispiaceva per lei. Purtroppo in quel momento ero molto più dispiaciuta per me. Virginia era priva di scrupoli e non avrebbe esitato a mettere in atto il suo piano ai miei danni.

Pur essendo terrorizzata, mi sforzai di alzare gli occhi al cielo: «Intendi Dash? Sei ancora dalla sua parte anche se l'ultima volta aiutarla ti è costato la vita?»

«So cosa stai cercando di fare, e non sono tanto stupida da cascarci» sibilò, scintillante di rabbia.

«Buffa scelta di parole. Cascarci? Non è così che sei morta la prima volta? Forse è così che morirai anche stavolta, non credi?»

Avrei voluto incrociare le braccia sul petto, ma era meglio essere pronta a reagire nel caso in cui si fosse di nuovo scagliata contro di me.

«Sono immortale in questa nuova forma!» gridò trionfante. «L'unica a morire, stanotte, sarai tu. E i tuoi amichetti gatti.» Si scagliò verso di me con la bocca spalancata e mi morse una spalla.

Ahi, ahi, ahi. Faceva proprio male! Molto più di quanto dovrebbe fare un morso. Sapevo che in qualche modo mi aveva infettata con la sua magia.

Ma come?

E quali sarebbero state le conseguenze?

Mi sentii svenire. No, non potevo dargliela vinta.

Soprattutto, non così facilmente.

Ma poi mi sentii di nuovo venir meno.

«Che cosa mi hai fatto?» gracchiai.

22

«Ho creato un drenaggio magico. Presto la magia che contieni inizierà a riversarsi in me» mi rivelò Virginia girandomi allegramente intorno. «Quando ne avrò a sufficienza, la userò per ucciderti. Non ti sembra un modo davvero poetico di fare giustizia?»

Di certo Virginia era piena di sé, ma dovevo ammettere che il suo piano era astuto. Uccidermi con la mia stessa riserva di magia.

Sorprendente.

Non era trascorso nemmeno un mese da quando ero diventata un famiglio, e il legame con il mondo magico mi stava già conducendo a morte prematura.

Scusate tanto, ma no.

Non mi sarei arresa senza lottare.

I gatti non potevano entrare ad aiutarmi, ma riuscivo a sentire le loro voci attraverso la finestra. Potevo parlare con loro affinché mi guidassero in quella lotta. Mi precipitai lungo il corridoio, passando attraverso il fantasma di Virginia, e raggiunsi in tutta fretta la finestra del soggiorno.

Merlino restò seduto in attesa mentre aprivo la maniglia e spalancavo la finestra: «Gracy, dietro di te!» gridò.

Mi scansai, schivando un altro morso doloroso della mia avversaria spettrale. Virginia uscì dalla finestra urlando di rabbia, poi si voltò per riprecipitarsi dentro.

«Ha usato la maggior parte della sua magia per evocare la barriera.» Udii la voce di Luna, anche se non riuscivo a vederla. «Per questo le manca buona parte del corpo. Anche se sta assorbendo la tua energia magica, si rigenera molto lentamente.»

Giusto, Luna aveva ragione! Quando mi aveva costretta al silenzio con la magia, le erano scomparsi gli abbozzi di braccia. Ora la sua figura terminava alla clavicola. Se avesse lanciato un incantesimo abbastanza potente, avrebbe esaurito l'energia magica fino a scomparire.

Il fantasma si gettò di nuovo su di me e io mi spostai fuori dalla sua portata. Tutti quegli attacchi avevano lo scopo di distrarmi mentre si ricaricava? Qual era la cosa peggiore che poteva farmi senza usare la magia? Darmi un altro morso? Ok, faceva male, ma sarei sopravvissuta.

Bene, avremo ingannato l'attesa con quel giochetto.

Corsi a prendere la scopa dal ripostiglio.

Lei rise di me, prendendomi in giro per la scelta dell'arma. Ma io gliela sbattei in faccia, con tanto di setole sporche, facendola volare all'indietro.

«Me la pagherai per questo!» sbraitò, gli occhi verdi che sembravano smeraldi affilati mentre mi indirizzava ogni genere di improperi. «Immobilizza!»

I piedi mi si incollarono al pavimento. Riuscivo ancora a

muovere la parte superiore del corpo, ma quella inferiore era bloccata, come una mosca nel miele.

Non appena pronunciò l'incantesimo, le sue spalle scomparvero. Ora era ridotta a testa e collo che fluttuavano nell'aria.

«Non puoi uccidermi senza uccidere anche te stessa» affermai, come se fosse un dato di fatto e non soltanto una mia teoria. Aveva detto di essere immortale, in quanto fantasma, ma ciò non significava che potesse restare a lungo nel mondo dei mortali.

«Sono già morta, grazie tante» sbottò. Più la sua frustrazione aumentava, più le parole le uscivano veloci, farfugliate e poco distinguibili.

«Gracy!» gridò Merlino dalla finestra. Guardando attraverso Virginia li vidi entrambi seduti sul davanzale.

«Possiamo intrappolarla, ma mi servono gli ingredienti del mio giardino» gridò la micia.

«No, la pozione non ha funzionato.» Se lo avesse fatto, tutto sarebbe finito in pochi istanti. Se.

Ma Luna non si arrese: «Quella pozione era troppo vecchia e aveva perso potenza, ma una appena preparata funzionerà.»

«Non posso muovermi.»

«Prova a uscire dalla porta» gridò Merlino. Grazie mille, Capitan Ovvietà.

«Non posso. Sono bloccata.» Mi indicai le gambe ed emisi un gemito.

Virginia aveva continuato per tutto il tempo a gridare e insultarci, ma non aveva più lanciato incantesimi. Sembrava che la mia teoria sul fatto che non avesse abbastanza energia magica per portare a termine ciò che era venuta a fare fosse giusta. Probabilmente non si era resa conto di quanta energia le sarebbe servita per innalzare la barriera magica. Non era una vera maga in fin dei conti.

Non lo era stata da viva ed era ancora inesperta in fatto di magia da morta.

Esaminai la stanza in cerca di una qualche soluzione che mi scollasse dal pavimento. Individuai il cellulare sul tavolino da caffè, a meno di due metri da me. Non potevo andare a prenderlo, ma avevo la scopa in mano. Se fossi riuscita a distrarre Virginia abbastanza a lungo da agguantarlo, avrei potuto inviare un messaggio a Drake per chiedergli aiuto.

Per fortuna lui aveva insistito affinché ci scambiassimo i numeri anche dopo il nostro appuntamento fallito, e si era anche offerto di aiutarmi con il fantasma, se mai ce ne fosse stato bisogno. E ora ne avevo decisamente bisogno!

«Ehi, buona a nulla!» gridai a voce abbastanza alta affinché Virginia mi sentisse nonostante stesse proseguendo con la sua filippica di invettive. «Guarda qui!»

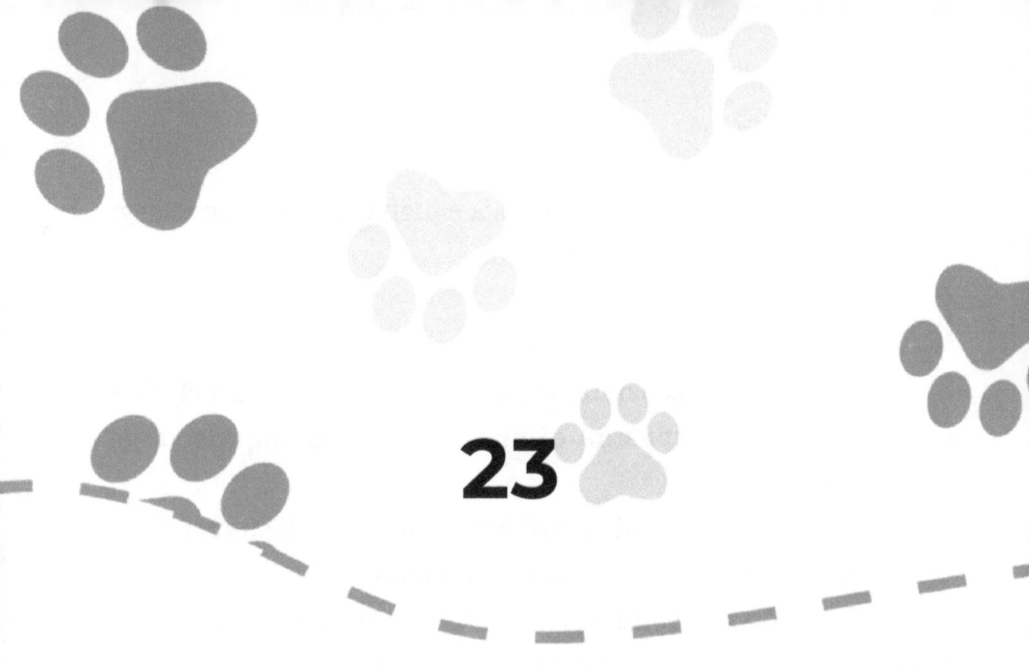

23

Finsi di lanciare un incantesimo. Sì, non potevo usare la magia e, sì, Virginia lo sapeva. Ma per fortuna lo stratagemma funzionò lo stesso.

Sollevai la mano che non reggeva la scopa e la feci volteggiare nell'aria.

«Merlino, fulmine!» gridai.

Virginia si girò in tempo per vedere Merlino evocare un potente lampo subito fuori dalla finestra. La sua magia non era in grado attraversare la barriera eretta da Virginia, ma lei non poté fare a meno di fissarlo, paralizzata, mentre il suo tentativo di venire in mio aiuto 'falliva'.

Veloce come il lampo allungai la scopa di lato e la tirai indietro come se fosse un remo, facendo volare a terra il telefono, che atterrò proprio ai miei piedi. Per fortuna, avevo acquistato una custodia robusta, o quel piano non avrebbe funzionato.

Mi chinai, ancora bloccata sul posto, e afferrai il cellulare. Lo sbloccai rapidamente, aprii la rubrica e digitai un breve messaggio, i pollici che volavano sulla schermata.

Drake, SOS!

Vieni subito!

Inviai i messaggi separatamente, non sapendo quanto ci avrebbe messo Virginia a strapparmi di mano il telefono, impedendomi di chiedere aiuto.

Il fantasma è— Virginia si voltò verso di me e mi strappò il cellulare di mano con la magia prima che riuscissi a finire di scrivere. Il telefonino volò via e si frantumò contro il muro, come era accaduto alla rana. Con buona pace della custodia robusta.

Riposa in pace, amico iPhone.

Drake sarebbe accorso in mio aiuto. Ero certa che lo avrebbe fatto. Cosa avrebbe potuto fare per aiutarmi, però, era una questione a cui non avevo ancora pensato.

Osservai Virginia per vedere se si fosse ulteriormente ridotta per aver utilizzato la magia, ma non mi sembrava di vedere dei cambiamenti. Quindi il drenaggio magico stava iniziando a funzionare.

No, no, no. Che altro potevo fare per fermarla?

«Merlino, ho paura!» gridai, facendo brillare Virginia di gioia malvagia.

«Non sei sola e io non ti abbandonerò» promise dal suo posticino alla finestra. «Anche attraverso la barriera magica, la mia presenza ti rafforza. E la tua protegge me.»

«Ma il drenaggio...» Non riuscii a terminare la frase, come se anche le mie forze venissero risucchiate insieme alla magia.

Merlino si alzò in piedi e premette una zampa contro la barriera magica, offrendomi un'ottima visuale sul suo pancino peloso. «Quella che c'è in te è la mia magia. Una piccola parte arriva a Virginia, ma la maggior parte sfugge alla barriera e torna a me. Non posso muovermi da qui, o la magia non avrà un altro posto in cui andare.»

«Smettila di aiutarla!» strillò Virginia furibonda; ma nemmeno lei era in grado di lanciare un incantesimo attraverso la barriera. Per attaccare Merlino, avrebbe dovuto uscire. E sapevamo tutti che lui era un mago molto più esperto e potente, soprattutto ora che l'energia magica che contenevo fluiva in lui.

«Non puoi fare nulla finché non avrai accumulato abbastanza energia da poter lanciare l'incantesimo per ucciderci, qualunque esso sia» disse Merlino al fantasma, con voce fredda e sprezzante.

Poi tornò a rivolgersi a me: «Ignorala. Non può più farti del male.»

«Oh, certo che posso!» strillò Virginia; poi fece un balzo e mi morse di nuovo. Fu così veloce che non riuscii a difendermi con la scopa. Accidenti!

La nuova ferita pulsava dolorosamente, ma sarei sopravvissuta. Non poteva mordermi a morte e ora il mio obiettivo principale era non morire.

«Memorizza questi ingredienti» gridò Luna, sempre accanto a Merlino. «Quando il tuo ragazzo arriverà, mandalo subito al mio giardino. Se porterà qui tutto il necessario, io e Merlino potremo preparare di nuovo la pozione.»

«Ma vi vedrà praticare la magia e vi sentirà parlare!» obiettai. Merlino aveva insistito fin dall'inizio sul fatto che non potevo rivelare l'esistenza del mondo magico a coloro che non ne facevano parte. A che pro sopravvivere allo scontro con il fantasma solo per passare il resto della vita in una squallida prigione magica?

La voce di Luna mi giunse squillante e fiduciosa: «Non gli sveleremo chi siamo; sentirà solo dei miagolii. E la sua mente inventerà situazioni per dare un senso a quello che ci vede fare. Ora memorizza l'elenco: biancospino, celidonia...»

Luna elencò almeno dieci ingredienti e li ripetemmo più e più volte finché non fu sicura che li ricordassi.

Virginia continuò a sbraitare e ululare, ma il peggio che ottenne fu di costringerci a ripetere l'elenco qualche volta in più per riuscire a sentirci con quel fracasso.

Perché i miei epici scontri magici sembravano sempre protrarsi così a lungo? Nei film, gli scontri da cui dipende la sopravvivenza erano sempre molto rapidi. Non si doveva aspettare che un fantasma ricaricasse la propria energia magica e non si ammazzava il tempo in attesa di preparare la pozione giusta.

Nella vita reale la magia era più eccitante e, al contempo, molto più noiosa che nei film. Ma se non altro, i film non avrebbero potuto uccidermi.

Virginia invece...

Si avventò di nuovo su di me e io la allontanai colpendola con la scopa. Stavo diventando piuttosto abile in questo. Lei si voltò per attaccare di nuovo, ma fu interrotta fa due potenti fasci di luce bianca che illuminarono la casa attraverso la finestra.

Drake era arrivato.

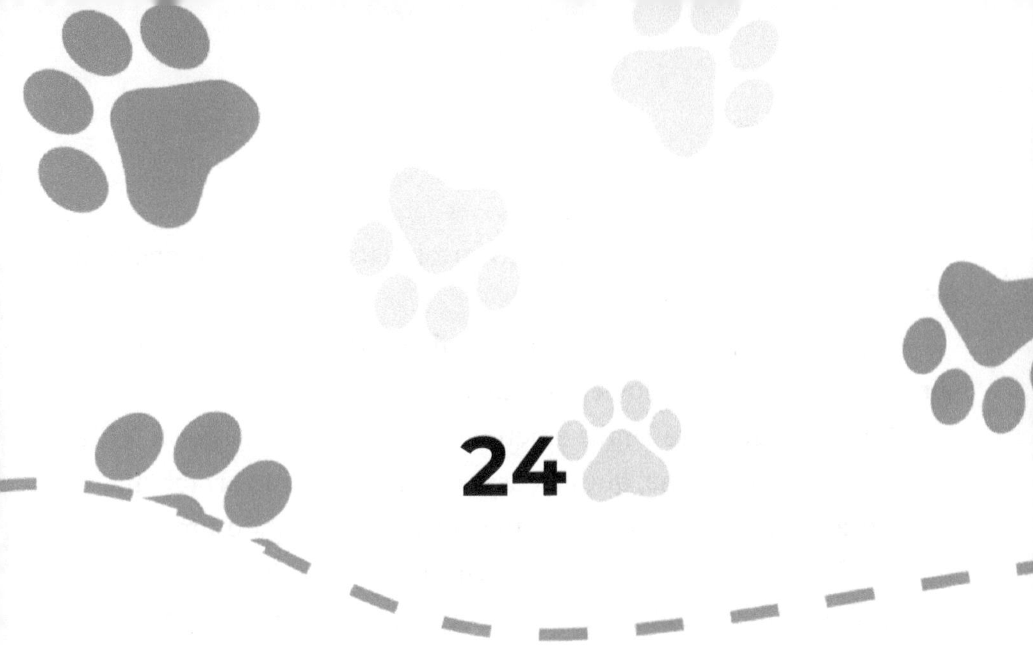

24

Tutto sembrò fermarsi mentre io e Virginia attendevamo che Drake spegnesse il motore, scendesse dalla macchina ed entrasse.

Bussò forte alla porta d'ingresso: «Gracy! Va tutto bene? Fammi entrare!»

La barriera magica! Sarebbe riuscito a entrare in casa? E, se ce l'avesse fatta, poi sarebbe riuscito a uscire?

«Drake» strillai, la voce roca per quanto avevo gridato quella notte. «Non entrare!»

«Cosa sta succedendo?» chiese armeggiando con la maniglia, che però non cedette.

«Non entrare!» lo scongiurai, sperando che non perdesse tempo a ribattere. Avevo bisogno che agisse, e in fretta. «Per favore, mi serve il tuo aiuto. Deve andare in un giardino a prendere degli ingredienti.»

Drake iniziò a colpire la porta con tutte le sue forze: «Cosa? Gracy, perché? Cosa sta succedendo? Il fantasma è tornato? Stai bene?»

«Quella cosa è qui ed è molto arrabbiata. Devo intrappolarla prima che—»

«Non sono una cosa! Abbi un po' di rispetto, debole mortale!» sbraitò Virginia saettando per la stanza.

«Caspita!» gemette Drake smettendo di battere sulla porta. «Era il fantasma? Hai ragione, questa cosa sembra parecchio arrabbiata.»

«Cosa, cosa, cosa! Non sono una cosa! E tu, stupido umano, sei appena finito nell'elenco delle mie vittime!» Virginia era in ottima forma, risplendeva come non mai. L'orgoglio era un punto cruciale per lei. Mmm, forse, se Drake fosse entrato avrebbe potuto parlare con lei fino a ucciderla, costringendola a usare la magia fino a smaterializzarsi del tutto; ma non potevo fargli correre un rischio simile. Inoltre, preferivo liberarmi di lei una volta per tutte. Avremmo usato la pozione di Luna o niente! Dovevo solo convincere Drake ad andare a prendere il necessario.

«Drake, va tutto bene. Non darle retta» gridai, sperando che le minacce di Virginia non gli avessero fatto perdere coraggio. «Vai a quel giardino e portami gli ingredienti. È l'unico modo. Hai il cellulare? Prendi nota.»

Dopo un breve momento di silenzio rispose: «Sono pronto.»

Gli elencai gli ingredienti e gli diedi l'indirizzo. Vidi Luna annuire. «Ora sbrigati! Conto su di te!»

Udii i passi di Drake che correva sul vialetto, poi il motore dell'auto prese a rombare e lui partì a tutta velocità.

«Cosa facciamo ora?» chiesi ai gatti, sempre intenti a guardare dentro dal davanzale della finestra.

«Aspettiamo e speriamo che ci porti gli ingredienti giusti. E in fretta!» rispose Luna.

«Drake è esperto in parecchi ambiti» dissi, ricordando la conversazione con lui, e poi quella con Kelley. «La botanica è uno di essi.

Inoltre, può sempre cercare gli ingredienti sul cellulare e controllare di raccogliere quelli giusti. Non farà pasticci.»

Per qualche motivo, ci credevo con ogni fibra del mio essere. Drake non mi avrebbe abbandonata. Mi avrebbe salvata. Sarebbe andato tutto bene.

Dovevo solo avere pazienza.

«Divento ogni minuto più forte» mi ricordò Virginia con un bisbiglio sornione. Era tornata come quando l'avevo vista per la prima volta: un busto che terminava poco sotto le ascelle. «Ti ucciderò, Gracy, e costringerò il tuo ragazzo a guardare. Poi aspetterò di recuperare energia e ucciderò anche lui. Poi toccherà a Merlino, e infine a Luna. Terrò la mia ex padrona per ultima. Sarete tutti morti prima che il sole sorga.»

«Nessuno morirà oggi, vecchia oca» la derise Merlino attraverso la barriera. «Soprattutto non il mio famiglio e i miei figli non ancora nati!»

Virginia sussultò e si voltò verso la finestra: «Cosa hai detto?»

«Abbiamo il potere dell'amore dalla nostra. Il tuo odio non vincerà mai!» gridai. Mi sembrava il genere di frase che uno dei buoni avrebbe detto al momento della resa dei conti.

«A quanto pare, ti ho lasciata al momento giusto, Luna» la derise freddamente Virginia. «Almeno, come maga, avevi un po' di potere. Ma ci hai rinunciato, vero? E per che cosa? Per giocare alla famigliola felice con quella palla di pelo ambulante e dare alla luce i suoi mocciosi?»

«Non ti devo niente, Virginia» ribatté Luna, soffiando per sottolineare le sue parole. «E tu non capirai mai che il potere può assumere molte forme. I miei cuccioli cresceranno forti e coraggiosi e contribuiranno a eliminare i mostri come te dalla faccia della terra.»

«Moriranno o vivranno vite maledette, te lo garantisco.» Quando udii quella inquietante minaccia, mi guardai bene dal dubitare delle parole di Virginia.

Anche se ritenevo che non fosse il momento giusto perché i miei gatti mettessero su famiglia, mi sarei battuta con tutte le mie forze per proteggere i cuccioli di Luna. Virginia voleva spaventarci, ma l'unico risultato che aveva ottenuto era farmi sentire ancora più motivata.

L'avrei sconfitta una volta per tutte.

Quei gattini non avrebbero mai saputo di essersi trovati a un passo dalla fine ancor prima di venire al mondo.

La zia Gracy era entrata in azione.

E non li avrebbe abbandonati.

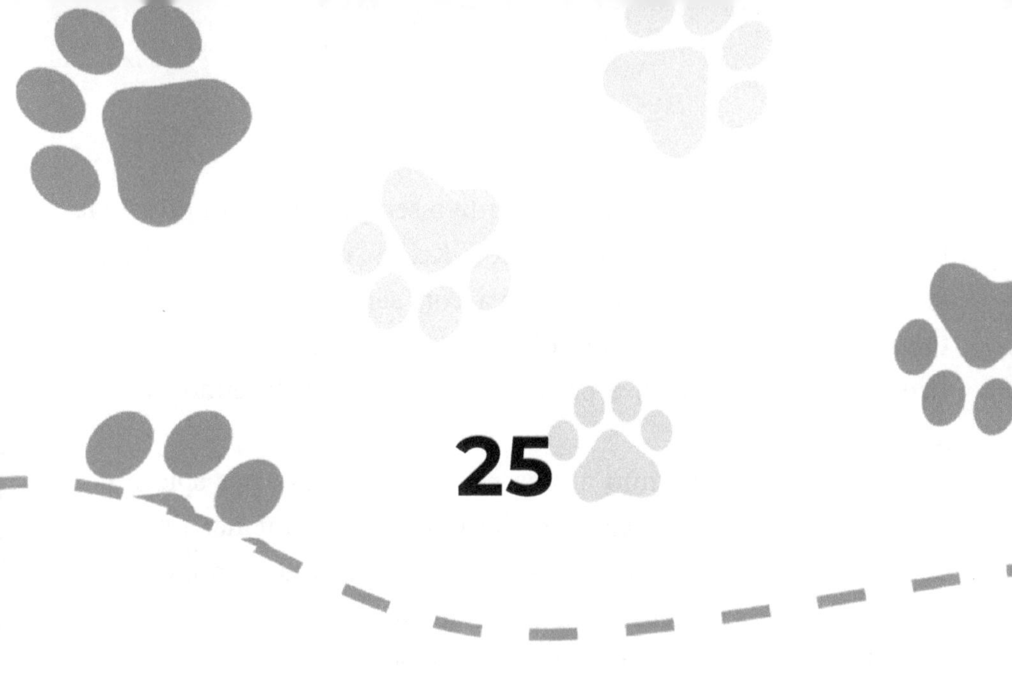

25

Nel tempo che Drake impiegò a tornare, la sagoma di Virginia si era materializzata fino all'ombelico.

E quei venti minuti o poco più, trascorsi in attesa, intrappolata, senza poter fare un passo mentre lei inveiva, sbraitava e ci riempiva di insulti, si rivelarono fra i più atroci della mia vita. Alcune volte provò ad aggredirmi, ma riuscii a scacciarla con destrezza con la scopa.

Credo che entrambe ci sentimmo sollevate quando Drake parcheggiò nel vialetto per la seconda volta quella notte. Ma stavolta udimmo i passi di due persone avvicinarsi alla porta, anziché di una sola.

«Drake?» chiamai cauta. *Ti prego fa' che sia lui. Ti prego fa' che sia lui.*

«Sono io» disse da dietro la porta.

«E io» gli fece eco una seconda voce.

«Kelley?» gracchiai. Perché mai lui l'avrebbe dovuta coinvolgere consapevolmente in una situazione così pericolosa? Ora che anche i miei amici erano in pericolo, mi sentivo sempre più sotto pressione. Io, Luna, Merlino, i cuccioli, Drake e Kelley: dovevo salvare tutti, e in fretta. Virginia si materializzava con sempre maggior rapidità. Presto sarebbe stata in grado di lanciare l'incantesimo a cui voleva ricorrere per uccidermi, e poi avrebbe proseguito facendo fuori gli altri uno per uno.

«Mi ci sono imbattuto a casa sua» gridò Drake per spiegare la presenza della mia amica. «Perché diavolo non mi hai detto che quella era casa sua? In ogni caso, voleva darti una mano, così l'ho portata con me. Ora potresti farci entrare?»

«No, non entrate!» gridai. Ma era troppo tardi.

Virginia utilizzò un po' della magia che aveva accumulato per aprire la porta e trascinarli entrambi dentro.

«Gracy, cosa sta succedendo?» Kelley iniziò a tremare alla vista dell'imponente presenza di Virginia.

«Caspita!» disse Drake, quasi senza fiato. «Perché è verde?»

«Hai dei poteri magici. Mi ha intrappolata qui dentro e temo che ora abbia intrappolato anche v-voi» balbettai. Ero determinata a vincere, ma anche terrorizzata all'idea di non riuscirci. Dovevamo preparare la pozione nel calderone e riuscire a portarla dentro o ad attirare Virginia all'esterno per intrappolarla. Ma come avremmo potuto fare, se a nessuno era permesso attraversare la barriera senza il suo consenso?

Anche lei doveva averlo capito, perché scelse proprio quel momento per scoppiare in una risata da cattiva da manuale: «E ora me ne hai portata un'altra. Ucciderò anche lei.»

A Kelley sfuggì un singhiozzo, cosa che fece ridere Virginia ancora più forte. Oh, avrebbe pagato per questo!

Drake prese Kelley fra le braccia, cercando di rassicurarla: «Ti proteggerò» promise. Poi lanciò un'occhiata verso di me: «Vi proteggerò entrambe.»

«Ha eretto una barriera magica intorno alla casa. Nessuno può entrare o uscire se lei non lo consente. E io non posso muovermi da questo punto» spiegai, indicandomi le gambe bloccate.

«Non se ne parla. Non permetterò a una tartaruga ninja con l'aspetto da banshee di dirmi cosa posso o non posso fare» dichiarò Drake. Accompagnò Kelley da me, che la aspettavo a braccia aperte, poi si diresse a passo di marcia verso la porta.

No, no, no. Per quel che ne sapevo, la barriera era elettrificata. Ok, Merlino non si era fatto niente quando l'aveva toccata, ma Drake non era un mago. Sarebbe riuscito a sopravvivere all'impatto?

«Drake, fermati!» gridai. «Ha—»

Ma lui uscì. Voltandosi verso di me, gettò i capelli all'indietro con un gesto del capo e ci rivolse un sorriso disinvolto: «Stavi dicendo?»

«Com'è possibile?» sbraitò Virginia schizzando qua e là per la casa.

In quel momento Kelley mi sfuggì dalle braccia e si gettò di slancio verso la porta. Ma quando raggiunse la soglia, vi sbatté violentemente contro e cadde all'indietro con un gran tonfo. «Non capisco» sospirò. «Perché lui riesce a uscire e io no?»

Drake allungò un braccio oltre la soglia e le porse una mano, ma per quanto ci provasse, non riuscì a farla passare. Quando la lasciò andare, Kelley si rintanò contro una parete e si raggomitolò piagnucolando.

«Come hai fatto?» chiesi a Drake.

Lui si strinse nelle spalle: «Non lo so. A volte riesco a fare cose di cui gli altri non sono capaci. Oppure so delle cose, come quando sapevo dove abitavi senza che tu me lo avessi detto.»

«Mi hai seguita» dissi, preferendo la spiegazione più sensata. Anche se era inquietante e lo faceva sembrare uno stalker.

Lui scosse il capo: «No, ho solo estratto quell'informazione dalla memoria. La cosa strana è che non ricordo come ne sono venuto a conoscenza, ma era lì, pronta per l'uso.»

«Basta così» disse Virginia ribollendo di rabbia. «Lasciatemi ricaricare la mia magia in pace.»

«Perché dovremmo fare qualcosa per te?» sbottai. «Il tuo scopo è ucciderci.»

«Oh, sì! E non vedo l'ora di farlo!» Divenne più luminosa, e le sue anche iniziarono a materializzarsi. Il tempo a nostra disposizione stava per scadere.

«Drake, porta gli ingredienti che hai preso dal giardino alla vasca per uccelli in cortile, mescola tutto, mettilo in un contenitore e portalo dentro.»

«E le dosi di ciascun ingrediente? Voglio dire, se devo preparare qualcosa ci saranno delle indicazioni da seguire per farlo correttamente, no?»

Aveva ragione. Ma come riusciva a essere così imperturbabile in quella situazione? Io sapevo del mondo magico ed ero terrorizzata. Kelley era rannicchiata in posizione fetale, ma come faceva Drake a parlare con la massima disinvoltura?

«Io… non lo so» borbottai.

Fu allora che Luna comparve sulla soglia e si presentò a Drake: «Salve, io sono Luna. Un tempo ero una maga, ma ora non più. Posso comunque aiutarti a salvare Gracy, se mi permetterai di darti istruzioni per preparare la pozione.»

Drake la fissava a occhi spalancati.

I singhiozzi di Kelley si fecero più forti.

Restai in attesa, timorosa di distogliere lo sguardo. Timorosa di ciò che sarebbe accaduto.

Drake esalò un lungo sospiro tremante: «Sì, ok, madame gatta. Diamoci da fare.»

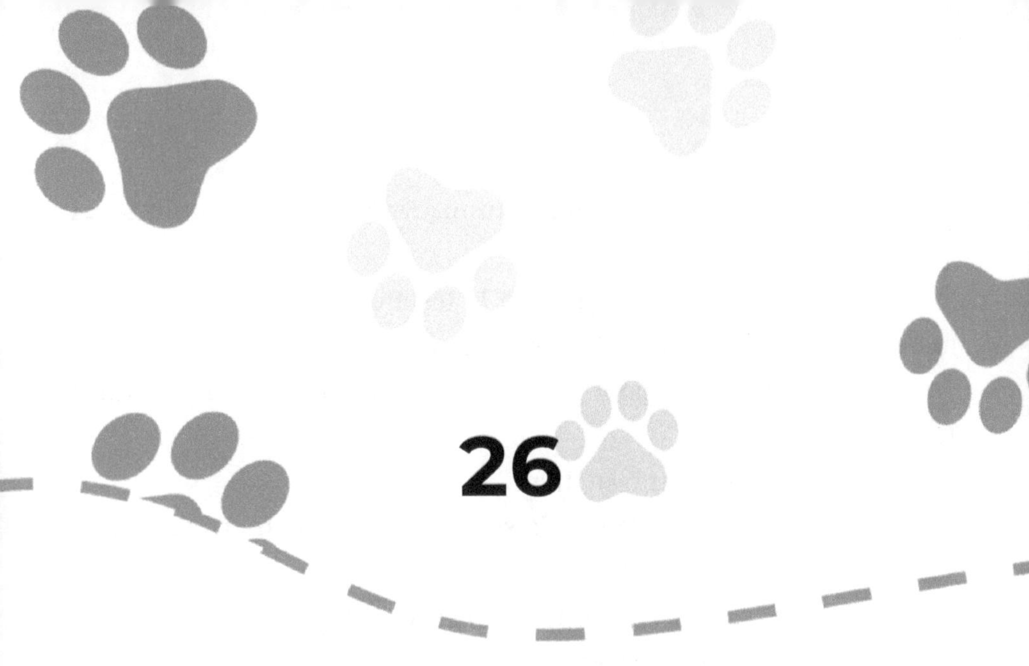

26

Era un'agonia non riuscire a vedere Drake e Luna preparare la pozione. Merlino si spostò accanto alla porta aperta per aggiornarmi su come procedevano le cose, ma Virginia si affrettò a sbattergliela in faccia. Allora lui tornò alla finestra, di modo che la magia che defluiva da me riuscisse a raggiungerlo più facilmente.

«Gracy, hai una caraffa o qualcosa di simile?» chiese Drake entrando dalla porta con tale facilità che Virginia ne rimase sconvolta e iniziò a lampeggiare di rabbia.

«Fa niente. Trovato» disse un attimo dopo. Quando mi passò accanto, mi resi conto che aveva preso la stessa caraffa che avevo utilizzato come vaso per il fiore che mi aveva regalato. Mi chiesi se l'avesse notato.

Si fermò prima di raggiungere la porta e si girò per rivolgersi di nuovo a me: «Oh, madame gatta ha detto che mi serve un pezzo di una certa rana per ultimare la pozione. Sai dove posso trovarlo?»

Giusto. Ci serviva qualcosa che fosse appartenuto a Virginia.

Anche se la rana era andata in frantumi, avremmo potuto utilizzare i cocci. Che sollievo.

«In corridoio» gli dissi girando la testa di lato; lui si affrettò ad andare a recuperare l'ingrediente necessario.

Quando tornò in soggiorno, aveva in mano un pezzo di ceramica lucente: «Trovato.»

Virginia urlò e si gettò su di lui.

Cercai di spingerla via con la scopa, ma sia lei che Drake erano fuori dalla mia portata. «Attento!» gridai, disperata e impotente.

Drake alzò gli occhi proprio mentre Virginia gli piombava addosso... O meglio, gli passava attraverso.

«Che cosa sei?» piagnucolò il fantasma con voce tremante.

«Che cosa sei *tu*?» ribatté Drake; poi, constatando che l'attacco non aveva avuto alcun effetto su di lui, si diresse alla porta.

Scomparve all'esterno e tornò qualche istante più tardi con la caraffa, ora piena di pozione verde torbido. «Madame gatta ha detto di darti questa» disse, mettendomi in mano il recipiente.

«Ma cosa devo farne?» chiesi, dandogli in cambio la scopa.

Ma lui non fece in tempo a rispondere che Virginia ci piombò addosso.

Drake cercò di colpirla però, purtroppo, brandita da lui, la scopa le passò attraverso.

Lo spirito furibondo si avventò su di me, e sarei caduta dritta sul sedere se non fosse stato per il fatto che prima mi aveva immobilizzata.

Riuscii a restare in piedi, la caraffa stretta saldamente fra le mani.

Virginia invece...

«Cosa sta succedendo?» gridò, mentre tutto il colore veniva risucchiato dalla sua sagoma e finiva vorticando dentro la caraffa.

Osservi incantata il contenitore che si riempiva di pura, lucente magia.

Quando rialzai lo sguardo su Virginia, vidi che era grigia e scialba. Ora il suo corpo era completamente visibile, dai capelli alle dita dei piedi.

«Mi hai rubato la magia! Ridammela!» sibilò, afferrando la caraffa; ma le sue mani le passarono attraverso. Ci riprovò, con lo stesso risultato.

«Dov'è finita?» chiese Drake, che brandiva ancora la scopa come una mazza da baseball.

Indicai davanti a noi: «È proprio qui. Non la vedi?»

«No, Gracy. Ormai se n'è andata.» Scoppiò in una risata secca, come se pensasse che stessi cercando di farmi beffe di lui.

La voce di Merlino mi giunse dalla finestra aperta: «Non siamo riusciti a scacciarla del tutto, perché non è riuscita a portare a termine il suo intento, ovvero ucciderti, Gracy. Finché non ci riuscirà, rimarrà intrappolata nel nostro mondo.»

«Allora come facciamo a liberarci di lei?» chiesi, piegando il collo per cercare di vederlo. Ma Merlino non era più alla finestra.

«Ti ucciderò» ringhiò Virginia gettandosi verso di me. Ma ormai solo io riuscivo a vederla.

«La pozione l'ha privata della magia e vincolata a questa casa» annunciò Luna quando lei e Merlino entrarono di corsa dalla gattaiola. Sembrava che la barriera magica fosse scomparsa quando Virginia aveva perso la magia.

«Quindi è bloccata qui? Con noi?» strillai con voce stridula. Casa nostra era già abbastanza affollata, soprattutto con i gattini in arrivo. Un altro coinquilino era l'ultima cosa di cui avevamo bisogno; soprattutto uno il cui più grande desiderio era farci fuori tutti.

«Sì, ma non può più farci del male. Non può fare più nulla.»

Luna annuì lentamente. Suppongo che la questione non le piacesse, proprio come non piaceva a me.

«Muori, mocciosa, muori!» Virginia mi piombò addosso di nuovo, ma più si impegnava ad attirare la mia attenzione, più la sua voce e la sua figura svanivano.

«E tu non sei più bloccata. Puoi di nuovo muoverti» mi informò Merlino dandomi dei colpetti sul piede con la zampetta. Ma l'unico risultato fu che persi l'equilibrio e caddi addosso a Drake.

Lui mi prese al volo e mi aiutò a rimettermi in piedi: «Stai attenta, socia.»

«È la seconda volta che mi chiami così» gli dissi lanciandogli un'occhiata incuriosita. «Perché?»

«È solo un modo pittoresco per ricordarmi che siamo solo amici» disse facendomi l'occhiolino. «Cosa particolarmente importante ora che so che sei una strega potentissima che combatte gli spiriti maligni.»

Uffa! Giusto. Ora Drake conosceva quasi tutti i miei segreti. Certo, non sapeva che ero una discendente di re Artù, o che ero un famiglio e non un mago, ma sapeva comunque troppe cose.

Speravo che i gatti avessero un piano per gestire la situazione, e che non sarei finita in una squallida prigione magica per aver rivelato troppe informazioni a un umano non magico.

Il fantasma mi aveva dato non pochi problemi, ma l'avevo sconfitto. Dubitavo che me la sarei cavata altrettanto liscia con dei criminali magici incalliti, se ci fossimo trovati intrappolati insieme in un luogo da cui era impossibile fuggire.

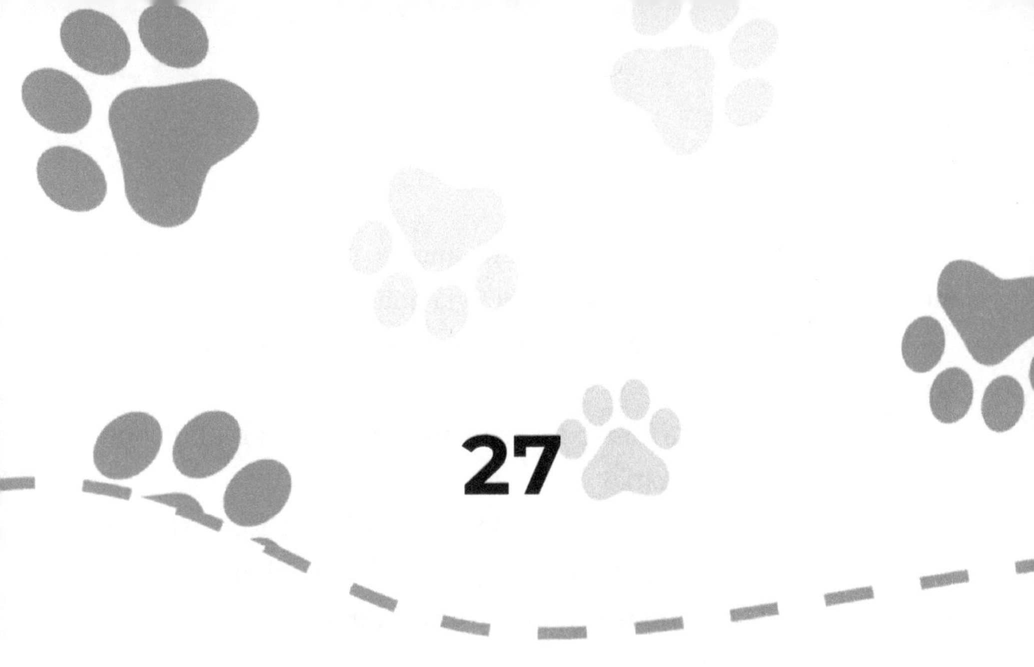

27

«Ehilà? Ora siamo al sicuro? Posso uscire?» chiese una voce inquietante riecheggiando attraverso le pareti.

«Lasciatemi andare!» piagnucolò Virginia; ma ormai le sue parole erano poco più che un sussurro. Se non altro, questo mi avrebbe reso più facile ignorarla qualora avessimo dovuto davvero vivere insieme per… Per quanto tempo? Per il resto della mia vita? Immaginavo di sì. D'altro canto era evidente che Drake e Kelley non la sentivano né la vedevano più. Neanche la minima traccia. Almeno questo era un sollievo.

«Sei tu, Harold?» chiesi.

Una mano blu emerse dalla parete del soggiorno, chiusa a pugno con il pollice alzato. Ero lieta di vedere che stava assumendo la sua forma consueta.

Kelley mi lanciò un'occhiata con gli occhi che le brillavano: «È m-mio p-padre?» balbettò. «È davvero qui?»

«Vieni, Harold» lo invitai con un sorriso. Era una sensazione così bella sentire le guance sollevarsi per la gioia che iniziai a ridere forte.

Harold scivolò in soggiorno. Era ancora per lo più una massa indistinta, ma aveva mani e volto: era già qualcosa.

Kelley si alzò lentamente in piedi, ma senza avvicinarsi al nuovo arrivato.

«Va tutto bene» la rassicurai con un altro sorriso. «Lui non è come quella là. Avvicinati.»

Le feci cenno di farsi avanti e lei avanzò fino a trovarsi al mio fianco: «Papà?» chiese, incerta di potersi fidare di un fantasma, anche se si trattava di qualcuno che aveva conosciuto da vivo.

«Kelley» rispose Harold con quella sua eco che adesso risuonava melodiosa.

Lei continuò a fissarlo a occhi sgranati, ma si rivolse a me: «Cos'ha che non va?»

«È da poco che è diventato un fantasma, quindi non è ancora completamente formato. Avanti, parla con lui. Non ti farà del male.»

Le guance paffute di Harold rimbalzarono mentre fluttuava nell'aria davanti a noi: «Volevo solo vederti un'ultima volta» confessò. «Per dirti che ti voglio bene e che mi dispiace di non essere stato presente nella tua vita.»

Kelley fece una risatina e si asciugò le lacrime che le colavano lungo le guance: «Non sapevi della mia esistenza. L'hai scoperto solo all'ultimo momento.»

Mi voltai e vidi Drake osservare incantato la scena. Lui e Kelley vedevano Harold, eppure non riuscivano più a vedere Virginia. Tutta questa storia dei fantasmi era terribilmente caotica. Dubitavo che avrei mai scoperto le regole precise che governavano la loro interazione con il mondo dei vivi.

«Avrei dovuto stare di più con te dopo averlo saputo, ma temevo di deluderti. Pensavo che avremmo avuto più tempo.»

A Kelley sfuggì un altro singhiozzo, ma ora sorrideva: «Anch'io. Ma forse, ora che sei tornato, potremmo—»

La luce di Harold si affievolì e lei si interruppe. «No. Non posso restare. Ti proteggerò sempre, ma da lassù.»

«Perché non resti qui con me?» Se Kelley avesse posseduto una luce come quella dei fantasmi, anche la sua si sarebbe attutita di colpo.

«Perché ho portato a termine il mio compito» disse Harold con praticità; ma vedevo quanto dolore gli causava dire di no a sua figlia. Era cambiato molto dalla notte scorsa. Non soltanto ora utilizzava frasi complete, ma ricordava. Provava emozioni. «Sai quanto ti voglio bene e quanto vorrei che le cose fossero andate diversamente. Ma sono riuscito a rivederti e ad avvertire Gracy.»

«Mmm, a questo proposito» mi intromisi, sollevando l'indice per attirare l'attenzione dei presenti. «Ora Virginia è intrappolata. Non può più farci del male. Grazie per averci avvertiti. È stato utile, credo.»

Harold sollevò davanti al volto le mani, ancora separate dal corpo. Aggrottò la fronte mentre saliva verso il soffitto, continuando a guardare me e Kelley: «No, il mio avvertimento non riguardava lei, ma qualcun altro. Qualcuno che è ancora in vita» disse infine, con la stessa strana voce con cui aveva recitato il primo avvertimento. «I semi piantati presto daranno frutti pericolosi.»

Kelley sussultò ma, per quanto mi riguardava, al momento c'era ben poco che potesse sorprendermi.

«Puoi dirmi qualcosa di più specifico? Tipo chi, cosa, quando, perché? Qualsiasi informazione sarebbe utile.»

Harold abbassò le mani e tornò giù, alla nostra altezza. Il suo blu era diventato molto più pallido e trasparente di prima: «Ho già detto più di quanto avrei dovuto. I morti non dovrebbero interferire con i vivi. Inoltre, non ricordo altro.»

Spostò lo sguardo su Kelley: «Abbi cura di te, tesoro mio. Un giorno ci rivedremo dall'altra parte. Ma non troppo presto, ok?»

Kelley allungò le dita e gli sfiorò la mano.

Lui ondeggiò ancora per qualche istante, poi svanì del tutto.

«È stato fighissimo» disse Drake dal suo posticino sul divano.

Kelley lo raggiunse: «Non riesco a credere che fosse davvero mio padre.»

«In fondo, sembra un tipo a posto» disse Drake entusiasta. «Ritiro tutto ciò che ho detto su di lui.»

Mentre quei due chiacchieravano, sgattaiolai in camera da letto e feci cenno ai gatti di seguirmi. Quando ci fummo tutti, chiusi delicatamente la porta alle nostre spalle.

«Che cosa facciamo ora?» bisbigliai loro, improvvisamente disperata. «Entrambi sanno della magia. Significa che finirò in prigione?»

Merlino ridacchiò sotto i baffi, deliziato: «Devi sapere che...»

«Abbiamo trovato una scappatoia» esclamò Luna facendo fusa roboanti.

Guardai l'uno e poi l'altra. Entrambi sembravano molto soddisfatti. «Di che cosa state parlando? Quale scappatoia?»

«Beh, tecnicamente è stata Virginia a rivelare a entrambi l'esistenza della magia. Non tu» disse Merlino con orgoglio.

«E io ho parlato con Drake solo dopo che lei aveva mostrato la vera natura dei suoi poteri» aggiunse Luna. «Quindi non verrai punita.»

Ero così sollevata che mi sembrava che mi avessero tolto un pesante carico emotivo dalle spalle.

«Nessuno di noi verrà punito» disse Luna con un sorriso degno dello Stregatto.

Emisi un lento, lungo sospiro. Ah, era una splendida notizia. «Magnifico. Ben fatto. Ma cosa facciamo adesso?»

«Abbiamo un piano, Gracy» mi rassicurò Merlino, poi mi fece cenno di chinarmi così da potermi illustrare tutti i dettagli.

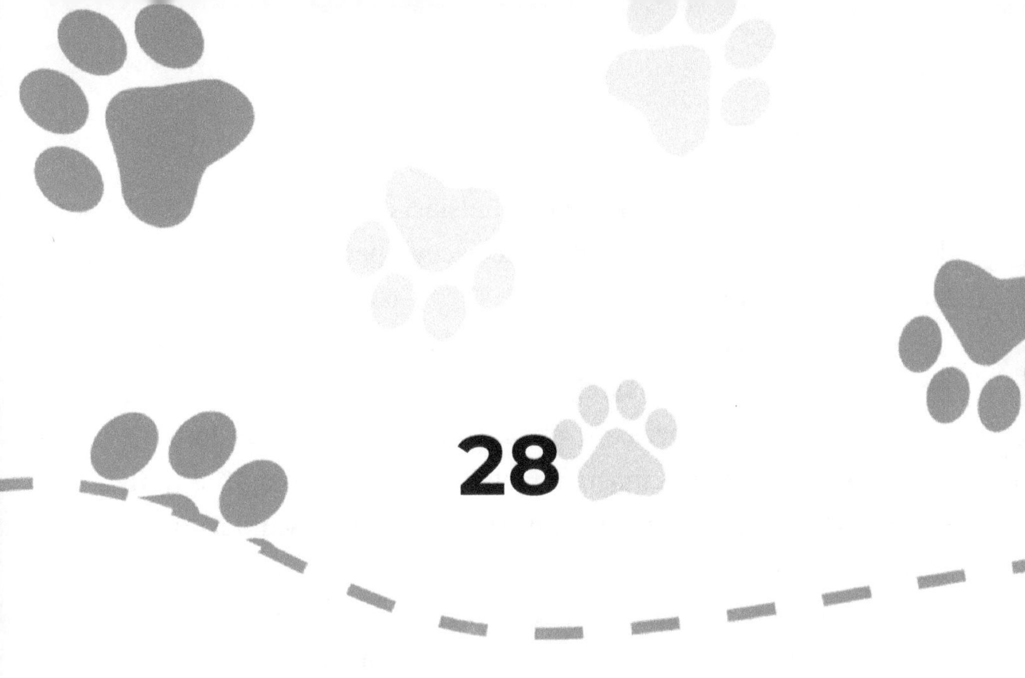

28

Venne fuori che i gatti avevano pensato proprio a tutto. Anche se nessuno dei due era mai stato in grado di modificare i ricordi quella era una specialità dei maghi dell'illusione Luna spiegò a Merlino come preparare una potente pozione soporifera.

La prepararono in forma gassosa, di modo che fosse più semplice da somministrare, e quando Drake e Kelley furono profondamente addormentati, Merlino ci teletrasportò tutti nella nuova casa di lei.

I vecchi mobili di Virginia non erano ancora stati portati via, così adagiammo i due belli addormentati sul divano a fiori. Prestai particolare attenzione a sistemarli abbracciati, con la testa di Drake sul grembo di Kelley. Magari lo avrebbe spinto a vederla come possibile fidanzata.

Ma, soprattutto, speravamo che la mattina dopo si sarebbero svegliati convinti che tutto ciò che era successo non fosse stato altro che uno strano sogno, che per qualche ragione avevano fatto entrambi.

Naturalmente, io avrei negato qualsiasi coinvolgimento: anche se detestavo ingannare i mei amici, lo facevo per il loro bene e per la loro salute mentale.

Sarebbe stato bello avere degli amici a cui poter raccontare le mie avventure magiche, ma sarebbe stato egoista, da parte mia: li avrei esposti a molteplici pericoli senza, tuttavia, poter dare loro alcuna spiegazione. Senza un mago a reclamarli come famigli, e quindi a proteggerli, avrebbero dovuto cavarsela da soli, trovandosi quindi in grave pericolo. O almeno, così mi dissero i gatti.

In ogni caso, Kelley e Drake avevano già abbastanza da fare, considerando che la nuova Harold's House of Coffee si era già rivelata un successo.

Il giorno dopo la nostra avventura notturna, Kelley aveva di nuovo in programma un doppio turno con i nuovi assunti, che l'avrebbero aiutata a gestire la clientela all'apertura, mentre io e Drake l'avremmo raggiunta più tardi in mattinata. Avrebbe dovuto di certo assumere presto altro personale, ma mi fidavo del suo intuito sulle tempistiche con cui agire.

Quando arrivai al lavoro, scoprii che Drake era già lì, un fatto mai accaduto prima. Scoprii anche che lui e Kelley si tenevano per mano mentre lei preparava lo scontrino per un cliente e uno dei nuovi arrivati era affaccendato con la macchina per l'espresso.

«Buongiorno» gridai allegramente quando ebbero finito di occuparsi del cliente. «Ho dormito splendidamente stanotte e sono pronta per qualsiasi cosa questa giornata ci possa portare.»

Ok, forse avevo esagerato un po', ma loro non lo sapevano. Mi ero truccata gli occhi con estrema cura quella mattina per accertarmi che nemmeno una minima traccia di occhiaie fosse visibile. E sarei stata allegra e positiva per l'intera durata del turno, anche se avrei tanto voluto strisciare a letto a dormire.

Drake sbadigliò vistosamente, rifiutandosi di lasciar andare la mano di Kelley: «Come mai tanta allegria?»

Annuii in direzione di Kelley: «Beh, sembra che qualcosa di bello sia successo. O, almeno, che ci siano delle novità.»

Arrossirono entrambi; erano adorabili.

Kelley mi fece cenno di avvicinarmi.

«Abbiamo trascorso la notte insieme. Non ricordo il suo arrivo a casa mia, ma quando mi sono svegliata era lì.» Sorrise, mentre lui le dava un bacio sulla guancia. Erano passati da zero a cento praticamente in un nanosecondo.

«Nemmeno io me ne ricordo» disse lui, «ma non è poi così strano. Dimentico continuamente cose che dovrei sapere e so cose di cui non dovrei essere a conoscenza.»

Kelley abbassò la voce a un sussurro roco: «La cosa più strana, comunque, è che entrambi abbiamo fatto un sogno folle. Lo stesso sogno.»

«Davvero?» squittii, facendo del mio meglio per sembrare sorpresa.

«C'eri anche tu» sottolineò Drake, come se si aspettasse che me ne ricordassi. «Per caso hai sognato fantasmi e gatti parlanti ieri notte?»

Scossi il capo con enfasi: «No. Ho dormito come un ghiro.»

«Non è buffo il modo in cui tanti piccoli aspetti della quotidianità possano fondersi insieme e creare avventure incredibili nel mondo dei sogni?» chiese Kelley scuotendo il capo. «C'era mio padre, ma era un fantasma. E c'era quest'altro fantasma che cercava di farci del male, ma Drake ci ha salvati tutti. È stato allora che è arrivato mio padre e mi ha detto quanto mi vuole bene. Avete menzionato una volta i fantasmi in quel gioco per conoscerci meglio, e ne è nato tutto questo!»

«Già, e la cosa più strana è che abbiamo fatto lo stesso sogno» disse Drake guardandomi con un'espressione strana. «Esattamente uguale.»

«Questo è piuttosto strano.» Feci un cenno verso le loro mani unite: «Ma sembra che la cosa vi abbia avvicinati.»

«Kelley è una bella ragazza. Decisamente bella» rispose Drake avvicinando il volto a quello di lei e sfiorandola con le ciglia.

Ero felice per loro, ma avevo la sensazione che, se anche il latte alla zucca non mi avesse fatto vomitare quel giorno, l'avrebbero fatto le loro smancerie.

«Devo andare: è ora del briefing di fine turno con i nuovi assunti» annunciò Kelley con un sospiro. «Tornerò presto.»

Drake si lasciò dare un rapido bacio sulla guancia e la salutò con la mano, restando a guardarla per tutto il tempo che lei impiegò a raggiungere l'ufficio.

«Così tu e Kelley state insieme?» chiesi, senza cercare minimamente di nascondere la mia gioia per quella piega degli eventi.

«So che non si è trattato di un sogno» mi disse lui con un sussurro roco. «E so che lo sai anche tu.»

«Non so di cosa tu stia parlando» dissi con una scrollata di spalle, poi scossi i capelli e andai a pulire i tavoli.

Per tutto il tempo non feci che preoccuparmi terribilmente. Com'era possibile che ricordasse? E cosa avrebbe comportato questo per tutti noi?

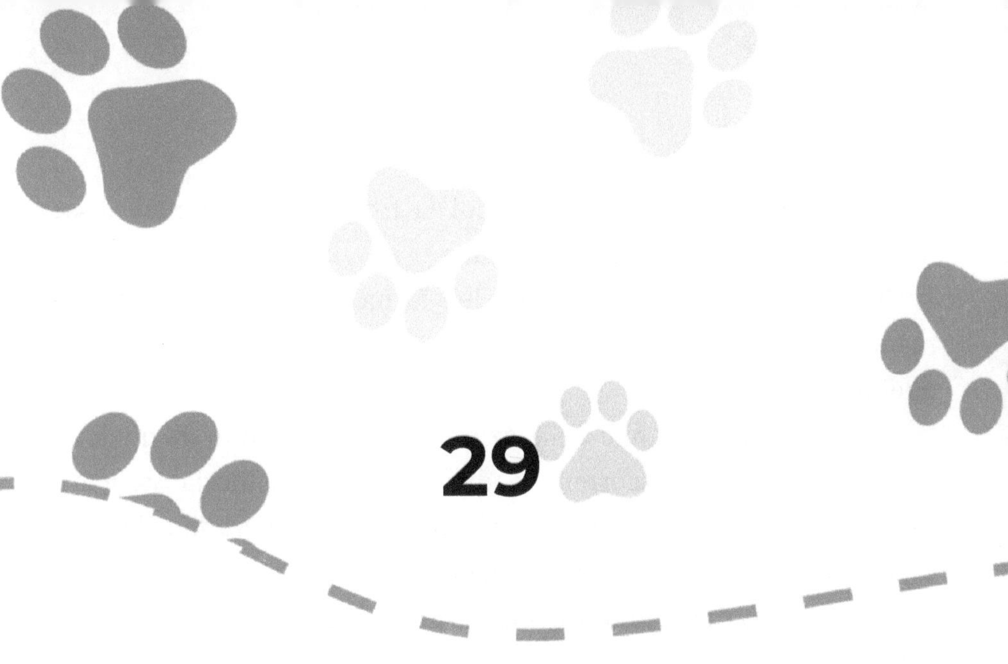

29

Tornai a casa da due gatti molto contenti e da un fantasma molto infelice. Merlino e Luna erano seduti ad aspettarmi sul tavolo della cucina, entrambi con un gran sorriso disegnato tra le vibrisse, mentre la sagoma quasi invisibile di Virginia andava in giro per la casa borbottando silenziose maledizioni.

«Come se la cava la nostra nuova coinquilina?» chiesi ai gatti, mentre Virginia mi si avventava addosso e mi passava attraverso. Fisicamente non sentii nulla, ma mi sembrò comunque un'invasione del mio spazio.

Rabbrividii e le gridai di non riprovarci.

«Oppure cosa mi fai?» chiese il fantasma, così piano che dovetti sforzarmi per udirla.

«Beh, in effetti sei già in trappola...» dissi con una risata. «Dammi un po' di tempo per pensarci su.»

I gatti risero anche loro, e Virginia sparì in qualche altra parte della casa.

«Detesta questa situazione e noi la troviamo esilarante» disse Merlino con gli occhi che scintillavano.

Nonostante avesse riso anche lei, Luna sembrava decisamente meno divertita: «Mi sento ancora in parte responsabile per tutto quello che è accaduto.»

«Non sei responsabile delle azioni cattive compiute da qualcun altro» dissi facendo scorrere le dita sulla sua pelliccia soffice e candida. «E comunque, così i tuoi cuccioli diventeranno dei veri esperti in materia di fantasmi. È una buona cosa, no?»

«Immagino di sì» ammise lei con un sospiro, premendosi contro la mia mano.

«Non pensiamoci più.» Merlino si alzò in piedi e inarcò la schiena stiracchiandosi per bene. «Abbiamo una sorpresa per te.»

«Sollevai un sopracciglio: «Oh?»

«Da questa parte, per favore.»

Entrambi i gatti saltarono giù dal tavolo e corsero verso il corridoio che conduceva alla mia camera da letto.

«Guarda in su» disse Merlino con i grandi occhi pieni di entusiasmo.

Guardai in su e non vidi nulla o almeno, niente di strano. E proprio la vista del solito, noioso soffitto mi fece sussultare il cuore di gioia: «Lo avete riparato!» strillai, chinandomi ad accarezzarli entrambi per ringraziarli «Come avete fatto? Credevo che sareste dovuti andare a Nocturna a cercare qualcuno in grado di farlo.»

«Anche se mi piacerebbe prendermi il merito, in realtà ha fatto tutto Luna» annunciò Merlino con orgoglio. «Diglielo, cara.»

La gatta sembrava imbarazzata: «Beh, sai che ultimamente siamo andati spesso al mio giardino.»

«Lo so.»

«Ho pensato che, se in giro ci sono altri maghi della natura, devono avere anche loro giardini altrettanto ben forniti.» Fece una pausa e Merlino continuò dal punto in cui lei si era interrotta.

«Abbiamo passato la giornata a teletrasportarci in varie parti dello stato finché non abbiamo trovato ciò che cercavamo a un paio di città di distanza da qui. Un posto chiamato Beech Grove. Lì abbiamo conosciuto un umano magico, pensa un po'! Il giardino era suo, ma ci ha presentato un gatto di sua conoscenza, il signor Fluffikins.»

«E Fluffikins è venuto con noi e ha riparato il tetto con un semplice guizzo della coda. Riesci a crederci?» squittì Luna. Se non avessi saputo come stavano davvero le cose tra lei e il mio gatto, avrei pensato che fosse rimasta affascinata da questo Fluffikins.

Tuttavia, Merlino non sembrava neanche un po' geloso, e io ammiravo quanto fosse diventato saldo il loro rapporto, nonostante l'inizio burrascoso.

«Non riesco a credere che abbiate fatto tutto questo per me. Grazie!»

«Beh, è stata colpa di Merlino, ma ora non sarà più tanto ingenuo da evocare i fulmini in casa. Giusto, caro?» disse Luna lanciandogli un'occhiata.

Merlino chinò la testa sul petto: «Sì, cara.»

«Apprezzo il tuo gesto di scuse. Grazie.» Diedi a entrambi un'altra piccola pacca sulla testa prima di tirarmi su.

«Oh, non l'ha fatto per scusarsi» disse Luna in tono severo, rivolta più a Merlino che a me. «Ha fatto solo il suo dovere per rimettere le cose a posto. E, comunque, Merlino ha un'altra sorpresa per te per farsi perdonare.»

Merlino trasse un profondo respiro: «Ho riflettuto molto sulla nostra chiacchierata dell'altro giorno, e su quanto sia importante per te che io e Luna ci adattiamo alle usanze umane, dal momento che viviamo nel vostro mondo...» La sua voce si spense, lasciandomi nella più totale confusione. Dove voleva arrivare?

Luna gli diede dei colpetti con la zampa sul fianco: «Su, vai avanti. Non tirarla per le lunghe.»

Il Maine Coon sollevò la testa e mi guardò con gli occhi verdi che scintillavano: «E così, io e Luna abbiamo deciso di sposarci. Ufficialmente. Prima della nascita dei cuccioli.»

Battei le mani per l'emozione: «Ragazzi, è fantastico! Sono così felice per—»

«E tu ti occuperai di organizzare tutto!» proruppe Luna. «Non è meraviglioso?»

Il mio sorriso si affievolì per un istante: «Oh, ragazzi, non è necessario che facciate tutto questo per me.» *Soprattutto se vi aspettate che sia io a fare tutto il lavoro*, aggiunsi mentalmente. Non avevo mai organizzato un matrimonio, tantomeno uno per gatti. Da che parte si doveva cominciare?

«Non preoccuparti, tesoro. Ci teniamo davvero a fare questo gesto per te» mi rassicurò Luna. Non aveva proprio capito.

«Grazie» dissi, sforzandomi di continuare a sorridere in qualche modo. «E quando sarà il gran giorno?»

«Questo fine settimana» strillarono all'unisono.

Oh, caspiterina!

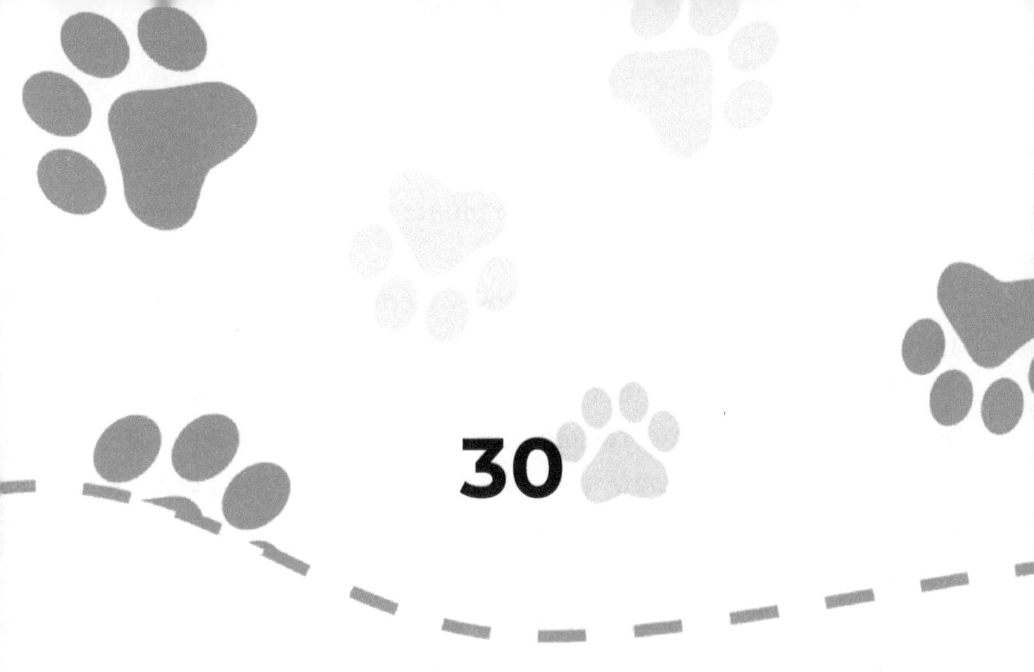

30

E così un'avventura giungeva al termine, mentre molte altre si prospettavano all'orizzonte. Avevo un matrimonio felino da organizzare in fretta e furia, una cucciolata di gattini in arrivo fra meno di due mesi, un fantasma come coinquilino che mi sarei dovuta impegnare a evitare per il resto della mia esistenza in questo mondo, e la nostra peggior nemica era ancora in circolazione.

Non avevo dubbi sul fatto che avremmo rivisto Dash, soprattutto considerando l'inquietante avvertimento di Harold sui semi piantati e i frutti pericolosi. Ma, anche così, non avevamo idea di come fare per trovarla, quindi avremmo dovuto aspettare che fosse lei a venire a cercarci.

Nel frattempo, io e Merlino avremmo dovuto impegnarci per rafforzare il più possibile il nostro legame, in modo da essere pronti ad affrontarla al suo ritorno. A causa del drenaggio effettuato da Virginia, avevo perso buona parte dell'energia magica che avevo accumulato da quando ero diventata il famiglio di Merlino. Per fortuna, il mio micione era riuscito a farmi guarire del tutto. Avevo anche iniziato ad assorbire la magia più rapidamente man mano che trascorrevamo più tempo insieme.

Sarebbe andato tutto bene. Dovevo crederci, o sarei di certo impazzita.

Ma la cosa che mi turbava di più, fra tutte quelle che ci erano accadute, non era stato l'essere quasi uccisa da un nemico di cui pensavo di essermi liberata una volta per tutte. Era il fatto che il mio collega ed ex ammiratore, Drake, sapesse di me e dei miei gatti e chissà cos'altro.

Aveva facoltà fuori dall'ordinario, che nessun altro di noi possedeva, e le aveva gestite senza il minimo problema. Il fantasma non lo aveva stupito, né gli aveva fatto perdere il sangue freddo. Aveva reagito alla sua presenza come a tutto il resto: qualcosa di interessante ma fondamentalmente... normale.

Desideravo chiedergli che poteri avesse, che cosa *fosse*, ma immaginavo che non si sarebbe fatto dei problemi a dirmelo, se l'avesse effettivamente saputo.

Di certo, però, lui sapeva cos'ero io. E spesso cercava di parlarmi degli eventi di quella notte quando ci trovavamo da soli al lavoro.

Credetemi: i tavoli della caffetteria non erano mai stati così lucenti, tanto era il tempo che trascorrevo a pulirli quando mi serviva una scusa per evitarlo.

Per il momento, Drake si era sempre accertato di parlarmi della questione solo quando era sicuro che nessuno potesse sentirci, ma se avesse iniziato a farlo davanti ad altri? Le autorità magiche mi avrebbero ritenuta responsabile? Sarei stata costretta a pagare per questo?

Merlino e Luna avevano detto che ero innocente, dato che era stata Virginia a mostrare i suoi poteri a Drake, e, tuttavia, il fatto che lui sapesse mi metteva comunque a disagio.

Sapevo di potermi fidare di lui, se avessi avuto bisogno di aiuto e protezione, ma per mantenere i miei segreti?

Non se ne parlava neanche.

Avevo la sensazione che presto avrei dovuto fare delle scelte difficili per proteggere lui, la mia famiglia di gatti magici e me stessa.

E con un una dolce, innocente cucciolata di nipotini baffuti in arrivo, non potevo permettermi nessun errore...

VOLUME TRE

L'ULTIMA BATTAGLIA DI MERLINO

Non ho potuto fare a meno di rabbrividire quando il mio gatto mi ha portato in dono un uccellino morto.

E ho lanciato un urlo quando la bestiola è ritornata in vita all'improvviso.

All'inizio l'ho liquidata come una di quelle cose assurde che capitano quando vivi con un gatto magico, ma poi è successo di nuovo.

E così abbiamo scoperto che un nemico che conosciamo bene sta creando un esercito di creature zombi per costringerci alla resa. Ma io e Merlino ci rifiutiamo di lasciare che la magia nera abbia la meglio, soprattutto se la posta in gioco è l'esistenza stessa della magia.

E se questa dovesse estinguersi, lo stesso accadrebbe a tutti coloro che ne sono in possesso.

Nossignori, il mio gatto NON cadrà vittima di questa scellerata battaglia. Sono pronta a combattere un milione di zombie per poi mettere fuori gioco il nostro nemico. Niente si frapporrà fra Merlino il gatto magico e il suo famiglio - e sono pronta a dimostrarlo.

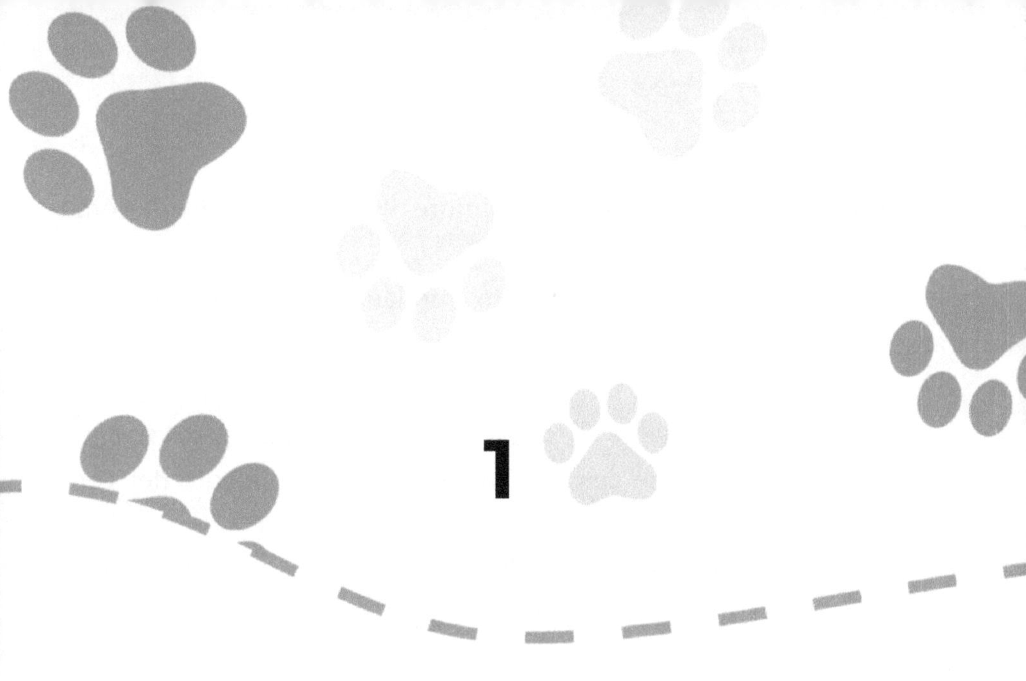

1

Ciao a tutti, mi chiamo Gracy Springs, ho poco più di vent'anni e lavoro come barista mentre frequento la scuola di specializzazione. Ok, mi sarei dovuta laureare diversi mesi fa, ma non ho ancora trovato il tempo di finire la tesi.

Tutto considerato, non potete farmene una colpa: provate voi a essere il famiglio di un mago felino con almeno due pericolosissimi nemici e ditemi come ve la cavereste con le faccende quotidiane.

Da quando Merlino, il mio Maine Coon, mi ha rivelato di essere un mago, i tentativi di uccidermi da parte dei suoi nemici si sono susseguiti senza sosta.

Quando mia nonna ha deciso di trasferirsi in una residenza di lusso per anziani nelle Florida Keys, mi ha regalato la sua casa a Elderberry Heights una minuscola cittadina della Georgia e il suo gatto, all'apparenza un normalissimo felino. All'inizio, a casa della nonna ci abitavamo solo io e il Main Coon. Poi si è unita a noi Luna, sua moglie, che ora è incinta; e infine è arrivato l'ex famiglio di

Luna, un fantasma cattivissimo e sempre di pessimo umore di nome Virginia.

È vero. La casa è già piuttosto affollata, e i gattini non sono ancora nati!

Un'altra curiosità?

Sono una discendente di re Artù, e anche il mio gatto magico appartiene a una stirpe celebre. Infatti, è un discendente del vero Merlino.

No, non il Merlino umano, ben noto impostore, bensì il vero mago Merlino, che si dà il caso fosse un gatto.

Per via del rapporto che univa i nostri antenati, io e Merlino abbiamo un legame quasi impossibile da spezzare. E questo ci ha resi entrambi dei bersagli.

La nostra più temibile nemica, Dash, non si fa vedere da un po', ma non ci sono dubbi sul fatto che stia architettando un nuovo piano e che presto ci farà un altro scherzetto.

Onestamente, non ho la minima idea di cosa voglia da noi. E ho molta paura di scoprirlo.

Perché, sapete? Più cose imparo sul mondo magico, meno mi sembra di capirlo. Io non posso lanciare incantesimi, ma la magia si accumula dentro di me. In realtà, questo è il mio ruolo principale come famiglio: essere un contenitore di magia ambulante per Merlino.

Se il mio padrone fosse un mago come gli altri, essere legata a lui non avrebbe messo sottosopra la mia vita così tanto. Tuttavia, poiché il mio gatto tutto è fuorché normale, gli eventi in cui rischiamo la pelle si susseguono uno dopo l'altro.

Può sembrare che mi lamenti, ma in realtà sono felice di potermi rendere utile. Qualcuno deve pur sgominare i cattivi, in fin dei conti.

E quindi, perché non io?

Le ultime parole famose, lo so...

. . .

«Oddio! Perché proprio io?» strillai quando Merlino depositò ai miei piedi un uccellino morto, mentre mi stavo ancora preparando il primo caffè della giornata.

«È un regalo» annunciò con orgoglio il Maine Coon dalla morbida pelliccia. Non sembrava minimamente offeso dalla mia reazione a quel gesto grossolano.

Osservai a disagio la sagoma del volatile afflosciato ai miei piedi: «E cosa potrebbe mai averti fatto pensare che io desideri una cosa del genere?»

«Perché non dovresti volerlo?» ribatté. Scuoteva la punta della coda, segno che stava iniziando a irritarsi con me. «E poi, come fai a sapere che non ti piace, se non l'hai neanche assaggiato?»

Questa era la prova che, anche se potevamo parlarci, non necessariamente ci capivamo o ci sopportavamo.

«Ehm, grazie» dissi, chinandomi a esaminare il 'dono' più da vicino. Dovevo trovare il modo di liberarmene mentre non guardava. Il problema, con lui, era che sembrava osservarmi di continuo.

«Hai visto, non era poi così difficile» disse il mio gatto con un sorrisetto compiaciuto fra le vibrisse.

Stavo cercando qualcosa da dire mi ci vuole un po' quando non ho ancora caffeina in circolo quando l'uccellino riprese vita.

Gridai e feci un balzo indietro, atterrando dritta sul sedere.

«Non preoccuparti, Gracy» strillò Merlino, entrando subito in azione. «Ti salvo io da questo demone piumato!»

Lo osservai in silenzio, sbalordita, mentre spiccava un salto, affondava le zanne nella preda e atterrava sul pavimento di linoleum, il tutto in un unico movimento fluido.

«Avrei... giurato che fosse... morto» borbottò, con il volatile ancora ben stretto tra le fauci. Poi, con mio sommo orrore, gli diede una bella sgranocchiata.

Oh, povero pettirosso!

Merlino posò nuovamente ai miei piedi il volatile, ora certamente stecchito, e iniziò a toelettarsi dandosi lunghe e ampie leccate sul fianco.

Non sapevo cosa dire. Di certo non sarei riuscita a ringraziarlo di nuovo, ma non potevo neanche punirlo per essersi comportato da gatto.

Mentre fissavo l'uccellino perplessa, quello riprese nuovamente vita. Inizialmente mosse solo la punta di un'ala, poi aprì un occhietto nero e scintillante.

Arretrai, appoggiata su mani e piedi, fino ad andare a sbattere contro il frigo.

«Oh no, non osare!» strillò Merlino, scattando in avanti prima che la sua vittima riuscisse a spiccare il volo.

Lo addentò di nuovo con forza, questa volta spezzandogli il collo, che restò piegato a un'angolazione innaturale.

Inspirai ed espirai profondamente, pregando di non vedere mai più una scena simile nella mia cucina. Anche senza caffè, ora ero perfettamente sveglia—nonché terrorizzata a vita.

«Sei sicuro che ora sia morto davvero?» sussurrai dopo una breve pausa, timorosa che, se non avessi parlato a voce abbastanza bassa, le mie parole avrebbero risvegliato l'uccellino dal sonno eterno.

Io e Merlino restammo a fissare il mucchietto scomposto di penne e lo vedemmo riprendere vita—un'altra volta.

Non era certo quello il modo in cui avevo progettato di iniziare la giornata!

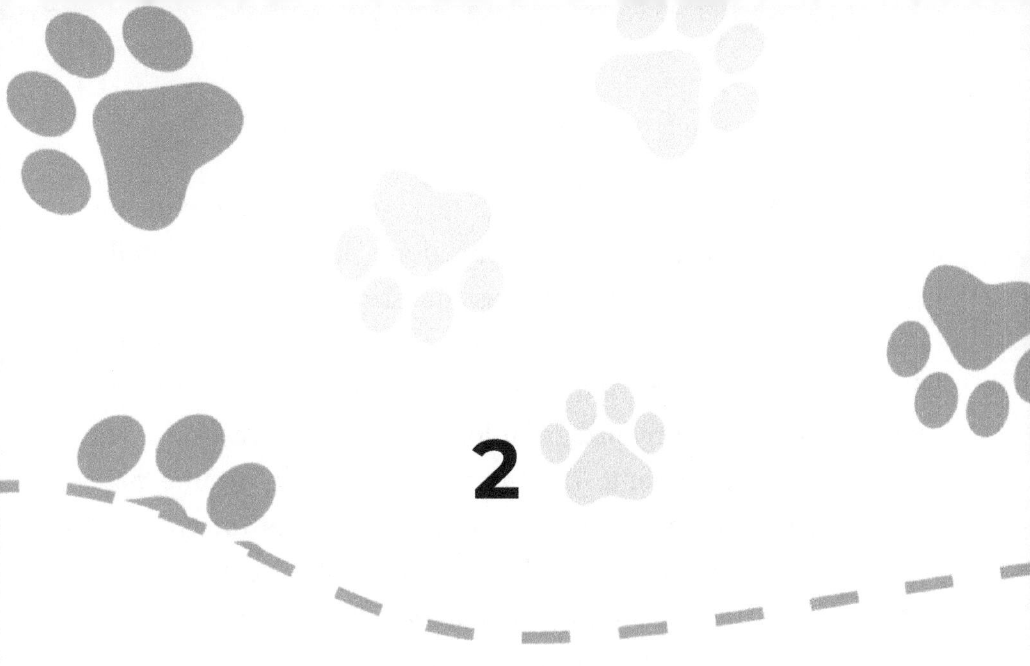

2

«Perché non muore?» strillai, cercando a tentoni un appiglio nel tentativo di rimettermi in piedi.

«Questa è magia nera» dichiarò Merlino prima di balzare sul volatile morto/moribondo/non-morto. «Vai da Luna. Io mi occupo di questo demonio.»

Beh, non aveva bisogno di dirmelo una seconda volta. Corsi fuori dalla cucina e dalla porta di casa senza neanche prendermi la briga di mettermi un paio di scarpe. La rugiada mattutina mi bagnò le calze, ma non me ne importava nulla. Più tardi mi sarei cambiata, ma in quel momento non sarei riuscita a sopportare di restare ancora a guardare mentre Merlino, in cucina, si accaniva sul mostro dal becco appuntito.

In un batter d'occhi girai intorno alla casa e trovai Luna spaparanzata sull'erba e intenta a prendere il sole. Da quando aspettava i cuccioli, trascorreva molto più tempo nel giardino sul retro, dove l'avevo aiutata a piantare alcuni fiori ed erbe per lenire la nostalgia di casa che talvolta provava.

Vedendomi, si alzò delicatamente in piedi; i suoi movimenti erano ancora la perfetta rappresentazione della grazia e dell'eleganza, nonostante la gravidanza fosse quasi giunta al termine.

Sì, l'arrivo dei gattini era ormai prossimo. Dopo aver scoperto che lei era in dolce attesa, Merlino e Luna mi avevano dato una settimana di tempo per organizzare il loro matrimonio. Avevano deciso che, poiché il sacramento del matrimonio era importante per gli umani, l'avrebbero onorato anche loro, così che io mi ero dovuta sobbarcare tutti i preparativi. Era accaduto solo poche settimane prima: gli sposini avevano trascorso un paio di notti fuori casa per la luna di miele, poi la vita era tornata alla normalità—per lo meno, per quanto ciò sia possibile quando si vive con due gatti parlanti e un fantasma.

Avevo quasi iniziato a credere che i cattivi del mondo magico avessero smesso di prendersela con noi, ma il malconcio pettirosso che continuava a risorgere aveva appena dimostrato il contrario.

«Oh, tesoro» disse Luna notando la mia espressione sconvolta. «Avevo detto a Merlino che non avresti apprezzato quel regalo, ma lui ha insistito. Dice che non sei più tu, da quando Virginia è venuta a stare da noi, e voleva fare qualcosa per farti sentire apprezzata.»

«È un pensiero carino» dissi, sforzandomi di sorridere e strofinandomi la schiena dolorante. «Ma hai ragione, quel volatile è stata un'idea terribile. Soprattutto perché non ne vuole sapere di restarsene morto.»

Luna appiattì le orecchie all'indietro e spalancò gli occhi azzurri: «Cosa significa che non ne vuole sapere di restarsene morto?»

«Esattamente quello che ho detto. Quel coso sembrava morto, poi è risaltato su pochi attimi dopo. Sono piuttosto certa di aver visto Merlino spezzargli il collo, ma nemmeno questo l'ha fermato.» Rabbrividii al ricordo; poco ma sicuro, quell'immagine si sarebbe ripresentata a lungo nei miei incubi. «Tra l'altro, credo di essere appena diventata vegetariana.»

Luna soffiò: «Non osare scherzare su questioni così terribili.»

«Quale delle due cose credi sia uno scherzo?» sbottai incredula.

Luna mi osservò per qualche istante: «Oh cielo. Dici sul serio, vero?»

«Sono mortalmente seria» dissi a denti stretti. «O forse dovrei dire *non mortalmente.*»

«Sì, sembra che sia proprio con *questo* che abbiamo a che fare» concordò Luna annuendo con solennità.

«Intendi dire...?» Non riuscii nemmeno a finire la frase. Perfino dirlo sembrava inverosimile.

«Zombi» disse Luna, confermando i miei sospetti.

«Ma com'è possibile?» sbottai, maledicendo la nostra cattiva sorte. Anche se qualcosa mi diceva che la sfortuna non c'entrava affatto.

«Il come è piuttosto semplice» mi spiegò pazientemente Luna. «È il perché a preoccuparmi di più.»

«Ora sono curiosa.»

La gatta rimase a fissare casa nostra senza dire nulla.

«Come si fa a creare gli zombi, Luna?» insistetti.

Lei sbatté le palpebre per il sole, poi si voltò lentamente verso di me: «Beh, sai che i gatti hanno sette vite, vero?»

«Ovviamente» dissi, per spingerla a proseguire. Avevo sempre dato per scontato che si trattasse solo di un modo di dire, ma evidentemente non era così. Avrei dovuto ricordarmi di chiedere spiegazioni ai gatti in seguito, quando non ci fossero più stati zombi da affrontare in cucina.

«Ma non è così per tutti i gatti. Solo per i maghi. Non siamo immortali, ma ci sono concesse delle vite aggiuntive.»

«Ok» dissi, annuendo. «Ha senso.»

«Possiamo fare dono delle nostre vite ad altri. Si tratta di un incantesimo complesso, ma piuttosto diffuso. Solitamente viene effettuato con buone intenzioni, affinché i membri di una coppia possano vivere per lo stesso tempo.»

«Ma immagino che non sia così per l'uccellino che Merlino mi ha portato» azzardai.

«No» disse lei, guardandosi intorno. «Esiste una versione corrotta dell'incantesimo di condivisione delle vite che può essere usata per rianimare i morti.»

«Ma quel volatile era appena morto. L'ho visto con i miei occhi» le ricordai.

Il muso di Luna assunse un'espressione tirata che non contribuì certo a confortarmi: «Sì. Questo significa che la nostra nemica, la maga oscura, è vicina.»

«Credi che creerà altri zombi?»

«Immagino che l'arrivo del primo non sia stato un caso, quindi è molto probabile che ne giungano altri.»

«Ma per quale motivo qualcuno dovrebbe rinunciare alle proprie vite solo per spaventarci un po'?» Era questo che non capivo. Anche se non potevamo uccidere il pettirosso, eravamo comunque molto più grandi e forti di lui e avremmo potuto trovare un altro modo per sopraffarlo.

«Questa è la cosa che mi inquieta maggiormente » bisbigliò Luna. «I maghi davvero malvagi quelli disposti a usare un incantesimo come questo sono anche in grado di controllare la mente e la volontà altrui. È possibile che il colpevole abbia già a disposizione un esercito di maghi indifesi e che ognuno di essi abbia con sé schiere di zombi.»

Sospirai e mi passai una mano fra i capelli: «Quindi le cose si stanno mettendo male, vero?»

«Molto male» disse Luna a fatica, come se il solo pronunciare quelle parole potesse contribuire a renderle più reali.

Luna era la più coraggiosa fra noi. Se la questione degli zombi la spaventava tanto, ci aspettavano tempi durissimi.

Quella giornata non faceva che peggiorare...

3

«Ora che sai con cosa abbiamo a che fare, capisci che non possiamo lasciare Merlino da solo con quella creatura neanche un altro istante.» Luna partì di corsa e fece il giro intorno alla casa, dirigendosi all'ingresso principale.

La seguii a grandi passi, ma esitante. Un pettirosso non-morto non poteva fare chissà cosa, ma un intero stormo? C'era un motivo se il capolavoro di Hitchcock, il cui titolo calzava a pennello alla nostra situazione, era uno dei film dell'orrore più apprezzati di tutti i tempi.

Quando entrai in casa, trovai Luna intenta a girare intorno a Merlino a passo svelto, esaminandolo attentamente: «Sei sicuro che non ti abbia ferito?»

Merlino rizzò il pelo e scosse il folto mantello: «Anche se l'avesse fatto, sto bene. L'incantesimo di condivisione della vita non può essere effettuato tramite una terza creatura. Se qualcuno vuole trasformarmi in uno zombi, dovrà farlo di persona.»

Luna miagolò tristemente: «È proprio ciò che temo, caro.»

Merlino strofinò il muso contro quello di lei: «Non preoccuparti per me, amore mio. Tu pensa a far crescere i nostri cuccioli nel tuo pancino. Io mi occuperò di tutto il resto.»

Luna strinse gli occhi e frustò l'aria con la coda. Amava Merlino, ma non le piaceva essere esclusa dalle nostre avventure. Quando era ancora una maga, era la più potente dei due e, di tanto in tanto, sembrava ricredersi sul sacrificio che aveva fatto, sia che si trattasse di combattere contro un fantasma o di indagare su rumori sospetti durante la notte.

«Luna mi ha aggiornata sui risvolti magici della questione» dissi, facendo un cenno con il capo nella sua direzione. «Penso di aver capito tutto, ma che ne è stato del pettirosso?» Diedi un'occhiata in giro, ma non scorsi la malefica bestia da nessuna parte.

Merlino attraversò la cucina e venne a sedersi ai miei piedi: «Ho sconfitto il vile demone nel miglior modo possibile, nonché il più piacevole per me.» Fece una pausa, sollevando il naso in un gesto di orgoglio.

«Hai—»

«L'ho mangiato!» concluse Merlino a occhi sgranati. «In genere non mi piace cibarmi di carne corrotta dalla magia nera, ma uno spuntino è sempre uno spuntino. E dovevo pur liberarmene in qualche modo. Ora, se non altro, siamo certi che non tornerà.»

Rabbrividii al pensiero della carcassa spappolata nello stomaco del mio gatto. *Bleah, bleah, bleah!*

«Ma chi mai ci manderebbe contro uno zombi, e perché?» chiese Luna, la preoccupazione riflessa nei grandi occhi azzurri.

«Avrai di sicuro notato che collezioniamo nemici come se fosse diventata la tendenza *fashion* del momento» la prese in giro Merlino. «Dammi retta, le ultime settimane sono state sospettosamente tranquille.»

«Aspettate. C'è qualcun altro a cui possiamo chiedere» mormorai; poi iniziai a marciare su e giù per il corridoio battendo le mani sulle pareti. «So che ci sei!» gridai. «Vieni fuori. Dobbiamo parlarti!»

Non ci volle molto perché un fantasma molto arrabbiato sbucasse fuori dal muro rivolgendomi uno sguardo glaciale.

Se lo sguardo potesse uccidere... In realtà credo che la nostra coinquilina immateriale sperasse sul serio che la sua espressione arcigna mi uccidesse, ma ormai era del tutto priva di poteri e, per di più, vincolata a casa nostra.

Virginia trascorreva la maggior parte del tempo nascosta all'interno delle pareti, l'unico luogo in cui poteva avere un po' di privacy.

Ciò nonostante, da vile tirapiedi qual era, seppur defunta, poteva comunque sapere qualcosa sul nostro nemico creatore di zombi. E, in ogni caso, chiedere non costava nulla.

«Perché oggi siamo stati attaccati da uno zombi?» le chiesi mentre mi fluttuava davanti, quasi trasparente per via della mancanza di energia magica.

«È per questo che avete fatto tutto quel baccano?» chiese divertita. «E nessuno ha pensato di venire a svegliarmi? Mi sarebbe piaciuto vedere qualcuno farvi un *derrière* così.» Evidentemente era troppo distinta per usare la parola 'sedere'.

Alzai gli occhi al cielo. La metà delle volte l'anziano fantasma mi ricordava un'adolescente insolente—ed erano le volte in cui non cercava direttamente di ucciderci. Dovevo concederglielo: non si arrendeva facilmente.

«Se avessi saputo che stava arrivando uno zombi, avrei fatto del mio meglio per dargli una mano» aggiunse con un *bah*!

«Buffo, perché sono piuttosto certa che non parli uccellese» sibilò Luna, rannicchiandosi mentre si rivolgeva a Virginia.

«Se è per questo, neanche tu, *mia cara*» disse il fantasma, scimmiottando i modi un po' leziosi della sua ex maga.

«Ci stai spiando!» La attaccai senza mostrare alcuna esitazione.

Virginia fece spallucce: «Ricordati che sei *tu* quella che mi ha reso impossibile andarmene da questo luogo squallido. Certo che vi spio. Il problema è che non ho nessuno a cui rivelare ciò che so.»

Mi morsi il labbro inferiore e annuii. Ovviamente aveva ragione. Non poteva parlare con nessuno che non si trovasse all'interno delle mura di casa nostra, e sia io che i gatti ci guardavamo bene dal lasciare entrare chiunque non conoscessimo e non avessimo esaminato a fondo.

Una cosa mi fu subito chiara: il creatore degli zombi non collaborava con il fantasma che viveva in casa nostra. Da un lato era una buona notizia: nessuno poteva venire a sapere i nostri segreti, anche se Virginia ne era a conoscenza. Ma d'altra parte, non avevo idea di come procedere.

E qualcosa mi diceva che sarebbe stato molto più difficile sconfiggere gli zombi, se non avessimo capito quando o da dove arrivavano. Beh, se non altro avevamo avuto qualche settimana per riprenderci. Si profilava una battaglia e, a giudicare dallo scontro di quella mattina, non sarebbe stata una di quelle facili da vincere.

4

«È il caso di andare a Nocturna per documentarci?» domandai ai gatti, riferendomi alla città magica nascosta a cui era possibile accedere solo attraverso il calderone di un mago—o, nel nostro caso, la vasca per uccelli nel cortile anteriore, che Merlino utilizzava anche per preparare le pozioni.

«Non possiamo sempre correre subito a Nocturna. Ci sono altri modi per risolvere la questione» brontolò il mio gatto. Una zanna gli sporgeva dal labbro inferiore, dandogli un aspetto irritato ma comico.

«...così disse egli, sapendo che un certo Tom lo aspettava al varco...» lo prese in giro Luna. Una cosa che avevo imparato in fretta, vivendo con quei due, era che le vite amorose dei gatti erano ben più complesse di quelle degli umani. Prima avevano rotto per dedicarsi alla magia, diventando nemici giurati, poi erano giunti al grande momento della resa dei conti; infine erano tornati insieme di colpo e ora aspettavano una cucciolata. Come se non bastasse, nel frattempo Merlino aveva anche fatto arrabbiare alcuni vecchi pretendenti di Luna, che ritenevano che lei avesse fatto la scelta sbagliata. Uno di essi, il suddetto Tom, lo aveva perfino sfidato a duello, e il Main Coon aveva stupidamente accettato.

Tornare a Nocturna significava mettere a rischio i poteri di Merlino perché, se avesse perso il duello, avrebbe dovuto trascorrere il resto della vita senza la magia. Purtroppo, né io né Luna potevamo recarci a Nocturna senza di lui, poiché era l'unico mago fra noi. E se avesse perso i suoi poteri, non soltanto non saremmo mai più potuti tornare nella città magica, ma saremmo anche stati facili bersagli in questa dimensione. Qualunque entità sovrannaturale ci stesse dando la caccia, non avrebbe certo smesso di farlo se avessimo perso la nostra unica fonte di magia, anche se senza saremmo stati del tutto inermi.

Era questo che rendeva la questione degli zombi così frustrante. Il loro creatore stava letteralmente giocando con la vita e la morte. E io preferivo restare tra i vivi, grazie tante.

Lanciai un'occhiata prima a Luna, poi a Merlino, torcendomi le mani: «Se non possiamo andare a Notturna, allora da dove iniziamo? Cerchiamo di catturare uno degli zombi e di farci dire quello che sa?»

Virginia mi si avvicinò e io agitai le mani come se si trattasse di un cattivo odore che potevo scacciare.

Lei rise e si avvicinò ancora di più: «Siete riusciti a sconfiggermi solo per uno stupido colpo di fortuna. Non pensate che vi ricapiti. Non c'è la minima possibilità che qualcuno di tanto impreparato come voi, e mi riferisco a tutti e tre, possa farcela contro uno specialista in morti viventi. Presto non sarò più l'unico fantasma in questa casa; tenetelo bene a mente.»

Luna rizzò i peli del collo e diede una zampata all'aria: «Vattene, seccatrice! L'unica debole qui sei tu. Hai firmato di tuo pugno la tua condanna a morte quando hai deciso di tradirmi per la tua brama di potere. E non hai nessuno da incolpare se non te stessa e, forse, quell'orribile maga dell'illusione.»

Merlino annuì, pensieroso, ma capii che era distratto. «Possiamo catturare uno zombi, sì, ma tenerlo in vita cioè, animato non ha alcun senso. Quelle creature non sono abbastanza intelligenti da fare nulla se non inseguire il loro bersaglio. Sono usa e getta. Assistenti perfetti, perché non si lasciano distrarre e non tradiscono il loro creatore.»

«Pensate davvero di avere una possibilità?» Virginia rise ancora più forte.

Merlino si voltò a fissarla, gli occhi verdi scintillanti di rabbia: «Zitta, o mi mangio anche te!»

Virginia aprì la bocca per parlare, ma lui continuò a fissarla con tutta l'ostilità che riuscì a chiamare a raccolta, cioè parecchia.

Lei sospirò e fluttuò verso il bordo della stanza. Rimase abbastanza vicina da continuare a spiarci, ma se non altro senza più prendere parte alla conversazione.

«Pensate che possa trattarsi di Dash?» chiesi ai gatti. «Sembra proprio che sia tornata per affrontarci di nuovo. È questo che sta succedendo?»

«È un'ipotesi come un'altra, tesoro» concordò Luna, per poi leccarsi una zampa e strofinarsela sulla fronte.

«E, in ogni caso, potrebbe essere ovunque» puntualizzai. «Può assumere qualsiasi aspetto. Come faremo a riconoscerla, quando ce la troveremo davanti?» Proprio la capacità di manipolare le percezioni altrui era ciò che aveva consentito a Dash di arrivare a noi la prima volta.

«Non potremo saperlo» disse freddamente Merlino. «Per lo meno all'inizio. Ma sono piuttosto certo che ci voglia vivi. Almeno per il tempo che le servirà per portare a termine il piano che ha in serbo per noi, qualunque esso sia. Lasceremo che ci catturi, e partiremo da lì.»

«Caro» sussultò Luna sbattendo la zampa anteriore a terra e facendoci sobbalzare entrambi. «È un'idea tremendamente pericolosa! Pensa ai gattini!»

«Ci sto pensando, ed è per questo che ho bisogno che tu resti qui.» Merlino diede una leccatina sulla fronte a Luna, poi marciò fino alla porta e rimase in attesa, scuotendo la coda con impazienza.

«Forza, Gracy» disse con un tono che non ammetteva repliche. «Prima iniziamo, prima potremo concludere questa storia una volta per tutte.»

Non volevo mettermi in mezzo alla loro discussione, ma non avevamo un piano migliore per stanare il creatore di zombi, e non sopportavo di restare a guardare senza far niente mentre attendevamo che colpisse ancora.

Sospirai e rivolsi uno sguardo di scuse a Luna mentre mi infilavo un paio di scarpe, prendevo le chiavi e seguivo Merlino fuori da casa.

«Andiamo a catturare il cattivo!» dissi dopo aver chiuso con cura la porta alle nostre spalle.

«In realtà» disse Merlino con un sorriso compiaciuto, «stiamo andando a farci catturare dal cattivo.»

Annuii e seguii il mio gatto lungo la strada, senza sapere minimamente se quel piano avventato potesse funzionare o meno.

5

Camminavo lungo la strada con nonchalance, nonostante il gigantesco gatto domestico che avanzava con determinazione al mio fianco.

«Come mi devo comportare?» gli borbottai quando fui certa che nessuno ci stesse guardando.

«Fai… come se niente fosse» disse lui muovendo appena la bocca.

Svoltammo l'angolo e ci imbattemmo nell'anziana signora Harkness, intenta ad annaffiare le begonie con un bel sorriso.

«Buongiorno, Gracy!» trillò. «E buongiorno anche al tuo piccolo amico peloso.»

Ondeggiai le dita in segno di saluto e sfoderai il mio miglior sorriso: «Sì, proprio una giornata fantastica!» risposi.

«Ho detto *fai come se niente fosse*» soffiò Merlino.

«Cos'hai detto, cara?» chiese la signora Harkness, la fronte aggrottata mentre chiudeva l'acqua e sbatteva gli occhi per il sole.

«Oh, s-s-stavo solo dicendo che il tempo oggi è davvero magnifico!» dissi, affrettando il passo prima che riuscisse a capire chi aveva parlato davvero.

Attesi che ci trovassimo a un intero isolato di distanza prima di riaprire bocca: «Ci è mancato poco.» Mi inginocchiai per accarezzare Merlino sulla testa e abbassai la voce. Con un po' di fortuna i passanti avrebbero pensato che stessi semplicemente coccolando il mio gatto. «Non dovresti parlare quando siamo fuori casa. Qualcuno potrebbe sentirti.»

Merlino mi fece l'occhiolino e io mi rialzai, pronta a proseguire.

Ma un attimo dopo lui emise un terribile ululato e scalciò con le zampe posteriori, infuriato.

Mi chinai per accarezzarlo, ma lui mi colpì la mano con una zampata. «LU! NA!» sbraitò, per metà urlando e per metà miagolando.

Lanciai uno sguardo lungo l'isolato e individuai subito una macchia bianca sfocata all'orizzonte. Non avevo mai visto Luna muoversi così velocemente, ma non c'erano dubbi che fosse lei, soprattutto considerando la reazione di Merlino.

Quando ci raggiunse, si sedette proprio di fronte a lui.

«Ti avevo detto di restare a casa!» disse lui ribollendo di rabbia.

«E io ti avevo detto che non mi sarei fatta da parte» ribatté lei con un sussurro roco.

«E io vi ho detto di non parlare quando siamo fuori casa e chiunque può sentirci.»

«A me non lo hai detto, tesoro» puntualizzò Luna. «Vedi, mi sono già persa qualcosa. Mi rifiuto di essere estromessa dalle nostre avventure solo perché sto per diventare madre. Insieme ce la caviamo meglio. Avete bisogno di me.»

«Ok, però dico sul serio, smettetela di parlare finché siamo in pubblico!» sibilai mentre un furgoncino malconcio ci passava accanto. Il guidatore mi fissò come se fossi pazza, e aveva assolutamente ragione.

Quando ci ebbe superati, Luna emise un miagolio acuto strofinando il muso contro la mia mano; per farmi capire che era d'accordo, supposi. Beh, almeno uno dei due accettava il mio punto di vista. E poi, Luna aveva ragione. Era stata parte integrante delle nostre avventure fin dall'inizio, e non ne saremmo usciti vivi senza di lei.

Merlino ci fissava entrambe con i grandi occhi verdi, frustando l'aria con la coda, chiaramente scontento. Ma non aggiunse altro, quindi immaginai che fosse d'accordo sul tenere la bocca chiusa per un po'.

«Non ho idea di dove sto andando» ammisi in un sussurro, accovacciandomi di nuovo di fianco ai gatti. «Uno di voi due può fare strada?»

Luna miagolò e trotterellò avanti, voltandosi indietro solo per un istante per accertarsi che la stessimo seguendo.

Merlino emise un basso brontolio, ma si mise ugualmente in cammino. Detestava non essere lui a prendere le decisioni. Non che accadesse molto spesso, ma quelle poche volte, gli seccava.

Luna procedeva molto più velocemente rispetto alla sua solita andatura, e dopo qualche isolato mi ritrovai con il fiatone e la fronte imperlata di sudore.

«Non sta funzionando» mi lamentai. «Nessuno ci presta attenzione.»

Merlino aprì la bocca, pronto a rimbeccarmi con un 'te l'avevo detto' o 'ben ti sta per aver cercato di zittirmi'.

«Oh, io non direi *nessuno*» rispose una voce raffinata da un cespuglio di azalee lì accanto, prima che Merlino riuscisse a dire alcunché. Le parole fluivano una dopo l'altra senza pause per prendere fiato, creando un suono inquietante che ricordava il fruscio di un serpente. Anche se non riuscii a capire subito di chi si trattasse, ricordavo di aver già sentito quella voce. Come avrei potuto dimenticare qualcosa di così particolare e sinistro?

Luna si slanciò dritta nel cespuglio, mentre Merlino rimase titubante sul marciapiede accanto a me. Udimmo un lieve bisbigliare di voci feline e pochi istanti dopo il musetto bianco di Luna spuntò fuori dal cespuglio e lei ci fece cenno di avvicinarci.

Oh, speravo davvero che il proprietario dell'azalea non decidesse di comparire proprio in quel momento, perché non avrei saputo che spiegazioni dare per giustificare la scena. Merlino si intrufolò nel cespuglio con facilità, ma io dovetti appoggiarmi a terra, carponi, e avvicinare il viso al suolo per riuscire a vedere qualcosa tra quel groviglio di foglie e rami.

Tre paia di occhi scintillanti mi fissarono: blu, verdi e gialli. Per quanto riguardava il nuovo arrivato, non riuscii a scorgere altro che quegli occhi gialli come il sole, ma fu sufficiente per riconoscerlo.

Il signor Fluffikins era arrivato.

E questo significava che c'erano problemi seri.

6

«Sono stato chiamato a indagare su una perturbazione magica in questa zona» spiegò il gatto nero.

Avevamo conosciuto Fluffikins dopo che Merlino aveva evocato un fulmine dentro casa, aprendo un grosso squarcio nel tetto. Non avevo i soldi per farlo riparare e Merlino non disponeva del tipo di magia adatto per farlo, così lui e Luna si erano teletrasportati in vari luoghi della Georgia del Sud finché non avevano trovato il signor Fluffikins.

La sua magia era diversa da quella di Merlino e da quella che, un tempo, aveva posseduto Luna. Anziché essere legato a uno specifico elemento naturale, Fluffikins deteneva un tipo speciale di magia generato dal cuore stesso della Terra ed era in grado di fare praticamente di tutto.

Sfruttava le sue capacità per gestire un team di creature sovrannaturali di vario tipo nella vicina città di Beech Grove che, seppur piccola, era il principale centro magico in questa parte dello stato; di fatto, il piccolo gatto nero accovacciato davanti a noi era l'essere magico più potente nel raggio di decine di chilometri. Se era stato chiamato a investigare di persona su una perturbazione, significava che si trattava di qualcosa di grosso.

Mi morsi il labbro inferiore, trattenendomi dal rivolgergli una dopo l'altra tutte le domande che mi affollavano la mente.

Come avevo scoperto al matrimonio di Merlino e Luna, Fluffikins teneva molto ai protocolli e al galateo. Voleva che le cose venissero fatte in un certo modo—o meglio, lo *pretendeva*. E in quanto a gerarchia magica, il mio gatto era di gran lunga più in alto di me.

Quindi, come previsto, fu Merlino a condurre la conversazione, tenendo il naso ben sollevato per mostrare che non si sentiva intimorito dall'altro gatto, anche se forse non era proprio così.

«Questa perturbazione potrebbe avere a che fare con degli zombi?»

Fluffikins piegò il capo di lato; sembrava che i suoi occhi fluttuassero nell'oscurità. «Zombi? No. Niente di così terribile.»

«Beh...» Merlino spostò il peso da una zampa all'altra prima di proseguire. «Mi preme farle sapere che siamo stati attaccati da un pettirosso zombi questa mattina, e abbiamo ragione di credere che ne arriveranno altri.»

«Altri? Siete certi che non si sia trattato di un errore? Magari un novizio che, nell'esercitarsi con l'incantesimo di condivisione della vita, l'abbia accidentalmente trasferita alla creatura sbagliata?»

«Ne siamo sicuri» rispose Luna con espressione grave.

«Beh, già che sono qui, avete bisogno del mio aiuto?» chiese Fluffikins. «È il minimo che possa fare mentre cerco il mio obiettivo.»

«Chi è il suo obiettivo?» chiesi, incapace di trattenere la curiosità.

Fluffikins emise un sospiro stanco: «Si tratta di una circostanza spiacevole. Un giovane vampiro si aggira incontrollato nella vostra città. Rischia di svelare agli umani l'esistenza di ogni tipo di essere magico a causa della sua sconsideratezza.»

«Non ho notato niente di strano» dissi stringendomi nelle spalle. «Forse non è così terribile come crede.»

«Finora abbiamo avuto fortuna, ma se non imparerà al più presto a controllarsi, la situazione si farà complicata.» Fece una pausa e smise di prestarmi attenzione, tornando a rivolgersi al soggetto di rango più elevato fra i presenti: «Merlino, ti serve il mio aiuto per gestire questi zombi?»

Il mio gatto fiutò l'aria e scosse il capo: «No, grazie. Siamo perfettamente in grado di affrontare da soli questo—»

«TCHI TII TII YAAAAAH!» Un urlo terrificante squarciò l'aria; non somigliava a niente che avessi mai sentito prima. Qualche istante dopo, un piccolo proiettile attraversò il cespuglio e atterrò davanti a noi.

Si sollevò sulle zampe posteriori, smaltendo la potenza dell'impatto come un vero esperto di arti marziali, poi si voltò verso Merlino con espressione assassina negli occhi neri e scintillanti.

«CHYAHHHHHH!» gridò di nuovo, gettandosi sul muso del Maine Coon.

Merlino barcollò all'indietro, ma il minuscolo aggressore gli si aggrappò alle vibrisse tenendosi stretto, rifiutandosi di lasciarsi scrollare via.

Sia Luna che Fluffikins entrarono in azione. Luna si gettò sull'invasore brandendo gli artigli affilati nell'urgenza di difendere il suo compagno.

Il signor Fluffikins evocò un viticcio turbinante di magia rosa e lo utilizzò come lazo per catturare la creatura e staccarla da Merlino. Quando l'ebbe catturata, la sollevò per ispezionarla.

L'animaletto sibilava e sbuffava, cercando disperatamente di liberarsi. Quando vide che Fluffikins non intendeva lasciarlo andare, la creatura iniziò a rosicchiarsi una spalla.

Fu allora che capii di cosa si trattava: era uno scoiattolo. Ebbi appena il tempo di rendermene conto, poi l'aggressiva bestiola si spezzò la zampa e sfuggì alla presa magica di Fluffikins, che non riuscì a nascondere lo sconcerto.

Schizzò fuori dal cespuglio e gridò di nuovo: *«TCHI-TCHI-TCHIIIIIYA!»*

Il signor Fluffikins girò su se stesso e lanciò un fiotto di magia verso l'alto. Questo esplose intorno a noi e io mi affrettai a proteggermi la testa con le mani.

«Nessuno nel raggio di un isolato potrà vederci o sentirci, ma dobbiamo liberarci di questa creatura malvagia al più presto!» gridò Fluffikins.

In un lampo i tre gatti balzarono fuori dal cespuglio, pronti per una lotta all'ultimo sangue.

7

Gli scoiattoli piovevano dall'alto, un vero e proprio esercito sceso dal cielo, o per lo meno dai rami vicini. Essendo ancora bloccata a terra, appoggiata su mani e ginocchia e con la testa dentro a un cespuglio, mi trovai totalmente in balia di quelle creature.

Minuscole zampette dagli artigli affilati mi graffiavano la schiena e, caspita, facevano davvero male! Indietreggiai il più in fretta possibile e mi alzai in piedi, ma quei minuscoli demoni non mollavano la presa.

Merlino, Luna e il signor Fluffikins si lanciarono alla carica attaccando gli scoiattoli aggrappati a me.

Ma continuavano ad arrivarne altri, a ondate. Neri, grigi, marroni e perfino rossi, tutti con quello sguardo assassino, tutti determinati a farci a brandelli.

E sinceramente non sapevo come combatterli. Né volevo farlo. Mi era sempre piaciuto osservare quei simpatici animaletti andare a fare uno spuntino nella mangiatoia per uccelli nel giardino sul retro.

Benché altrettanto agili, questi scoiattoli erano però parecchio diversi. Fuori di testa. E considerando come si era comportato il primo, ero pronta a scommettere che fossero dei non-morti. Sembrava proprio che il creatore di zombi ci avesse trovati, quindi il nostro piano aveva funzionato. Con il senno di poi, posso dire che era un pessimo piano.

Un altro quesito preoccupante mi balenò in mente: gli scoiattoli zombi potevano attaccarci la rabbia? Avrei dovuto aggiungere una visita in pronto soccorso al lungo elenco delle cose da fare più tardi, sempre ammesso che fossimo sopravvissuti a quella follia.

Uno di quei mostriciattoli dai denti aguzzi mi affondò le zanne nella nuca e io ruggii di dolore. Ben mi stava, per essermi persa nei miei pensieri in un momento in cui avrei dovuto essere presente a me stessa.

Mi ero appena scrollata di dosso l'ultimo scoiattolo, quando un altro mi assalì, e una ghianda scagliata alla velocità della luce mi colpì una tempia.

Ma che diavolo...? Mi voltai bruscamente di lato, mentre un'altra mezza dozzina di nocciole e altri proiettili mi colpivano con violenza in faccia.

Oh, che male!

E con questo, la mia riluttanza a fare del male a quei piccoletti svanì. In ogni caso, erano già non-morti e, se non avessi contrattaccato, io o uno dei gatti avremmo rischiato di fare la stessa misera fine.

La signorina Gracy Springs non è una preda facile, nossignore!

Iniziai a camminare a passi pesanti, cercando di schiacciare i mostriciattoli sotto i piedi. Tuttavia, niente riusciva a fermarli. Anche dopo essere stati calpestati, si rialzavano, strisciando sul ventre in cerca di vendetta.

«Sono troppi!» gridò Merlino. «Non posso mangiarli tutti!»

Lo splendido pelo bianco di Luna era striato di sangue, ma lei continuava ad azzannare, graffiare e colpire. Perfino il signor Fluffikins sembrava provato, mentre brandiva una frusta di magia rosa per tenere lontana l'orda di non-morti.

Il rombo di un motore risuonò nelle vicinanze, ma non scorgevo nessun veicolo. Voltai il capo in direzione di quel suono, e uno degli aggressori colse l'occasione per arrampicarmisi lungo il fianco e piazzarsi proprio in cima alla mia testa.

Gridai e presi ad agitare le mani cercando disperatamente di scacciarlo prima che riuscisse a mordermi e magari a lasciarmi una cicatrice in bella vista.

Il rombo del motore si faceva sempre più forte man mano che il veicolo si avvicinava. Di chiunque si trattasse, ci avrebbe visti coinvolti nella battaglia: una donna e tre gatti contro un'orda di scoiattoli deformi e furenti. Come avrei potuto spiegare quell'assurdità?

Un attimo, no. Il signor Fluffikins aveva eretto una barriera. Il nostro segreto era al sicuro, ma noi? Eravamo solo in quattro, mentre il creatore di zombi sembrava avere un esercito infinito di scoiattoli al suo servizio. Eravamo proprio sicuri che si trattasse di Dash? E che, di chiunque si trattasse, ci volesse vivi?

Vruum, vruum. Il rombo del motore si fece sempre più vicino, poi da una stretta curva sbucarono una motocicletta e un pilota con il casco.

Un secondo scoiattolo mi si arrampicò in testa e prese a strattonarmi la coda nella quale avevo legato i capelli. Lanciai un'occhiata a Merlino, che però era bloccato al suolo come Gulliver quando si risveglia sull'isola dei lillipuziani. Ci erano voluti una ventina di mostriciattoli per tirarlo giù, ma collaborando erano riusciti a sopraffarlo.

La moto sgasò e prese velocità.

Voltai la testa in direzione del suono, fissando la scena con orrore, mentre il veicolo si sollevava sul marciapiede, avanzando dritto verso di noi senza alcun cenno di voler rallentare.

Potevamo anche essere protetti da occhi e orecchie indiscreti grazie alla barriera eretta dal signor Fluffikins, ma ciò non avrebbe impedito alla moto di investirci. Il pilota non sapeva nemmeno di essere in pericolo.

La situazione era questa: se la moto in corsa non mi avesse uccisa, ci avrebbero pensato gli scoiattoli zombi.

Tra tutti i possibili modi di morire, questo era il più assurdo!

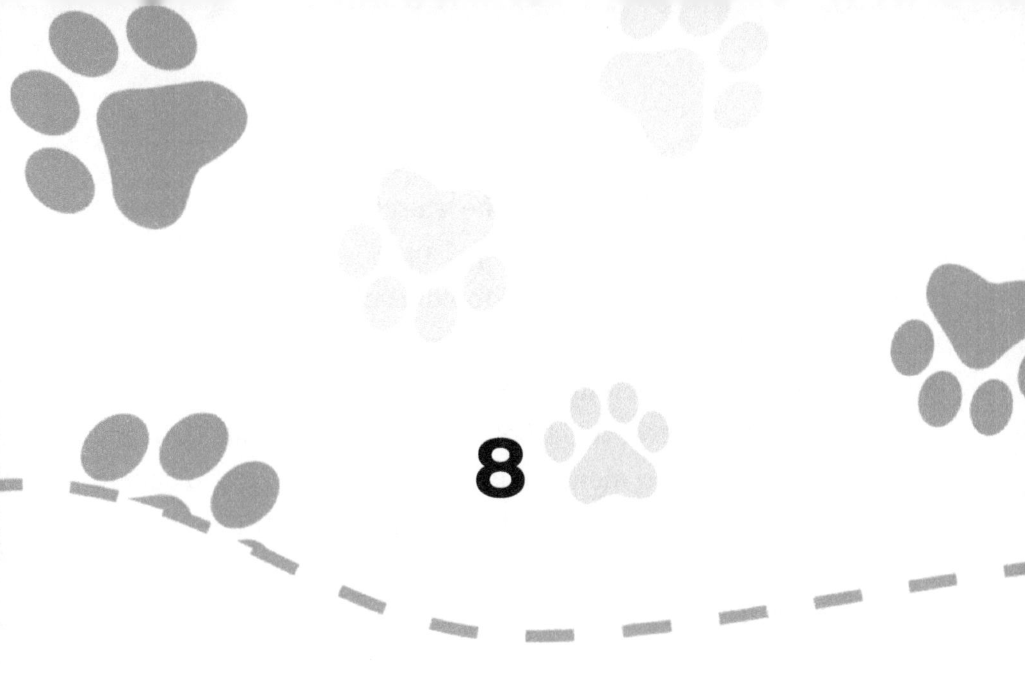

8

La motocicletta scartò di lato, mancandomi di poco, mentre abbatteva numerosi scoiattoli, con gli spessi pneumatici che li spiaccicavano sul cemento. Ma anche così, gli zombi pelosi riprendevano vita, cercando di sollevarsi da terra.

La moto fece inversione e venne a fermarsi a pochi passi da me. Il pilota sollevò la visiera del casco, rivelando i tratti ben definiti del mio collega e bizzarro amico, Drake.

«Prendi i gatti e salta su» gridò prima di riabbassare la visiera.

Beh, non c'era bisogno che me lo dicesse due volte, e io non avevo bisogno di dirlo ai gatti. Ci ammassammo sulla moto, con gli scoiattoli rimasti che ancora tentavano di saltarci addosso e colpirci con le ghiande.

Per un istante mi chiesi come Drake avesse potuto individuarci nonostante la barriera magica, ma ero troppo sconvolta e troppo grata per pormi domande su quella fortunata circostanza. Inoltre, avvenivano strani fenomeni quando si trattava di Drake e della magia. Non era la prima volta che riusciva a fare qualcosa che sarebbe stato impossibile per chiunque altro.

«Tenetevi forte.» Drake avviò il motore e il veicolo prese vita.

Gli scoiattoli rimasti piangevano e squittivano, tentando di inseguirci con movimenti incredibilmente veloci.

Ormai eravamo fuori dalla bolla protetta, il che significava che chiunque, in possesso o meno della magia, avrebbe potuto vedere la nostra fuga disperata e l'orda di animaletti inferociti che ci dava la caccia.

Drake accelerò; ora procedeva ad almeno il doppio del limite di velocità—o almeno, così sembrava a me che non mi intendevo di moto.

Sia Merlino che Luna mi affondarono gli artigli nelle gambe durante una curva stretta.

Il signor Fluffikins aveva creato una girandola di magia rosa che, benché appena visibile, lo manteneva saldamente ancorato al veicolo. Avrei voluto che si fosse preso la briga di fare lo stesso per i miei gatti, ma purtroppo non era stato così.

Le mie povere cosce!

Superammo a gran velocità casa mia e io spostai una mano dalla vita di Drake per dargli una strizzatina alla spalla: «Non ci fermiamo qui?»

«Non se ne parla!» gridò lui, la voce a malapena udibile sopra il rombo del motore e l'ululato del vento. «Quei piccoli babbei sembravano determinati a finire il lavoro. Vi porterò il più lontano possibile da qui.» O almeno, mi parve che avesse detto così.

Procedemmo, con soltanto il rombo del motore e del vento sferzante a farci compagnia. Dopo circa venti minuti giungemmo infine a destinazione e ci fermammo davanti a un elegante bungalow ai confini della città.

«Benvenuti *a mi casa*» annunciò Drake parcheggiando la moto nel vialetto di fianco a un improbabile monopattino elettrico.

«Grazie» mormorai senza fiato. Anche se avevo di nuovo i piedi ben saldi a terra, mi sembrava che il mondo mi sfrecciasse ancora davanti agli occhi.

Drake sollevò il casco, rivelando una massa di capelli acconciati con chili di gel, rigidi e appuntiti. «Sono felice di non essermi perso la battaglia. Scoiattoli zombi? Chi avrebbe mai pensato che esistessero davvero? Voglio dire, ci speravo, ma...»

«Aspetta, come fai a sapere che erano zombi?» chiesi, la bocca aperta per lo shock.

Lui si chinò a controllarsi i capelli in uno degli specchietti della moto e *si* fece l'occhiolino: «Oh, lo sai. Mi piace saperne di più su un po' di tutto. Zombi inclusi. E l'espressione vacua dei loro occhi era un indizio mortalmente certo.»

«*Non mortalmente*» mormorai, senza riuscire a evitare che un sorrisetto mi affiorasse alle labbra. Era tipico di Drake dare un tocco di spensieratezza a qualsiasi situazione.

«E comunque, perché vi hanno attaccato?» chiese con sguardo inquisitorio, rivolgendomi tutta la sua attenzione, ora che si era accertato che i suoi capelli fossero a posto.

«Mmm...» Stavo per iniziare a parlare, ma mi fermai subito.

Perché, seriamente, come avrei anche solo potuto iniziare a spiegare? Tempo prima lui aveva visto il fantasma di Virginia e aveva scoperto che i miei gatti erano magici e parlavano, ma gli avevamo dato una pozione per cancellare quei ricordi e coprire le nostre tracce. Tuttavia, nonostante i nostri sforzi, e diversamente da quanto avevamo sperato, Drake si rifiutava di considerare un sogno tutti gli strani eventi di quella notte. Sapeva che c'era sotto qualcosa, quindi dovevo essere cauta.

Ma come avrei mai potuto dare conto di un'orda di scoiattoli dall'intento omicida?

Il signor Fluffikins mi salvò dal dover dare una spiegazione quando saltò giù dalla moto e si avvicinò a Drake: «Che il cielo mi fulmini, se questo non è proprio l'umano che stavo cercando!» disse con un sorrisetto compiaciuto stampato sul muso.

«Che succede, amico gatto?» chiese Drake con una risata, mentre ci conduceva in garage e poi in casa sua.

Fluffikins tenne la coda bassa e con la punta incurvata: «Sono qui affinché lei effettui la registrazione presso il Consiglio sovrannaturale di zona. Sembra che lei abbia creato non poco scompiglio durante i suoi andirivieni notturni.»

Drake si fermò sulla porta e fissò di sbieco l'autoritario gatto nero: «Ti dispiacerebbe ripetere?»

Il signor Fluffikins entrò dopo di lui e saltò sul bancone della cucina, rifiutandosi di smettere di fissarlo negli occhi: «Si è registrato? In caso contrario, la scorterò io immediatamente.»

Io, Luna e Merlino restammo impalati sulla porta a osservare la scena a occhi spalancati. Credo che avessimo capito prima di Drake cosa stava accadendo.

«Perché mai dovrei registrarmi?» chiese lui con una risatina nervosa. «E cosa sarebbe questo Consiglio sovrannaturale? Ok, è una figata, mi ci registro volentieri e tutto, ma io non sono una creatura sovrannaturale.»

Il signor Fluffikins sospirò: «Per favore, non mi dica che non sa nemmeno che cos'è.»

Drake si infilò le mani in tasca e prese a dondolarsi sui talloni: «Sono solo un ragazzo come tanti altri, o quasi, che beneficia di un fondo fiduciario e si tiene occupato.»

Il gatto nero emise una risata secca: «Un ragazzo come tanti altri? Ma nemmeno lontanamente.»

Ora tutti gli occhi erano puntati sul signor Fluffikins. Nessuno fiatava. Eravamo tutti in attesa di vedere se Drake ci sarebbe arrivato da solo.

Che rivelazione! Avevo sempre saputo che Drake aveva qualcosa di particolare, ma questo sembrava davvero incredibile.

Il mio amico scosse il capo e incrociò le braccia sul petto: «Spiacente, non ti seguo.»

Fluffikins scosse il capo a sua volta e sospirò. Quando rialzò lo sguardo, iniziò a parlare con lentezza, come se si rivolgesse a un imbecille.

Se anche ciò l'aveva offeso, Drake non lo diede a vedere.

«Lei è una creatura sovrannaturale e deve registrarsi presso il Consiglio.»

«Ah, davvero?»

Annuimmo tutti.

«E che genere di creatura sarei, signor Micetto?»

«Un vampiro» disse Fluffikins con un soffio. «E non osi mai più chiamarmi a quel modo!»

9

Drake fece un passo indietro appoggiandosi contro il muro: «No» disse, scuotendo il capo. «Non è possibile. Voglio dire, se fossi un vampiro, lo saprei.»

Lanciai uno sguardo a Merlino, che alzò gli occhi al cielo.

Luna se non altro mostrava un po' di compassione, ma non disse nulla.

«Va tutto bene, Drake. Davvero. Sei sempre tu.» Provai a consolarlo accennando un sorriso.

Drake mugugnò e scosse il capo: «No. Non sono un vampiro. Non è possibile.»

Il signor Fluffikins sollevò una zampa ed estrasse un artiglio: «Sembra che debba convincerla, e allora facciamolo. Iniziamo con qualcosa di facile. Le capita mai di sapere qualcosa di cui non dovrebbe essere a conoscenza? Come ricordi di fatti che non sono accaduti davvero?»

Drake annuì in silenzio e Fluffikins estrasse un secondo artiglio.

«E si è mai svegliato in un posto senza riuscire a ricordare come ci è arrivato?» proseguì.

Drake annuì di nuovo.

Fluffikins estrasse un terzo artiglio dalla zampetta pelosa: «Ha un desiderio insaziabile di denaro e conoscenza?»

Drake non disse nulla.

«Ti sei fatto una cultura di base su un po' di tutto» dissi, citando le sue stesse parole. «E hai un fondo fiduciario.»

Il volto di Drake era impallidito del tutto, dandogli un aspetto molto più vampiresco di prima. Non lo avevo mai visto tanto sconvolto, nemmeno quando il fantasma di Virginia aveva cercato di ucciderci. Ora vedevo le sue mani tentare di aggrapparsi al muro, senza riuscire a trovare appigli.

Quando parlò di nuovo, la voce gli uscì acuta e spezzata: «M-m-ma io non bevo sangue. Non farei mai una cosa del genere!»

Il signor Fluffikins rinfoderò gli artigli e appoggiò la zampa sul pavimento piastrellato: «Ho forse detto qualcosa in merito al bere sangue?» chiese con un soffio sommesso. Si voltò verso di me con aria seccata: «Voi umani e le vostre stupide credenze. Avete un concetto dei vampiri obsoleto di centinaia d'anni, grazie al vostro cosiddetto intrattenimento. Centinaia d'anni, ripeto; era allora che bevevano sangue. Sono passati *secoli.*»

«M-m-mi dispiace» mormorai, come se fosse una domanda, più che un'affermazione. Perché se la prendeva con me quando ero l'unica che stava cercando di aiutarlo?!

«Solitamente i vampiri non vengono lasciati a gestirsi da soli. Qualcosa deve essere andato storto quando lei si è trasformato.» Il gatto nero sbatté lentamente le palpebre in attesa della reazione dell'uomo che aveva appena scoperto di essere un vampiro.

«Quindi non sono nato vampiro?» La voce di Drake era ancora

acuta come quella di un preadolescente mentre pronunciava in tutta fretta quelle parole. «Mia madre e mio padre non—»

«Cielo, no! Nessuno nasce vampiro. Che idea ridicola!» Ora fu il signor Fluffikins ad alzare gli occhi al cielo. I gatti non sono le più pazienti fra le creature, questo lo avevo imparato presto in qualità di famiglio.

Ma Drake non sapeva niente di tutto ciò. Anche se se l'era cavata bene con le mie vicende magiche, questa situazione era diversa. Aveva appena scoperto di essere un mostro e di aver seminato il caos, seppur involontariamente.

Si lasciò cadere a terra, cullandosi la testa fra le mani. «Sono morto» mormorò. «Sono morto sul serio.»

«Beh, tecnicamente lei è un non-morto» puntualizzò Fluffikins tirando su col naso.

«Proprio come quegli scoiattoli» aggiunse Merlino con una risata.

Luna gli scoccò un'occhiata irritata: «Vacci piano con lui, caro. Non vedi quanto è già sconvolto?»

Anche il signor Fluffikins era scoppiato a ridere, ma riuscì a ricomporsi in fretta: «Se siete suoi amici, com'è possibile che non abbiate capito che tipo di creatura è?» mi chiese.

«Bella domanda» dissi fissando Merlino.

Lui si mise subito sulla difensiva, rizzando il pelo: «Cosa? Non posso sapere tutto di qualsiasi argomento, ok? Avevo capito che aveva qualcosa di strano, ma la maggior parte dei vampiri dichiara con orgoglio il proprio status ai quattro venti. Come facevo io a saperlo, se non lo sapeva neanche lui?»

Beh, non aveva tutti i torti.

«Calmati adesso.» Luna si strusciò contro il fianco di Merlino facendo le fusa, continuando a strofinarglisi addosso finché lui non appiattì il pelo.

«Voi tre riuscite a tornare a casa da qui, vero?» chiese il signor Fluffikins a Merlino; poi si avvicinò a Drake, che singhiozzava piano: «Lei deve venire con me.»

Drake continuò a piangere, senza curarsi di Fluffikins o di chiunque altro. Per quanto mi riguardava, non sapevo di cosa si occupasse esattamente il signor Fluffikins nella quotidianità, ma sapevo che non era abituato a sentirsi dire di no. E sapevo anche che difficilmente avrebbe cambiato atteggiamento proprio ora.

Il gatto nero estrasse gli artigli e tamburellò sul braccio di Drake: «Mi ha sentito, signor vampiro? Ho bisogno che lei—»

«Forse potremmo andarci un po' più piano con lui?» suggerii. «E magari, dato che è già qui, lei potrebbe aiutarci con gli zombi? Prima si è offerto di farlo. Prendiamoci una pausa dai vampiri e occupiamoci degli zombi. Che ne dice?»

Lui scosse lentamente il capo: «Mi sono offerto di aiutarvi *prima* di portare a termine il mio incarico. Come puoi vedere, ho trovato ciò per cui sono venuto fin qui e ora devo portarlo a Beech Grove. Lì ci sono parecchie questioni urgenti che io e questo vampiro dovremo affrontare.»

«Mi stai prendendo in giro?» saltò su Luna. Non era da lei partire all'attacco in quel modo, ma la situazione l'aveva spinta troppo oltre: «Sei il diplomatico dell'intera regione e un'invasione di zombi non ti preoccupa neanche un po'?»

«È evidente che erano qui per voi e voi soltanto, quindi non è una questione prioritaria. Quest'uomo invece...» Fece un cenno in direzione di Drake. «Sta causando problemi in tutte le Peach Plains. Dobbiamo insegnargli a controllarsi, e al più presto, o rischiamo di compromettere il nostro segreto.»

«E quindi? Lascerà che quel farabutto di un creatore di zombi ci uccida?» esplosi, fissandolo con tutta l'ostilità che riuscii a chiamare a raccolta.

«Sapete cosa vi dico?» disse Fluffikins con un sospiro. «Inviate la vostra richiesta in forma scritta. Il Consiglio vi contatterà entro cinque-dieci giorni lavorativi.»

Annuii senza parlare. Era l'unico modo per evitare di mettermi a urlare contro quell'idiota inetto.

Fluffikins tamburellò nuovamente con le unghie su Drake e si schiarì la gola: «Ora intende venire con me o no?»

Drake singhiozzò e gemette ma non disse niente.

«Va bene. Allora dovremo procedere con le cattive» sbottò il signor Fluffikins; e lui e Drake scomparvero in un turbine di scintillante magia rosa.

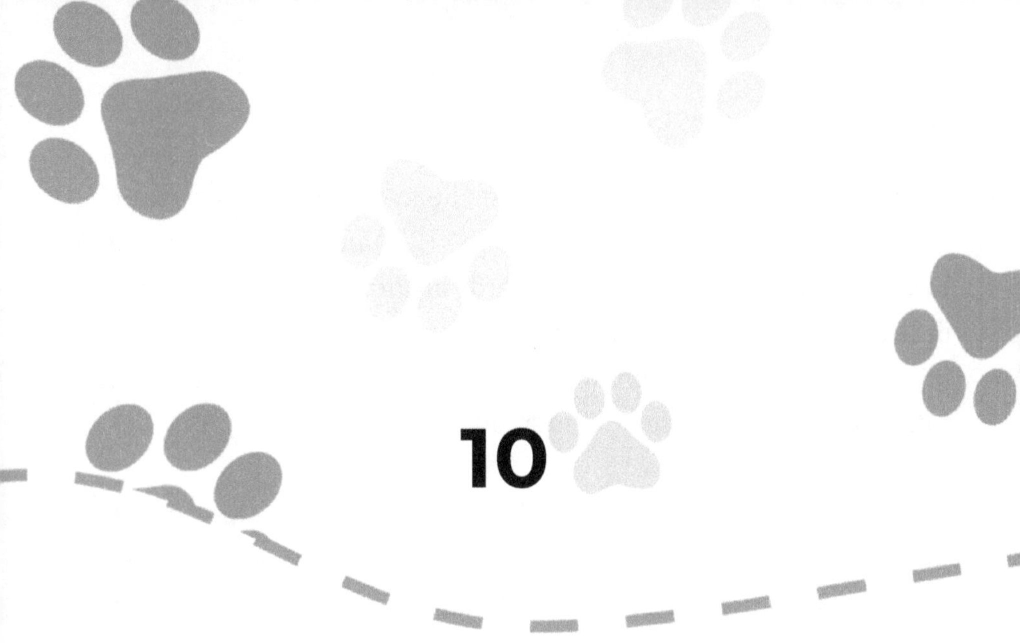

10

Noi tre, che non eravamo stati risucchiati dal lampo di magia del signor Fluffikins, uscimmo dalla casa di Drake a passo di marcia e raggiungemmo il cortile sul retro. Una volta lì, Merlino sbatté le palpebre due volte per riportarci a casa. Era più facile per lui usare il teletrasporto all'aperto anziché in un luogo chiuso che non conosceva bene.

«Beh, è stato del tutto inutile» borbottò il Maine Coon prima di incamminarsi lentamente verso la ciotola dell'acqua per una bevutina veloce.

«Era un buon piano, caro. Davvero» cercò di persuaderlo Luna. «Solo che Drake ci ha salvati prima che il creatore di zombi riuscisse a catturarci.»

«Sono molto arrabbiato con te» disse Merlino a sua moglie dopo essersi leccato qualche goccia d'acqua dalle labbra.

Lei drizzò la coda, poi la inclinò verso il dorso: «Non devi essere arrabbiato. Sto bene.»

Merlino spostò subito la coda nella stessa posizione: «Ti avevo detto che sarebbe stato pericoloso e che avresti dovuto tirarti indietro, ma ti sei rifiutata di ascoltarmi. E guarda cos'è successo! Ti sarebbe potuto succedere qualcosa di brutto. Sarebbe potuto succedere qualcosa di brutto ai gattini!»

«Non sono un fiorellino fragile e non sono un cucciolo» soffiò Luna, dritta come un fuso, rifiutandosi di cedere.

«Oh, tu credi che—»

«Basta così!» li interruppi. «Qui siamo tutti dalla stessa parte. Se iniziamo a farci la guerra fra di noi, non avremo più nessuna possibilità di cavarcela. Di fatto, non abbiamo idea di cosa stiamo facendo. Non rendiamo la situazione più difficile di quanto non sia già.»

Luna rilassò la postura e abbassò il capo in segno di scusa: «Hai ragione, tesoro. Ovviamente hai ragione tu.»

Anche se tecnicamente Merlino era il mio capo, decisi di prendere il controllo della situazione. Era l'unico modo per riuscire a fare qualche progresso: «Merlino, so che vuoi solo proteggere la tua famiglia, ma devi lasciare che Luna decida da sola cosa fare. Sai che non metterebbe mai consapevolmente in pericolo se stessa o i gattini. È forte e intelligente, e noi abbiamo bisogno del suo aiuto, se è disposta a offrircelo.»

I gatti non fecero commenti; se non altro, non avevano messo in discussione il mio frettoloso decreto.

Dopo qualche istante di silenzio carico di tensione, decisi di proseguire: «Ok, il nostro primo piano non è andato esattamente come speravamo, quindi credo che sia giunto il momento di idearne un altro. Merlino, so che al momento sei *felis non gratus* a Nocturna, ma ritengo che sia proprio lì che dovremmo andare ora. Voglio dire, il creatore di zombi potrebbe essere Dash e sappiamo che lei è interessata alle nostre ascendenze.»

«Abbiamo già consultato un mago del sangue. Sappiamo esattamente chi siamo e quale legame c'è tra noi.» La posizione di Merlino esprimeva ancora scontento, ma almeno aveva abbassato la coda in una posa meno ostile.

Quando scossi il capo in disaccordo, la sua coda riprese di colpo una piega aggressiva.

Sospirai. Perché tutto doveva ridursi a una lotta di potere? Volevo solo risolvere il problema degli zombi prima che venissimo attaccati di nuovo. Se fossimo riusciti a evitarlo, sarei stata una donna felice.

Tuttavia, dovevo procedere con cautela: «È evidente che c'è qualcos'altro che ancora non sappiamo. Penso che dovremmo tornare a Nocturna e cercare di scoprire di che si tratta.»

Luna stiracchiò le zampe posteriori mentre mi si avvicinava: «E prima che tu dica altro, vengo anch'io.»

«Nessuna di voi due ci può andare se io mi rifiuto di portarvici» puntualizzò Merlino con un soffio poco convinto. Il pelo gli si era già sgonfiato un po'.

«Allora è un bene che tu non ti sia rifiutato» dissi con un sorriso impudente.

«E cosa mi dite di Tom e i suoi compari?» chiese Merlino. «Probabilmente mi stanno ancora cercando per concludere il duello.»

Era passato più di un mese dal loro litigio, ma sapevo bene che i gatti potevano serbare rancore molto più a lungo. «Non puoi usare la magia per cambiare aspetto?» suggerii stringendomi nelle spalle.

«Sono un mago del cielo, lo sai. Le illusioni sono fuori dalla mia portata.» Sbadigliò e si lasciò cadere teatralmente su un fianco.

«Posso pensare io a farti un nuovo look, vuoi?»

«Non se ne parla neanche.» Merlino balzò in piedi e si avviò lungo il corridoio.

«Dove stai andando?» gli gridai dietro.

«Il portale per Nocturna non si apre fino al tramonto. Vado a fare un pisolino» borbottò.

Luna sbadigliò: «Mi sembra una buona idea» disse. Poi uscì dalla gattaiola per raggiungere il suo posticino preferito nel giardino sul retro.

Rimasi da sola in cucina.

Forse avrei potuto lavorare un po' alla tesi, tanto per combinare almeno qualcosa in quella giornata surreale.

«Vedo che sei ancora viva e vegeta. Una pessima notizia, per me» ronzò Virginia passando attraverso il muro e fermandosi a fluttuarmi davanti.

Eh no. Non avevo intenzione di avere a che fare con lei, se potevo evitarlo.

Afferrai le chiavi e uscii di casa in tutta fretta.

Non avevo idea di dove stessi andando, ma forse avrei potuto godermi qualche ora di pace prima di gettarci a capofitto a risolvere l'enigma degli zombi.

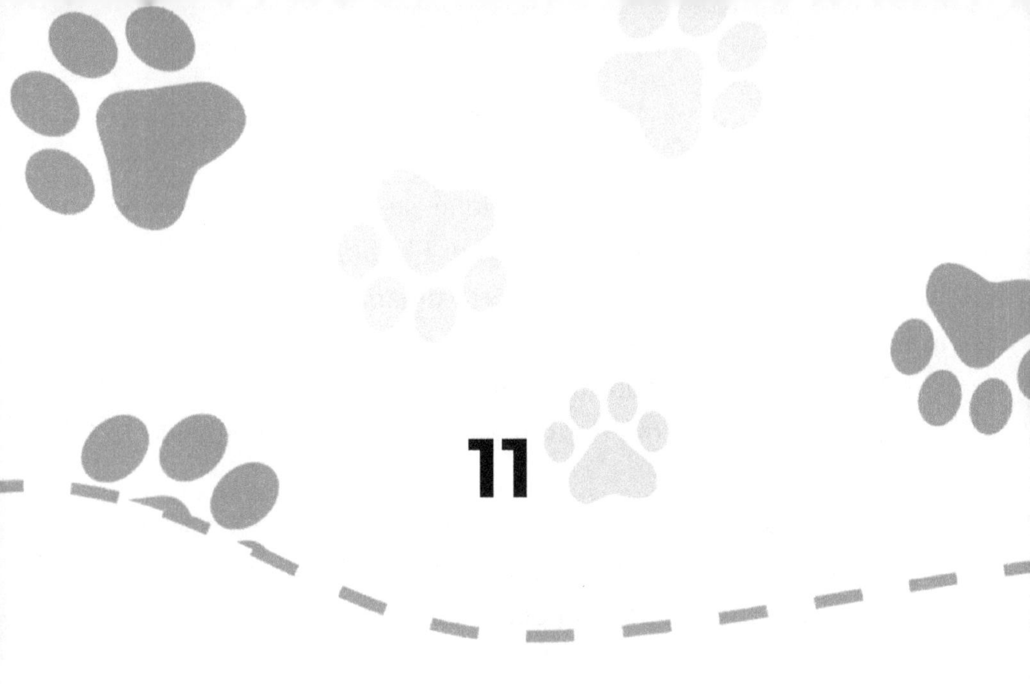

11

La mia vita non stava procedendo per il verso giusto. Lo dimostrava il fatto che l'unico luogo in cui mi venne in mente di andare a rifugiarmi fu l'Harold's House of Coffee, il locale in cui lavoravo. No, quel giorno non avevo turni. E, sì, probabilmente la mia vita sociale aveva toccato il fondo.

In realtà, da quando mi ero trasferita a Elderberry Heights, non avevo avuto tempo di conoscere gente. Tutta la mia famiglia viveva in Michigan, eccetto nonna Grace che si era trasferita nelle Florida Keys. Avevo perso i contatti con gli amici del college e tutti i miei nuovi vicini avevano una buona quarantina d'anni in più di me.

Tuttavia, negli ultimi due mesi la mia titolare, Kelley, era diventata una buona amica. Le ero stata accanto quando era morto suo padre e per tutta la durata dell'indagine per omicidio che ne era conseguita, ed ero rimasta al suo fianco mentre progettava di rilanciare l'Harold's House of Coffee servendo latte macchiato con zucca e spezie tutto l'anno.

Inoltre, lei e Drake si frequentavano, perciò era la persona giusta a cui chiedere qualche informazione su di lui e sui trambusti notturni a cui aveva accennato il signor Fluffikins.

Per quel che ne sapevo, Kelley era umana al cento percento. Ma avevo pensato lo stesso di Drake.

Ormai chi poteva dirlo con certezza?

«Ehi, carissima. Cosa ti porto?» canticchiò Kelley quando feci il mio ingresso nel locale.

«Un tè caldo. Grazie.» Non ero mai stata una gran bevitrice di tè, ma negli ultimi tempi non sopportavo più il latte macchiato con zucca e spezie. Il troppo stroppia in questo genere di cose. Era più facile fingere di non avere voglia di caffè che offendere Kelley. Inoltre, se avessi rifiutato la sua prima offerta di una bevanda gratuita, lei sarebbe andata avanti e mi avrebbe servito la nuova miscela di turno che stava testando per deliziare i clienti. Da qui la mia richiesta di un tè caldo, nonostante il clima torrido.

«Com'è andata la giornata?» chiesi, quando mi passò una tazza di acqua quasi bollente facendola scivolare sul bancone. Scelsi a caso una bustina di tè all'ibisco dall'espositore e la misi in infusione nella tazza.

«Frenetica come sempre» rispose con un bel sorriso.

«Ehi, hai notizie di Drake?» *Delicata come un elefante in una cristalleria, Gracy!* Era un miracolo che fossi riuscita a sopravvivere a tutti i pasticci degli ultimi tempi, considerando quanto, a volte, fossero scarse le mie capacità comunicative. Ma mi giustificava il fatto che, di recente, avevo avuto a che fare per lo più con gatti magici e vari tipi di esseri sovrannaturali.

Kelley scosse il capo: «Non lo sento da questa mattina, quando ci siamo messaggiati per darci il buongiorno. Perché? Qualcosa non va?»

«Oh sì, cioè, voglio dire, no. Va tutto benissimo!» mi affrettai a rassicurarla, mentre versavo un paio di bustine di zucchero nella tazza e afferravo un bastoncino per mescolare. Tenni la bocca sigillata finché non ebbi finito di preparare la mia bevanda. Perché non avevo almeno tentato di ideare un piano mentre mi recavo al locale?

Dopo essermi rimproverata mentalmente ancora una volta, sollevai lo sguardo per incontrare quello di Kelley e chiesi: «Si comporta in modo un po' strano ultimamente. Non credi?»

«In che senso?» chiese distrattamente, mentre preparava una bevanda ghiacciata per un cliente.

«È difficile da spiegare» azzardai, poiché non volevo svelare nessun segreto, né mio né di Drake. «Solo, sai... strano.»

Kelley inclinò la testa da un lato mentre rifletteva, utilizzando al contempo il miscelatore senza il minimo sforzo: «Beh, Drake è sempre stato diverso dagli altri. È per questo che mi piace così tanto.»

«Hai ragione» dissi, delusa dalla rapidità con cui ero arrivata a un punto morto. «Nulla di ciò che fa dovrebbe sorprenderci.»

«Già, tipo il fatto che si è comprato quel monopattino elettrico così, da un giorno all'altro» disse con una risatina.

«E la moto» aggiunsi con una risata.

Kelley mi lanciò un'occhiata buffa: «Già, indovina quale dei due mi piace di più.» Si strinse nelle spalle, poi versò la bevanda miscelata in un bicchiere alto. «I monopattini elettrici non sono fatti per trasportare due persone, ma questo non gli ha impedito di venirmi a prendere con quel coso quando siamo usciti insieme lo scorso weekend.»

Scoppiammo a ridere, ed era fantastico, una volta tanto, potermi concentrare su qualcosa di così frivolo. Chiacchierammo ancora per qualche minuto, ma sapevo che non mi sarei dovuta trattenere troppo a lungo, disturbandola mentre lavorava, visto che il locale era sempre pieno e nessuno poteva permettersi di stare con le mani in mano.

«Bene, penso che dovrei—»

«Aspetta un attimo!» mi interruppe Kelley estraendo il telefono dalla tasca del grembiule. Non lo avevo sentito suonare, ma non era per niente strano, dato che lo teneva quasi sempre in modalità silenziosa.

«Oh, è Drake!» annunciò con un sorriso emozionato; ma mentre leggeva la sua espressione si fece accigliata. «Dice che sarà fuori città per qualche giorno e voleva sapere se riesco a trovare qualcuno che lo sostituisca.»

Kelley abbassò il telefono, ma continuò a fissare con sguardo assente il punto in cui l'oggetto si trovava poco prima: «Saremmo dovuti uscire stasera, ma, a quanto pare, è già partito. Non mi ha neanche detto perché.»

«Magari ti vuole fare una sorpresa» dissi, sforzandomi di apparire realmente entusiasta. Ovviamente sapevo la verità sull'improvvisa sparizione di Drake. Se fossi riuscita a sentirlo prima di lei, gli avrei detto di farle un regalo speciale, o avrebbe rischiato di giocarsi la fidanzata. Tuttavia, se lui era davvero un vampiro, forse lei avrebbe fatto meglio a stargli alla larga.

«O sta mentendo» disse Kelley con un gemito.

«No! Non lo farebbe mai!» Mi avvicinai al bancone e le diedi una strizzatina rassicurante al braccio.

«Hai detto che ultimamente si comporta in modo strano. Sai forse qualcosa che io non so?» chiese sollevando un sopracciglio.

«No, no, no. Assolutamente no! Non intendevo niente del genere. Drake è pazzo di te. Non dubitarne neanche per un istante. Ora però devo proprio andare.»

Uscii dal locale il più in fretta possibile, senza mettermi propriamente a correre. Decisamente non fu uno dei miei momenti migliori.

12

Una volta lasciata la caffetteria, guidai per la città per circa un'ora cercando di riordinare i pensieri. Durante le ultime settimane di relativa tranquillità avevo iniziato a fantasticare di tornare alla normalità. Avevo creduto davvero che il pericolo non fosse in attesa dietro ogni angolo, che non avrei dovuto sforzarmi tanto per mantenere il segreto sul mondo magico di cui il mio gatto faceva parte.

Oh, quanto mi ero sbagliata!

Più ci pensavo, più mi disperavo per lo stato in cui versava attualmente la mia vita. Anche finire la tesi che senso aveva, a questo punto? Non sarei mai riuscita a ottenere un lavoro come si deve, non finché avessi dovuto occuparmi delle mie responsabilità di famiglio.

Un tempo mi ero cullata nell'idea di procedere ulteriormente negli studi e prendere un dottorato. La scuola mi piaceva e non mi sarebbe dispiaciuto diventare insegnante. Ma come avrei mai potuto essere una buona docente e dedicare tempo ai miei studenti e colleghi se il segreto del mio gatto avesse sempre avuto la priorità?

Se non altro, ora avevo un capo comprensivo alla caffetteria. Ma non ero riuscita a trovare il tempo o la determinazione necessari a finire la tesi. Cosa mi faceva pensare di poter affrontare una dissertazione di dottorato? O di aggiungere delle lezioni da seguire, a tutto ciò di cui dovevo già occuparmi?

E poi c'era la palese e dolorosa realtà che non avrei mai potuto innamorarmi, sposarmi e avere dei figli, tutte cose che non desideravo ora, ma che, forse, un giorno, avrei voluto fare.

Il mio gatto e le sue necessità di natura magica sarebbero sempre dovuti venire prima. E ciò significava mettere me stessa in secondo piano.

Volevo bene a Merlino e a Luna e sapevo che avrei amato alla follia i loro cuccioli, ma cosa sarebbe accaduto se avessi iniziato a desiderare qualcosa di più?

Sì, probabilmente non avrei dovuto essere così ossessionata dal futuro, visto che non sapevo nemmeno se saremmo sopravvissuti al problema attuale—o a quello successivo, o a quello dopo ancora.

Mi stavo preoccupando troppo, ma non potevo farne a meno.

E poi non si trattava solo di me. Ero preoccupata anche per Drake. Qualcosa dentro di me si era spezzato nel vederlo lasciarsi cadere a terra e disperarsi a quel modo.

Lo avevo sempre considerato la persona più imperturbabile al mondo, ma anche lui aveva i suoi limiti. Come sarebbe stata la sua vita, ora che aveva scoperto che tipo di creatura era?

Suppongo che avrei dovuto essere grata che i miei problemi fossero così insignificanti rispetto ai suoi. Non soltanto Drake era diventato una creatura sovrannaturale, ma doveva anche affrontare tutto da solo. Io, al contrario, non ero sola perché, insieme al mio ruolo nel mondo magico, era arrivata una famigliola di gatti che mi amava profondamente e che mi avrebbe protetta in qualsiasi situazione.

Fu con quest'ultimo pensiero che feci ritorno a casa, solo per trovare un micetto molto arrabbiato che mi aspettava sul tavolo della cucina: «Oh, guarda chi si è finalmente deciso a farsi vedere!» ululò Merlino. «La ciotola dell'acqua è vuota da ore!»

«Sono stata via solo un'ora e mezza» dissi scuotendo il capo e sforzandomi di fare dei respiri lenti e profondi per non perdere la calma.

«Frottole!» mi urlò dietro lui.

Mi morsi il labbro mentre mi chinavo a prendere la ciotola metallica. E mi sforzai di ricordare la riflessione a cui ero giunta in auto: quella era la mia vita e i gatti erano la mia nuova famiglia. Li amavo, anche quando mi davano sui nervi. E, ciò nonostante, avevo rinunciato all'opportunità di diventare un'insegnante rispettata per lavorare come domestica per un gatto molto viziato, seppur magico.

Finii di riempire la ciotola e la appoggiai sul tavolo accanto a Merlino.

Lui diede una leccata esitante, starnutì e bisbigliò: «Non è alla temperatura giusta. Che mi combini, Gracy?» dimostrandomi che, per quanta magia potesse aver portato nella mia vita, in fin dei conti Merlino era comunque un gatto come tutti gli altri.

«Vi porgo le mie scuse, Vostra Altezza» dissi con un inchino beffardo.

Merlino frustò l'aria con la coda e per qualche istante strinse gli occhi mentre mi fissava, per poi addolcirsi con un sospiro: «Ok, scusa se sono stato così duro con te. È stata una giornata difficile, ma non devo prendermela con te per questo.»

Wow, delle scuse sincere. Quella giornata sarebbe entrata nella storia come una delle mie preferite di sempre, nonostante i vari attentati alla mia vita da parte di un esercito di creature non morte.

«Intendi per via degli zombi?» chiesi con dolcezza, prendendo la ciotola e portandola al lavandino. Se lui si scusava, io potevo sforzarmi un po' di più di soddisfare le sue necessità.

«Cosa?» Merlino fissava un raggio di sole sull'altro lato della stanza, probabilmente desiderando di starsene sdraiato lì anziché seduto qui a parlare con me. «Gli zombi? Oh, no. Voglio dire, sono sicuramente un problema, ma è Luna a preoccuparmi davvero.»

Posai la ciotola a terra e lui si avvicinò per ispezionarla. Dopo aver decretato che l'acqua era alla temperatura giusta, vi immerse il muso e prese a leccarla di gusto.

«So che vuoi prenderti cura di lei» dissi con delicatezza. Sì, avevo già espresso la mia opinione sulla questione, ma per lui era ancora una notevole fonte di preoccupazione. Inoltre, sentivo di dover prendere le difese di Luna. Questione di *girl power* e via dicendo.

«Oh, non dirmi che devo scusarmi con lei» borbottò Merlino sollevando la testa per qualche istante.

«Beh, non sarebbe una cattiva idea.»

«Ci ho già provato, ma lei non ha accettato le mie scuse.»

Questo era terribile: «Nei sei sicuro?»

«Certo che sì» sbottò. Poi ebbe il buon senso di mostrarsi dispiaciuto per aver perso il controllo: «Scusa, scusa. So che non è colpa tua, ma non me lo sto inventando. Quando ho cercato di scusarmi, Luna ha detto che era troppo stanca per continuare a discutere e mi ha chiesto se potevamo parlarne più tardi.»

«Oh» dissi, non sapendo che altro aggiungere. «Beh, sono certa che andrò tutto bene. Probabilmente vuole solo affrontare un problema alla volta, e gli zombi hanno di sicuro la precedenza.»

«Mmm-mmm» disse Merlino, riprendendo a bere.

Caspita! Speravo proprio che facessero pace prima dell'arrivo dei gattini.

13

Quando scese la sera, io e i due gatti marciammo in giardino diretti al calderone di Merlino, alias la vasca per uccelli, che costituiva il suo legame con la comunità magica, inclusa la città di Nocturna.

Dovemmo aspettare che un paio d'auto ci superassero e sparissero alla vista, ma non appena la strada fu deserta, ci dirigemmo rapidi al calderone. Merlino ci saltò sopra facendo schizzare acqua tutt'intorno, poi mi fece cenno di saltare a mia volta.

Era solo la seconda volta che viaggiavo in quel modo. Il cuore mi batteva forte mentre mi tuffavo nella minuscola apertura che conduceva al reame magico, ma se non altro riuscii ad atterrare in piedi. I gatti mi raggiunsero pochi istanti più tardi, e insieme esaminammo l'affollata strada acciottolata della vecchia città. Gli edifici erano in stile bavarese, ed erano progettati affinché ci vivessero gatti, non esseri umani. Ciò conferiva al panorama un aspetto fiabesco che trovavo incantevole.

«Bene, l'idea è stata tua, ora che si fa?» chiese Merlino come per chiedermi aiuto. Sembrava che la nostra chiacchierata in cucina lo avesse reso più conciliante, grazie al cielo.

«Dovremmo consultare il mago del sangue» disse Luna. Non era da lei interrompere, ma mi resi conto che c'era ancora molta tensione fra lei e Merlino. Probabilmente lei voleva solo che quella visita terminasse il più in fretta possibile.

Annuii: «Sì, era quello che stavo per dire anch'io.»

«Allora andiamo.» Luna partì di corsa lungo il vialetto acciottolato, senza lasciarci altra scelta se non seguirla.

Io e Merlino ci scambiammo un'occhiata piena di curiosità per poi avviarci all'inseguimento di Luna. Prima avessimo sbrigato quella faccenda, prima avremmo potuto trovare un modo per risolvere il problema degli zombi una volta per tutte.

Mentre avanzavamo lungo le strade buie di Nocturna, alcuni gatti ci rivolsero la parola in tono amichevole; ma niente avrebbe fermato Luna, impegnata nella missione di giungere a destinazione il prima possibile.

Svoltato un angolo, un dito del piede mi rimase incastrato in una crepa del sentiero di pietra, facendomi inciampare e cadere in avanti, colpendo il suolo con le mani e le ginocchia.

«Stai bene?» mi chiese Merlino, precipitandosi a esaminarmi i palmi sbucciati.

Emisi un respiro lento e tremante. Faceva male, ma non così tanto da richiedere un aiuto magico. «Sto bene. Faccio solo un po' fatica a vedere dove vado con questo buio» risposi mentre mi rialzavo lentamente in piedi.

«C'è la luna a guidarci» disse Luna alzando il capo verso il cielo.

«Sì, ma io non vedo al buio come voi due» le ricordai. I gatti che vivevano a Nocturna non avevano bisogno di luci artificiali, così alcuni sentieri erano illuminati meglio, altri peggio. In quello in cui avevamo appena svoltato non c'era traccia di lampioni o lanterne.

«Giusto.» Luna si sedette e attese che mi adattassi all'oscurità prima di proseguire.

Eravamo quasi arrivati al vecchio vagone coperto in cui il siamese flame-point effettuava la lettura del sangue, quando una figura avvolta nelle ombre emerse di colpo da un vicolo e si avventò su Merlino.

«Ah-ah! Sapevo che non avresti potuto nasconderti per sempre» sbuffò un grasso tigrato rosso.

Essendo molto giovane, Merlino stava ancora crescendo. Tuttavia, era pur sempre un Main Coon, ed era raro vedere un gatto più grande di lui. Ciò nonostante, il poderoso assalitore sembrava grosso il doppio.

«Lascialo andare» gridai pestando un piede, mentre Luna osservava la scena da una certa distanza.

«Questo fifone mi deve un duello» decretò il massiccio felino rosso, rivelandomi così la sua identità.

«Sei Tom» dissi, puntandogli contro un dito e scuotendolo, arrabbiata.

Lui ci rivolse un ampio sorriso, mostrando le zanne appuntite: «Perbacco! Come hai fatto a capirlo?»

«Non abbiamo nessuna ragione per lottare» sibilò Merlino, ancora intrappolato sotto l'imponente mole del rivale. «Luna ha fatto la sua scelta, e non ha scelto te.»

«È vero. Diglielo!» gridò Luna, continuando però a tenersi a distanza. «Ora per cortesia lasciaci andare. Abbiamo altro di cui occuparci.»

Tom la schernì a quella richiesta: «Più importante di *questo*? Non credo proprio. Sono settimane che aspetto di dargli una bella strigliata. Dove sei stato, Merlino?»

«Ho una vita al di fuori di Nocturna. E se la memoria non mi inganna, è proprio questo il problema.» Merlino soffiò, poi girò la testa di lato con una rapida finta.

Tom cadde di lato, dandogli la possibilità di sfuggire alla sua presa. Ora entrambi i gatti erano in piedi con il pelo ritto, uno di fronte all'altro, e soffiavano ferocemente.

«Sei geloso» lo provocò Merlino.

«No, è solo che non mi piace vedere gatti cattivi circondati di cose buone» ribatté Tom. «Ora, ci battiamo qui in mezzo alla strada o cosa?»

«No, no.» Merlino lanciò uno sguardo a Luna, che annuì con fare rassicurante. «Non voglio che nessuno si faccia male. Andiamo nei campi.»

Tom fece un passo indietro, poi si abbassò e si sedette: «Conto di trovarti là» disse senza staccare lo sguardo da Merlino. «Ti do cinque minuti, o vorrà dire che hai rinunciato.»

«Hai la mia parola» replicò Merlino con un lieve cenno del capo.

Tom gli rivolse un sorriso minaccioso, sbatté le palpebre due volte e scomparve nella notte.

14

Luna ci raggiunse in punta di zampe: «Venite. Dobbiamo fare in fretta. C'è ancora tempo per consultare il mago del sangue prima che quel teppista torni.»

Merlino miagolò cupamente e chinò il capo per la vergogna: «So che non vuoi che combatta, cara, ma sai cosa succederà se non mi presento.»

«Cosa accadrebbe?» chiesi, sentendomi del tutto impreparata in merito ai metodi di risoluzione dei conflitti a Nocturna.

«Verrebbe inviato un bollettino a tutti i maghi della zona. Rifiutando di combattere, rinuncerei a tutti gli effetti alla mia magia, e sarebbe loro diritto prelevarla.» Le parole gli uscirono atone, come se avesse già accettato il peggior esito possibile. Non era affatto da lui.

Scossi il capo con enfasi. Avrei creduto in lui a sufficienza per entrambi, se fosse stato necessario: «Non possiamo correre un rischio del genere. Accidenti! Mi dispiace moltissimo, Merlino. Non avrei dovuto costringerti a tornare qui. Hai cercato di avvertirmi.»

Il Maine Coon sollevò una zampa per interrompermi: «No, è tutta colpa mia. Non avrei dovuto incoraggiare Tom. Sapevo che era geloso, e ciò nonostante gli ho sbattuto in faccia la mia felicità con grande soddisfazione.»

«Ma il mago del sangue...» miagolò pateticamente Luna.

«Potremo andare da lui quando tutto questo sarà finito» le dissi. Avevo capito che non voleva che Merlino si battesse, ma avrebbe almeno potuto ammetterlo, anziché fare l'ipocrita e cercare di farci credere di avere altre ragioni per volere che si tirasse indietro.

«Cosa accadrà se perderai?» gli chiesi in tono cupo. Anche se non mi piaceva, dovevamo prendere in considerazione tutti i possibili esiti. Se Merlino avesse perso il duello magico non sarebbe morto, ma avrebbe perso i suoi poteri per sempre... e che ne sarebbe stato di me?

Merlino sospirò: «Scommetto che in quel caso il creatore di zombi non sarebbe più tanto interessato a noi.»

«Beh, sarebbe un modo per risolvere il problema, suppongo.» Mi sforzai di sorridere perché sapevo che aveva bisogno di qualcuno che stesse dalla sua parte, e Luna al momento si comportava in modo stranamente distaccato.

«In realtà, è già una fortuna che Tom non abbia fatto diramare il bollettino la prima volta che sono sparito. Immagino che gli darebbe molta più soddisfazione assestarmi qualche buon colpo che privarmi della mia magia per via di un cavillo legale.»

Annuii lentamente e lanciai un'occhiata a Luna. Ascoltava a occhi sgranati, ma rimase comunque in silenzio, senza dubbio per lasciare la decisione a Merlino. Luna aveva preteso che lui le lasciasse fare le sue scelte su cosa era sicuro e cosa invece troppo rischioso, e ora stava ricambiando il favore.

«C'è qualcosa che possiamo fare per aiutarti a prepararti?» chiesi dopo un breve momento di silenzio.

«Sì.» Si sollevò sulle quattro zampe e si stiracchiò. «Tu devi restarmi il più vicino possibile quando sarò al campo, ma al contempo mantenendoti a distanza di sicurezza per non rischiare di farti male.»

«Come farò a sapere qual è la distanza giusta?» Se fossi stata troppo vicina, sarei stata in pericolo, ma se fossi stata troppo lontana avrei messo in pericolo lui. Non sarebbe stato facile, ma era il minimo che potessi fare.

Merlino strofinò la testa contro le mie gambe: «Non lo so, ma mi fido di te e so che lo capirai. La tua presenza mi darà un vantaggio su Tom. Lui non ha un famiglio, e questo significa che solo io avrò riserve di magia extra, se dovessero servire.»

Oh, giusto!

Forse, dopotutto, potevamo vincere. Poteva dipendere tutto da me. Potevo salvare la magia di Merlino e, se lui avesse sconfitto Tom lealmente, non avrebbe più dovuto temere di fare ritorno a Nocturna.

Finalmente il mio ruolo di famiglio aveva un senso: mi dava un po' di potere—potere che intendevo utilizzare a fin di bene.

Con un po' di fortuna, Merlino si sarebbe aggiudicato una vittoria rapida e indolore, e avremmo ancora avuto tempo di consultare il mago del sangue prima che il sole sorgesse e la città cadesse addormentata.

In caso contrario, avrei dovuto prepararmi a dormire in una città che non era stata costruita per gli esseri umani. E se Merlino avesse perso la sua magia…

«Devo chiederti una cosa» sbottai. Non volevo aumentare la sua ansia per il duello imminente, ma avevo bisogno di sapere.

Merlino si sedette e mi fissò: «Sì?»

«Se perdi la magia, che cosa mi accadrà?» sussurrai docilmente.

«Beh, ricordi cos'è successo a Virginia quando Luna si è separata da lei. Ha reciso il loro legame. Evita di inseguire la magia che si disperde e stai attenta ai pozzi, e andrà tutto bene.» Sorrise poco convinto, e io mi chinai ad accarezzargli la testolina.

«Oh, e c'è un'altra cosa che devi sapere» aggiunse con imbarazzo. «Se perdo, io e Luna potremo andarcene con l'aiuto di un altro mago. Ma tu, Gracy… resteresti bloccata a Nocturna per sempre.»

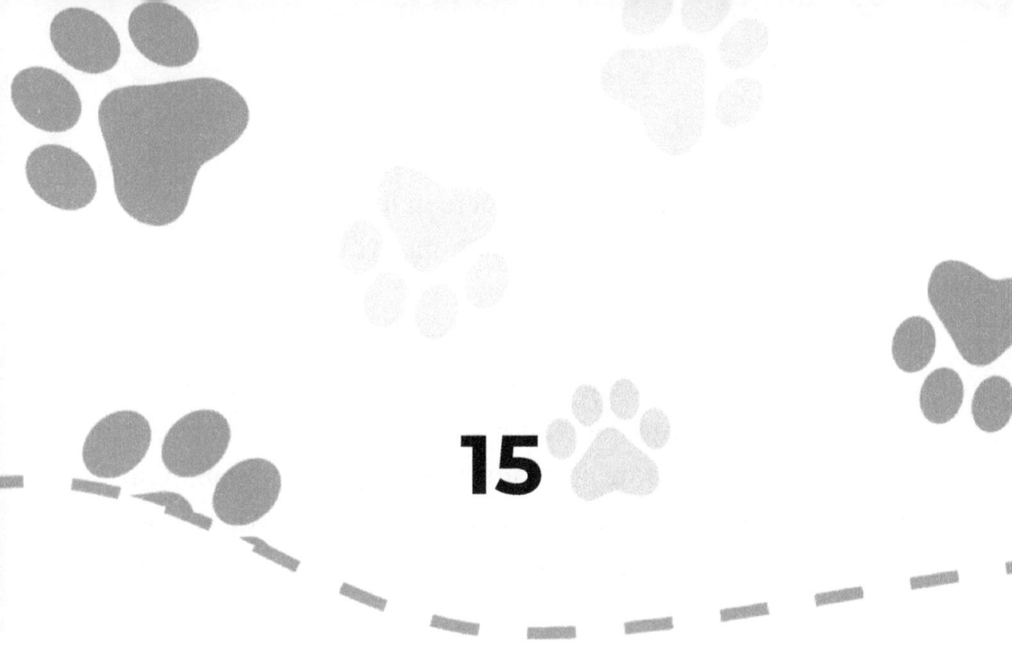

15

Bloccata a Nocturna? Ma cosa avrei fatto qui? Come avrei potuto crearmi una vita in un luogo a cui non appartenevo?

«Un altro mago non potrebbe aiutare anche ma a tornare a casa?» squittii.

Merlino mi guardò negli occhi per un istante, poi volse lo sguardo altrove: «È al mio sangue che sei legata. Ed è il nostro legame che ti consente di venire qui. Senza la mia magia, quel legame viene reciso.»

Deglutii il nodo di emozioni che mi si era formato in gola. Ora Merlino aveva bisogno di un'aiutante forte, non di un ulteriore peso. Dovevo mettere da parte la paura di ciò che sarebbe potuto accadere e fare quello che mi aveva chiesto senza dubbi o esitazioni.

Merlino era un mago potente. Lo aveva dimostrato già molte volte.

Poteva vincere il duello.

Avrebbe vinto.

Sì, dovevo solo continuare a credere in lui.

Dopotutto, non mi aveva mai dato motivi per dubitare delle sue capacità.

Battei le mani con più brio di quello che provavo in realtà: «Allora dobbiamo solo accertarci che tu vinca. Andiamo!»

Merlino annuì lentamente, poi sbatté le palpebre due volte e ci teletrasportò tutti e tre in una radura molto lontana dalla città. Le sagome degli edifici erano a malapena visibili all'orizzonte a causa di un tetto di fiamme sospeso sopra di noi, che illuminava il cielo in ogni direzione.

«Ehm, Merlino, che tipo di mago è Tom?» sussurrai, incapace di staccare gli occhi dalle fiamme che minacciavano di abbattersi su di noi da un momento all'altro.

«Un mago dei vulcani» disse a denti stretti mentre si guardava intorno in cerca del rivale.

Seguii il suo sguardo, ma non scorsi nessuno. Tantomeno Tom.

«Oh. Forse ha capito di aver fatto il passo più lungo della gamba e ha deciso di rinunciare?» suggerii speranzosa; ma Merlino non sembrava convinto.

Sopra di noi, lo strato di fuoco ondeggiava con un mare calmo, e io alzai il volto per osservare lo spettacolo. Mentre le guardavo, le onde iniziarono ad abbattersi rabbiosamente contro una barriera invisibile, per poi riversarsi dai bordi in immensi pennacchi di lava.

Nel terreno ai miei piedi si formarono delle crepe, e io balzai di lato per evitare di essere inghiottita dall'improvviso terremoto.

La piccola crepa crebbe fino a diventare un abisso, correndo in lontananza ed esplodendo verso l'alto, creando infine un trono di terra e roccia.

Le fiamme sopra di noi formarono uno strato compatto e inseguirono la fessura serpeggiante in una danza mortale. Entrambi gli elementi finirono per convergere in un ciclone dalla terribile potenza distruttrice, e Tom saltò giù dal trono, passando attraverso il muro di fuoco.

«Era ora che ti facessi vedere» disse il tigrato rosso con un sorriso minaccioso. «E non è forse proprio da te presentarti all'ultimo istante?»

«E non è forse proprio da te presentarti in un tripudio di gloria?» ribatté Merlino con evidente disprezzo. «In ogni caso, ti ci vorrà ben più di qualche sciocco trucchetto per impressionarmi.»

«Basta chiacchiere. Ti ho in pugno, gatto!» Tom ghignò crudelmente mentre correva a tutta velocità verso Merlino sulle zampe robuste e veloci.

Anch'io mi avvicinai rapidamente al Maine Coon, consapevole che, più fossi stata vicina, più sarebbe stato facile per lui dare una bella lezione a quel gradasso.

Mentre Tom correva verso di noi, delle fiamme si alzavano dietro di lui, dando ancora più velocità al suo corpo massiccio.

Merlino se ne stava immobile, come se fosse totalmente rapito dallo spettacolo che aveva di fronte. E proprio quando ero certa che Tom gli si sarebbe schiantato addosso di testa, Merlino girò in tondo scatenando una tempesta. Un ciclone roboante si formò sopra di lui e partì di slancio in direzione di Tom. Ormai il rivale aveva acquisito così tanta velocità che non riuscì a fermarsi in tempo. Si schiantò dritto nel vortice e venne risucchiato al suo interno, con tanto di fiamme e tutto il resto.

Merlino gridò qualcosa nel vento, ma non riuscii a capire le sue parole a causa del boato ruggente delle raffiche di vento.

Il ciclone vorticava sempre più velocemente, sollevando l'avversario del mio gatto sempre più in alto. Ma Merlino non aveva ancora finito. Scalciò con le zampe posteriori in un gesto che conoscevo bene. Era quello che temevo di più fra i suoi poteri—in fin dei conti, a casa aveva provocato un buco nel tetto.

Merlino scalciava sempre più in fretta e con più forza, ancora e ancora. Le sue zampe erano una macchia sfocata e la polvere si sollevava da terra oscurandomi la visuale.

E poi dal cielo...

CRACK!

Un potente fulmine colpì il ciclone; potrei giurare di aver visto lo scheletro di Tom balenare davanti ai miei occhi, proprio come nei vecchi cartoni animati che guardavo da bambina il sabato mattina.

Merlino barcollò e cadde in avanti. Aveva appena utilizzato i suoi due incantesimi più potenti uno dopo l'altro, e ora ne pagava il prezzo.

Il tornado si dissolse e Tom cadde al suolo.

Nessuno dei due gatti si mosse, se non per trarre ampi respiri affaticati. La magia di Tom scintillava e guizzava intorno al suo corpo.

Merlino non fece nulla.

«Merlino!» gridai. «Devi evocare la pioggia. È un incantesimo semplice. Puoi farcela!»

Il mio gatto sollevò una zampa verso il cielo, ma non riuscì a tenerla alzata abbastanza a lungo da lanciare l'incantesimo.

Corsi verso di lui. Forse un mio tocco avrebbe potuto dargli l'energia necessaria per portare a termine la battaglia. Lo avevo quasi raggiunto quando una spessa colonna di fango si sollevò da terra, impedendomi di procedere.

Sfrecciai di lato, ma un altro pilastro si sollevò a sbarrarmi la strada.

«Merlino!» gridai, sbattendo i pugni contro la gabbia di fango solidificato che ormai mi aveva intrappolata da ogni lato.

No, no, no!

Se non fossi riuscita a raggiungerlo – e in fretta – avrebbe potuto essere la fine per entrambi...

16

Non riuscivo a vedere niente, eccetto qualche occasionale lampo di fuoco che illuminava il cielo sopra di me. Gridai e sbattei i pugni contro le mura di fango che torreggiavano su di me, ma non riuscii a liberarmi.

«Arrenditi» ruggì Tom sopra il frastuono.

Smisi di gridare e rimasi in silenzio, in attesa della risposta di Merlino.

«*Ma... i*» riuscì a dire fra gli ansiti.

«La tua magia è mia» gracchiò Tom, dimostrando che anche lui non versava in condizioni migliori. «Ora devo solo venire a prendermela.»

Calò un silenzio terrificante per quella che sembrò un'eternità.

Cosa stava succedendo? Merlino aveva ripreso a combattere? Tom gli aveva già sottratto la magia? E che ne sarebbe stato di quest'ultima quando fosse fluita via? Si sarebbe riversata nella natura come era accaduto con quella di Luna oppure Tom avrebbe davvero potuto detenere sia la sua magia che quella di Merlino?

«È la tua ultima possibilità» disse Tom con impeto. «Alzati e combatti come un vero gatto o arrenditi subito.»

Qualcosa mi cadde sulla guancia, spaventandomi. Feci un balzo indietro proprio mentre qualcos'altro mi colpiva la spalla.

Pioggia!

Merlino ce l'aveva fatta. Era riuscito a evocare la pioggia. Le gocce erano grandi e fitte e mi sferzavano con forza sempre maggiore.

Poteva ancora farcela!

I gatti soffiavano e ruggivano, continuando a colpirsi a suon di magia. Nel frattempo la pioggia aveva formato una pozza ai miei piedi e in breve il livello dell'acqua si era alzato sempre di più, sempre di più fino ad arrivarmi alle spalle.

Mi tenni a galla, in attesa di riuscire a tirarmi fuori da quella prigione e fare il possibile per aiutare Merlino a vincere il duello.

Quando infine riuscii a sbirciare al di là dell'enorme muro di terra, per un istante vidi Merlino con gli artigli appoggiati sulla gola di Tom, pronto a colpire. Ma non riuscii a mantenere la presa a lungo e ricaddi in acqua.

Mi issai in cima una seconda volta e mi arrampicai sul sottile strato di terra con piedi tremanti. Mi trovavo ad almeno cinque metri da terra, senza la minima idea di come fare a scendere senza rompermi l'osso del collo.

Entrambi i gatti sollevarono la testa e si voltarono verso di me.

Un sorriso malvagio attraversò il muso striato di Tom, mentre scartava a destra con una finta simile a quella che Merlino aveva messo in atto nel vicolo. Si liberò dalla presa del mio gatto, evocò un'immensa palla di fuoco e me la scagliò contro. Saltai a terra, incurante delle possibili conseguenze della caduta.

L'importante era non morire.

Un istante prima dell'impatto, una delicata folata di vento mi avvolse e mi portò lentamente giù. Merlino mi aveva salvato la vita, letteralmente.

Purtroppo Tom aveva contato sul fatto che Merlino si sarebbe distratto per venire in mio soccorso, e ora era lui a trovarsi sopra al mio gatto, in posizione di vantaggio.

L'enorme tigrato rosso incombeva sul Maine Coon, mulinando le zampe per colpirlo sul muso, sul petto e ovunque riuscisse ad arrivare, attaccando la fonte stessa della sua magia.

«Oh Merlino, pensavi di poter vincere?» lo schernì colpendolo e sbalzandolo via.

Era tutta colpa mia. Se solo fossi stata ferma...

Soffocai un singhiozzo, ma mi imposi di non emettere nemmeno un suono. Gli avevo già causato fin troppi guai. Se non altro, sarebbe sopravvissuto. Avrebbe avuto ancora la sua famiglia, Luna, i gattini...

La pelliccia bianca di Luna attirò la mia attenzione: la vidi attraversare il campo a grandi passi, avvicinandosi ai due contendenti. Non aveva più poteri magici, cosa pensava di fare?

La risposta arrivò poco dopo, quando si avvicinò lentamente alle spalle di Tom affondandogli gli artigli e i denti nel collo.

Tom cercò di ribellarsi, ma la presa della gatta era salda, forte all'inverosimile. Non gli stava solo sottraendo la magia, compresi quando il corpo di Tom cadde a terra, inerte. Gli aveva anche tolto la vita. Luna lo aveva ucciso.

Aveva posto fine al duello infrangendo ogni regola esistente.

«Luna» gridai in lacrime, precipitandomi verso i gatti. «Che cosa hai fatto?»

«Merlino stava perdendo» disse facendo spallucce.

«Ma lo hai ucciso!» ribattei, mentre le lacrime mi scorrevano lungo le guance. Era accaduto tutto così in fretta che faticavo a elaborare la situazione. «Perché lo hai fatto?» sbottai.

«Merlino ha bisogno dei suoi poteri» disse freddamente lei; poi si voltò verso di me ad artigli sguainati. Spiccò un balzo, gli occhi rossi di rabbia.

Feci un passo indietro, ma non fu sufficiente per sfuggire al suo attacco.

Luna mi piombò addosso e tutto divenne nero.

17

La prima cosa di cui fui consapevole quando ripresi conoscenza fu che mi trovavo in un luogo che non avevo mai visto.

In piedi.

Incatenata a un masso.

In cima a una montagna.

Oh, cielo...

Lottai per liberarmi dalle catene, ma senza il minimo risultato.

Merlino! Cosa ne era stato di lui?

Strinsi gli occhi per cercare di mettere a fuoco nell'oscurità, e mi guardai intorno; infine scorsi una piccola gabbia di metallo, non molto diversa da quelle che gli umani utilizzerebbero per intrappolare una puzzola o un procione che si sono avventurati un po' troppo vicino all'abitato.

Merlino giaceva all'interno, privo di sensi.

«Merlino! Svegliati!» gridai sottovoce. Anche se lì non vedevo nessun altro, colui o colei che ci aveva catturati poteva trovarsi nelle vicinanze. Dovevamo trovare un modo per fuggire prima che fosse troppo tardi.

«Come siamo finiti qui?» gli chiesi; ma lui non si svegliò. Fu allora che ricordai.

Luna.

Aveva ucciso Tom, poi mi si era rivoltata contro. Ma per quale motivo?

Merlino gemette nel sonno, ma non reagì alle mie richiese di aiuto. Almeno sapevo che era vivo, anche se non avrebbe potuto aiutarmi a ideare un piano di fuga, almeno a breve termine.

Ripresi a lottare per liberarmi dalle catene, sbuffando e contorcendomi fino a rimanere senza fiato.

«Arrenditi» ordinò una voce profonda e inquietante, fin troppo vicina. «Non hai nessuna possibilità di vincere.»

Mi guardai intorno, ma non riuscii a vedere nessuno.

«Chi sei? E perché ci hai portati qui?» gridai nell'oscurità.

«Belle pretese per una che non ha più speranze» disse la voce con una risata crudele. Beh, almeno trovava divertenti le mie domande. Io, invece, non avevo nessuna voglia di ridere. Non riuscivo a riconoscere quella voce. Era allo stesso tempo familiare ed estranea.

Strinsi gli occhi in cerca dell'origine di quel suono e finalmente individuai un gatto nero appollaiato proprio sul bordo della vetta.

Accanto al felino, un calderone prese vita, rilucendo di un inquietante verde-melma.

«Signor Fluffikins?» chiesi, cauta. Ma non aveva fatto ritorno alla sua città con Drake al seguito? E non doveva essere uno dei buoni?

Il felino si voltò verso di me, illuminato dalla luce del calderone. «Ora mi riconosci?»

Il suo petto era completamente nero, gli occhi sfolgoravano di un verde brillante. Il signor Fluffikins aveva una macchia bianca sul petto e occhi dorati. Non si trattava di lui.

Ma quali altri gatti neri conosce—? *Oh.*

«Dash» dissi a denti stretti.

«Ce ne hai messo di tempo.» La pericolosa maga dell'illusione mi rivolse un sorriso falso, come se fosse tutto solo un gioco. «Ma te lo concedo, credo che tu mi conosca meglio in questa forma.»

Uno sbuffo di magia mi oscurò la visuale. Quando si dissolse, un'arcigna agente di polizia mi scoccò un'occhiataccia. Era così che avevo conosciuto Dash: nei panni di una poliziotta che indagava sulla morte del mio capo, Harold. Ovviamente si era trattato di una trappola. Essendo una maga dell'illusione, Dash poteva assumere qualsiasi forma desiderasse.

Avevo sempre pensato a Dash come a una femmina, avendola conosciuta sotto le mentite spoglie di una poliziotta. Ma ora ero quasi certa che il felino nero fosse un maschio. Un momento: perché perdevo tempo a cercare di capire quale pronome utilizzare per un gatto che quasi sicuramente intendeva uccidermi?

Pensa, Gracy. Pensa!

«Dov'è Luna?» chiesi, sudando freddo.

Un'altra nube di magia riempì la mia visuale; ne uscì una gatta bianca dagli scintillanti occhi azzurri.

«Sono proprio qui, cara» disse Dash con la voce di Luna.

Avrei dovuto saperlo. Luna non ci avrebbe mai traditi. Si era trattato di Dash per tutto il tempo—o per lo meno da quando eravamo giunti a Nocturna.

Tentai di balzare in avanti, ma le catene mi trattennero saldamente al mio posto. «Che cosa le hai fatto?»

Dash tornò alla sua forma felina, quella di dimesso gatto nero. «Non vedo che importanza possa avere. Non vi rivedrete mai più.»

«Dimmi dov'è!» gridai, lottando per liberarmi con rinnovato fervore.

«Calmati. Goditi le tue ultime ore di vita. Se può esserti di consolazione, posso assicurarti che la gatta bianca sta bene. Tu, invece? Beh, tu morirai.» Dash scoppiò in una risata caustica. Non avevo mai desiderato tanto schiaffeggiare un animale, nemmeno gli scoiattoli zombi che avevano cercato in tutti i modi di uccidermi quella mattina.

Dash alzò lo sguardo in silenzio e osservò per qualche istante il cielo notturno trapuntato di stelle, poi disse: «Sareste potuti sopravvivere tutti, sai? Il mio piano era semplice. Andare a Nocturna dal mago del sangue e prelevare detto sangue, e nessuno di voi se ne sarebbe mai accorto. Avrei potuto portare a termine il piano senza vittime. Ma ora, per colpa vostra, molti moriranno.»

Deglutii, incerta su come avrei potuto uscirne viva questa volta, soprattutto senza l'aiuto di Merlino.

Ora come ora mi serviva un miracolo.

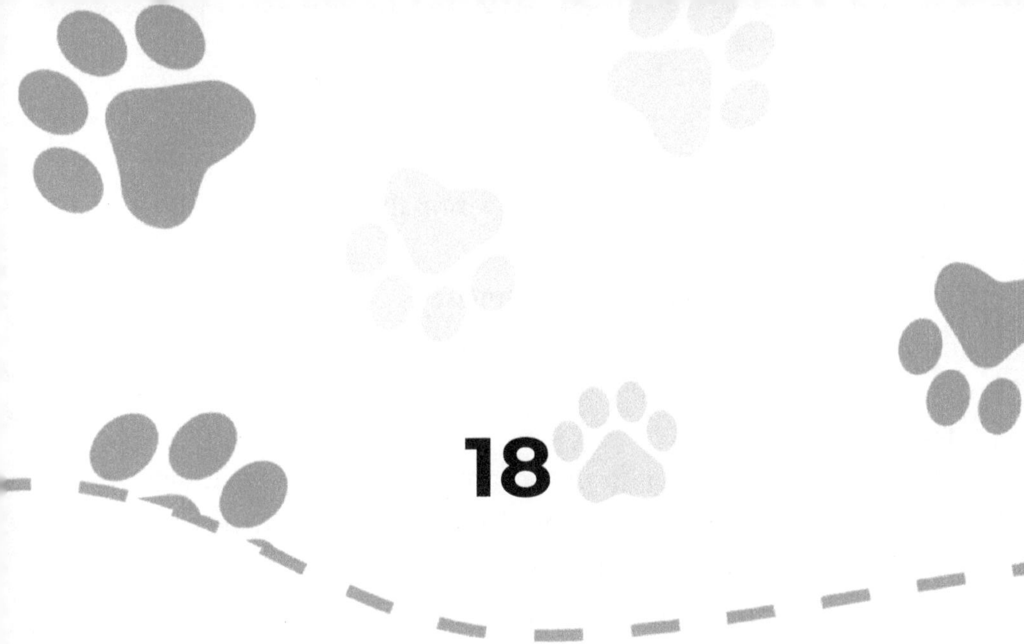

18

«Lasciami andare» pretesi, rifiutandomi di morire senza fare obiezioni—o di morire in generale, se possibile. «Nessuno deve farsi male. Possiamo porre fine ora a tutto questo.»

«E perché mai dovrei farlo?» chiese Dash tornando verso il calderone scintillante ed esaminandone il contenuto.

«Perché, in fondo, sei buono» azzardai.

Dash rise amaramente: «Qualcuno qui guarda troppi film a lieto fine. Perché posso assicurarti che sono malvagio fino al midollo.»

Le note di una vecchia canzone mi risuonarono in mente a quelle parole, e maledissi il gatto nero per aver aggiunto un tormentone orecchiabile al già lungo elenco dei miei problemi. Scossi il capo per schiarire la mente e concentrarmi. Ora c'era una sola cosa che contava: fuggire.

«Perché lo fai?» chiesi. «Cosa ci guadagni?»

Dash puntò su di me gli occhi verdi dall'espressione dura: «Oh, è molto semplice. Quando ho scoperto chi siete tu e Merlino, qual è il legame che vi unisce, ho capito di aver finalmente trovato quello che cercavo da secoli.»

«Secoli? Nessuno vive tanto a lungo.»

«Anche questa volta ti sbagli. Ho quasi mille anni.»

Sussultai. Questo proprio non me l'aspettavo: «Ma com'è possibile?»

Dash sorrise, mettendo in mostra zanne bianche e affilate: «Tu non sei altro che una discendente, l'ultimo rampollo della *tua* stirpe. Io, invece, sono l'unico e originale.»

«Sei Merlino l'impostore!» dissi, sapendo già che era la verità. Era l'unica spiegazione sensata, considerando quanto lei – beh, lui a questo punto – fosse interessato al mio lignaggio e a quello del mio gatto. «Credevo che fossi morto.»

Con uno sbuffo di magia il piccolo gatto nero si trasformò in uno uomo vecchissimo, la cui barba bianca arrivava fino alle caviglie: «Lo credevano tutti. Per mia fortuna, la magia dell'illusione mi ha consentito di restare nascosto finché non ho trovato ciò che mi serviva.»

«Eri il primo famiglio. Avevi giurato lealtà al vero Merlino!» sbottati, disgustata.

Dash non sembrò scomporsi: «Sì, beh, perché essere il servo quando puoi essere il padrone?»

Era una cosa orribile: gli unici altri famigli che avevo conosciuto si erano convertiti al male per la brama di potere. Se fossi sopravvissuta, sarebbe accaduto anche a me?

Ripensai all'ultima volta in cui avevamo affrontato Dash. Se fossi riuscita a farlo continuare a parlare, avrei guadagnato tempo. Io e Merlino potevamo ancora cavarcela.

«Perché ci hai fatto attaccare da quegli zombi?» Questa parte ancora non aveva senso.

«Oh, semplice. Davvero non ci sei ancora arrivata? Avevo

bisogno che tornaste a Nocturna. Per fortuna siete terribilmente prevedibili. Siete venuti qui appena sei riuscita a convincere il tuo padrone ad accettare, non è vero?»

«Io e Merlino siamo ben più che servo e padrone» lo corressi, lanciando un'occhiata al mio alleato, ancora privo di sensi nella gabbia. *Ti prego, ti prego, svegliati!*

«Credi che cambi qualcosa, dal momento che entrambi morirete all'alba?»

«Perché vuoi ucciderci?»

«Perché no? In ogni caso, so cosa stai cercando di fare: vuoi che continui a parlare in modo da rimandare il momento in cui porterò a termine il mio piano malvagio. Ma non ha importanza. Tutto va effettuato in un momento ben specifico, e ti ho già detto di quale si tratta.»

«All'alba» dissi, con le labbra secche. «E perfino tu lo hai definito un piano *malvagio*. Questo non ti fa riflettere?»

«Il bene, il male» borbottò Dash. «Sono più simili di quanto tu creda. La percezione di entrambi cambia con il passare del tempo. Tu puoi anche considerarmi malvagio, ma le generazioni future mi vedranno come una divinità.»

«Sei un mostro!» sbottai, cosa che mi richiese un certo sforzo per quanto avevo la bocca secca.

«La tua opinione è irrilevante. Non sei niente più che una nota a piè di pagina nella storia leggendaria della mia gloria. Con il vostro legame di sangue e il perfetto allineamento delle stelle, riforgerò la potente Excalibur e la userò per prendere il potere una volta per tutte sia sul mondo magico che su quello umano.»

«Sei un pazzo» dissi.

«Prova tu ad aspettare quasi mille anni per vendicarti, poi vedremo quanto ci proverai gusto.»

«Vendicarti? E di chi?»

«Merlino mi aveva promesso di esaudire il mio più grande desiderio come ringraziamento per aver accettato il ruolo di suo famiglio. Ma quello che desideravo non gli piaceva, così cercò di sottrarmi con l'inganno quel che era mio di diritto.»

«Gli hai chiesto di diventare potente quanto lui» gridai. Sapevo che nella sua mente la cosa aveva perfettamente senso, ma di certo non sembrava giusto a me. «I famigli possono solo contenere la magia in modo che il mago possa utilizzarla.»

«Ora è così!» esplose Dash/Merlino/come-diavolo-si-chiamava. «Secondo te, perché esistono queste regole? Eh?»

«Lui ti ha maledetto. Come hai fatto a sopravvivere?»

«Non mi ha maledetto: mi ha costretto a nascondermi. Ormai mi aveva concesso la magia e non gli era più possibile riprendersela. Non senza questa.» Infilò le mani nel calderone e ne estrasse una spada scintillante.

«Quella è—?» Mi mancò il fiato.

«Excalibur. Sì. Finalmente tornerà in vita. Quasi mille anni or sono, il tuo antenato Artù la estrasse da una roccia, dichiarando che si trattava dell'arma più potente mai esistita. Ma non è per questo che Excalibur era stata creata, non era questo il suo scopo originario.»

Strizzai gli occhi. Niente di ciò che quell'uomo mi stava dicendo corrispondeva a quanto sapevo della leggenda: «Scusa, puoi ripetere?»

«Merlino l'aveva realizzata per me. Non perché—»

«Sono spiacente, ma sono molto confusa. Ci sono ben tre Merlino adesso e sta diventando complicato capire di quale stai parlando.»

Il mago oscuro mugugnò: «E va bene. È stato il mago Merlino originario a realizzare quest'arma; ma non per togliere la vita, bensì per togliere la magia.»

«L'ha creata per utilizzarla su di te.»

«Sì, ma io ero già riuscito a fuggire. Lui era così frustrato che la conficcò in quella famosa roccia. E, dopo averlo fatto, non poteva più estrarla di persona da lì.»

«O avrebbe perso la sua magia» conclusi.

Dash fece un ampio sorriso: «Esattamente.»

«Quindi, Artù...?»

«Era un mezzo per raggiungere un fine. Avendo estratto la spada dalla roccia, non avrebbe mai potuto esercitare di persona la magia, neanche se avesse voluto. E questo lo rendeva un servitore perfetto... Oh, guarda chi ha deciso finalmente di unirsi a noi.»

Il mio sguardò volò alla gabbia dove l'ultimo Merlino – il mio Merlino – iniziava a riprendere i sensi.

19

Merlino si tirò su e tentò di mettersi in piedi, ma sbatté la schiena contro la parte superiore della gabbia e fu costretto ad accucciarsi. Scosse il capo, poi si guardò intorno.

«Gracy» gridò quando mi vide.

«Merlino, va tutto bene» risposi, il sollievo che mi inondava il petto. Con il suo aiuto avevamo ancora una possibilità. «Ce la caveremo.»

«Non hai ascoltato nulla di quello che ho detto?» chiese Dash piombandomi addosso con impeto.

«Sì, ti ho sentito. Ma hai perso già una volta, e scommetto che perderai di nuovo.»

«Oh, una scommessa? E cosa c'è in palio? Ah, sì. Le vostre vite.» Il vecchio mago rise, deliziato dalla propria battuta.

«Chi è quel tizio?» chiese Merlino; le parole gli uscirono di bocca strascicate. La carenza di magia lo rendeva ancora debole. Eravamo decisamente in svantaggio.

Sospirai: «È una lunga storia, ma per farla breve è Dash, che, a quanto pare, è anche Merlino, l'impostore originale. Ci ucciderà per riforgiare Excalibur, o qualcosa del genere.»

Dash si voltò verso di me, lanciandomi un'occhiata al vetriolo: «Ehi, abbi un po' di rispetto! Ho lavorato duramente per realizzare questo piano. E hai tralasciato tutte le parti migliori.»

Feci spallucce, lieta di averlo irritato. Per il momento era l'unico modo che avevo per contrattaccare: «Se vuoi la mia opinione, è un piano contorto e intricato. È il meglio che sei riuscito a inventarti, avendo avuto mille anni per pensarci?»

«È perfetto!» gridò, sputacchiando nella mia direzione. «Certo, quel ridicolo duello ha complicato un po' le cose, ma il risultato sarà lo stesso. Secoli fa, tra i nostri antenati si creò un legame eterno, quando Artù estrasse Excalibur dalla roccia. La spada venne forgiata dal mago felino per derubarmi della mia magia, ma fu Artù il primo a soccombere alla sua maledizione, e a tal guisa noi tre e le nostre stirpi siamo legati per l'eternità.»

Abbozzai un sorriso: «A tal guisa, eh?»

«Basta così!» L'urlo di Dash riecheggiò in lontananza, mostrando quanto fossimo isolati sulla cima di quella montagna.

«Penso di aver sentito abbastanza» borbottò Merlino, costretto a restare accovacciato a causa delle dimensioni piuttosto ridotte della gabbia. «Tu sei l'impostore, ma io sono il vero erede. L'ultimo discendente della più potente stirpe magica mai esistita sulla Terra. Il che significa che posso batterti, truffatore.»

Il poco spazio a disposizione nella gabbia non impedì a Merlino di scalciare leggermente con le zampe posteriori, nel tipico gesto che utilizzava per evocare i fulmini.

All'esterno della gabbia non accadde niente.

Ma all'interno, il Maine Coon emise un terribile sussulto tremante e cadde bocconi.

Dash rise con crudeltà: «Pensavi che non avrei reso quel posto a prova di fulmine? È una gabbia magica. Qualsiasi incantesimo proverai a lanciare, non farà altro che alimentarla e renderla più forte. Non c'è modo di uscirne.»

Merlino ansimava mentre si alzava e si gettava contro un lato della gabbia.

Non funzionò, con sommo piacere di Dash.

Ma io mi rifiutavo di accettare la sconfitta

La magia non poteva liberarci e io, in ogni caso, non avrei mai potuto utilizzarla. Quello che ci serviva era una soluzione *non* magica. E io l'avrei trovata.

Dash rimise Excalibur nel calderone e continuò a preparare la pozione, anche se non avevo idea di che cosa stesse facendo. Sentii le palpebre farsi pesanti mentre lo guardavo.

No! Se mi fossi addormentata, sarebbe stata la fine.

«Non ci hai detto cosa intendi fare dopo che avrai riforgiato la spada. A parte ucciderci, intendo.»

Dash mi ignorò.

«Ehiiiiii!» gridai. «Terra chiama Dash, o Merlino, o chiunque tu sia!»

Il mago barbuto si voltò a fronteggiarmi: «Sono molte persone in una. Sono tutte loro e nessuna di esse.»

«O-ok. Allora, che mi dici del resto del piano? Non vuoi raccontarmelo?»

«E perché? Sarai comunque morta.» Un sorrisino gli balenò sulle labbra. Ero lieta che il pensiero della mia dipartita potesse donare un po' di gioia al suo minuscolo cuore oscuro, ma di certo non intendevo essere io a morire quel giorno. E tuttavia, dovevo fare leva sulla sua vanità perché continuasse a parlare.

«È vero, ma sono lo stesso curiosa» dissi.

«Beh, è ancora un po' presto, ma non vedo perché non

dovremmo iniziare a prepararci.» Dash tornò al calderone ed estrasse nuovamente la spada. La portò fino a me, fermandosi pochi centimetri al di fuori dalla mia portata. Poi riprese la sua forma felina.

Era la mia occasione per lottare.

Scalciai, ma lo mancai clamorosamente.

Lui mi ignorò, sollevò una zampa ed estrasse gli artigli, poi se li passò sul petto con un sussulto di dolore. Il sangue gocciolò a terra, cadendo sulla spada.

«Con il sangue delle nostre tre stirpi riforgerò Excalibur e la userò per chiudere una volta per tutte il portale tra Nocturna e il mondo umano, in modo che nessuno possa più opporsi a me. E a quel punto regnerò come un dio, il più potente – l'unico – essere magico rimasto nel mondo dei mortali. Contenta?»

Dash balzò in cima al masso a cui ero incatenata e da lì mi saltò sul petto, fissandomi negli occhi.

«Ora tocca a te dare il tuo contributo. Mi prenderò un po' del tuo sangue.»

«Non lo farai, dannazione!» Mi contorsi come una furia, ma neanche questa volta riuscii a liberarmi.

Dash sollevò una zampa e mi colpì il volto. Strinsi forte gli occhi al momento dell'impatto e quando li riaprii mi ritrovai in un luogo completamente diverso.

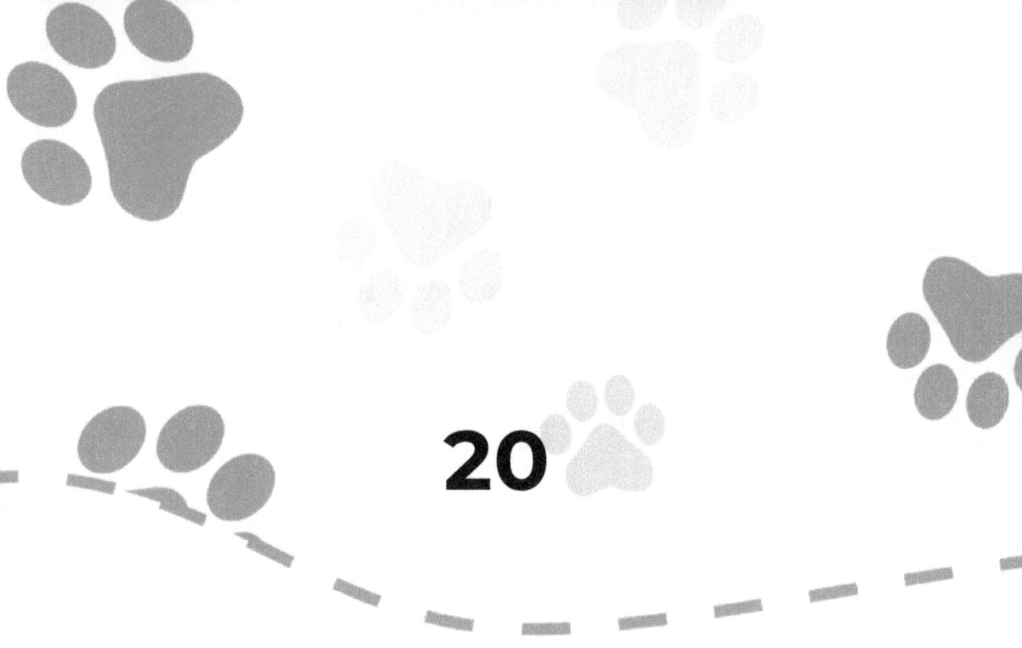

20

Fissavo il registratore di cassa. Sul display lampeggiava la scritta *4,15 $*, il prezzo del nostro latte macchiato classico con zucca e spezie, più tasse. Nella mano stringevo una banconota da cinque dollari.

Sollevai lo sguardo e vidi un cliente in attesa, una mano protesa verso di me mentre con l'altra scorreva qualcosa sul cellulare.

Giusto. Dovevo essere rimasta imbambolata per qualche istante.

Presi il resto e glielo porsi. «La sua ordinazione sarà pronta fra poco» dissi con il mio miglior sorriso; poi raggiunsi Kelley, che aveva già avviato la macchina per l'espresso e iniziato a preparare la bevanda.

Una spessa nebbia mi ottenebrava la mente. Non mi sentivo così dalla volta in cui avevo stupidamente tentato di buttar giù ventuno shottini per il mio ventunesimo compleanno. Ero arrivata solo a sette, poi avevo vomitato addosso al ragazzo con cui ero uscita e avevo detto addio per sempre all'alcool a scopo ricreativo.

Non ricordavo, però, di aver bevuto la sera prima. In realtà, non mi ricordavo niente della sera prima… o di quella mattina, del resto. Mi ero svegliata ed ero qui al lavoro.

Oh. A quanto pareva potevo svolgere il mio lavoro anche a occhi chiusi. Avrei potuto provare anche con una mano legata dietro la schiena.

«Salve! Come va?» mi chiese la cliente successiva con un ampio sorriso.

Sorrisi a mia volta e tornai alla cassa. Mi piacevano i clienti simpatici. Sempre più spesso, gli avventori mi trattavano come un fastidio, come se fossi una scomoda seccatura che li distraeva dal telefonino, anche se erano stati loro a decidere di venire alla caffetteria.

Quindi mi sforzai di rispondere nel modo più garbato possibile a quella cliente gentile, anche se non riuscivo a ricordare nulla. «Bene, grazie. È una bella giornata» Ma non andai oltre, perché nessun cliente, per quanto amichevole, vuole stare a sentire le farneticazioni di una barista fuori di testa.

Perché stavo impazzendo, giusto?

O perdendo la testa.

La memoria, nello specifico.

Presi l'ordinazione della signora e le diedi il resto. Non appena se ne fu andata, un altro cliente entrò e prese il suo posto.

Poi un altro.

E un altro ancora.

Non avevo neanche un secondo libero tra un ordine e l'altro. Ok, il locale era sempre abbastanza frequentato, ma quella situazione era assurda. Inoltre, non riconobbi nessuna delle persone che entravano, mentre di solito avevamo un buon afflusso di clienti abituali.

«Kelley?» chiesi, allontanandomi dalla cassa e dal nuovo cliente in attesa.

«Mmm?» chiese lei continuando ad armeggiare con la macchina dell'espresso.

«Ti sembra che oggi ci sia qualcosa di strano?» azzardai, spostando il peso di lato.

Lei continuò a lavorare senza nemmeno rivolgermi uno sguardo, ma se non altro rispose: «Strano in che senso?»

Mi strinsi nelle spalle, desiderando di riuscire a spiegarglielo.

Lei rise: «Sembra che qualcuno abbia bevuto qualche birra di troppo, ieri sera.»

Le afferrai il braccio, ma lei continuò a evitare il mio sguardo: «Non bevo, Kelley. E tu lo sai.»

«Devo essermene dimenticata» disse freddamente. «Ora torna alla cassa. C'è la coda.»

Obbedii, anche se ora mi sentivo peggio di prima. Kelley aveva sempre tempo per fare due chiacchiere, a prescindere da quanto fossimo indaffarati. Per lei era importante mantenere motivato il personale. E io, oltretutto, ero una delle sue migliori amiche. Se mi fossi rivolta a lei perché qualcosa non andava, avrebbe lasciato perdere tutto pur di aiutarmi.

«Benvenuto da *Harold's*. Arrivo subito» dissi al primo cliente della fila; poi feci marcia indietro e tornai da Kelley, per testare una teoria che mi era appena venuta in mente.

«Credi che Drake ti tradisca?» le chiesi. Lo ammetto, era un passo azzardato. L'ultima volta che ne avevamo parlato era molto preoccupata che l'improvvisa partenza di Drake significasse che lui aveva un'altra.

Non volevo riaccendere in lei il dubbio, ma avevo bisogno di vederla reagire. Avrebbe alleviato le mie preoccupazioni, l'opprimente sensazione che ci fosse qualcosa che non andava.

«Lui non mi tradirebbe mai» disse lei con un sorriso sognante.

«Siamo troppo felici insieme perché lui possa rovinare tutto a quel modo.»

Ok, era proprio come temevo.

Dove mi trovavo e chi era la persona che avevo di fronte? Perché di certo quella non era la Kelley Carmine che conoscevo e a cui volevo bene.

«Scusa, ma devo andare» le dissi, togliendomi il grembiule e lasciandolo cadere a terra.

«Non puoi andartene via così, a metà turno!» gridò lei.

«Sta' a vedere» risposi, aggirando di corsa il bancone e precipitandomi verso la porta.

21

Prima che riuscissi a raggiungere l'uscita, una mano forte mi afferrò il braccio.

Drake.

«Ehi. Dove te ne vai così di fretta?» chiese con il suo solito atteggiamento imperturbabile, in netto contrasto con il ragazzo disperato e singhiozzante dell'ultima volta che lo avevo visto.

«Qui c'è qualcosa che non va» lo informai a bassa voce per evitare che la massa brulicante di clienti potesse sentirmi. «Devo andare.»

«È strano, vero?» fu la sua risposta. «Un secondo fa ero in giro con Fluffikins e la gang di Beech Grove e ora, di colpo, mi ritrovo qui al lavoro.»

Ci misi qualche istante a elaborare la cosa: «Quindi eri da un'altra parte e all'improvviso ti sei ritrovato qui? Forse è successa la stessa cosa anche a me.» Mi spremetti le meningi cercando di ricordare, ma ne ricavai solo ulteriore frustrazione.

Drake si dondolava sui talloni: «Sì, è probabile, considerando che questa è solo un'illusione.»

«Che cosa?» quella parola mi sembrava familiare, ma per quale motivo?

«Un'illusione» ripeté lentamente Drake. «Tipo, una cosa finta. Irreale.»

«Un'illusione» dissi ad alta voce, assaporando quella parola, riflettendoci su.

E finalmente mi fu tutto chiaro.

Dash!

Era stato lui. Le illusioni erano la sua specialità e aveva avuto quasi mille anni per allenarsi. Aveva catturato me e Merlino e ci aveva portati sulla cima di una montagna. Voleva usare il nostro sangue per fare qualcosa di terribile. Aveva già preso il mio, ma non sapevo se avesse già prelevato anche quello di Merlino.

Dovevo tornare indietro: forse ero ancora in tempo.

«Merlino è in pericolo» dissi a Drake, mentre la paura mi attanagliava il cuore. «Devo andare da lui.»

«Ok» disse facendo spallucce. «Allora ci si vede dopo.»

Lasciò andare il mio braccio e io uscii dalla porta nel sole accecante.

No, era tutto bianco. Quando la luce svanì, mi resi conto di trovarmi di nuovo alla cassa a fissare la scritta *4,15 $*. Cercando di andarmene, avevo fatto ripartire da capo l'illusione.

Corsi da Drake, che sembrava essere l'unico sano di mente in quel luogo.

«È stato parecchio bizzarro» mi confidò.

«Come mai tu sei te stesso mentre tutti gli altri non lo sono?» chiesi, avvicinandomi e sussurrando.

«È una domanda piuttosto strana» disse lui sgranando gli occhi, come se il mio quesito l'avesse disorientato.

«Dico sul serio. Kelley non è più lei. Si comporta in modo strano, mentre tu sei lo stesso di sempre. Perché?»

Drake inclinò il capo come se ci stesse riflettendo su: «Ora che ci penso, io non sono davvero me stesso.»

Mi morsi il labbro, non sapendo cosa rispondere.

Per fortuna lui proseguì: «È come se la mia mente fosse qui, ma il mio corpo no.»

«Drake, io ti sto guardando. Sei qui. Il tuo corpo è qui.»

Lui scosse il capo: «No, non credo. Sta a vedere.»

Lo fissai, ma non accadde niente, se non che lui rimaste per alcuni istanti in silenzio.

«Hai visto!» esclamò dopo circa un minuto.

«Visto cosa?» Per me non era successo nulla, ma Drake sembrava esaltatissimo.

«Me ne sono andato» disse entusiasta, come se io dovessi non soltanto accettare la cosa senza fare una piega, ma anche mostrarmi debitamente colpita. «Sono tornato a Beech Grove e ho chiesto *Come va?* A Fluffikins.»

«Drake, non sei andato proprio da nessuna parte. Sei rimasto qui per tutto il tempo» ribattei, sentendo il mal di testa che iniziava a farmi pulsare le tempie.

Lui si toccò il petto e si accigliò: «Non io. Quello che vedi non è il vero me. Beh, questo corpo non lo è. La mia mente è qui con te, ma il resto è là con Fluffikins.»

«Drake, ascoltami» dissi, spingendolo contro il muro in modo da poter avere un po' di privacy. «In questo preciso momento sono alle prese con un mago dell'illusione estremamente potente. Mi ha spedita qui per distrarmi, perché gli stavo facendo troppe domande o qualcosa del genere. Ma devo assolutamente tornare indietro.»

Drake annuì. Il suo *laissez faire* era proverbiale, ma non era uno stupido. Era su questo che contavo.

«Come hai fatto ad andartene, poco fa?»

Lui aprì le braccia e sollevò i palmi verso l'alto: «Non lo so. L'ho fatto e basta.»

Gemetti. Non era molto d'aiuto. «Ma *come*? Devo andarmene subito. Puoi insegnarmi come si fa?»

Lui ci rifletté per qualche istante prima di riprendere a parlare: «Ho solo aperto gli occhi, i miei *veri* occhi, ed ero a Beech Grove. Poi li ho richiusi ed ero qui. Non so in che altro modo spiegarlo.»

«Ok» dissi, inumidendomi le labbra con la lingua. «Ci proverò.»

Chiusi gli occhi e cercai di immaginare la vetta della montagna. Quando li riaprii, vidi Drake che mi guardava, pieno di aspettative.

«Ha funzionato?» chiese con espressione curiosa.

«No. Fammi riprovare.» E così feci. Ci riprovai almeno una mezza dozzina di volte, sempre più frustrata, ma non riuscii a venirne a capo.

«Drake, sono bloccata qui» gemetti per la frustrazione.

Lui infilò una mano in tasca e si massaggiò il braccio con l'altra. «Mi dispiace.»

«Sono bloccata...» dissi, con un improvviso lampo d'ingegno. «Ma tu no. Tu puoi aiutarmi!»

«Certo. Cosa devo fare?»

«Ok, ascoltami bene, perché è molto importante. Ho bisogno che torni dal signor Fluffikins e gli dica che un mago malvagio ha catturato me e Merlino, e ci ha portati sulla cima di una montagna molto alta a Nocturna. Io sono intrappolata in un'illusione e Merlino in una gabbia magica. Non abbiamo possibilità di fuga e il mago utilizzerà il nostro sangue per lanciare un incantesimo terribilmente malvagio. Ho bisogno che veniate a salvarci.»

Lui sollevò un sopracciglio, poi l'altro. Finalmente avevo suscitato il suo interesse: «Nocturna? Non ne ho mai sentito parlare.»

«Già, ma auspicabilmente il signor Fluffikins sa come arrivarci. Puoi farlo, Drake? Salverai il mondo?»

«Certo, non vedo perché no.» E se ne andò, lasciandosi dietro il guscio senza vita della sua illusione.

Ora non potevo fare altro che aspettare e sperare di aver riposto la mia fiducia nell'uomo – o meglio, nel vampiro – giusto.

22

Sbattei le palpebre e aprii gli occhi con un sussulto. La caffetteria ben illuminata si era trasformata in un paesaggio notturno, buio e desolato. Non riuscivo a vedere nulla, a parte la luce scintillante delle stelle e della luna, alta nel cielo.

C'era anche qualcos'altro che scintillava: un calderone pieno di un liquido verde brillante che ondeggiava.

Ero tornata sulla cima della montagna!

Ma come?

Un turbinio rosa attirò la mia attenzione, seguito da un flusso verde.

Due gatti neri ruzzolavano in un intrico di magia: Fluffikins e Dash, il bene contro il male.

«Drake?» gridai nell'oscurità.

«Sono qui» disse lui tranquillo; se ne stava in piedi, pericolosamente vicino al bordo della vetta.

«Ci hai trovati!» Ero così felice che mi veniva da piangere.

«Ci è voluto qualche tentativo, ma ce l'abbiamo fatta. Ci sono un sacco di montagne in questo posto.»

Ora stavo piangendo davvero. Forse non sarei morta all'alba, dopotutto.

«Sai che sei incatenata a una roccia?» mi chiese Drake mentre i gatti continuavano a lottare a colpi di zanne e artigli.

«Sì. Puoi liberarmi?» chiesi speranzosa, provando a divincolarmi per mostrargli che non riuscivo a farcela da sola.

Drake mi si avvicinò a passo deciso, concentrato ma senza fretta, come se avesse a disposizione tutto il tempo del mondo.

Cercai di non sbuffare o alzare gli occhi al cielo. Sapevo che era in grado di provare emozioni: lo avevo visto con i miei occhi quando il signor Fluffikins gli aveva rivelato che, in realtà, era un vampiro. Però, accidenti... almeno in quella situazione, non poteva affrettare un po' il passo?

Drake aveva percorso più della metà della distanza che ci separava quando, all'improvviso, spalancò gli occhi e crollò a terra.

Dash era proprio dietro di lui, intento a valutare i danni con orgoglio evidente.

«Drake!» gridai. «Alzati!»

«Questo dovrebbe bastare a metterlo fuori gioco» disse il mago malvagio; un istante dopo Fluffikins gli si scagliò addosso fulmineo, e i due gatti ripresero a lottare.

Rimasi a osservarli per un po', ma era impossibile distinguere due gatti neri in una battaglia notturna, seppur magica. L'unica cosa che li differenziava era il colore dei loro incantesimi. Mi chiesi perché la magia di Merlino fosse verde, come quella di Dash, e non rosa come quella di Fluffikins.

«Merlino?» chiamai, ricordandomi che anche il mio gatto era ancora là da qualche parte. «Merlino, stai bene?»

«Sì, sto bene» rispose lui, con voce intontita. «Ma non riesco a uscire da qui.»

«Dash ha già preso il tuo sangue?»

«N-no, non credo.»

«Allora siamo ancora in tempo.» Potevamo ancora farcela. E ora che erano arrivati i rinforzi, saremmo riusciti di certo a sconfiggere Dash.

«Il sole sorgerà presto. Non abbiamo molto tempo» mi avvisò Merlino.

«Finché riusciamo a evitare che Dash prelevi il tuo sangue, non ci succederà niente di brutto» promisi, sperando di riuscire a mantenere la parola data.

I due gatti neri soffiavano e ruggivano mentre rotolavano qua e là sulla cima della montagna, impegnati nella battaglia magica. Dash era molto più forte di me e Merlino, ma Fluffikins sembrava eguagliarlo.

Il mio sguardo si spostava frenetico da Merlino a Drake, in attesa che si presentasse l'occasione propizia. Avremmo vinto, in un modo o nell'altro. Dovevamo per forza vincere.

I gatti finirono contro il calderone di Dash, rovesciandolo. Il liquido verdastro strabordò e si riversò a terra.

«È troppo tardi» tuonò Dash con quella sua strana voce profonda. «Il sole sta sorgendo. Mi serve solo l'ultimo ingrediente, ed Excalibur rinascerà.»

In effetti il sole faceva capolino all'orizzonte. Non ero mai stata così triste nel vedere l'alba di un nuovo giorno. Se fossimo riusciti a sopravvivere, l'avrei considerata per sempre in modo diverso da come avevo fatto fino a quel momento: come una possibile fine, anziché un promettente nuovo inizio.

Fluffikins lanciò un'occhiata al cielo. Si trattò di un breve istante, ma tanto bastò.

Non appena vide l'avversario distratto, Dash si fiondò verso la gabbia di Merlino, pronto a prelevare il suo sangue e riportare in vita l'artefatto maledetto.

«No!» gridai.

Ma Dash aveva già raggiunto la gabbia e armeggiava con il lucchetto. Avendo mantenuto la forma felina, estrasse un artiglio e con un incantesimo lo trasformò in una chiave che, neanche a dirlo, entrò perfettamente nella serratura.

Merlino si premette contro il fondo della gabbia, cercando di frapporre la maggior distanza possibile tra sé e il mago oscuro. Con la coda dell'occhio vidi un accecante proiettile rosa attraversare la vetta e schiantarsi contro Dash come un treno in corsa. Il proiettile non si fermò con l'impatto, ma continuò a spingere, caricando dritto dalla cima della montagna e sollevandosi verso il cielo che iniziava a schiarire. Poi curvò, cambiando bruscamente direzione e schizzando verso di noi. Si fermò di fianco a Drake, e la magia svanì nel nulla.

«Che cos'è successo?» chiesi al signor Fluffikins.

«Era distratto, così l'ho spinto giù dalla montagna» disse il potente felino, con il petto gonfio per l'orgoglio.

«E rimpiangerai di averlo fatto!» tuonò la voce del mago oscuro, che stava riemergendo dal fianco della montagna. Non aveva più l'aspetto di un gatto, e nemmeno quello di umano dalla lunga barba bianca.

Ora un enorme drago si ergeva in volo dinnanzi a noi.

E non sembrava affatto amichevole.

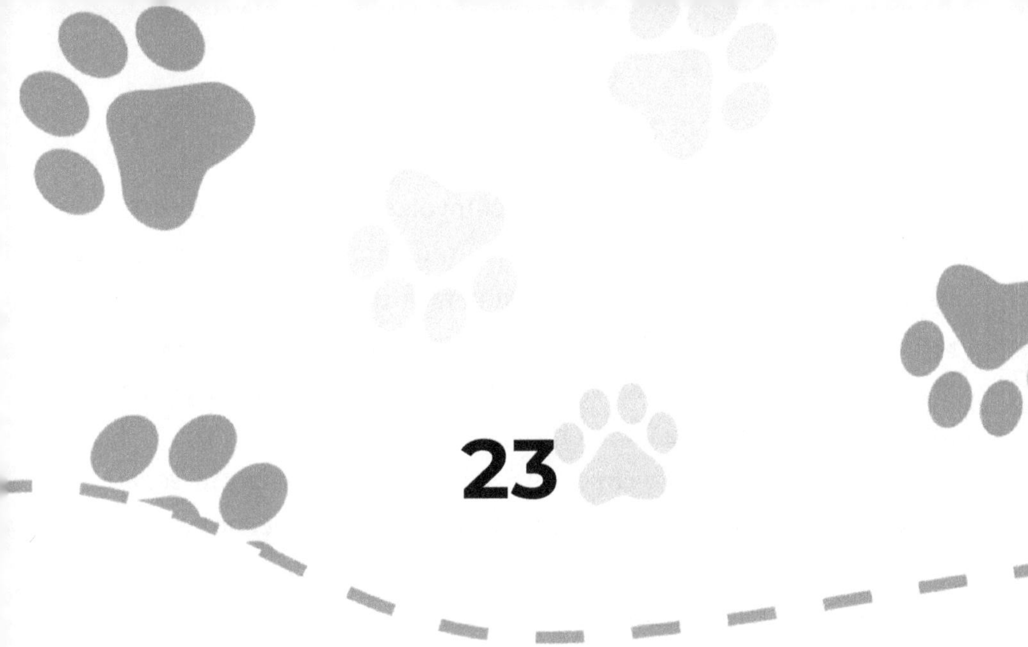

23

Rimasi a fissare il mostruoso drago verde a bocca aperta. Avevo assistito a numerose manifestazioni magiche negli ultimi mesi, ma nessuna di esse mi aveva lasciato tanto scossa quanto la vista di quel terrificante colosso che sbatteva le ali proprio davanti a me.

Dash in versione drago ruggì e sputò un torrente di fiamme che carbonizzò l'erba ai miei piedi.

«Cosa sta succedendo?» gridò Drake, che finalmente si era ripreso ed era balzato in piedi. «Wow, effetti speciali fighissimi.»

Il drago riprese a sputare fuoco dirigendone un'ondata proprio verso Drake.

«No!» gridai, mentre le fiamme avvolgevano completamente il mio povero amico.

Il drago rise e passò alla vittima successiva: il signor Fluffikins.

Fissavo la colonna di fuoco che ancora ardeva a qualche passo di distanza. Il sudore mi imperlava la fronte e il labbro superiore. Non c'era la minima possibilità che Drake fosse sopravvissuto.

Ed era colpa mia. Ero stata io a coinvolgerlo in quella situazione.

In lontananza i gatti avevano ricominciato a combattere. Anche se, nella sua nuova forma, Dash superava di gran lunga in dimensioni Fluffikins, il piccolo gatto nero non aveva la minima intenzione di tirarsi indietro. Si lanciò dritto sul drago, e i due ripresero la lotta da dove l'avevano interrotta.

Lasciai i gatti a sbrigarsela da soli e chinai il capo in segno di rispetto mentre il fuoco che aveva avvolto Drake si spegneva.

«Accidenti, che razza di caldo» borbottò il mio amico; quando alzai lo sguardo lo vidi allontanarsi da un cumulo di terra incenerita. Non aveva nemmeno una scottatura. Neanche una macchia di fuliggine.

«Drake» gridai a bassa voce, quando fui certa che i due gatti neri fossero concentrati l'uno sull'altro e non ci stessero prestando attenzione.

Quando si voltò nella mia direzione, gli feci cenno di avvicinarsi.

«Non sono fantastici i miei nuovi poteri da vampiro?» chiese con un gran sorriso. «Ho appena attraversato le fiamme indenne.»

«Sì, straordinari!» Ovviamente c'erano un miliardo di domande che avrei voluto fargli, ma qualcosa mi diceva che lui non avrebbe avuto le risposte. E, in ogni caso, avevamo cose più importanti di cui occuparci, ora come ora.

«Ascolta» continuai. «Ho bisogno che tu liberi Merlino dalla gabbia. Dash ha aperto il lucchetto prima che Fluffikins lo spingesse giù dalla montagna, quindi in teoria devi solo aprirla. Ok?»

«Ok.»

«Muoviti lentamente e senza fare rumore. Dash crede di averti messo fuori gioco e fargli cambiare idea è l'ultima cosa che vogliamo.»

Drake alzò i pollici, poi si rimise pancia a terra e prese a strisciare verso la gabbia in cui si trovava Merlino, a vari metri di distanza. Come previsto, riuscì ad aprirla con facilità, senza bisogno di armeggiare con la serratura.

Mi aspettavo che Merlino balzasse fuori a velocità fulminea, invece sgusciò all'esterno con passi esitanti. Il poveretto ne aveva passate tante nelle ultime ventiquattr'ore, e non sapevo quanto avrebbe potuto reggere ancora.

Avrei voluto gridare per incoraggiarlo, ma se l'avessi fatto, avrei rischiato che Dash scoprisse che ora il mio gatto era libero. Per il momento dovevo fidarmi del fatto che Merlino sapesse cosa stava facendo.

E stava chiaramente facendo qualcosa.

Il Maine Coon avanzò lentamente, ma con decisione, verso di me. Stava venendo a liberarmi dalle catene? Sarei finalmente riuscita a unirmi alla lotta, anziché limitarmi a fare il tifo da bordocampo?

No. Merlino si fermò a pochi passi da me e dal masso a cui ero incatenata, e compresi con orrore cosa stava pensando di fare.

«Merlino, non puoi farlo!» gracchiai, la voce poco più che un sussurro. Non potevo ancora rischiare che Dash scoprisse che era libero.

Merlino mi lanciò un'occhiata; i nostri occhi si incontrarono per un breve istante, poi lui rivolse nuovamente l'attenzione alla spada abbandonata. «Non abbiamo altra scelta» disse stoicamente.

E prima che riuscissi a fermarlo, sollevò una zampa in aria con gli artigli sguainati e la abbassò con forza, colpendosi il petto, proprio come aveva fatto Dash in precedenza.

Il sangue colò sulla sua lunga pelliccia, e infine gocciolò sulla spada.

Il mio gatto aveva appena riforgiato Excalibur, la spada creata per distruggerci.

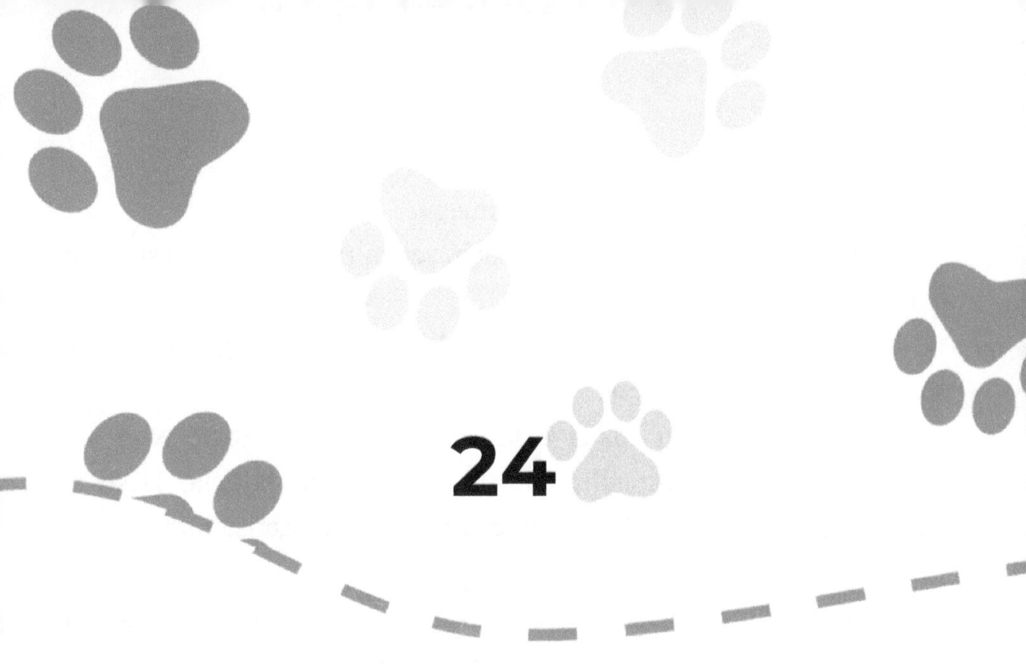

24

Infusa del sangue dell'ultimo membro del trio maledetto, l'antica spada prese a scintillare di un bianco accecante e rabbioso.

Merlino trasse un profondo respiro, si sollevò sulle zampe posteriori e si avventò sull'arma con entrambe le zampe anteriori.

La spada soffiò e sfrigolò, e il bagliore bianco che la circondava si estese all'intero corpo del mio gatto. Insieme, rilucevano come un faro, attirando all'istante l'attenzione del drago.

«No!» Dash si allontanò da Fluffikins, affrettandosi verso il bagliore.

«Drake» gridai, facendogli cenno di raggiungermi.

«Ho un piano» dissi, mentre il drago cercava freneticamente di togliere la spada a Merlino; ma sembrava che il gatto e l'arma fossero diventati una cosa sola.

Bisbigliando, illustrai il mio piano a Drake, ma lui mi rivolse un sorriso incerto: «Non saprei. Sembra una follia.»

«Fidati di me. È la nostra unica possibilità.»

Lui annuì e si allontanò con calma.

«Che cosa hai fatto?» sbraitò Dash, senza rivolgersi a nessuno in particolare.

Infine la spada lasciò la presa su Merlino, e il mio gatto ricadde su un fianco, privo di forze.

Il drago afferrò la spada e la impugnò senza fatica. Non era rimasto nessuno a impedirglielo. Con rinnovata fiducia, Dash si lanciò contro Fluffikins, brandendo l'arma con immensa forza.

«Attento!» gridammo io e Drake.

Il signor Fluffikins fece comparire una frusta di magia rosa con cui afferrò la spada, liberandola con facilità dalla presa del drago. Poi, reggendola con la frusta, gliela puntò dritta al cuore. E mentre la frusta magica sorreggeva Excalibur, divenne evidente che la spada non aveva raggiunto lo scopo previsto da Dash: la magia di Fluffikins bruciava ancora con forza e risplendeva, fiera.

«Voi idioti avete mandato a monte il mio magnifico piano!» gridò il drago, quando anch'egli comprese che l'artefatto non era riuscito a privare l'altro gatto dei suoi poteri. «Morirete per questo!»

Dash e Fluffikins continuarono a combattere, entrambi ancora dotati delle proprie abilità stregonesche. Excalibur cadde a terra, ormai ridotta a niente più che un'inutile reliquia.

Merlino, che giaceva a terra, ansante, aprì un occhio.

Vedevo Drake rannicchiato in lontananza, in attesa del momento giusto per mettere in atto il nostro piano.

Io ero ancora incatenata a quel dannato masso.

«Che cos'hai fatto, sciocco di un gatto?» chiesi a Merlino. Nuovamente, le lacrime mi scorrevano sulle guance. Stavo diventando proprio una piagnucolona.

«Il mio sangue» disse lui rabbrividendo. «Non è più magico. L'incantesimo è stato spezzato.»

«Hai riforgiato la spada e poi ne hai annullato il potere in modo che nessun altro potesse usarla» dissi riflettendo ad alta voce.

«Sì» rispose lui prima di svenire di nuovo.

«Merlino!» gridai; ma niente di ciò che potessi dire o fare riuscì a svegliarlo.

Ti prego, non morire. Ti prego, non morire!

Non poteva finire così. Non potevamo vincere quella battaglia solo per perdere la guerra. Merlino non poteva morire. E non sarebbe accaduto. Mi rifiutavo di accettarlo.

Fluffikins e Dash continuarono a lottare per quelli che parvero secoli. Doveva essere sembrato parecchio tempo anche a Drake, perché decise di deviare dal piano originario.

«Ehi, *Dragon breath*[11]!» gridò, saltando fuori dal suo nascondiglio e agitando le braccia in aria.

«Tu! Pensavo di essermi già liberato di te!» Dash ruggì e si allontanò da Fluffikins, volando verso Drake.

Quell'idiota patentato! Ora si sarebbe fatto ammazzare! Perché non aveva aspettato, come gli avevo detto di fare?

Stavo ancora soppesando la domanda, quando Drake scomparve proprio davanti ai miei occhi e ricomparve sulla schiena del drago, spingendolo a dirigersi verso la gabbia in cui in precedenza era intrappolato Merlino.

All'ultimo secondo, Drake scomparve di nuovo. No, in realtà non scompariva: bensì si muoveva così velocemente da risultare invisibile all'occhio umano.

Drake balzò giù dal dorso del drago un istante prima che l'immenso bestione si schiantasse contro la minuscola gabbia.

Trattandosi di una gabbia magica, nel momento in cui il drago vi sbatté contro, le sbarre ne assorbirono il potere, facendo tornare Dash alle sue consuete fattezze.

Il vecchio con la barba lunga.

Nutrita prima dalla magia di Merlino e ora da quella di Dash, la gabbia si era fatta sempre più potente e quadruplicò all'istante le proprie dimensioni in modo da riuscire a contenere il nuovo prigioniero.

«Chiudila!» gridai; ma Drake era già entrato in azione.

Fluffikins arrivò in volo e atterrò al suolo con un forte tonfo: «Sembra che la tua prima lezione con Connie sia andata bene.»

«Sì. A quanto pare, essere un vampiro non è poi così male» ammise Drake infilando le mani nelle tasche dei jeans.

«Bene, lei verrà con me» disse il signor Fluffikins alla patetica creatura nella gabbia. Poi evocò una densa nebbia rosa ed entrambi scomparvero.

Rimanemmo solo io, Drake e Merlino.

«Lascia che ti aiuti con quelle» disse Drake indicando le catene che ancora mi legavano i polsi. Schizzò al mio fianco a una velocità impensabile, le afferrò e le tirò via come se non fossero state niente di più che fili sottilissimi.

Non riuscivo a crederci: «Avresti potuto farlo anche prima?»

«Probabilmente sì» ammise. «Ma sto ancora facendo pratica.»

Gli diedi il cinque, poi mi lasciai cadere a terra accanto al mio gatto. Lo sollevai fra le braccia e lui mi si appallottolò contro il petto. Era ancora vivo, ma in seguito la cosa lo avrebbe imbarazzato non poco.

«Dobbiamo tornare a casa e trovare Luna» dissi a Drake.

«Allora andiamo» rispose.

«Aspetta» dissi, fissando il musetto di Merlino. La lingua gli sporgeva leggermente dalla boccuccia. Aveva un aspetto così fragile in quel momento.

«Non posso venire con te» dissi con un sorriso triste. «Non posso andarmene da Nocturna. Non più.»

---

1. Il *Dragon breath* è un dolce poco salutare, a base di azoto, che consente di far sputare vapore da naso e bocca.

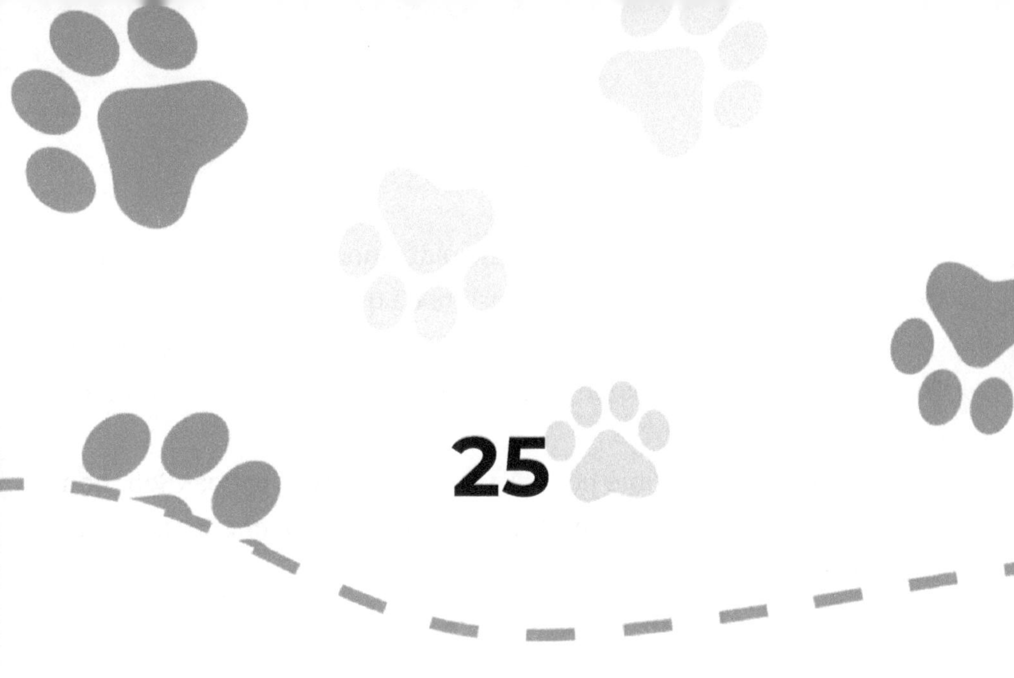

25

«Se non te ne vai tu, non me ne andrò neanch'io» insistette Drake, cogliendomi totalmente di sorpresa.

«Me la caverò» dissi, liquidandolo con un gesto della mano. «Tu vai pure, se puoi.»

Lui diede un calcio al terreno incenerito: «Ok, ma come faccio?»

«Beh, come avete fatto tu e il signor Fluffikins ad arrivare qui?» Sinceramente me lo ero chiesto fin dall'inizio.

«Con quella roba che fa lui, la magia rosa» rispose Drake senza scomporsi.

«Sono certa che tornerà a prenderti, quando si sarà accertato che Dash sia rinchiuso in quella bella prigione di cui parlava.»

Drake annuì come se la cosa non avesse importanza: «Ma che ne sarà di te?»

Sospirai e abbassai gli occhi sul micio privo di coscienza tra le mie braccia: «Solo Merlino poteva farmi entrare e uscire da Nocturna. Sono legata a lui in qualità di suo famiglio.»

«Ma lui ha perso i suoi poteri, giusto?»

«Già.»

Il viso di Drake esprimeva un misto di emozioni, anziché l'usuale tranquillità: «Quindi come farai a uscire da qui?»

Rabbrividii e strinsi Merlino al petto ancora più forte, accorgendomi all'improvviso di quanto facesse freddo, ora che l'adrenalina era svanita. «Non uscirò.»

Lui storse il naso come per disgusto, poi scosse il capo: «Beh, non puoi restartene qui su questa montagna. Lascia che ti porti da qualche altra parte.»

«No, Drake. Davvero va tutto be—»

Ma prima che riuscissi a finire la frase, lui mi prese fra le braccia e iniziò a correre giù dalla montagna a velocità folle. Strinsi a me Merlino più che potevo, terrorizzata all'idea che potesse cadere e morire.

«Qui va bene» disse Drake rimettendomi giù poco dopo.

Tenni gli occhi serrati, timorosa di aprirli. Se non altro, sembrava che il mondo avesse smesso di vorticarmi intorno.

Trassi un respiro profondo per calmarmi, aprii un occhio e incespicai.

Drake mi sorresse prontamente, tenendomi in piedi con mano ferma, mentre io stringevo al petto Merlino, che era sempre più freddo.

«Mi hai riportata al villaggio» dissi, ispezionando la cittadina in miniatura in stile bavarese che si innalzava intorno a me.

Drake si strinse nelle spalle: «Mi sembrava un posto adatto né più né meno di tanti altri.»

Entrambi ci guardammo intorno nel pittoresco paesino. Un'anziana coppia di gatti himalayani ci sorpassò dall'altro lato della strada, ma per il resto il luogo era deserto.

«Scusatemi» dissi loro. «Potrei chiedervi un favore?»

Si fermarono e mi fissarono a occhi sgranati, senza sbattere le palpebre.

«Potreste aiutare i miei amici a tornare dall'altra parte?»

«Certamente» rispose l'anziana gatta con una vocina tenera e acuta. «Casa nostra è proprio in fondo alla strada. Incontriamoci lì dieci minuti prima del tramonto: prepareremo il portale.»

«Grazie» dissi, chinando il capo. Purtroppo mi resi conto solo in quel momento che era mattino presto.

Gli himalayani ci salutarono con un cenno del capo e ripresero la via di casa.

«Vi faranno uscire da qui, ma più tardi. I portali si aprono solo al tramonto» confidai a Drake. Se non altro avrei avuto un po' di compagnia mentre ceravo di immaginare come sarebbe stata la mia vita da lì in poi.

Entrambi osservammo il cielo, dove il sole aveva ormai disegnato un tripudio di rosa, azzurro e oro.

Drake mi sorrise timidamente: «Beh, mi vengono in mente modi peggiori di trascorrere la giornata. E per me ce ne saranno letteralmente un'eternità, considerando che sono immortale.»

«Sei davvero immortale?» chiesi mentre passeggiavamo per le strade deserte di Nocturna. A quanto pareva, a quell'ora, i felini che vi abitavano se n'erano andati tutti a letto.

«Posso morire. Ma non ci sono molti modi in cui può capitare. La maggior parte dei vampiri campa per un tempo lunghissimo.» Infilò le mani nelle tasche ed emise un sospiro lento e tremante.

«Come ti fa sentire? Essere un vampiro, intendo.»

Lui si strinse nelle spalle: «All'inizio è stato uno shock, ma ormai mi ci sono abituato.»

«Di già? Voglio dire, lo hai scoperto solo ieri.»

«Sì, ma credo di esserlo già da un paio d'anni. Ricordi quando ti ho raccontato di quella volta in cui ho visto un fantasma durante un temporale?»

Annuii, presa dal suo racconto.

«Credo che sia accaduto quella notte. Fluffikins e la sua squadra stanno cercando di aiutarmi a ricordare. Credono che sia la chiave per scoprire perché sono diverso.» Si accigliò per un istante, poi il suo volto tornò alla sua tipica espressione imperturbabile.

«Tu non sei mai stato come tutti gli altri, Drake» puntualizzai con una risata.

Ridacchiò anche lui, ma non saprei dire se fosse una risata di cuore. «Sì, ma non è questo che intendono. Sono in grado di fare cose che i vampiri non dovrebbero riuscire a fare.»

«Come camminare tra le fiamme?» suggerii.

«Sì, e varie altre cosette.» Si strinse di nuovo nelle spalle. «Non so. Ci sono molte cose che devo ancora capire.»

Avrei voluto aiutarlo, ma non sapevo come. Tutto ciò che potevo fare per lui era ascoltarlo mentre era ancora lì con me, a Nocturna, e sperare che tutto andasse per il meglio quando se ne fosse andato. Mi ci sarebbe voluto un po' per abituarmici—intendo dire, all'idea che la mia famiglia e i miei amici avrebbero dovuto andare avanti con le proprie vite senza di me. Non avrebbero nemmeno mai saputo cosa mi fosse successo davvero...

Il cellulare iniziò a vibrarmi in tasca per una chiamata in arrivo.

«Ma sul serio? C'è campo in un'altra dimensione?» Lo estrassi dalla tasca e vidi che si trattava di Kelley.

«Devo rispondere» dissi a Drake. Poi premetti il pulsante per accettare la chiamata. «Pronto?»

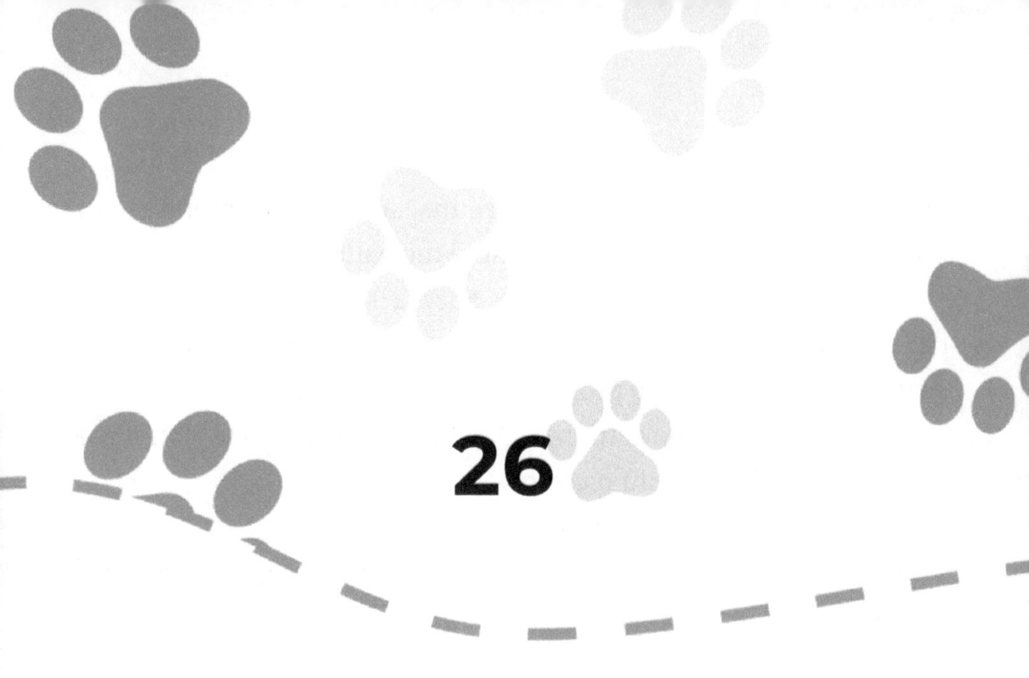

26

«Gracy!» Attraverso il telefono la voce di Kelley mi perforò i timpani. «Non indovinerai mai cos'è successo!»

Misi la chiamata in vivavoce in modo che anche Drake potesse ascoltare, ma mi portai un dito alle labbra per fargli capire che doveva restare in silenzio. L'ultima cosa di cui Kelley aveva bisogno era scoprire che io e Drake eravamo insieme alle prime ore del mattino. Era una situazione del tutto innocente, ma non avrei potuto dirle neanche un uno percento di verità ed ero troppo stanca per inventare una bugia credibile.

«Cosa?» chiesi, cercando di risultare il più possibile briosa.

«Beh, ieri notte non riuscivo a dormire perché ero preoccupata per la mia storia con Drake» iniziò lei.

Fece una pausa per prendere fiato e io mi affrettai a prendere le difese del mio amico: «Kelley, te l'ho già detto. Voi due siete—»

«No, no, ascoltami. Non ha importanza. Cioè, è importante, ma non è per questo che ti ho chiamata.» Trasse un respiro affannato e arrivò al punto: «Non riuscivo a dormire, sono uscita a prendere una boccata d'aria e penso di aver trovato il tuo gatto.»

Lanciai un'occhiata a Merlino, ancora rannicchiato nell'incavo del mio braccio, mentre con l'altra mano reggevo il cellulare: «Sei sicura? Perché Merlino è proprio qui, accanto a me.»

«Ok, ma tu hai due gatti, no? Quello grande, marrone, con il pelo lungo e quello bianco più piccolo.»

Sussultai: «Hai trovato Luna?»

«Sono piuttosto certa che sia lei. Resta in linea, ti mando una foto.»

Il telefono emise un bip e io scorsi la schermata con un dito per aprire il messaggio. Mi trovai davanti gli occhi azzurri di Luna che mi fissavano.

«Non è granché come foto, ma è il meglio che sono riuscita a fare» disse Kelley, mentre io osservavo l'immagine.

«Lei sta bene?» chiesi in tono supplice. «Ora è lì con te?»

Kelley sbadigliò, come a dimostrare di aver passato la notte insonne. Beh, non era stata l'unica.

«Ho provato a chiamarti per tutta la notte» disse, la stanchezza evidente nella voce, «ma sono riuscita a prendere la linea solo ora. Dove ti sei cacciata?»

In cima a una montagna a combattere contro un drago, fra le altre cose.

«Mmm, non ha importanza» dissi. «Luna sta bene?»

«Credo di sì. È in fondo al pozzo del mio giardino. È bloccata lì, quindi non ne sono sicura al cento percento, ma miagola come una forsennata. È così che sono riuscita a trovarla.»

Mi immaginavo Kelley in piedi accanto al pozzo intenta a guardare Luna mentre parlavamo. Grazie al cielo l'aveva trovata. Merlino sarebbe stato molto sollevato quando si fosse ripreso.

«Oddio, Kelley, devi tirarla fuori da lì» gridai, attirandomi un'occhiataccia da una calico magrolina di passaggio.

«Ho già chiamato i vigili del fuoco» mi rassicurò lei. «Tirano giù i gatti dagli alberi, quindi li tireranno anche su dai pozzi, no? Hanno detto che passeranno appena avranno un momento libero. Per cui sono qui in attesa. Per fortuna mi ero presa una giornata libera. Quando mi raggiungi?»

Abbassai il cellulare e cercai di non soccombere a un'ondata di nausea. Cosa potevo dirle? Non sarei più potuta andare a casa sua, né ora né mai. Ero bloccata a Nocturna per sempre e non potevo spiegarglielo in nessun modo.

«Arriverò il prima possibile» riuscii a balbettare. Poi chiusi la chiamata.

«Luuuunaaaa» gemette Merlino, rigirandosi fra le mie braccia.

«È al sicuro. Kelley l'ha trovata» gli dissi con un ampio sorriso. Ero molto felice che la famigliola di gatti si potesse riunire, anche se non ne avrei più fatto parte.

«Dobbiamo tornare» insistette Merlino, toccandomi con una zampetta. «Mettimi giù. Devo andare da Luna.»

«Ma è già mattina. Siamo bloccati a Nocturna almeno fino a stasera» gli dissi; ma lo misi comunque giù. Ero contenta che si fosse ripreso. Era una preoccupazione in meno in un giorno già pieno di preoccupazioni.

«Ehi, quel coso funziona, giusto?» chiese Drake indicando il mio cellulare. Con l'altra mano estrasse il suo dalla tasca e diede un'occhiata allo schermo.

«Non prende» mi informò, sventolandomelo davanti. «Ricordami di passare al tuo operatore quando ce ne andremo da qui.» Tese una mano, con il palmo aperto: «Posso?»

«Oh, certo.» Gli passai il telefono e lo guardai copiare un numero dal suo cellulare e inserirlo nel mio.

«Shh, suona!»

Qualcuno rispose all'altro capo della linea. Riuscii a malapena a sentire un «Pronto» attutito.

Il viso di Drake si illuminò come un falò: «Ehi, Tawny. Puoi passarmi Fluffikins?»

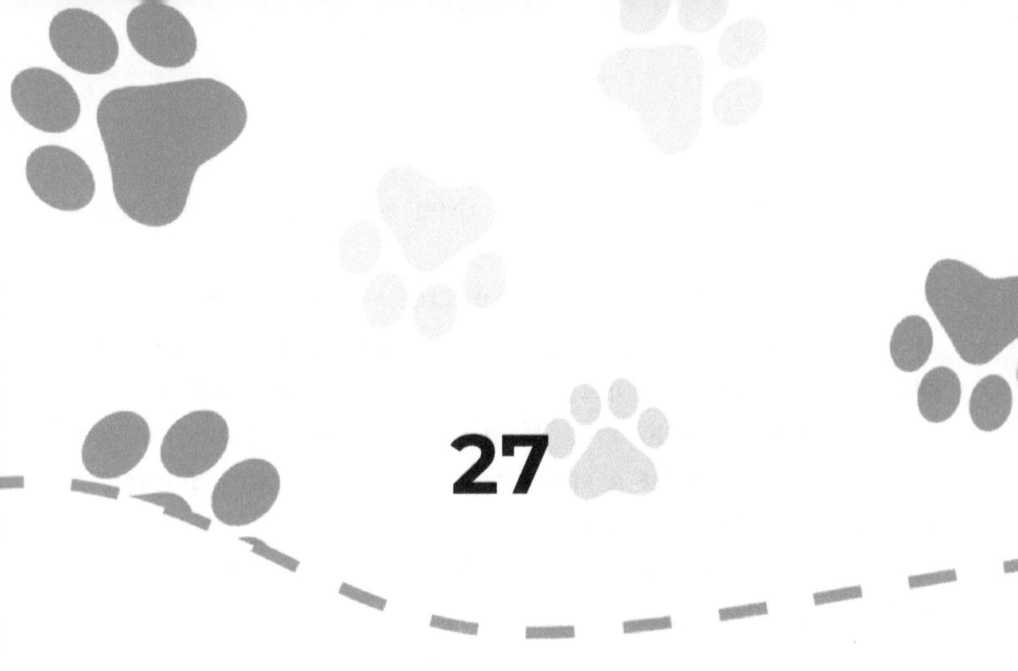

27

«Ciao, potresti mettere qualcun altro a fare la guardia al mago cattivone e venire da noi, per favore?» chiese Drake quando Fluffikins rispose. Aveva messo il vivavoce.

«Dove siete?» domandò il gatto nero con quella sua voce inquietante da serpente.

Drake guardo il cielo, sbatté le palpebre e si guardò intorno, presumibilmente in cerca di punti di riferimento. «In quel villaggio. Nocturna. Vicino alla piazza. C'è una fontana.»

«Ma, Drake» iniziai a ribattere. «Il portale si aprirà solo al—»

Mi interruppi quando il signor Fluffikins comparve a pochi passi da noi nel suo classico turbine di magia rosa.

Drake chiuse la chiamata e mi restituì il cellulare.

Avevo praticamente la mascella a terra per lo stupore: «Non capisco. Com'è possibile?»

«La magia dei tuoi gatti e la mia sono diverse» spiegò Fluffikins, come se la risposta fosse ovvia. «Non sono soggette alle stesse regole.»

«È per questo che la loro magia è verde e la sua è rosa?»

«Qualcosa del genere.» Il gatto nero si sedette sulla strada acciottolata e frustò l'aria con la coda, pensieroso. «Ammetto di non aver ancora capito del tutto come tanti sistemi magici diversi possano coesistere senza seguire le stesse regole. Ma vi assicuro che non mi darò pace finché non lo capirò.»

«Esistono altri tipi di magia? Oltre al suo e al mio?» chiese Merlino sedendosi ai miei piedi.

«Sì. La tua si è originata in Inghilterra qualche migliaio di anni fa. La mia è molto più antica: quanto la Terra stessa, se non di più.» Un sorriso gli si disegnò da una guancia baffuta all'altra. Evidentemente il signor Fluffikins era molto orgoglioso dello status della sua magia.

«Quali altri tipi di magia esistono?» chiesi, chinandomi per accarezzare la folta pelliccia di Merlino.

«Non lo so, ma intendo scoprirlo. Quando avrò completato la formazione della mia sostituta—»

«Tawny» disse Drake con un gran sorriso sdolcinato. Qualcuno si era di certo preso una cotta. Non sarebbe stata una buona notizia per Kelley, ma tra lei e Drake non sarebbe comunque durata a lungo, considerando che lui ora sapeva di essere una creatura oscura.

«Esatto. Quando Tawny prenderà il mio posto come diplomatico dell'area di Peach Planes, girerò il mondo e scoprirò tutto sui vari tipi di magia che esistono e su come possano convivere.»

«Significa che puoi far uscire Gracy da qui?» chiese Merlino. Solo in quel momento mi resi conto che i suoi occhi, prima verdi, ora erano di un bel castano caldo. La magia che era dentro di lui era morta, e per sua stessa zampa.

«Posso provarci» rispose Fluffikins annuendo. «Avvicinatevi e appoggiate tutti una mano, o una zampa, su di me.»

Facemmo come ci era stato detto.

Una nebbia rosa prese a vorticare intorno a noi, poi svanì, lasciandomi tutta sola sulla strada acciottolata.

Un istante dopo il signor Fluffikins ricomparve.

«Sono spiacente, Gracy» disse. «A quanto pare, tu sei vincolata alla magia di Nocturna e pertanto, alle sue regole.»

Sentii le lacrime affiorare con prepotenza, ma mi sforzai di ricacciarle indietro: «Capisco.»

«Loro possono venire a farti visita qui» cercò di consolarmi lui facendomi l'occhiolino.

Annuii tristemente: «Lo so.»

«E io procederò con le mie ricerche e troverò un modo per riportarti nel tuo mondo.»

«Grazie» mormorai.

Il signor Fluffikins mi lanciò un'ultima occhiata addolorata, poi scomparve.

Rimasta di nuovo sola, la stanchezza mi piombò addosso di colpo. Ero stata coinvolta in due battaglie all'ultimo sangue, una dopo l'altra e non avevo dormito per tutta la notte.

Ero sfinita.

Così mi sdraiai lì sulla strada e chiusi gli occhi. Non mi ci volle molto per sprofondare nel mondo dei sogni.

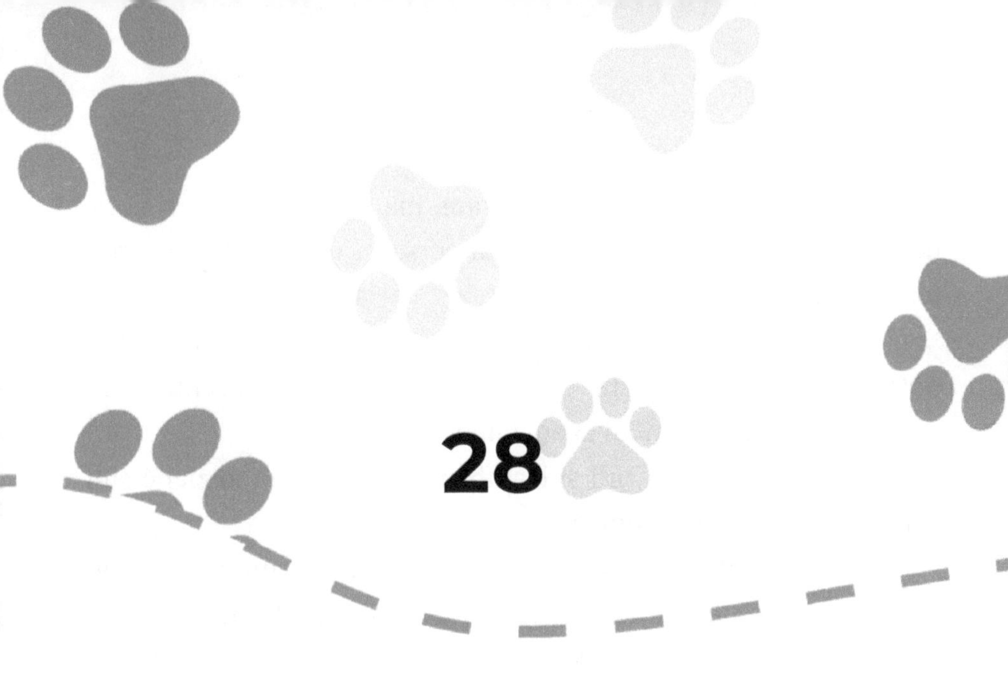

28

Mi svegliò il tocco di due zampette che mi facevano la pasta sul fianco.

«Merlino?» borbottai. «Luna?»

Ma quando aprii gli occhi, vidi l'anziana himalayana seduta al mio fianco con espressione preoccupata.

«Vuoi ancora utilizzare il nostro portale?» mi chiese, continuando a darmi dei colpetti con la zampa.

«È tutto a posto, grazie.» Mi alzai a sedere e mi strofinai gli occhi assonnati.

«Va tutto bene, tesoro? Sembri esausta.»

Tesoro. Era il nomignolo affettuoso con cui mi chiamava Luna. Se chiudevo gli occhi, riuscivo a immaginare lei e Merlino lì al mio fianco. Invece no, ero completamente sola.

Per sempre. Scoppiai in singhiozzi strazianti ed emisi un gemito addolorato.

«Troviamo qualcosa di buono da mangiare per te. Vieni con me» disse gentilmente la gatta sconosciuta; e io la seguii fino a casa sua.

«Non credo che riuscirai a entrare, ma aspettami qui: ti porterò del latte» disse, prima di infilarsi di corsa in un piccolo cottage dal tetto di paglia.

Rimasi in attesa, con lo stomaco che brontolava al pensiero di poter finalmente mangiare. Finora ero stata troppo spaventata, triste e stanca per accorgermi di avere fame.

Cercai di concentrarmi sull'ambiente circostante anziché sull'abisso che avevo nello stomaco.

Intanto, il villaggio iniziava ad animarsi. Il tramonto si avvicinava rapidamente, quindi per gli abitanti era ora di iniziare la giornata. Vidi gatti di ogni tipo e colore uscire di casa e mettersi in cammino diretti chissà dove.

Una cucciolata di gattini pezzati, bianchi e neri, seguiva la madre in una fila ordinata, muovendo rapidamente le zampette per stare al suo passo.

Sorrisi tra me e me. Il mondo che conoscevo per me non esisteva più, ma intorno a me la vita andava avanti. C'erano ancora lieti fini e nuovi inizi. E, forse, ci sarebbero stati anche per me, se non mi fossi arresa.

Vidi un gatto tigrato dal pelo lungo correre avanti e indietro sul marciapiede; teneva in bocca un micino completamente bianco. Quando si avvicinarono, mi resi conto che il gattino doveva avere solo poche ore. Aveva gli occhi ancora completamente chiusi.

Oh, caspiterina. Speravo che non ci fossero problemi.

Mi avvicinai alla porta di casa degli himalayani e bussai con delicatezza: «Mi scusi, signora. Temo che ci sia qualcosa che non va.»

Lei soffiò per lo spavento e mi fissò attraverso la finestra: «Che genere di problemi fai bussare alla mia porta?» chiese, sgranando gli occhi.

«Mi scusi, non volevo. Voglio dire, non penso, cioè io—»

«Il gatto ti ha mangiato la lingua?» chiese Merlino alle mie spalle. La voce gli uscì attutita, ma l'avrei riconosciuta fra mille.

Mi voltai a guardarlo, ed era proprio lì davanti a me. Era lui la palla di pelo marrone che sfrecciava per le strade con un micino bianco in bocca.

«Quello è...?» Mi si ruppe la voce e scoppiai a piangere.

Sì, di nuovo.

«Ecco qui. Prendilo» disse Merlino ancora con il cucciolo in bocca.

Tesi le mani e lui vi adagiò il gattino, poi io mi alzai in piedi, avvicinandomelo al volto.

«È così piccolo!» squittii deliziata.

«Come si chiama?» chiesi poi con un sorriso come non ne avevo mai fatti.

Merlino sollevò il capo e fiutò l'aria osservando il cielo notturno: «Non ha ancora un nome. Io e Luna avevamo cose più urgenti di cui occuparci.»

«Luna! Sta bene?»

«Sì, non male, tutto sommato. Ha affrontato coraggiosamente il parto, dando alla luce quattro gattini sani. Tre femminucce e questo maschietto.»

«Oh!» Ripresi a piangere, dando bacetti delicati alla dolce creaturina che tenevo fra le mani. «Grazie per averlo portato qui a trovarmi.»

«Non l'ho portato qui a trovarti» mi corresse Merlino, il muso illuminato da un sorriso. «L'ho portato qui per riportarti a casa.»

Mi rizzai di soprassalto: «Cosa?»

«Quel genio di mia moglie mi ha fatto notare una cosa quando sono tornato.»

«E di che si tratta?»

«Tu sei legata al mio sangue.»

«Sì, e tu hai perso la magia, ragion per cui sono bloccata qui.»

«Io ho perso la magia, ma non sono più l'unico mago con il mio sangue!»

Fissai il cucciolo che tenevo fra le mani: «Non dici sul serio.»

«È stato lui a portarmi qui» sottolineò Merlino. «Ora vediamo se è in grado di riportarti a casa. Abbiamo bisogno di te, Gracy. Fai parte della famiglia.»

E a quelle parole riattaccai a piangere come una fontana. In effetti pareva proprio che il mio cognome mi calzasse a pennello[1].

«Grazie per l'aiuto, ma ora devo andare» gridai all'himalayana che sbirciava dalla finestra. Poi mi chinai di nuovo per guardare Merlino dritto negli occhi.

«Andiamo a casa» dissi, tenendo il gattino in una mano e accarezzando Merlino con l'altra.

«Finalmente. Iniziavo a pensare che non me lo avresti mai chiesto.»

---

1. *Spring* significa fonte, sorgente.

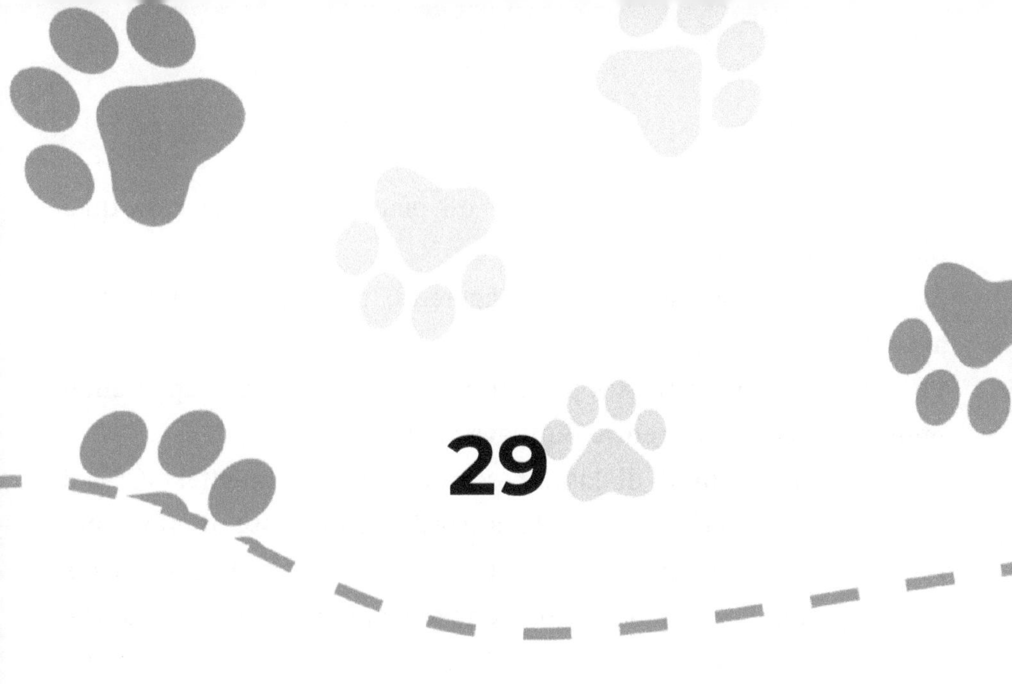

29

A casa tutto era esattamente come l'avevo lasciato la sera prima. Tutto eccetto quattro micini neonati, costantemente intenti a contorcersi.

«Li adoro. Tutti quanti!» dissi deliziata a Luna che mi presentava a una a una le tre femminucce. Somigliavano tutte al padre; solo il maschietto aveva preso dalla mamma.

«Dovrai aiutarci a decidere come chiamarli. Io e Merlino non riusciamo a metterci d'accordo su nessun nome» disse Luna, aiutando la micina più piccola delle tre ad attaccarsi per succhiare il latte.

«Mi piacerebbe molto.»

Virginia scelse proprio quel momento per sbucare fuori da un muro e gridare: «Buuu!»

I cuccioli strillarono e si rannicchiarono contro Luna.

«Hai spaventato i miei nipotini a quattro zampe!» sbottai, ribollendo di rabbia come non mi era mai successo prima.

Virginia ridacchiò: «Penso che mi piacerà avere per casa quei piccoli mocciosi.»

«Oltretutto, sei stata tu!» la aggredii, rialzandomi in piedi e avventandomi su di lei.

«Non so di cosa tu stia parlando» disse il fantasma, apparentemente già annoiato, mentre fluttuava verso il muro.

Ma io mi rifiutai di lasciar correre così facilmente: «Ci hai spiati per settimane. Hai detto a Dash quale fosse il momento migliore per farsi passare per Luna e prendere il suo posto. Suppongo che tu le abbia detto anche dove poteva nasconderla. O è stata una coincidenza che sia finita proprio sul fondo del pozzo a casa di Kelley?»

«Il mio pozzo! La mia casa!» mi corresse Virginia. «E comunque che importanza ha? In qualche modo voi tre sciocchi siete riusciti a vincere, alla fine, quindi chi se ne importa del ruolo che ho svolto io in tutta questa faccenda?»

«A me importa» dissi, puntandomi il pollice al petto. «Soprattutto perché stai spaventando i cuccioli.»

«Oh, uèèè.» Virginia rise fragorosamente alla sua battuta.

Infilai una mano in tasca ed estrassi il cellulare.

«Che stai facendo?» chiese Virginia, la paura che le si insinuava nella voce.

«Chiamo lo sterminatore» dissi con un sorriso magnificamente malvagio.

Drake rispose al secondo squillo: «Pronto al confronto.»

«Ciao, Drake. Sei con il signor Fluffikins?» chiesi senza fiato.

«Sì.»

«Mi serve un favore.» Gli illustrai rapidamente il problema.

«Sì, possiamo aiutarti» disse Drake prima di riattaccare.

Circa cinque minuti dopo, Drake, il signor Fluffikins e un uomo anziano dalla lunga barba bianca comparvero in soggiorno.

A quella vista, gridai e allargai le braccia per proteggere Luna e i gattini: «Dash è proprio dietro di voi!» strillai per avvertirli.

Drake mi fissò, la fronte aggrottata per la confusione: «Cosa? Oh, questo non è Dash. È—»

Virginia emise un urlo terrificante, che mi impedì di udire le parole di Drake.

Mi voltai giusto in tempo per vedere il sosia di Dash brandire un'enorme falce che risucchiò lo spirito incorporeo di Virginia nella propria lama.

«Che cos'è successo?» chiesi, elettrizzata e terrorizzata al contempo.

Drake sollevò le sopracciglia: «C'era uno spirito vagante, così ho portato con me il mio amico Mietitore.»

L'anziano uomo, vestito con un completo elegante, fece un inchino, poi si recò a esaminare il contenuto del mio frigo.

«Grazie!» gli gridai dietro.

Lui si limitò a sollevare una mano e fare un cenno di assenso, poi tornò alla ricerca di cibo.

«È un tipo di poche parole» disse Drake stringendosi nelle spalle.

«Venite, voi due. Voglio presentarvi i cuccioli» dissi, prendendo Drake per mano e tirandomelo dietro.

Il signor Fluffikins ci seguì fino all'angolo più remoto della mia camera da letto, dove Luna aveva sistemato una pila di coperte e vecchi abiti, facendone un giaciglio per lei e i gattini.

Merlino ci raggiunse, di ritorno da qualche sua misteriosa incombenza fuori casa. Lui non disse nulla e io non feci domande.

«Sono davvero minuscoli» disse Drake con dolcezza, sedendosi sul pavimento a gambe incrociate.

«Avresti dovuto vederli un'ora fa» dissi, ormai perfettamente calata nella parte della zia piena di orgoglio. «Giuro, sono già raddoppiati da allora.»

Restammo tutti seduti, in attesa che i gattini finissero di mangiare.

Il maschietto fu il primo a staccarsi da Luna. Agitò le zampine sul pavimento e si allontanò dalla pancia della madre. Essendo ancora piccolissimi – non avevano ancora un giorno – non si allontanavano mai da Luna. Ma ora il micetto bianco, quel briccone, si mosse con determinazione attraverso la stanza e, che mi venisse un accidente, continuò la sua marcia barcollante finché non andò a sbattere contro il piede di Drake; a quel punto si fermò e miagolò.

Drake rise e lo sollevò fra le mani.

«Caspita!» disse dopo essersi portato il gattino all'altezza del viso. «Com'è possibile che abbia gli occhi rossi?»

Ridacchiai: «Non dire sciocchezze, Drake. Non apriranno gli occhi almeno per un'altra settimana.»

Lui girò lentamente il piccoletto in modo che potessi osservargli il muso. E non c'erano dubbi: aveva aperto gli occhi, che ora risplendevano di un rosso vivace e rabbioso.

«Questo non è un buon segno» disse Fluffikins.

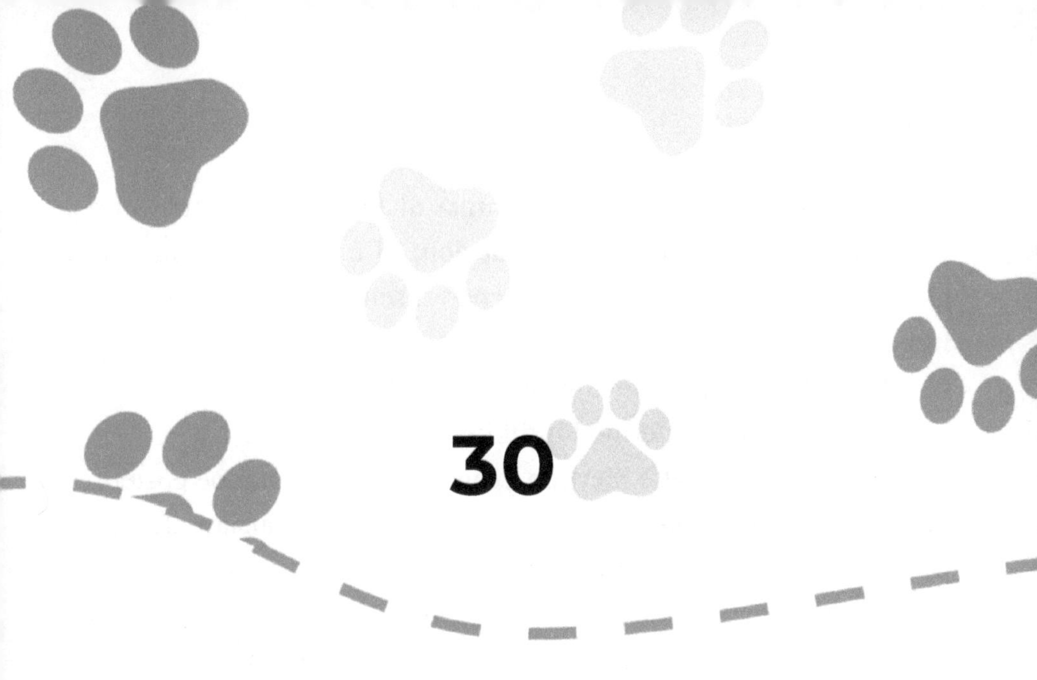

30

Durante la settimana successiva, Drake e il signor Fluffikins vennero a trovarci ogni giorno. Dicevano di voler solo vedere come ce la stessimo cavando dopo il confronto finale con Dash, ma era abbastanza ovvio che, in realtà, stessero tenendo d'occhio il cucciolo bianco con gli occhi rossi.

Nessuna delle sue sorelle aveva ancora aperto gli occhi e per lo più strisciavano e si muovevano goffamente per andare da un posto all'altro. Il maschietto, invece, era già in grado di correre, saltare e scorrazzare qua e là. La sua attività preferita era giocare con il puntatore laser che avevo preso al negozio per animali. Stranamente, riusciva ad acchiappare il puntino luminoso ogni singola volta, facendo scaricare la batteria e concludere il gioco.

Poi vi fu quella volta in cui starnutì ed evocò un minuscolo ciclone in cucina.

Quando iniziò a mordere Luna mentre lei lo allattava, in modo che il latte fosse misto a sangue, io e Merlino capimmo di dover prendere provvedimenti al più presto.

Quel giorno, quando i nostri amici di Beech Grove arrivarono, lasciammo Drake con Luna e i cuccioli; io e Merlino uscimmo in giardino con il signor Fluffikins per discutere di una questione importante.

«Cos'ha mio figlio che non va?» chiese Merlino.

«È un vampiro» affermò Fluffikins con schiettezza.

«È un mago» ribatté Merlino, scalciando con le zampe posteriori per la rabbia. Non poteva più evocare fulmini – o qualsiasi altra cosa ma aveva ancora alcuni modi di fare tipici di quando era magico.

«In realtà, credo che sia entrambe le cose» mi affrettai a dire io. Entrambi i gatti si voltarono verso di me. «Credo che sia successo qualcosa con Drake il giorno in cui si sono conosciuti. Hanno stabilito un legame.»

«E ora Drake è il suo famiglio?» chiese Merlino inorridito.

«Non so chi sia il famiglio di chi» risposi ridacchiando.

I gatti, tuttavia, non fecero nemmeno un mezzo sorriso.

«Il giorno in cui sei venuto a prelevare Drake» disse Merlino a Fluffikins, spostando ripetutamente il peso da una zampa anteriore all'altra, «hai detto che i vampiri non bevono più sangue. Che si tratta di una pratica vecchia, ormai in disuso. Allora perché mio figlio lo fa?»

Il signor Fluffikins si schiarì la gola, poi disse: «Gli umani vampiri non lo fanno più da tempo.»

«E i gatti vampiri?»

Il signor Fluffikins scosse il capo e sospirò: «Non lo so. Non ne è mai esistito uno—finora.»

Calò il silenzio a questa rivelazione.

«Se la caverà?» chiesi io infine.

Il gatto nero annuì: «È molto robusto e cresce a ritmo accelerato. Di certo l'avrete notato.»

Io e Merlino annuimmo.

«Anche se non è facile sentirselo dire, dovete lasciarlo libero di andare. Lasciarlo partire con Drake. Devono stare insieme.»

Gli occhi di Merlino scrutavano l'orizzonte: «Come farò a sapere che starà bene?» gemette.

Fluffikins gli si avvicinò e gli appoggiò una zampa sul capo: «Hai la mia parola. Li tratterò entrambi come se fossero cuccioli miei.»

Il mio gatto si voltò verso di me: «A Luna non piacerà per niente questa storia.»

«Lo so» dissi con un sorriso triste. «Non piace nemmeno a me. Ma capisco.»

«Anch'io. Lasciatemi parlare con lei da solo» disse. Poi, senza indugiare oltre, si infilò di corsa nella gattaiola.

Qualche istante dopo, Drake ci raggiunse nel giardino davanti alla casa.

«Ho saputo che hai rotto con Kelley» dissi tanto per fare conversazione, dato che mi sembrava un argomento più facile da affrontare rispetto a quello vampiresco. Kelley mi aveva telefonato qualche giorno prima e aveva pianto tutte le sue lacrime, mentre mangiavamo vaschette di gelato e guardavamo un film rosa sdolcinato su Netflix.

«Era la cosa giusta da fare» disse lui. «Promettimi che le troverai un bravo ragazzo; qualcuno che se la meriti.»

«Certo, lo farò!» dissi, praticamente gridando. Molte cose erano cambiate nelle ultime settimane, ma Kelley era ancora una delle mie migliori amiche. Questo non sarebbe mai cambiato.

«Mi trasferisco» aggiunse Drake con delicatezza. «Non a Beech Grove, bensì in un posto nuovo.»

«C'era un posto vacante per un vampiro in città» spiegò il signor Fluffikins. «Ho garantito per lui.»

«Beh, congratulazioni. Sono certa che tu e il tuo gatto vi troverete bene lì.» Ero troppo triste per la partenza del micino per riuscire a sorridergli.

Drake lanciò un'occhiata a Fluffikins, con un'espressione di palese sconcerto.

«Avete un legame impossibile da spezzare. Un po' come Gracy e Merlino» spiegò il gatto nero.

Era vero. Anche se Merlino aveva sacrificato la sua magia, io ero ancora legata a lui e alla sua famiglia. E ora, chiunque avesse visto Drake e il gattino insieme, avrebbe capito che quei due si appartenevano.

«Beh, se non altro avrò un amico da portare con me in questa nuova avventura.»

«Come lo chiamerai?» gli chiesi. Non mi piaceva il fatto che i cuccioli non avessero ancora dei nomi, nonostante avessero ormai più di una settimana.

«Mmm.» Drake ci rifletté su per qualche istante, poi gli si disegnò sul viso un sorriso buffo: «Dato che è un vampiro, come me, lo chiamerò come quel tizio di Twilight.»

Risi, cosa che non fece altro che infastidirlo.

«Bene, allora vada per Jacob» dichiarò.

Non ebbi il coraggio di dirgli che Jacob era il licantropo. Sembrava così orgoglioso del suo alter ego.

Merlino fece ritorno e annuì con solennità: «Luna capisce. Vuole solo che le promettiate che potremo andare a trovarlo ogni tanto.»

«Amico!» gridò Drake. «Certo che potete! Venite pure quando volete. In qualsiasi momento. Davvero, qualsiasi momento.»

«Allora dovremmo darci una mossa prima che mamma gatta cambi idea» disse Fluffikins.

Io e Merlino tornammo al giaciglio della famigliola di gatti per i saluti.

«A presto, Jacob!» gridai, subito prima che Fluffikins, Drake e il prezioso micetto vampiro svanissero in un turbine di nebbia.

Luna mi guardò sbattendo le palpebre: «Jacob? Da quando si chiama così?»

«Drake lo ha deciso proprio ora» dissi, quasi come per scusarmi.

Lei sospirò: «Allora dovremmo dare un nome anche alle altre, caro.»

Merlino annuì: «Prima però ho una richiesta per Gracy.»

«Certo. Puoi chiedermi qualsiasi cosa. Lo sai.» Mi sedetti sul pavimento in modo che potessimo guardarci negli occhi.

Merlino mi si appallottolò in grembo, lanciandomi un'occhiata con i grandi occhi marroni: «Quando ho rinunciato alla mia magia, ti ho liberata dal vincolo di famiglio. Era l'unico modo per salvarti. Ma tu sei stata senza dubbio il miglior famiglio che un mago potesse mai desiderare. Ti voglio bene e sono grato di averti incontrata.»

«Anche io ti voglio bene, Merlino» dissi; e devo ammettere che stavo piangendo.

«Gracy, mi aiuteresti a trovare dei famigli altrettanto meravigliosi per le mie figlie? So che non sarà facile, ma voglio che abbiano solo il meglio, come io ho—»

«Merlino» lo interruppi. «Scegli me. Amo le tue cucciole come se fossero mie. E le servirò proprio come ho servito te. Staremo tutti insieme, come una vera famiglia. Se per voi va bene, ovvio.»

Luna e Merlino si scambiarono sguardi innamorati e pieni di gioia.

«Non ti meritiamo, tesoro» disse Luna in lacrime. «Ma sono così felice di averti nelle nostre vite!»

«Sì. Margherita, Rosa e Azalea sono le gattine più fortunate del mondo» disse Merlino, chinandosi a leccare sua moglie sulla fronte.

Luna alzò gli occhi su di lui: «Vuoi dire che...?»

«So che è stata dura vedere nostro figlio partire così presto.

Quindi daremo alle ragazze i nomi che hai scelto per loro. E poi, hanno iniziato a piacermi.»

I gatti ripresero a leccarsi e io uscii lentamente dalla stanza per lasciare un po' di privacy alla famigliola felina.

Ora anch'io ne facevo parte e mi sarei dedicata a quelle tre giovani maghe per tutta la vita.

Certo, non sarebbe stata la vita che avevo immaginato, ma quella che avrei costruito giorno dopo giorno, strada facendo.

E ne avrei amato ogni singolo istante.

Mi chiamo Gracy Spring e non sono una maga. Ma la mia vita è una magia a tutti gli effetti.

MOLLY E I SUOI LIBRI

CHI È MOLLY FITZ

Tecnicamente, la scrittrice e autrice di best-seller Molly Fitz non è in grado di parlare con gli animali. Questo però non le impedisce di avere conversazioni serie e molto animate con i suoi tre assistenti-scrittori felini.

Molly vive in una sperduta regione selvaggia dell'Alaska insieme a suo bambinə e lo zoo di famiglia. Di tanto in tanto, Molly si arrischia a uscire di casa, se c'è in vista un buon pranzetto o aroma di caffè... o, magari, per incontrare nuovi amici animali.

Scopri di più su Molly e sui suoi libri, e non dimenticarti di iscriverti alla newsletter su **www.raccontimiciosi.com.**

* * *

UN DETECTIVE CON LE VIBRISSE

Angie Russo si è messa in società con il primo gatto parlante investigatore di Blueberry Bay, Gattavius, che, insieme alla sua banda un po' sgangherata di aiutanti animali e umani, risolverà ogni mistero... a patto che questo non interferisca con le sue abitudini. Comincia con il primo libro della serie, ***Il segreto del gatto***.

LE AVVENTURE MAGICHE DI MERLINO

Gracy Springs non è una maga... ma il suo gatto, sì! Adesso, però, Gracy deve mantenere il segreto, altrimenti rischia di passare il resto della vita in una prigione magica. Grossi guai sembrano attenderli a ogni passo. Comincia con il primo libro della serie, ***Merlino sceglie un famiglio***.

... E TANTE ALTRE NOVITÀ IN ARRIVO!

* * *

CONNETTITI CON MOLLY

Se sei alla ricerca di una community di lettori stravaganti, che amano gli animali tanto quanto i libri, allora non c'è dubbio: saremo amici!

Segui **la mia pagina Facebook**: www.facebook.com/raccontimiciosi

Iscriviti alla mia **newsletter** e riceverai un pacchetto gratuito in formato digitale, tutte le ultime novità e aggiornamenti e, nelle occasioni speciali, omaggi pensati apposta per gli appassionati: www.raccontimiciosi.com/iscriviti

www.ingramcontent.com/pod-product-compliance
Lightning Source LLC
Chambersburg PA
CBHW020324030826
48979CB00022B/966
* 9 7 8 1 6 4 4 5 1 6 2 4 9 *